Palabras rotas

Palabras rotas

Karin Slaughter

Traducción de Juan Castilla Plaza

Rocaeditorial

Título original: *Broken*

Primera edición: abril de 2013

© de la traducción: Juan Castilla Plaza
© de esta edición: Roca Editorial de Libros, S. L.
Av. Marquès de l'Argentera, 17, pral.
08003 Barcelona
info@rocaeditorial.com
www.rocaeditorial.com

Impreso por RODESA
Villatuerta (Navarra)

ISBN: 978-84-9918-574-3
Depósito legal: B-4.749-2013
Código IBIC: FF; FH

Para Victoria

Prólogo

Allison Spooner quería marcharse de la ciudad durante las vacaciones, pero no sabía adónde ir. Por otro lado, no tenía razón alguna para quedarse, pero, eso sí, al menos resultaba más barato. Al menos disponía de un techo donde cobijarse. Al menos la calefacción de su diminuto y destartalado apartamento funcionaba de vez en cuando. Al menos en el trabajo podía tomar una comida caliente. Al menos, al menos, al menos… ¿Por qué su vida consistía siempre en conformarse con lo menos? ¿Cuándo tendría de más?

El viento arreciaba con fuerza. Apretó los puños dentro de los bolsillos de su fina chaqueta. No es que lloviese con mucha intensidad, pero la bruma provocaba una humedad fría, como si se adentrase en el hocico de un perro. El aire frío que provenía del lago Grant lo hacía todo aún más desagradable. Cada vez que la brisa se levantaba sentía como si una cuchilla diminuta y roma le atravesase la piel. Se suponía que aquello era el sur de Georgia, no el jodido Polo Sur.

Mientras caminaba a duras penas por la orilla bordeada de árboles parecía como si cada ola que lamía el barro hiciese descender la temperatura un grado más. Se preguntó si los zapatos tan finos que llevaba la protegerían lo suficiente como para que no se le congelasen los dedos. Había visto en televisión a un muchacho que había perdido los dedos de los pies y de las manos a causa del frío. Dijo que tenía que estar agradecido por estar vivo, pero la gente afirmaba cualquier cosa con tal de salir por la tele. Así acabaría ella, apareciendo en el telediario de la noche. Probablemente sacarían una fotografía suya —esa tan horrible de su anuario de secundaria— y al lado escribirían las palabras «muerte trágica».

Allison no había perdido del todo la ironía; lo mejor que podía sucederle era morirse. Nadie se preocupaba lo más mínimo por ella. Llevaba una vida insustancial, en la que se esforzaba constantemente por continuar con las clases mientras hacía todo tipo de malabares para llegar a fin de mes. Nada de eso le preocupaba a nadie; tal vez se preocuparían si aparecía congelada en la orilla del lago.

El viento arreció de nuevo. Se puso de espaldas al frío, sintiendo que se colaba en su interior y comprimía sus pulmones. Un escalofrío le recorrió el cuerpo. Su aliento era puro vaho. Cerró los ojos y enumeró sus problemas rechinando los dientes.

«Jason. Universidad. Dinero. Coche. Jason. Universidad. Dinero. Coche.»

El mantra continuó hasta que pasó por completo la penetrante ráfaga de viento. Allison abrió los ojos y se dio la vuelta. El sol se estaba poniendo más rápido de lo que pensaba. Se dio la vuelta de nuevo, de cara a la facultad. ¿Debía regresar o seguir adelante?

Decidió seguir adelante, agachando la cabeza para protegerse del fuerte viento.

«Jason. Universidad. Dinero. Coche.»

Jason: su novio se había convertido, de la noche a la mañana, en un gilipollas.

Universidad: pensaba dejar la facultad si no disponía de más tiempo para estudiar.

Dinero: si reducía el número de horas en el trabajo, no podría vivir, y mucho menos asistir a sus clases.

Coche: su coche había empezado a echar humo esa mañana cuando arrancó, lo cual no es que fuese algo inesperado, ya que llevaba echando humo desde hacía meses, pero esta vez entró en el interior a través de las rendijas de la calefacción y casi se ahoga mientras iba de camino a la facultad.

Allison continuó caminando, y añadió «congelación» a su lista mientras daba la vuelta al lago. Cada vez que parpadeaba, sentía que sus pestañas cortaban una fina capa de hielo.

«Jason. Escuela. Dinero. Coche. Congelación.»

El miedo a congelarse parecía el más inmediato, aunque se resistía a admitir que, cuanto más se preocupaba por eso, más calor sentía. Probablemente su corazón latía más rápido, o puede que hubiese acelerado el paso cuando el sol empezó a ponerse y se dio cuenta de que todos esos pensamientos que le rondaban sobre morir de frío podrían hacerse realidad si no se daba más prisa.

Extendió los brazos para agarrarse a un árbol y poder pasar por encima de un nudo de raíces que se hundían en el agua. Notó que la corteza estaba húmeda y esponjosa cuando la tocó con los dedos. Ese mismo día, durante el almuerzo, un cliente había devuelto una hamburguesa porque dijo que el pan estaba esponjoso. Era un hombre grande, tosco, vestido con traje de cazador; no era el tipo de hombre que se espera que use una palabra tan delicada como «esponjoso». Había flirteado con ella y ella le había devuelto el flirteo, y después, cuando se marchó, le dejó una propina de cincuenta céntimos por una comida de diez dólares. Cuando salía por la puerta llegó incluso a hacerle un guiño, como si le estuviese haciendo un favor.

No sabía cuánto tiempo podría seguir soportándolo. Es posible que su abuela estuviese en lo cierto cuando le dijo que las chicas como Allison no iban a la universidad, sino que buscaban un trabajo en la fábrica de neumáticos, conocían a un chico, se quedaban embarazadas, se casaban, tenían un par de hijos más, y luego se divorciaban, aunque no necesariamente en ese orden. Si eran afortunadas, su marido no les pegaba mucho.

¿Era esa la vida que quería para sí misma? Era el tipo de vida que habían llevado todas las mujeres de su familia. Su madre había vivido así. Su abuela había vivido así. Su tía Sheila había vivido así hasta que un día le pegó un tiro a su tío Boyd y casi le arranca la cabeza. Todas las mujeres de la familia Spooner lo habían dejado todo en un momento u otro de su vida para irse con un hombre que era un completo inútil.

Allison lo había visto con tanta frecuencia en su madre que cuando Judy Spooner estuvo en el hospital por última vez, con todas las entrañas carcomidas por el cáncer, en lo único que podía pensar ella es en que la vida de su madre había sido un completo desperdicio. Hasta su «aspecto» era ruinoso. A los treinta y ocho años, su cabello había empezado a clarear y lo tenía casi completamente blanco. Su piel estaba arrugada y descolorida. Tenía las manos llenas de arañazos de trabajar en la fábrica, cogiendo los neumáticos de la cinta, comprobando su presión y poniéndolos de nuevo en la cinta, así uno tras otro, unas doscientas veces al día, hasta que le dolían todos los músculos del cuerpo y caía desfallecida en la cama. Tenía treinta y ocho años y recibió con alegría el cáncer: la muerte suponía un alivio.

Una de las últimas cosas que le dijo es que se alegraba de saber que iba a morir, que se alegraba de saber que ya nunca más estaría sola. Judy Spooner creía en el Cielo y en la redención. Creía que un día viviría en una mansión con hermosos jardines en lugar de en una caravana. Allison, por el contrario, solo creía que jamás había sido bastante para su madre. El vaso de Judy siempre estaba medio vacío, y todo el amor que Allison le había profesado nunca le había parecido suficiente.

Judy estaba demasiado hundida en aquel fango. El fango de un trabajo sin futuro alguno. El fango de vivir al lado de hombres depravados. El fango de una niña que le impedía hacer su vida.

Para ella, la universidad sería su salvación. Sobre todo le gustaban las ciencias. Teniendo en cuenta de dónde venía, resultaba un tanto extraño, pero, por alguna razón, se le daba bien la química. Estudió la síntesis de las macromoléculas (lo más básico), y luego los polímeros sintéticos. Pero lo más importante es que sabía estudiar. No se le escapaba que siempre había un libro donde podía encontrar la respuesta a cualquier pregunta, y que la única forma de encontrar esa respuesta era leer todo lo que cayese en sus manos.

Durante el último curso de secundaria, logró mantenerse alejada de los muchachos, del alcohol y de las metanfetaminas que habían arruinado la vida de casi todas las chicas de su edad en su pequeña ciudad natal de Elba, Alabama. No quería terminar siendo una de esas chicas desalmadas y sin ilusión que trabajaban en el turno de noche y fumaban Kools porque eso les daba un toque de elegancia. No pensaba terminar con tres hijos de tres hombres diferentes antes de cumplir los treinta. No quería bajo ningún concepto despertarse por la mañana incapaz de abrir los ojos porque algún hombre la había golpeado la noche anterior. No quería terminar muriendo sola en la cama de un hospital, como su madre.

Eso, al menos, era lo que pensaba cuando se marchó de Elba tres años antes. El señor Mayweather, su profesor de ciencias, había movido todos los hilos para que se pudiera matricular en una buena universidad, pues deseaba que se marchase lo más lejos posible de Elba y tuviese un futuro.

Grant Tech estaba en Georgia. La distancia real en kilómetros no era muy grande, pero allí sentía que estaba lejísimos de su ciudad. La universidad era enorme en comparación con su escuela de secundaria; iba a una clase con veintinueve alumnos. Allison pasó la primera semana en el campus preguntándose cómo era posible enamorarse de un lugar. Las clases estaban llenas de muchachos a los que no les había faltado de nada, que en ningún momento pensaron que no irían a la universidad al terminar la escuela. Ninguno de sus compañeros se mofaba de ella cuando levantaba la mano para responder una pregunta, ni pensaba que estaba haciéndole la pelota al profesor si le escuchaba y trataba de aprender algo que no fuese hacerse la manicura o ponerse extensiones en el pelo.

Además, los alrededores de la universidad eran muy bonitos. Elba era una zona desértica, incluso para el sur de Alabama. Heartsdale, la ciudad donde estaba situada Grant Tech, era como una de esas localidades que se veían en televisión. Todo el mundo cuidaba de su jardín. Las flores crecían en Main Street en primavera. Las personas que ni tan siquiera te conocían te saludaban con una sonrisa en el rostro. Y los comensales que acudían al restaurante donde trabajaba eran muy amables, aunque no diesen muy buenas propinas. La ciudad, además, no era tan grande como para perderse. Sin embargo, por desgracia, tampoco tan grande como para no haber conocido a Jason.

Jason.

Le conoció durante el segundo curso. Era dos años mayor que ella, con más experiencia y mucho más sofisticado. Su idea de una cita romántica no era llevarla al cine y meterle mano en la última fila hasta que el acomodador los echase. La llevó a buenos restaurantes de los que ponen servilletas de tela. La cogía de la mano. La escuchaba cuando hablaba. Cuando tuvieron sexo, comprendió por qué la gente le llamaba a eso hacer el amor. Jason no solo deseaba mejorar su vida, sino mejorar la de Allison. Creyó que entre ellos había algo serio, y los dos últimos años de su vida los empleó en tratar de crear algo sólido con él. Luego, repentinamente, se convirtió en una persona completamente diferente, y todo lo que había sido tan hermoso en su relación se convirtió en motivo de queja.

Al igual que su madre, Jason la culpaba de todo. Le dijo que era fría, distante, demasiado exigente, que jamás tenía tiempo para él. Hablaba como si él fuese un santo abnegado que pasaba todo el tiempo preguntándose cómo hacerla feliz. Sin embargo, no era ella la que se iba de juerga con sus amigos, ni la que se relacionaba con las personas más extrañas y raras de la universidad. Y estaba segura de que no era la culpable de que se hubiese involucrado con aquel gilipollas de la ciudad. ¿Cómo iba a serlo si jamás le había visto la cara?

Allison tembló de nuevo. A cada paso que daba en aquel maldito lago parecía como si la orilla se extendiese otros cien metros más solo para fastidiarla. Miró al húmedo suelo que tenía bajo los pies. Había llovido durante semanas. Las carreteras se habían inundado y los árboles se habían caído. Jamás le había gustado el mal tiempo. Aquellos días tan oscuros la afligían, la deprimían, la ponían de mal humor y hacían que la invadiera la melancolía. Lo único que deseaba era dormir hasta que el sol saliese de nuevo.

—¡Mierda! —exclamó, logrando ponerse derecha antes de escurrirse.

Los dobladillos de sus pantalones se hundieron en el barro; tenía los zapatos empapados. Miró al agitado lago. La lluvia le caía por las pestañas. Se echó el cabello atrás con los dedos mientras miraba el agua, completamente oscura. Quizá debería dejarse llevar. Tal vez tendría que dejarse arrastrar hasta el centro del lago. ¿Cómo sería eso de dejarse llevar? ¿Cómo sería eso de permitir que la corriente se la llevase hasta el centro del lago, donde no haría pie ni podría respirar?

No era la primera vez que lo pensaba. Probablemente era el tiempo, la incesante lluvia y el sombrío cielo. Con la lluvia todo parecía aún más deprimente. Y algunas cosas más deprimentes que otras. El jueves de la semana anterior, había leído un artículo sobre una mujer y su hijo que se habían ahogado en su Volkswagen Escarabajo, a tres kilómetros de la ciudad. Estaban a punto de llegar a la Tercera Iglesia Baptista cuando una repentina riada inundó la calle y los arrastró. Los viejos Escarabajos estaban diseñados para flotar, y ese nuevo modelo lo había hecho, al menos al principio.

Las personas que estaban en la iglesia, que acababan de terminar la cena de costumbre, no pudieron hacer nada por miedo a que los arrastrase la riada. Aterrorizados, vieron al Escarabajo dar vueltas sobre la superficie y luego volcar. El agua entró en el coche. La corriente arrastró a madre e hijo. Una mujer a la que habían entrevistado declaró en el periódico que jamás podría borrar de su mente la imagen de la mano de aquel niño de tres años sobresaliendo del agua antes de hundirse para siempre.

Allison tampoco podía dejar de pensar en aquel niño, a pesar de que estaba en la biblioteca cuando eso sucedió. Aunque jamás había conocido a aquella mujer, ni a su hijo, y ni tan siquiera a la mujer que fue entrevistada en el periódico, no podía dejar de ver aquella manita agitándose cada vez que cerraba los ojos. A veces la mano se agrandaba. A veces era la mano de su madre pidiéndole ayuda. A veces se despertaba gritando porque aquella mano trataba de hundirla a ella.

Para ser sinceros, Allison había empezado a tener pensamientos siniestros mucho antes de que aquello sucediese. No podía culpar al clima de todo, aunque sin duda la incesante lluvia y el encapotado cielo le habían hecho perder por completo las esperanzas. ¿Sería fácil darse por vencida? ¿Para qué iba a volver a Elba y convertirse en una vieja demacrada y desdentada con dieciocho hijos que alimentar cuando podía meterse en el lago y, de una vez por todas, ser dueña de su destino?

Se empezaba a parecer tanto a su madre que notaba cómo se le ponía el pelo blanco. Se sentía tan decepcionada como ella al pensar que se había enamorado de un hombre al que solo le interesaba lo que tenía entre las piernas. Su tía Sheila se lo había dicho por teléfono la semana anterior. Allison estuvo quejándose de Jason, preguntándose por qué no le devolvía las llamadas.

Su tía dio una profunda calada al cigarrillo y, mientras echaba el humo, le dijo:

—Hablas como tu madre.

Fue como si le clavase un cuchillo en el pecho. Lo peor de todo es que Sheila tenía razón. Allison amaba a Jason. Lo quería demasiado. Lo amaba lo bastante para llamarle diez veces al día, a pesar de que nunca le respondía. Lo quería hasta el punto de pulsar la tecla intro de su estúpido ordenador cada dos minutos para ver si le había respondido a uno de sus miles de mensajes.

Lo amaba lo bastante como para estar allí, en mitad de la noche, haciendo el trabajo sucio que él no había tenido los cojones de hacer.

Allison dio un paso más para acercarse al lago. Notó como su tacón empezaba a resbalar, pero su instinto de supervivencia hizo que se irguiera antes de caer. Tenía los zapatos mojados, los calcetines empapados y los dedos de los pies tan entumecidos que un dolor agudo le recorrió la espina dorsal. ¿Sería así la muerte, un lento entumecimiento que terminaría en un viaje indoloro?

Le aterraba morir ahogada. Ese era el problema. De niña se bañaba en el mar durante unos diez minutos, pero todo cambió cuando cumplió los trece. El idiota de su primo Dillard le había hecho una ahogadilla en la piscina municipal, y ahora ni tan siquiera le gustaba darse un baño, por miedo a que le entrase agua por la nariz.

Si Dillard estuviese allí, la empujaría dentro del lago sin necesidad de tener que pedírselo. De hecho, cuando le hizo la ahogadilla, no mostró ni el más mínimo remordimiento. Allison había vomitado la comida y había estallado en sollozos. Los pulmones le ardían, pero él se había limitado a decir «eh-eh», como un viejo que te apaga una vela en la parte de atrás del brazo solo para oírte gemir.

Dillard era hijo de su tía Sheila, su único hijo, un desengaño aún mayor que su padre, si es que eso era posible. Esnifaba tanto barniz que su nariz tenía un color diferente cada vez que le veías. También fumaba cristal. Se lo robaba a su madre. Lo último que supo Allison es que estaba en la cárcel por intentar atracar una licorería con una pistola de agua. Cuando llegó la policía, el dependiente casi le había arrancado la cabeza con un bate de béisbol, y lo había dejado más tonto que antes, aunque eso no le hubiese impedido aprovechar una buena oportunidad. Le habría dado a Allison un buen empujón con ambas manos, para que cayese de cabeza mientras soltaba su «eh-eh». Mientras tanto, ella había estado agitando las piernas, adentrándose cada vez más en el agua.

¿Cuánto tiempo tardaría en morir? ¿Cuánto tiempo viviría aterrorizada antes de que todo acabase? Volvió a cerrar los ojos, intentando pensar en el agua que la rodeaba, tragándosela. Estaba tan fría que al principio parecía tibia. No se puede vivir mucho tiempo sin respirar. Posiblemente el pánico se apoderaba de uno y le provocaba una especie de inconsciencia histérica. O puede que te sintieses rejuvenecida a causa de la adrenalina y empezases a luchar como una ardilla atrapada en una bolsa de papel.

Oyó el crujido de una rama a sus espaldas. Allison se dio la vuelta, sorprendida.

—¡Dios santo!

Resbaló de nuevo, pero esta vez cayó al suelo. Sacudió los brazos. Se le doblaron las rodillas. El dolor la dejó sin respiración. Cayó de cara en el barro. Una mano la agarraba por la nuca, obligándola a permanecer de bruces. Allison inhaló el frío amargo de la tierra, la humedad del fango.

Instintivamente forcejeó, tratando de salir del agua y librarse del pánico que inundaba su cerebro. Notó una rodilla clavada en la base de la espalda, aprisionándola contra el suelo. Un dolor agudo le atravesó la nuca. Le vino el sabor a sangre. No quería eso. Quería vivir, vivir a toda costa. Abrió la boca para gritar con todas sus fuerzas, pero solo vio oscuridad.

LUNES

Capítulo uno

Por suerte, el frío invernal haría que el cuerpo que habían encontrado en el fondo del lago se conservara bien, aunque la baja temperatura que se podía sentir en la orilla era tal que a uno le dolían los huesos, tanto que había que esforzarse por recordar cómo había sido el mes de agosto, con el sol dándote en la cara, el sudor corriéndote por la espalda y el aire acondicionado del coche soltando una espesa niebla porque no podía contener el calor. Por mucho que Lena se esforzase por recordar, cualquier sensación de calor se perdía en aquella mañana lluviosa de noviembre.

—La hemos encontrado —gritó el jefe del equipo de buceadores.

Dirigía a sus hombres desde la orilla, con la voz amortiguada por el constante murmullo de la incesante lluvia. Lena levantó la mano para saludarle y el agua se le escurrió por la manga del grueso anorak que se había echado por encima cuando la llamaron a las tres de la madrugada. No es que lloviese mucho, pero lo hacía sin pausa, y las gotas de agua golpeaban insistentemente su espalda y chocaban contra el paraguas que tenía apoyado sobre los hombros. No se veía a más de diez metros. Cualquier cosa más allá estaba cubierta de una brumosa niebla. Cerró los ojos y pensó en su cálida cama y en el cuerpo aún más cálido que la había estado abrazando.

El estridente timbre de un teléfono a las tres de la mañana nunca es una buena señal, en especial cuando se es policía. Lena había despertado de un profundo sueño y, con el corazón sobresaltado, extendió la mano automáticamente para coger el auricular y llevárselo al oído. Era la inspectora de más alto rango que estaba de guardia, por lo que tuvo que empezar a hacer otras llamadas por todo el sur de Georgia: a su jefe, al forense, al servicio de bomberos, a la ambulancia, a la Oficina de Investigación de Georgia..., para hacerles saber que se había encontrado un cadáver en el estado, y a la Agencia Federal para la Gestión de Emergencias de Georgia, que tenía una lista de voluntarios civiles dispuestos a buscar cadáveres.

Todos estaban reunidos en el lago, pero los más sensatos esperaban en sus coches con la calefacción al máximo mientras el gélido viento hacía balancear los vehículos como a un bebé en su cuna. Dan Brock, el propietario de la funeraria, que también ejercía de forense, dormía en su furgoneta, con la cabeza inclinada sobre el asiento y la boca abierta. Hasta el personal de los servicios de emergencia estaba dentro de la ambulancia. Lena vio sus caras mirando a través de las ventanas de las puertas traseras. De vez en cuando, salía una mano y se veía la brasa de un cigarrillo brillando en la luz del amanecer.

Lena sostenía en la mano una bolsa de pruebas. Contenía una carta que habían encontrado debajo de una piedra al lado del lago. El papel lo habían arrancado de un cuaderno de escuela de unos veinte por catorce centímetros. Todas las palabras estaban escritas en mayúsculas, con rotulador. Una sola línea. Sin firma. No era el tipo de carta llena de rencor o que pretendiera dar pena, esa que se escribe para despedirse de este mundo. Sin embargo, sí que era lo suficientemente clara: QUIERO ACABAR CON ESTO.

En muchos aspectos, los suicidios eran más difíciles de investigar que los homicidios. Cuando una persona era asesinada, siempre había alguien a quien culpar. Había pistas que se podían seguir, un patrón que se podía describir para explicarle a la familia de la víctima por qué le habían arrebatado la vida a su ser querido. Y si no había un motivo, sí al menos quién había sido el cabrón que había arruinado su vida.

Con los suicidios, la víctima es el asesino. La persona a la que se culpabiliza es también la persona cuya pérdida se lamenta más profundamente. Los familiares no esperan retribuciones por su muerte, ni una compensación por la rabia natural que sienten. El suicidio deja un vacío que ningún dolor ni pena puede llenar. Los padres, los hermanos, los amigos, los parientes... no tienen a alguien a quien culpar.

Y las personas siempre quieren culpar a alguien cuando una vida acaba de un modo inesperado.

Esa era la razón por la que el trabajo de un detective consistía en asegurarse de que hasta el más nimio detalle se comprobase y se registrase. Cualquier colilla, cualquier trozo de papel o basura tenía que ser tenido en cuenta. Se buscaban huellas dactilares y se enviaban al laboratorio para que las analizasen. En el informe preliminar se anotaba el tiempo que hacía. Los agentes implicados en la investigación y el personal de emergencias se registraban en un diario. Si había mucha gente presente, se anotaban el nombre de los fotógrafos y el número de las matrículas de los vehículos. La vida de la víctima de un suicidio se investigaba tan profundamente como la de un homicidio. ¿Quiénes eran sus amigos? ¿Amantes? ¿Tenía marido? ¿Novio? ¿Novia? ¿Había vecinos molestos y enfadados? ¿Compañeros de trabajo que le tuvieran envidia?

Lena, de momento, solo contaba con lo que se había encontrado: un par de playeras de mujer del número treinta y ocho halladas a unos cuantos metros de la carta de suicidio. Dentro de la zapatilla izquierda había un anillo barato, de oro de doce quilates y con un rubí sin gracia ninguna. En la zapatilla derecha había un reloj blanco del ejército suizo con diamantes falsos en lugar de números. Debajo de él estaba la nota doblada: «Quiero acabar con esto».

No era una nota muy agradable para las personas que había dejado detrás.

De pronto, se oyó un chapoteo en el agua; uno de los buceadores salió a la superficie del lago. Su compañero emergió a su lado. Ambos forcejeaban contra el limo del fondo mientras sacaban el cuerpo de las frías aguas y lo colocaban bajo la gélida lluvia. La chica que yacía muerta no era tampoco tan grande, por lo que sus esfuerzos parecían un tanto exagerados. Sin embargo, Lena no tardó en saber por qué. Alrededor de la cintura tenía enrollada una gruesa cadena con un candado amarillo que le colgaba en la parte baja, como la hebilla de un cinturón. Atados a la cadena había dos bloques de hormigón.

A veces, en la investigación, ocurrían pequeños milagros.

La víctima había querido asegurarse de no poder dar marcha atrás. De no haber sido por los bloques, la corriente probablemente habría arrastrado el cuerpo hasta el centro del lago y habría sido casi imposible encontrarlo.

El Grant era un lago artificial de unas mil trescientas hectáreas de extensión y unos cien metros de profundidad en algunos lugares. Bajo la superficie había casas abandonadas, pequeñas casuchas y cabañas que habían sido habitadas antes de que la zona se convirtiese en una presa. Había tiendas, iglesias y una fábrica de algodón que había sobrevivido a la guerra civil, pero que había cerrado durante la Depresión. Todo había sido barrido por la intensa corriente del río Ochawahee para que el condado de Grant contase con una fuente fiable de energía.

El Servicio Forestal Nacional poseía la mejor parte del lago, algo más de cuatrocientas hectáreas que envolvían Grant como una capucha. Una parte bordeaba la zona residencial, donde vivían las familias más acomodadas, mientras que la otra rodeaba el Instituto de Tecnología de Grant, una pequeña pero floreciente ciudad universitaria con casi cinco mil estudiantes matriculados.

El sesenta por ciento de los ciento treinta kilómetros de orilla era propiedad de la División Forestal del Estado. Sin duda, el lugar más visitado era ese al que todos llamaban el Encuentro de los Enamorados. Allí se permitía que los campistas colocasen sus tiendas, y los adolescentes celebraban fiestas, tras las cuales quedaban abandonadas botellas de cerveza vacías y condones usados. A veces se recibía una llamada por un incendio que había provocado el descuido de alguien y, en una ocasión, informaron de la presencia de un oso que luego resultó ser un perro labrador que se había alejado de la tienda de campaña de su propietario.

De vez en cuando también se encontraba algún cuerpo. En cierta ocasión, hallaron a una chica a la que habían enterrado viva. Algunos hombres, la mayoría de ellos adolescentes, se habían ahogado por cometer imprudencias, y el verano anterior un chico se había roto el cuello buceando en las aguas poco profundas de la ensenada.

Los dos buceadores se detuvieron para dejar que el agua se escurriese del cuerpo antes de terminar su trabajo. Después de asentir con la cabeza arrastraron el cadáver hasta la orilla. Los bloques de hormigón dejaron un profundo surco en el suelo arenoso. Eran las seis y media de la mañana, y la luna parecía juguetear con el sol cuando este empezó a asomarse por el horizonte. Las puertas de la ambulancia se abrieron. Los miembros del servicio de emergencias maldijeron el frío que hacía mientras desenrollaban la camilla. Uno de ellos llevaba un cortapernos sobre el hombro. Golpeó el capó de la furgoneta del forense. Dan Brock, del susto, agitó cómicamente los brazos. Lo miró, severo, pero se quedó donde estaba. Lena no podía culparle por no querer salir bajo la lluvia; la víctima no iría a ningún lado, salvo al tanatorio. No había necesidad de encender las luces ni de hacer sonar las sirenas.

Lena se acercó al cuerpo, doblando cuidadosamente la bolsa de pruebas que contenía la carta de suicidio dentro del bolsillo. Sacó una pluma y su cuaderno de espiral. Sostuvo el paraguas entre su cuello y los hombros, anotó la hora, la fecha, el clima, el número de miembros del servicio de emergencias, el número de buceadores, el número de coches y de agentes de policía, el aspecto del terreno, la solemnidad del escenario, la ausencia de espectadores; en fin, todos los detalles que luego tendría que incluir en el informe.

La víctima era más o menos de la misma estatura que Lena, alrededor de un metro setenta, pero su constitución era mucho más ligera. Sus muñecas eran delicadas como las de un pájaro. Las uñas, irregulares, las tenía mordidas casi hasta la raíz. Tenía el pelo moreno, pero la piel muy blanca. Debía de tener veintitantos años. Sus ojos abiertos estaban empañados como el algodón. La boca permanecía cerrada; los labios, rasgados, como si tuviese la costumbre de mordérselos. O puede que algún pez se los hubiese mordido. El limo del fondo del lago la cubría de la cabeza a los pies.

Su cuerpo pesaba menos cuando se escurrió el agua, y solo hicieron falta tres buzos para colocarla en la camilla. El agua goteaba de su ropa. Llevaba puestos unos vaqueros, una camisa de lana de color negro, calcetines blancos, sin zapatillas, y una sudadera morada sin cremallera con el logo de Nike en la parte delantera. La camilla se movió y su cabeza se ladeó en sentido contrario a Lena.

Dejó de escribir.

—Un momento —dijo, observando algo extraño.

Metió el cuaderno en su bolsillo y se acercó hasta el cuerpo. Había visto un destello de luz en la nuca de la chica, algo plateado, probablemente un collar. Tenía verdín pegado al cuello y en los hombros, como un sudario. Lena utilizó la punta de la pluma para apartar los escurridizos y verdosos ramajes. Algo se movía debajo de la piel, ondeándola de la misma forma que la lluvia mueve la corriente.

Los buceadores también notaron las ondulaciones y se inclinaron para mirar más de cerca. La piel parecía inflamarse, como en las películas de miedo.

—¿Qué narices es...? —preguntó uno de los buzos.

—¡Dios santo! —exclamó Lena, que dio un salto hacia atrás mientras un pececillo salía de una raja que la chica tenía en el cuello.

Los buceadores se rieron de la forma en que suelen reírse los hombres cuando no quieren admitir que también se han sobresaltado. Lena se llevó la mano al pecho, esperando que nadie hubiese notado que el corazón le había dado un vuelco. Se quedó boquiabierta. Aspiró una bocanada de aire. El pececillo se agitaba en el barro. Uno de los hombres lo cogió y lo arrojó de nuevo al lago. El jefe de los buzos bromeó diciendo que algo le olía a pescado.

Lena le miró con enojo antes de agacharse junto al cuerpo. La raja de donde había salido el pez estaba en la nuca, justo a la derecha de la espina dorsal. Calculó que tendría unos dos centímetros de ancho, como mucho. La carne estaba arrugada por el agua, pero la herida era limpia, precisa, el tipo de herida que deja un cuchillo muy afilado.

—Que alguien vaya a despertar a Brock —dijo Lena.

Aquello ya no era un caso de suicidio.

Capítulo dos

Frank Wallace jamás fumaba en su Lincoln Towncar, pero la tapicería de los asientos había absorbido el olor de la nicotina que supuraba de cada poro de su piel. A Lena le recordaba a Pig Pen, el personaje de Charlie Brown. No importaba lo limpio que estuviese ni la frecuencia con la que se cambiase de ropa, el olor le seguía como una nube de polvo.

—¿Qué pasa? —preguntó sin tan siquiera darle tiempo a cerrar la puerta del coche.

Lena dejó su anorak húmedo en el suelo. Antes de eso, se había puesto dos camisas y una chaqueta para combatir el frío. A pesar de que tenía la calefacción al máximo, le rechinaban los dientes. Parecía como si su cuerpo hubiese almacenado todo el frío mientras permanecía bajo la lluvia y que empezaba a soltarlo ahora que estaba a cubierto.

Puso las manos cerca de la rejilla.

—Hace un frío que pela —dijo.

—¿Qué pasa? —repitió Frank.

Hizo el gesto de doblar el forro de su guante negro de piel para poder ver el reloj.

Lena estaba temblando. No podía disimular su entusiasmo. Ningún policía lo admitiría públicamente, pero los asesinatos eran los casos más apasionantes de su trabajo. Sentía tanto la adrenalina que le extrañaba tener frío. Rechinando, respondió:

—No es un suicidio.

Frank pareció aún más molesto.

—¿Brock está de acuerdo contigo?

El forense se había vuelto a dormir en la furgoneta mientras esperaba a que cortasen la cadena, algo que ambos sabían, pues podían ver las muelas desde donde estaban sentados.

—Brock no sabe ni hacer la «o» con un canuto —respondió Lena frotándose los brazos para entrar en calor.

Frank sacó la petaca y se la pasó. Ella dio un sorbo rápido y notó cómo el whisky le ardía al pasar por la garganta y llegarle al estómago. Su compañero dio un buen trago antes de volver a meterse la petaca en el bolsillo.

—Tiene la herida de un cuchillo en la nuca.

—¿Quién? ¿Brock?

Lena le lanzó una mirada fulminante.

—No, la chica muerta. —Se agachó, cogió su anorak y buscó la cartera que había encontrado dentro del bolsillo de la mujer.

—Puede que se la haya hecho ella misma —dijo Frank.

—No creo —respondió Lena llevándose la mano a la nuca—. La cuchilla debió de entrarle por aquí. El asesino la apuñaló por detrás. Probablemente la cogió por sorpresa.

—¿Eso lo has aprendido en tus libros de texto? —refunfuñó él.

Lena guardó silencio, algo que no solía hacer. Frank había sido el jefe interino de la policía durante los últimos cuatro años. Cualquier cosa que sucediese en las tres ciudades que constituían el condado de Grant estaba bajo su supervisión. Madison y Avondale tenían frecuentes casos de drogas y violencia doméstica, pero Heartsdale era una ciudad tranquila. La universidad estaba allí y los acaudalados residentes armaban un escándalo por cualquier delito, pero, aunque no fuese así, los casos complicados siempre le ponían de mal humor. De hecho, cualquier cosa podía hacerle enfadar, como que el café se le enfriase, o que su coche no arrancase a la primera, o que la tinta de su pluma se secase. No siempre había sido así. Desde que Lena le conocía cada vez era más gruñón, pero últimamente estaba tan tenso que parecía estar a punto de explotar. Cualquier cosa le sacaba de quicio. En un santiamén pasaba de mostrarse ligeramente irritado a ser más que insoportable.

No obstante, en ese asunto en particular, su desgana parecía más que motivada. Después de treinta y cinco años de servicio, un caso de asesinato era lo que menos le apetecía. Estaba harto del trabajo y de las personas con las que tenía que tratar. En los últimos seis años había perdido a dos de sus mejores amigos. El único lago donde le apetecería estar sentado debía de estar en la soleada Florida. Se veía con una caña de pescar y una cerveza en la mano, no con la cartera de una chica muerta.

—Parece falsa —dijo, y la abrió.

Lena estuvo de acuerdo. La piel era demasiado brillante y el logotipo de Prada era de plástico.

—Allison Judith Spooner —dijo Lena mientras observaba cómo Frank intentaba separar las empapadas fundas de plástico—. Tenía veintiún años. El carné de conducir es de Elba, Alabama. Su carné de estudiante está en la parte de atrás.

—Universitaria.

Frank pronunció esa palabra con cierto desprecio. Ya tenía bastante con haber encontrado muerta a Allison Spooner en una de sus ciudades como para que además fuese una estudiante de las afueras que asistía a la Grant Tech. El caso se complicaba aún más.

—¿Dónde encontraste la cartera?

—En el bolsillo de su chaqueta. No creo que llevase bolso. O puede que el asesino quisiese que supiésemos su identidad.

Frank miró la fotografía del carné de conducir de la chica.

—¿Pasa algo? —preguntó Lena.

—Se parece a la chica que trabaja en el restaurante.

El Grant Diner estaba en la esquina opuesta de Main Street viniendo desde la comisaría. La mayoría de los agentes comían allí, pero Lena nunca iba porque se llevaba el almuerzo o, como casi siempre, no comía.

—¿La conocías? —preguntó.

Frank negó con la cabeza y se encogió de hombros al mismo tiempo.

—Era atractiva.

Tenía razón. Casi nadie salía bien en una foto de carné, pero Allison Spooner había tenido más suerte. La amplia sonrisa dejaba entrever sus dientes blancos. Tenía el pelo echado hacia atrás y mostraba sus prominentes pómulos. Sus ojos emanaban alegría, como si alguien acabase de gastarle una broma. Contrastaba por completo con el cuerpo que acababan de sacar del lago. La muerte le había borrado toda aquella vitalidad.

—No sabía que fuese estudiante —dijo Frank.

—No suelen trabajar en la ciudad —replicó Lena.

Los estudiantes de Grant Tech normalmente trabajaban en el campus o no trabajaban. No se mezclaban con la gente de la ciudad, y la gente de la ciudad procuraba no mezclarse con ellos.

—La universidad cerró esta semana por las vacaciones de Acción de Gracias. ¿Por qué no estaba con su familia? —señaló Frank.

Lena no supo qué responder.

—Hay cuarenta dólares dentro de la cartera, así que no fue un robo.

Frank revisó el compartimento del dinero; con dificultad, pues llevaba guantes, encontró el billete de veinte y los dos de diez pegados por el agua del lago.

—Puede que se sintiese sola y decidiese coger el cuchillo y suicidarse.

—Entonces debía de ser una contorsionista —insistió Lena—. Ya lo verás cuando Brock la tenga en la mesa. La apuñalaron por detrás.

Frank lanzó un suspiro de cansancio.

—¿Qué me dices de la cadena y los bloques de hormigón?

—Podemos preguntar en la tienda de Mann. Puede que el asesino las comprase allí.

—¿Estás segura de lo de la herida en el cuello? —preguntó Frank de nuevo.

Lena asintió.

Él continuaba mirando la fotografía del carné.

—¿Tiene coche?

—Si lo tiene, no está en los alrededores. —Lena continuó insistiendo sobre el mismo punto y añadió—: A menos que cargase unos bloques de veinte kilos y la cadena a través del bosque…

Frank cerró la cartera y se la devolvió.

—¿Por qué los lunes son cada vez más jodidos?

Lena no supo qué responder. La semana pasada no había sido mucho mejor. Una madre y su hijo se habían visto arrastrados por una riada; la ciudad aún no se había recuperado de aquel suceso. No sabían cómo reaccionarían ahora que una universitaria joven y guapa había sido asesinada.

—Brad está intentando encontrar a alguien de la universidad que pueda acceder a la oficina del registro para que nos den la dirección de Spooner.

Brad Stephens había logrado por fin ascender y ocupar el cargo de detective, pero su nuevo trabajo no difería en gran cosa del anterior y aún se dedicaba a hacer recados.

—Cuando se haya aclarado la escena —dijo Lena—, me pondré a trabajar en la notificación de la muerte.

—Alabama tiene la hora estándar —dijo Frank mirando su reloj—. Probablemente será mejor llamar a los padres directamente, en lugar de despertar al Departamento de Policía a estas horas de la mañana.

Lena miró su reloj. Eran casi las siete en punto, una hora menos en Alabama. Si en Elba funcionaban las cosas como en Grant, los detectives estarían de guardia toda la noche, pero no llegarían a la oficina hasta las ocho de la mañana. Normalmente, a esa hora del día, Lena se acababa de levantar y se estaba preparando un café.

—Les haré una llamada de cortesía cuando regresemos a comisaría.

Dentro del coche no se oía nada, salvo el sonido de la lluvia sobre la chapa. Un relámpago, fino y breve, brilló en el cielo. De forma instintiva, Lena se sobresaltó. Frank continuó mirando fijamente al lago. Los buceadores parecieron no notar el relámpago y se turnaban con el cortapernos para intentar librar el cadáver de la chica de los dos bloques.

El teléfono de Frank sonó emitiendo un sonoro gorjeo parecido al de un ave de la selva. Respondió con un brusco «sí», escuchó durante unos segundos y luego preguntó:

—¿Y qué sabes de los padres? —Luego murmuró una serie de maldiciones y añadió—: Vuelve y averígualo. —Cerró el teléfono—. Será gilipollas.

Lena dedujo que se refería a Brad, que probablemente se habría olvidado de preguntar por los padres.

—¿Dónde vive Spooner?

—En el número dieciséis y medio de Taylor Drive. Brad se reunirá con nosotros allí, si no se pierde por el camino.

Metió la marcha y extendió el brazo por detrás del asiento de Lena mientras arrancaba el coche hacia atrás. El bosque era denso y húmedo. Ella se apoyó en el salpicadero mientras Frank retrocedía lentamente para llegar hasta la carretera.

—Eso significa que vivía en uno de esos garajes apartamento —dijo Lena.

Mucha gente de la población había reformado los garajes o los cobertizos para convertirlos en apartamentos y poder cobrar un alquiler desorbitado a los estudiantes. La mayoría de ellos estaban tan desesperados por vivir fuera del campus que no ponían muchas pegas.

—El propietario es Gordon Braham —dijo Frank.

—¿Lo ha averiguado Brad?

El coche se metió en un bache tan hondo que los dientes de Frank chasquearon.

—Su madre se lo ha dicho.

—Bueno —respondió Lena tratando de pensar en algo positivo que pudiese decir sobre el chico—. Al menos ha tenido la iniciativa de averiguar quién es el dueño de la casa y del garaje.

—¿Iniciativa? —inquirió Frank en tono de mofa—. Ese muchacho no sabe ni dónde tiene la cabeza.

Lena conocía a Brad desde hacía más de diez años, y Frank incluso más. Sin embargo, ambos seguían considerándolo un joven tontorrón, un adolescente inexperto con el cinturón de la pistola sujeto por encima de la cintura. Durante años había llevado el uniforme, pero había conseguido aprobar las pruebas pertinentes para obtener la placa de oro de detective. Lena, sin embargo, había desempeñado ese trabajo el suficiente tiempo para saber que había una gran diferencia entre ser ascendido para ocupar un puesto de papeleo y ser ascendido para trabajar en la calle. Aun así, esperaba que, en una ciudad pequeña como Heartsdale, la inexperiencia de Brad no importase demasiado. Se le daba bien redactar informes y hablar con los testigos, aunque después de diez años detrás del volante de un coche patrulla seguía viendo la parte buena de las personas, y no la mala.

Lena no había necesitado ni una semana en el trabajo para darse cuenta de que no había ninguna persona realmente buena, ni siquiera ella.

No obstante, no quería perder el tiempo preocupándose en

aquel momento de Brad, así que siguió mirando las fotografías que había en la cartera de Allison Spooner mientras Frank se abría paso entre los árboles. Había una fotografía de un gato anaranjado tendido bajo un rayo de sol, una foto entrañable en la que se veía a Allison con una mujer que Lena supuso que sería su madre. En la última fotografía se veía a Allison sentada en un banco de jardín. A su derecha había un hombre que parecía unos años más joven que ella. Llevaba una gorra de béisbol con la visera hacia abajo y tenía las manos metidas en los bolsillos de sus holgados pantalones. A la izquierda de Allison se veía a una mujer mayor con el pelo rubio y grasiento, y una gruesa capa de maquillaje. Llevaba los pantalones ceñidos y tenía una mirada fría. Podía tener treinta o trescientos años. Los tres estaban sentados muy juntos, y el muchacho tenía el brazo echado por encima del hombro de Allison.

Le enseñó la fotografía a Frank.

—¿Familiares?

Lena estudió la fotografía, concentrándose en el fondo.

—Parece que se la hicieron en el campus —respondió ella—. ¿Ves el edificio blanco que hay detrás? Creo que es el centro de estudiantes.

—Esa chica no parece una estudiante universitaria.

Se refería a la mujer mayor de pelo rubio.

—Parece de aquí.

Llevaba el inconfundible y típico tinte barato y rubio de las chicas de la ciudad. Salvo por la cartera falsa, Allison Spooner parecía pertenecer a una escala social muy superior a la de la otra. No le cuadraba que ambas fuesen amigas. «Puede que Spooner tuviese problemas con las drogas», pensó Lena. Nada rompe tanto la diferencia de clases como las metanfetaminas.

Finalmente llegaron a la carretera principal. Las ruedas traseras del coche patinaron en el barro cuando Frank pisó el asfalto.

—¿Quién hizo la llamada?

Lena sacudió la cabeza.

—Llamaron al 911 desde un teléfono móvil. El número estaba bloqueado. Era la voz de una mujer, pero no dejó su nombre.

—¿Qué dijo?

Lena pasó cuidadosamente las páginas de su cuaderno para que las hojas húmedas no se rompiesen. Encontró la transcripción y la leyó en voz alta:

—Voz de mujer: «Mi amiga ha desaparecido esta tarde. Creo que se ha suicidado». Operadora: «¿Qué le hace pensar que haya hecho tal cosa?». Voz de mujer: «Anoche se peleó con su novio. Dijo que pensaba tirarse al lago en el Encuentro de los Enamorados». La operadora intentó retenerla en el teléfono, pero la mujer colgó.

Frank se quedó en silencio. Lena observó que hacía esfuerzos por tragar. Tenía los hombros tan encogidos que parecía un pandillero aferrado al volante. Desde que ella entró en el coche se había resistido a pensar que fuese un asesinato.

—¿Qué piensas? —preguntó Lena.

—El Encuentro de los Enamorados —repitió Frank—. Solo alguien de la ciudad conoce ese nombre.

Lena sostenía el cuaderno delante de las rejillas de la calefacción para que se secasen las hojas.

—Posiblemente el novio sea el chico de la fotografía.

Frank pensaba en otra cosa.

—Así que llamaron al 911, Brad condujo hasta el lago ¿y qué encontró?

—La nota estaba debajo de uno de los zapatos. El anillo y el reloj de Allison estaban dentro.

Lena se agachó para coger la bolsa de las pruebas que había guardado en los profundos bolsillos de su anorak. Rebuscó entre las pertenencias de la víctima y, cuando encontró la nota, se la enseñó a Frank.

—«Quiero acabar con esto.»

Miró la letra durante tanto rato que Lena se preocupó de que no prestase atención a la carretera.

—Ten cuidado, Frank.

Una de las ruedas rozó el borde de la carretera. Frank dio un volantazo y Lena se agarró al salpicadero, aunque no dijo nada sobre su forma de conducir porque su compañero no era el tipo de persona que soportara que le corrigiesen, y menos una mujer. Y menos aún Lena.

—Una nota de suicidio muy extraña —dijo Lena—. Incluso para un falso suicidio.

—Breve y directa al grano. —Frank sostuvo el volante con una mano mientras con la otra buscaba en el bolsillo de su chaqueta. Se puso las gafas y miró la tinta emborronada—. No la firmó.

Lena observó la carretera. Estaba pisando la línea blanca de nuevo.

—No.

Frank levantó la mirada y enderezó el coche hacia el centro de la calzada.

—¿Te parece la letra de una mujer?

No había pensado en ello. Estudió la única frase, escrita con un trazo rizado y amplio.

—Tiene una letra clara, pero no sabría decir si pertenece a una mujer o a un hombre. Podemos hablar con un experto en grafología. Allison era estudiante, así que tendrá algunos apuntes, trabajos o exámenes. Estoy segura de que encontraremos algo con lo que poder contrastarla.

Frank no comentó ninguna de sus sugerencias.

—Recuerdo cuando mi hija tenía su edad —dijo aclarándose la voz varias veces—. Solía dibujar un círculo encima de las íes, en lugar de puntos. Me pregunto si lo seguirá haciendo.

Lena se quedó callada. Había trabajado con Frank toda su carrera, pero no sabía gran cosa sobre su vida personal, salvo lo que todo el mundo conocía. Tuvo dos hijas con su primera esposa, pero eso fue hacía mucho tiempo. Ellas se habían marchado de la ciudad. Él jamás hablaba de la familia, y menos con Lena, pues la consideraba una persona fría y demasiado cercana.

Ella metió las gafas en la funda.

—Así que alguien la apuñaló en el cuello, la encadenó a dos bloques de hormigón, la arrojó al lago y luego decidió que pareciese un suicidio. —Lena sacudió la cabeza ante tanta estupidez y añadió—: Otro genio del crimen.

Frank lanzó un gruñido de asentimiento, pero ella se dio cuenta de que pensaba en otras cosas. Se quitó las gafas y miró en dirección a la carretera.

Lena no quería, pero preguntó:

—¿Qué pasa?

—Nada.

—¿Cuántos años llevo trabajando contigo, Frank?

Soltó otro gruñido, pero luego se relajó.

—El alcalde ha intentado localizarme.

Lena notó que se le hacía un nudo en la garganta. Clem Waters, el alcalde de Heartsdale, había intentado durante algún tiempo convencer a Frank para que ocupase el puesto de jefe de policía de forma más permanente.

—No me interesa el trabajo —dijo él—, pero no hay nadie que quiera cogerlo.

—No —respondió Lena.

Nadie quería ocupar ese puesto, en parte porque nadie podría estar a la altura de quien lo había ocupado antes.

—El salario es bueno —dijo Frank—. La pensión de jubilación no está mal. El seguro médico, la pensión y el salario serían mejores.

Lena se guardó lo que pensaba y dijo:

—No está mal, Frank. A Jeffrey seguro que le habría gustado que aceptases.

—Él querría que me jubilase antes de que me diese un ataque al corazón persiguiendo a un yonqui por el campus.

Frank sacó la petaca y se la ofreció a Lena. Ella negó con la cabeza y observó cómo le daba un largo trago sin perder de vista la carretera cuando echó la cabeza hacia atrás. Lena se fijó en sus manos, que temblaban ligeramente. Últimamente le pasaba mucho, sobre todo por las mañanas.

En ese momento, el constante chapoteo de la lluvia se convirtió en un estridente sonido entrecortado. El ruido retumbaba en el coche y no dejaba oír nada más. Lena presionó la lengua contra el paladar. Debería decirle a Frank que quería dimitir, que había un trabajo en Macon esperándola si se atrevía a dar ese paso. Se había trasladado al condado de Grant para estar cerca de su hermana, pero ella había muerto diez años antes. Su tío, el único pariente que aún vivía, se había jubilado y se había marchado a Florida Panhandle. Su mejor amiga había conseguido trabajo en una biblioteca que estaba muy al norte. Su novio vivía a dos horas de distancia. No había nada que la retuviese en aquel lugar, salvo la inercia y la lealtad a un hombre que había muerto hacía cuatro años y que probablemente no la consideró una buena policía.

Frank utilizó las rodillas para sujetar el volante mientras enroscaba el tapón de la petaca.

—No aceptaré a menos que estés de acuerdo.

Lena volvió la cabeza, sorprendida.

—Frank...

—Lo digo en serio —la interrumpió él—. Si no estás de acuerdo, le diré al alcalde que se lo meta por el culo. —Soltó una risotada que hizo vibrar la flema que tenía en el pecho—. Te dejaré que me acompañes para que veas la cara que pone.

Lena se vio obligada a decir:

—Deberías aceptar el trabajo.

—No estoy seguro, Lee. Me estoy haciendo viejo. Mis hijas ya son mayores. Mis esposas me han abandonado. A menudo, por las mañanas, me pregunto por qué me levanto de la cama. —Soltó otra risotada—. Puede que un día me encuentres tirado en el lago, con el reloj en mis zapatos. Pero de verdad.

No quería oír el cansancio que denotaba su voz. Frank llevaba trabajando como policía veinte años más que Lena, pero el tono de aburrimiento era muy parecido al suyo. Por esa razón, ella había empleado todo su tiempo libre en asistir a las clases de la universidad y a licenciarse en Ciencia Forense, para poder trabajar en la investigación de la escena del crimen en lugar de como agente de la ley.

Lena podía soportar esas llamadas a altas horas de la madrugada que la sacaban del sueño, podía aguantar la masacre, los cadáveres y la miseria que traía la muerte a cada momento de su existencia, pero lo que ya no podía seguir aguantando era estar en primera línea. Suponía demasiada responsabilidad, demasiado riesgo. Si cometías un error, te podía costar la vida, y no solo la tuya, sino la de otra persona. En cualquier momento podías acabar matando al hijo de alguien, a su marido o a un amigo. No tardabas en darte cuenta de que la muerte de otra persona que estuviese bajo tu responsabilidad era mucho peor que la posibilidad de perder tu propia vida.

—Tengo que decirte una cosa —dijo Frank.

Lena le miró, sorprendida por su repentina sinceridad. Sus hombros estaban aún más encorvados y tenía los nudillos blancos de tanto apretar el volante. Pensó en todas las cosas que había hecho mal en el trabajo, pero lo que Frank dijo la dejó muda.

—Sara Linton ha vuelto a la ciudad.

A Lena se le vino el sabor del whisky y de algo amargo a la garganta. Por un breve y aterrador momento pensó que iba a vomitar. No podía soportar la idea de ver a Sara. Las acusaciones, el sentimiento de culpabilidad, incluso pensar en pasar por su calle le resultaba insoportable. Siempre tomaba el camino más largo para ir al trabajo, para evitar pasar por la casa de Sara, para alejarse de la miseria que le revolvía el estómago cada vez que pensaba en aquel lugar.

Frank bajó el tono de voz:

—Me enteré en la ciudad, así que llamé a su padre. Me dijo que venía para el día de Acción de Gracias —dijo aclarándose la garganta—. No te lo habría dicho, pero envié un coche patrulla para que vigilasen su casa. Lo verías en la hoja de llamadas y te sorprendería, así que ya lo sabes.

Lena intentó tragar el sabor que se le vino a la boca. Parecía como si un trozo de cristal le atravesase la garganta.

—De acuerdo. Gracias.

Frank giró bruscamente en Taylor Road, saltándose una señal de *stop*. Lena se agarró a la puerta para mantenerse erguida, pero el movimiento fue automático. Su mente estaba ocupada pensando en cómo pedirle que le dejase unos días libres en mitad de un caso. Aprovecharía esa semana para ir a Macon y ver algunos apartamentos hasta que acabasen las vacaciones y Sara regresase a Atlanta, donde vivía.

—Ahí está ese tonto del culo —dijo Frank mientras detenía el coche.

Brad Stephens estaba de pie, fuera del coche patrulla. Llevaba puesto un traje color crema inmaculadamente planchado. Su camisa blanca casi relucía bajo la corbata de rayas azules que, era más que probable, su madre le habría dejado al lado de su ropa esa misma mañana. Sin embargo, lo que de verdad le molestaba era el paraguas que sostenía en la mano. Era rosa chillón, salvo por el logotipo de Mary Kay, que era de color amarillo.

—No te enfades con él —dijo Lena, pero Frank ya estaba saliendo del coche.

Forcejeó con su propio paraguas —uno con la sombrilla grande y negra que había cogido de la funeraria de Brock— y se acercó a grandes zancadas hasta donde se encontraba Brad. Lena se quedó esperando en el coche, viendo cómo regañaba al joven detective. Ella sabía lo que era soportar las diatribas de Frank, pues había sido su primer instructor cuando ingresó en la policía, y luego su compañero cuando la nombraron detective. De no haber sido por él, habría dejado el trabajo la primera semana: el hecho de que pensase que las mujeres no estaban hechas para ser policías le hizo seguir adelante, solo para demostrarle que estaba equivocado.

Jeffrey había sido su protector. Lena sabía de sobra que tenía la costumbre de ser el reflejo de cualquiera que tuviese delante. Cuando Jeffrey estaba al mando lo hacían todo como se debía, o al menos lo mejor posible. Era un policía recto, el tipo de hombre que se ganaba la confianza de la comunidad porque mostraba su carácter en todo lo que hacía. Ese era el principal motivo por el que el alcalde lo había escogido. Clem quería acabar con las viejas costumbres, introducir el condado de Grant en el siglo XXI. Ben Carver, el jefe de policía en aquella época, apestaba como un trapo sucio. Frank había sido su mano derecha y era igualmente deshonesto. Sin embargo, bajo el mandato de Jeffrey, Frank había cambiado su forma de proceder. Todos lo habían hecho. Al menos mientras vivió.

La primera semana que Frank ocupó su puesto, las cosas empezaron a cambiar, aunque al principio muy lenta e imperceptiblemente. El resultado de una prueba de alcohol había desaparecido, lo que obligó a que soltasen a uno de sus compañeros de caza, que se libró de ser acusado por conducir ebrio. Un traficante de hierba sumamente cuidadoso que traficaba en la universidad fue apresado con un buen puñado de dinero en el maletero de su coche, pero los billetes desaparecieron del depósito de pruebas. Las requisas eran un tanto dudosas, y el contrato del mantenimiento de los coches del condado pasó a un taller del cual Frank tenía una parte.

Al igual que cuando se rompe una presa, esas pequeñas fisuras se fueron agrandando hasta que estallaron y todos los agentes del cuerpo de policía empezaron a hacer cosas que no debían. Esa era una de las principales razones por las que Lena quería marcharse. Macon era muy distinta en ese sentido. La ciudad era más grande que las tres localidades que constituían el condado de Grant. Tenía una población de unos cien mil habitantes. La gente denunciaba si la policía no los trataba con justicia, y solían ganar los pleitos. El porcentaje de asesinatos era uno de los más altos del estado. Robos, delitos sexuales, crímenes violentos...; había muchas oportunidades para un detective, y muchas más para un perito criminalista. A Lena le quedaban dos cursos para obtener su licenciatura. No había atajos a la hora de recopilar pruebas. Se buscaban las huellas dactilares, se aspiraban las moquetas en busca de fibras, se fotografiaban la sangre y otros fluidos corporales, se registraban las pruebas y luego se entregaban a otra persona. Los técnicos del laboratorio eran los responsables de llevar a cabo el estudio científico. Los agentes eran los responsables de apresar a los malos. Lena sería tan solo una limpiadora con ciertos privilegios, una placa y algunos beneficios estatales. Podría pasar el resto de su vida registrando escenas de crímenes y luego jubilarse lo bastante joven como para incrementar su pensión con algunos trabajos privados de investigación.

Terminaría siendo uno de esos detectives privados que siempre meten las narices donde no los llaman.

—¡Maldita sea! —exclamó Frank dando una palmada en el capó del coche.

El agua salpicó como si un perro se estuviese sacudiendo. Había terminado de gritarle a Brad y andaba buscando otra persona con la que desfogarse.

Lena cogió el anorak húmedo y goteante, se lo puso y se apretó el cordón de la capucha para que el pelo no se le mojase. Se vio en el espejo retrovisor. El cabello se le había empezado a rizar. La lluvia le había devuelto las raíces católico-irlandesas de su padre y había suprimido las mexicanas de su madre.

—¡Maldita sea! —exclamó Frank de nuevo.

Cuando Lena salió del coche, ya le estaba soltando otra diatriba a Brad, regañándole porque llevaba la funda de la pistola demasiado baja.

Ella dibujó una sonrisa forzada, tratando de prestarle algo de apoyo a Brad. Lena también había sido muy torpe hacía muchos años, y puede que Jeffrey también la considerase una inútil. El mero hecho de haber intentado convertirla en una policía responsable era prueba de su determinación. Una de las razones por las que a veces pensaba en rechazar el trabajo en Macon era porque creía que podía ayudar a Brad a convertirse en un buen policía. Trataría de mantenerlo alejado de la corrupción, enseñarle a hacer las cosas como es debido: «Haz lo que te digo, no lo que hago».

—¿Estás seguro de que es esa? —preguntó Frank refiriéndose a la casa.

Brad tragó saliva.

—Sí, señor. Al menos es la que consta en los archivos de la universidad. Taylor Drive número dieciséis y medio.

—¿Has llamado a la puerta?

Brad no sabía cuál era la respuesta que debía dar.

—No, señor. Usted me dijo que le esperase.

—¿Tienes el teléfono del propietario?

—No, señor. Es el señor Braham, pero…

—¡Dios santo! —murmuró Frank dirigiéndose a la entrada.

Lena no pudo hacer otra cosa que sentirse apenada por el chico. Pensó en darle unas palmaditas en el hombro, pero él movió su brillante paraguas color rosa y terminó empapándole la cabeza.

—¡Vaya! Lo siento mucho, Lena —dijo.

Ella tuvo que contener los improperios que tenía ganas de soltarle y empezó a caminar para alcanzar a Frank.

El número dieciséis y medio de Taylor Drive era un garaje de una sola planta, algo más grande que una furgoneta y el doble de ancho. «Transformado» era un término demasiado amplio, ya que no habían tocado la estructura externa. La puerta enrollable de metal aún permanecía en su sitio, y las ventanas las habían cubierto con cartulinas negras. A causa de lo encapotado que estaba el cielo, las luces del interior pasaban por las rendijas de los laterales de aluminio. Los rollos de aislante de fibra de vidrio estaban empapados por la lluvia. El techo de hojalata estaba rojo por el óxido y una lona impermeable de color azul tapaba la esquina trasera.

Lena miró atentamente la estructura, preguntándose cómo una mujer en sus cabales era capaz de vivir en un sitio como ese.

—Una *scooter* —señaló Frank.

Había una Vespa morada aparcada en el garaje. Un candado de bicicleta sujetaba la rueda trasera a una argolla clavada en el cemento de la entrada.

—¿Tenía la chica una cadena parecida? —preguntó Frank.

Lena vio un destello amarillento debajo de la rueda.

—El candado es muy similar.

Miró en dirección a la casa principal, una vivienda de madera de dos plantas con un tejado a dos aguas en la parte delantera. Las ventanas estaban oscuras. No había ningún coche aparcado en la casa ni en la calle. Lena abrió su teléfono móvil para llamar a Marla Simms, la anciana secretaria de la comisaría. Marla y su mejor amiga, Myrna, eran como una agenda con todas las direcciones de las personas de la ciudad.

Brad miró por una de las ventanas que tenía la puerta del garaje. Bizqueó, tratando de ver algo a través de la cartulina negra.

—Cuidado —susurró, retrocediendo tan rápido que casi se cae. Desenfundó la pistola y se agazapó.

Lena sacó su Glock. El corazón le dio un vuelco. La adrenalina le hacía agudizar los sentidos. Miró por encima del hombro y vio que Frank también había sacado el arma. Todos se quedaron inmóviles, con las pistolas apuntando a la puerta cerrada del garaje.

Lena le hizo señales a Brad para que retrocediese. Ella se acercó agazapada hasta la ventana del garaje. La raja que tenía la cartulina negra parecía haberse agrandado; tenía forma de diana. Echó una mirada rápida. Había un hombre de pie, al lado de una mesa plegable. Llevaba un pasamontañas negro. Levantó la mirada, como si hubiese oído un ruido. Lena se agachó, con el corazón latiéndole a toda velocidad. Se quedó inmóvil, contando los segundos mientras aguzaba el oído por si oía pisadas o a alguien cargando una pistola. No oyó nada, y soltó el aire que había retenido.

Levantó un dedo a Frank para indicarle que había una persona. Gesticuló la palabra «pasamontañas» y vio cómo se le abrían los ojos por la sorpresa. Frank le hizo señas preguntándole si llevaba armas, pero ella se encogió de hombros, pues no había podido ver si llevaba alguna pistola.

Sin que nadie se lo dijese, Brad se dirigió al lateral del edificio y luego recorrió la parte de atrás para comprobar si había otra salida. Lena contó los segundos, hasta veintiséis; entonces lo vio aparecer por el otro lado. El chico negó con la cabeza. No había puerta trasera ni ventanas. Lena le hizo señas para que se fuese a la entrada y les sirviese de refuerzo. Frank y ella se ocuparían del asunto. Brad empezó a protestar, pero ella le cortó con la mirada. Finalmente, agachó la cabeza en señal de rendición. Lena esperó hasta que estuvo a unos cinco metros de distancia para indicarle a Frank que estaba preparada.

Este se aproximó hasta la puerta del garaje, se agachó y agarró el asa de metal que estaba en la parte baja de la puerta enrollable. Después de mirar a Lena, dio un tirón brusco para levantarla.

El hombre que estaba dentro se quedó perplejo; los ojos se le quedaron en blanco bajo el pasamontañas. Llevaba guantes y tenía un cuchillo en una de sus manos, dispuesto para usarlo. La cuchilla era larga y delgada, de unos veinte centímetros. Y la empuñadura estaba cubierta de sangre seca. El cemento que había bajo sus pies también estaba manchado de sangre.

—Suéltalo —dijo Frank.

El intruso no obedeció. Lena dio unos cuantos pasos a su derecha para impedir que tuviera la tentación de escapar. El hombre estaba de pie, detrás de una mesa grande de cafetería con papeles esparcidos por encima. Había una cama de matrimonio colocada en ángulo contra la pared, de tal forma que la habitación quedaba partida por la mitad entre el bastidor de madera y la mesa.

—Deja el cuchillo —le dijo Lena.

Tuvo que girarse en ambas direcciones para pasar al lado de la cama. Había otra mancha oscura debajo de la cama. Vio una cubeta llena de agua sucia y una esponja mugrienta a su lado. Mantenía la pistola apuntando al pecho del hombre mientras caminaba cuidadosamente alrededor de las cajas y de los trozos desparramados de papel. El hombre miraba nerviosamente a Lena y a Frank, con el cuchillo aún en la mano.

—Suéltalo —repitió Frank.

El hombre empezó a bajar la mano. Lena empezó a exhalar,

pensando que la cosa acabaría bien. Se equivocó. Sin avisar, el tipo empujó violentamente la mesa a un lado. Le dio con ella en las piernas y la hizo caer sobre la cama. Su cabeza rozó el bastidor cuando cayó sobre el suelo de cemento. Se oyó un disparo. Lena estaba segura de que no había salido de su pistola, a pesar de que su mano izquierda estaba presionando el gatillo. Alguien gritó. Se oyó un gemido. Se dio la vuelta para levantarse, pero se le nubló la vista.

Frank estaba tendido de costado en medio del garaje. Su pistola estaba tirada en el suelo, a su lado. Se agarraba el brazo. Al principio, Lena pensó que le estaba dando un ataque al corazón, pero la sangre que brotaba entre sus dedos le hizo pensar que le habían apuñalado.

—¡Cógelo! —gritó Frank.

—Mierda —exclamó Lena apartando la mesa.

Sintió náuseas. Aún tenía la vista nublada, pero se le agudizó cuando vio al sospechoso vestido de negro parado en la entrada. Brad estaba de pie, completamente inmóvil, con la boca abierta por la sorpresa. El intruso pasó por su lado, corriendo.

—¡Cógelo! —gritó Lena—. ¡Ha apuñalado a Frank!

Brad se dio la vuelta y empezó a perseguirle. Lena apartó la mesa y comenzó a correr detrás de ellos. Las zapatillas chasqueaban contra el suelo mojado y el agua le salpicaba la cara. Llegó hasta el final de la entrada y bajó corriendo por la calle. Brad iba delante de ella, ganándole terreno al sospechoso. Era más alto, estaba más en forma y a cada paso acortaba la distancia con el intruso.

—¡Alto! —gritó Brad—. ¡Policía!

De repente todo se detuvo. Hasta la lluvia pareció congelarse en el aire, pequeñas gotas atrapadas en el tiempo y el espacio.

El sospechoso se paró y se dio la vuelta, apuntando con el cuchillo. Lena buscó su arma, pero palpó la funda vacía. Se oyó el ruido del metal atravesando la carne, luego un fuerte gruñido. Brad cayó al suelo.

—No —gritó Lena, que corrió al lado del chico y se puso de rodillas a su lado.

El cuchillo se le había clavado en el estómago y la sangre empapaba su camisa cambiando su color de blanco a rojo.

—Brad…

—Duele —respondió—. Duele de verdad.

Lena cogió su móvil y llamó, esperando que los de la ambulancia estuviesen aún en el lago y no a mitad de camino de la comisaría. Oyó unas pisadas a sus espaldas, unos zapatos chocando contra el asfalto. Con una velocidad sorprendente, Frank pasó a su lado, corriendo y gritando con una rabia descontrolada. El sospechoso se dio la vuelta para ver qué pasaba cuando Frank lo derribó contra el asfalto. Se oyó un chasquido de dientes, el crujido de los huesos al romperse. Los puños de Frank volaban como las aspas de un molino mientras golpeaba al sospechoso.

Lena se llevó el teléfono al oído. Oía el timbre de la comisaría, pero nadie respondía.

—Lena… —susurró Brad—. No le digas a mi madre que he metido la pata.

—Tú no has metido la pata.

Lena puso la mano para protegerle la cara de la lluvia. Sus párpados aletearon, intentando cerrarse.

—No me hagas esto —rogó.

—Lo siento, Lena.

—¡No! —gritó.

«Nunca más.»

Capítulo tres

Sara Linton nunca consideró el condado de Grant como su hogar. Era como si perteneciese a otro lugar, a otro tiempo, tan tangible como el Manderley de Rebecca o los páramos de Heathcliff. Cuando llegó a las proximidades de la ciudad observó que todo permanecía igual, aunque nada era del todo real. La naturaleza estaba recuperando lentamente su lugar en la base militar que habían cerrado. Allí estaban las caravanas, en el peor barrio, al otro lado de las líneas de ferrocarril. Vio el autoservicio abandonado, que habían transformado en un centro de almacenaje.

Habían pasado tres años y medio desde que Sara estuvo en casa por última vez, y le gustaba pensar que su vida no iba mal ahora, que empezaba a ser casi normal. De hecho, su vida actual en Atlanta era muy parecida a la que habría tenido allí después de haber asistido a la Facultad de Medicina de no haber regresado a Grant. Era la pediatra jefe de Urgencias del hospital Grady, donde los estudiantes la seguían como cachorros y los guardas de seguridad llevaban muchos cargadores en sus cinturones por si acaso los pandilleros intentaban terminar el trabajo que habían iniciado en las calles. Un epidemiólogo que trabajaba en el Centro para el Control de Enfermedades en el campus de Emory le había pedido que saliese con él. También asistía a algunas fiestas y tomaba café con las amigas. De vez en cuando, los fines de semana, llevaba a los perros a Stone Mountain Park para que pudieran correr. Leía mucho y veía la televisión más de lo que debía. Llevaba una vida completamente normal, una vida completamente aburrida.

Sin embargo, en cuanto vio la señal que indicaba que había entrado de forma oficial en el condado de Grant, ese escudo que con tanto cuidado había construido empezó a resquebrajarse. Se detuvo a un lado de la carretera, notando una opresión en el pecho. Los perros se agitaron en el asiento trasero. No obstante, no estaba dispuesta a dejarse vencer, pues era más fuerte que eso. Había luchado con uñas y dientes para salir de la depresión en la cual se vio inmersa después de la muerte de Jeffrey y no estaba dispuesta a caer de nuevo por una simple señal de tráfico.

—Hidrógeno —dijo—. Helio, litio, berilio.

Era un viejo truco de la infancia, enumerar los elementos de la tabla periódica para echar a los monstruos que podían aguardar bajo su cama.

—Neón, sodio, magnesio...

Estuvo repitiéndolos de memoria hasta que el corazón dejó de latirle con tanta fuerza y respiró con normalidad.

Finalmente, se le pasó y empezó a reírse de sí misma al imaginar qué pensaría Jeffrey si la viese recitar la tabla periódica a un lado de la carretera. Había sido atleta en la escuela secundaria, un chico guapo, encantador y agradable al que no le había costado ningún trabajo descubrir el aspecto alocado de Sara.

Se dio la vuelta y acarició a los perros para tratar de calmarlos. En lugar de arrancar de nuevo el coche, permaneció sentada durante un rato, mirando por la ventana la carretera vacía que conducía hasta la ciudad. Se llevó la mano al cuello de la camisa y cogió el anillo que llevaba colgado en el collar, el anillo de graduación de Jeffrey en Auburn. Había jugado en el equipo de rugby hasta que se cansó de chupar banquillo. El anillo era grueso, demasiado grande para su dedo, pero palparlo le hacía sentirse cerca de él. Era un talismán, y a veces se descubría a sí misma tocándolo de forma inconsciente.

Su único consuelo era que se lo habían dicho todo. Jeffrey sabía que Sara le amaba. Sabía que no había ninguna parte de ella que no le perteneciese por completo, al igual que ella sabía que él sentía lo mismo. Cuando murió, sus últimas palabras fueron para ella. Sus últimos pensamientos, sus últimos recuerdos. Y ella también sabía que sus últimos pensamientos serían para él.

Besó el anillo antes de ponérselo de nuevo dentro de la camisa. Cuidadosamente, salió del andén y volvió a la carretera. El sentimiento de congoja amenazaba con volver a medida que se acercaba a la ciudad. Le resultaba mucho más fácil no pensar en las cosas que había perdido cuando no las tenía delante. El estadio de rugby del instituto donde había visto por primera vez a Jeffrey. El parque donde juntos habían llevado a pasear a los perros. Los restaurantes donde habían comido alguna vez. La iglesia... A menudo, la madre de Sara había hecho que se sintieran culpables por no pasar por allí.

Debería haber algún lugar o algún recuerdo que no estuviese relacionado con él. Había vivido allí mucho antes de que Jeffrey Tolliver supiese que existía el condado de Grant. Sara se había criado en Heartsdale, había ido al instituto, había entrado en el club de ciencias, había ayudado en el albergue para mujeres maltratadas donde su madre era voluntaria, y había trabajado esporádicamente con su padre. Había vivido en una casa donde Jeffrey jamás había puesto un pie, había conducido un coche que jamás había visto, se había dado su primer beso con un chico cuyo padre era el dueño de la ferretería, había asistido a los bailes de la iglesia, había participado en algunas cenas celebradas allí y había ido a los partidos de rugby.

Y todo eso sin Jeffrey.

Tres años antes de que entrase en su vida, Sara había trabajado a media jornada como médica forense para comprar su participación en la clínica infantil. A pesar de haber pagado el préstamo, continuó con ese trabajo por mucho tiempo, ya que le sorprendió descubrir que ayudar a los muertos solía ser más satisfactorio que echar una mano a los vivos. Cada caso era un rompecabezas, cada cuerpo suponía un cúmulo de pistas que conducían a un misterio que ella era la única que podía resolver. Una parte diferente de su ser, que no había sabido ni tan siquiera que existiese, se sentía estrechamente vinculada al trabajo forense. Se había dedicado a ambos trabajos con igual pasión. Había trabajado en infinidad de casos y había testificado en juicios sobre innumerables sospechosos y circunstancias.

Sin embargo, Sara no recordaba ni el más mínimo detalle de ninguno de ellos.

Lo que sí podía recordar vivamente era el día en que Jeffrey Tolliver había llegado a la ciudad. El alcalde lo había convencido para que dejase el cuerpo de policía de Birmingham y ocupase el puesto del jefe de policía que se había jubilado. Todas las mujeres que Sara conocía se reían nerviosamente cada vez que se mencionaba su nombre, pues era divertido y encantador, además de alto, moreno y guapo. Había jugado en el equipo de rugby de la universidad. Conducía un Mustang rojo cereza, y cuando caminaba lo hacía con la gracia atlética de una pantera.

Lo que había sorprendido a toda la ciudad, incluso a Sara, es que se hubiese fijado en ella. No era la típica chica que se llevaba al tipo guapo, sino la clase de chica que veía cómo su hermana o su mejor amiga se quedaban con el chico más guapo. Sin embargo, sus citas casuales fueron a más, por lo que nadie se sorprendió que años después Jeffrey le pidiese que se casase con él. Su relación no había sido fácil, y bien sabe Dios que habían tenido sus más y sus menos, pero al final había descubierto que cada fibra de su cuerpo pertenecía a Jeffrey y, lo que es más importante, que él también le pertenecía por completo a ella.

Sara se secó las lágrimas con el dorso de la mano. La nostalgia era lo más duro, ese dolor físico que sentía su cuerpo cuando se acordaba de él.

En Atlanta, podía pensar en Jeffrey sin derrumbarse. La distancia tenía sus ventajas, ya que podía elegir sus pensamientos. No había suspiros repentinos, ni lugares o cosas discordantes que la derrumbaban y la deprimían durante días.

Todo eso se había acabado ahora que estaba de vuelta en Grant, el hogar de Jeffrey. No había ningún lugar en la ciudad que no le recordase lo que había perdido. Aquellas carreteras habían estado a salvo por él. Mucha de la gente de aquel lugar lo había considerado su amigo. Y Jeffrey había muerto allí. La ciudad que tanto le había querido se había convertido en el escenario de su crimen. Allí estaba la iglesia donde celebraron una misa en su honor. Justo allí estaba la calle donde una larga hilera de coches había seguido su féretro cuando lo sacaban de la ciudad.

Sara solo pasaría cuatro días en Grant. En ese tiempo podía hacer cualquier cosa.

Casi cualquier cosa.

Tomó el camino más largo para llegar a casa de sus padres, evitando pasar por Main Street y la clínica infantil. La tormenta que la había seguido durante todo el camino desde Atlanta se había apaciguado, pero por las nubes oscuras que había en el cielo sabía que solo sería un respiro momentáneo. Últimamente el tiempo parecía ir al compás de su estado de ánimo: tormentas violentas y repentinas con intervalos de sol.

Al ser vacaciones, por el día de Acción de Gracias, el tráfico a la hora de comer era prácticamente inexistente. No había hileras de coches dirigiéndose a la universidad, ni personas yendo al centro para hacer las compras. Aun así, cogió la dirección de la izquierda en lugar de la derecha en Lakeshore Drive, lo que suponía recorrer tres kilómetros más bordeando el lago Grant, pero de esa forma evitaba pasar por su antigua casa, su anterior vida.

Ver la casa de los Linton, al menos, le resultó agradable. La habían reformado, habían hecho algunas ampliaciones y habían restaurado los cuartos de baño. El padre de Sara había construido el apartamento encima del garaje cuando ella se marchó a la universidad, para que tuviese un lugar donde quedarse durante las vacaciones de verano. Tessa, la hermana menor de Sara, había vivido allí durante casi diez años mientras esperaba independizarse. Eddie Linton tenía un negocio de fontanería. Había enseñado a sus dos hijas el funcionamiento del negocio, pero solo Tessa se había quedado el tiempo suficiente como para saberlo llevar. Que Sara hubiese preferido la Facultad de Medicina a pasarse la vida navegando con su hermana y su padre por lugares húmedos y angostos fue una decepción que Eddie intentaba superar, pues era ese tipo de padre al que le gustaba tener cerca a sus hijas.

Sara no sabía cómo se había tomado Eddie la decisión de Tessa de dejar el negocio familiar. Más o menos en la misma época en que Sara perdió a Jeffrey, Tessa se había casado y se había trasladado a doce mil kilómetros de distancia para ayudar a los niños en el sur de África. Tessa era tan impulsiva como Sara constante, aunque nadie se imaginó cuando eran adolescentes que terminarían donde estaban hoy. A Sara le seguía pareciendo inconcebible que su hermana se hubiese hecho misionera.

—¡Sissy! —gritó Tessa saliendo de la casa y balanceando su barriga de embarazada mientras bajaba las escaleras de la entrada—. ¿Por qué has tardado tanto? ¡Estoy que me muero de hambre!

Apenas había salido del coche cuando su hermana la abrazó. El abrazo pasó de ser un saludo a algo más profundo, y Sara notó que de nuevo la invadía la congoja. Fue un sentimiento tan profundo que pensó que no sería capaz de soportarlo ni cinco minutos, mucho menos cuatro días.

—Oh, Sissy, todo ha cambiado —farfulló Tessa.

Sara contuvo las lágrimas.

—Sí, lo sé.

Tessa se apartó.

—Tienen piscina.

Sara se rio, sorprendida.

—¿Qué me dices?

—Mamá y papá han construido una piscina. Con jacuzzi.

Sara se frotó los ojos con el dorso de la mano, riéndose y sintiendo un profundo amor por su hermana.

—¿Me tomas el pelo?

Sara y Tessa habían pasado casi toda su infancia tratando de convencer a sus padres para que construyesen una piscina.

—Y mamá le ha quitado el plástico al sofá.

Sara miró seriamente a su hermana, esperando que terminase por rematar la faena.

—Han decorado el estudio, han cambiado la instalación de luz, han renovado la cocina y han pintado encima de las marcas de lápiz que papá señaló en la puerta... Es como si jamás hubiésemos vivido aquí.

No podía decir que echaría de menos las señales hechas con lápiz que habían registrado su estatura hasta octavo grado, cuando se convirtió oficialmente en la más alta de la familia. Cogió la correa de los perros del asiento trasero.

—¿Qué han hecho en el estudio?

—Han quitado todos los paneles y han puesto, incluso, molduras de corona. —Tessa se puso las manos en las amplias caderas—. Han comprado muebles nuevos para el jardín, de los de mimbre de verdad, no de esos que te raspan el culo cada vez que te sientas. —Se oyó un relámpago en la distancia.

Tessa esperó que pasase y añadió—: Parecen sacados de la revista *Southern Living*.

Sara bloqueó la puerta trasera de su todoterreno mientras se esforzaba por ponerles la cadena a sus dos galgos para que no saliesen a la calle.

—¿Le has preguntado a mamá por qué ha cambiado todo?

Tessa chasqueó la lengua mientras cogía las correas de los perros. *Billy* y *Bob* dieron un salto para bajar del coche y se pusieron a su lado.

—Sí. Dice que ahora que no estamos puede tener cosas más bonitas.

Sara apretó los labios.

—Vaya. Eso duele.

Dio la vuelta al coche y abrió el maletero.

—¿Cuándo viene Lemuel?

—Está intentando coger un vuelo, pero esos pilotos africanos no salen hasta que no ha subido la última cabra y la última gallina al avión.

Tessa había regresado hacía unas semanas para tener al niño en Estados Unidos. Su último embarazo no había ido bien y perdió al bebé. Lemuel, obviamente, no quería que Tessa corriese ahora ningún riesgo, pero a Sara le resultó extraño que no hubiese vuelto con su esposa, ya que le quedaba menos de un mes para salir de cuentas.

—Espero verle antes de marcharme —dijo Sara.

—Oh, Sissy. Eso es muy amable de tu parte. Gracias por mentir.

Sara estaba a punto de responder con lo que era una mentira más elaborada cuando observó que un coche patrulla descendía lentamente por la calle. El hombre que iba al volante la saludó inclinando el sombrero. Sus miradas se cruzaron. De nuevo sintió que se venía abajo.

Tessa acarició los perros.

—Llevan así toda la mañana.

—¿Cómo sabían que iba a venir?

—Puede que se me escapase ayer en Shop 'n Save.

—Tess —protestó Sara—. Jill June me llamó por teléfono en cuanto te marchaste. Prefería que no enterase nadie. Ahora empezará a venir todo el mundo con sus perros.

Tessa le dio un sonoro beso a *Bob*.

—Entonces verás a tus amigos, ¿verdad que sí, muchacho? —Le dio otro beso a *Bill* para equilibrar las cosas. Luego añadió—: Ya te han llamado dos veces.

Sara sacó la maleta y cerró la puerta trasera.

—Seguro que han sido Marla, de la comisaría, y Myrna, la vecina de abajo, tratando de sonsacar cualquier tipo de chismorreo.

—No, no han sido ellas —respondió Tessa mientras caminaba al lado de Sara en dirección a la casa—. Ha llamado una mujer, una tal Julie no sé qué. Parecía joven.

Los pacientes de Sara la habían telefoneado con cierta frecuencia a casa, pero no recordaba a nadie con ese nombre.

—¿Ha dejado su número?

—Mamá lo tiene anotado.

Sara arrastró la maleta por las escaleras del porche, preguntándose dónde estaría su padre. Probablemente tirado sobre el sofá sin plástico.

—¿Quién más ha llamado?

—La misma mujer llamó dos veces. Dijo que necesitaba tu ayuda.

—Julie... —repitió Sara sin recordar su apellido.

Tessa la detuvo en el porche.

—Tengo que decirte algo.

Sara se asustó. Presintió que serían malas noticias. Tessa estaba a punto de hablar cuando se abrió la puerta.

—Estás hecha un palillo —la reprendió Cathy—. Sabía que no estabas comiendo como Dios manda.

—Yo también me alegro de verte, mamá.

Sara le dio un beso en la mejilla. Eddie salió detrás de ella y le dio otro beso en la mejilla. Sus padres acariciaron a los perros, embobados con ellos, y Sara intentó no molestarse por que los galgos estuviesen siendo recibidos más calurosamente que ella.

Eddie cogió la maleta de Sara.

—Me llevo esta —dijo.

Antes de que pudiese replicar, empezó a subir las escaleras.

Sara se quitó las zapatillas mientras veía alejarse a su padre.

—Es algo…

Cathy le hizo señales para que no le hablase de eso.

Tessa se quitó las sandalias. La pared recién pintada estaba algo deteriorada, tras haber repetido ese gesto miles de veces.

—Mamá, tienes que decírselo —soltó.

Cathy intercambió una mirada con Tessa. A Sara se le puso el vello de punta.

—Decirme el qué.

—Todo el mundo está perfectamente —afirmó su madre.

—¿Salvo quién?

—Brad Stephens resultó herido esta mañana.

Brad había sido uno de sus pacientes, y luego uno de los agentes de Jeffrey.

—¿Qué le ha sucedido?

—Le han apuñalado cuando trataba de arrestar a alguien. Está en el hospital de Macon.

Sara se apoyó contra la pared.

—¿Dónde le han apuñalado? ¿Se encuentra bien?

—No conozco los detalles, pero su madre está en el hospital con él. Supongo que nos llamará esta noche. —Frotó los brazos de Sara y añadió—: No nos preocupemos hasta que no llegue el momento de preocuparse. Ahora está en manos de Dios.

La noticia la cogió por sorpresa. Las lágrimas empezaron a brotarle de nuevo.

—¿Quién querría hacerle daño a Brad?

—Creen que tiene que ver con la chica que han sacado del lago esta mañana —dijo Tessa.

—¿Qué chica?

Cathy no quería hablar más del asunto.

—No saben nada, y nosotras no vamos a hacer caso de esos burdos rumores.

—Mamá… —insistió Sara.

—Ni una palabra más —dijo Cathy, apretándole el brazo—. Quisiera disfrutar de tener a mis dos hijas en casa y al mismo tiempo.

Cathy y Tessa salieron del vestíbulo para dirigirse a la cocina, con los perros detrás. Sara se quedó en el vestíbulo. Le habían comunicado tan superficialmente las noticias sobre Brad que no había tenido tiempo para procesarlas. Brad Stephens había sido uno de los primeros pacientes de Sara en la clínica infantil. Lo había visto crecer y pasar de ser un adolescente desgarbado a un joven apuesto. Jeffrey había sido bastante estricto con él, y en la comisaría lo consideraban más un cachorro que un policía. Sara sabía mejor que nadie que ser policía era un trabajo peligroso, incluso en una ciudad pequeña.

Se contuvo para no llamar al hospital de Macon y preguntar por Brad. Un policía herido siempre atraía a multitud de gente. Se donaba sangre y se organizaban vigilias. Dos agentes de policía, como mínimo, permanecerían al lado de los familiares todo el tiempo.

Sara, sin embargo, ya no pertenecía a la comunidad, pues había dejado de ser la esposa del jefe de policía y había renunciado a su cargo de médica forense hacía cuatro años. El estado de Brad no era asunto suyo. Por otro lado, se suponía que estaba de vacaciones. Había hecho algunos turnos extra y había cambiado fines de semana y noches enteras para disponer de esas vacaciones de Acción de Gracias. Esa semana ya sería bastante dura sin meter la nariz en asuntos que no eran de su incumbencia. Además, ya tenía problemas de sobra.

Miró las fotografías enmarcadas que había en el vestíbulo, escenas familiares de su infancia. Cathy había pintado todas las paredes, pero si no lo hubiese hecho, habría un gran rectángulo cerca de la puerta con un color más claro que el resto de la pared, justo donde había colgado la fotografía de la boda de Sara y Jeffrey. Sara aún podía verla en su imaginación, no la foto, sino la boda. La forma en que la brisa azotaba su pelo, que, por suerte, no se le había encrespado por la humedad. Su traje azul claro y sus zapatos a juego. Jeffrey, con sus pantalones negros y su camisa blanca, tan planchada y almidonada que no se había molestado en abrocharse los puños. La foto la habían sacado en el jardín trasero de la casa de sus padres, con el lago a sus espaldas y un espectacular atardecer. El pelo de Jeffrey aún estaba húmedo después de haberse duchado. Cuando ella puso la cabeza sobre su hombro, percibió el olor familiar de su piel.

—Cariño —dijo su padre.

Eddie estaba de pie, en el descansillo de las escaleras, detrás de ella. Sara se dio la vuelta y sonrió porque no estaba acostumbrada a tener que mirar para arriba para ver a su padre.

—¿Has tenido mal tiempo durante el viaje?

—No demasiado.

—Imagino que cogerías la circunvalación.

—Sí.

Le miró con una sonrisa triste en el rostro. Eddie había querido a Jeffrey como a un hijo. Cada vez que hablaba con Sara, sentía doblemente su pérdida.

—¿Sabes? Te estás convirtiendo en una mujer tan guapa como tu madre

Sara se sonrojó por el cumplido.

—Te he echado de menos, papá.

Él le cogió la mano, la besó en la palma y luego la presionó contra su corazón.

—¿Sabes ese de los dos sombreros que estaban colgados en la misma percha al lado de la puerta?

Sara se rio.

—No. ¿Qué les pasaba?

—Uno le dice al otro: «Tú quédate aquí. Yo iré de cabeza».

Sara negó con la cabeza al oír ese chiste tan malo.

—Papá, es malísimo.

Entonces el sonido del teléfono inundó la casa. Había dos en la casa de los Linton: uno en la cocina y otro en la planta de arriba, en el dormitorio principal. Las chicas solo podían utilizar el de la cocina, y el cordón estaban tan estirado de llevarlo al salón o salirse fuera para tener un poco de intimidad que ya no tenía rizos.

—¡Sara! —dijo Cathy—. Julie al teléfono.

Eddie le dio una palmadita en el brazo.

—Cógelo.

Salió del salón y entró en la cocina, que estaba tan bonita que se quedó paralizada.

—Dios santo.

—Espera a ver la piscina —dijo Tessa.

Sara pasó la mano por encima de la nueva encimera de la isla central.

—Es mármol. —Antes la cocina estaba decorada con azulejos naranja y muebles de madera de pino. Sara se dio la vuelta y vio la nueva nevera—. ¿Es una Sub-Zero?

—Sara —dijo Cathy dándole el teléfono, la única cosa de la cocina que no habían cambiado.

Intercambió una mirada de indignación con Tessa mientras se llevaba el teléfono al oído.

—¿Dígame?

—¿La doctora Linton?

—Sí, soy yo. —Abrió la puerta del armario color cereza, maravillada por los paneles antiguos de cristal. Nadie respondió al teléfono. Insistió—: Dígame. Soy la doctora Linton.

—¿Señora? Lamento llamarla. Soy Julie Smith. ¿Me oye?

La conexión no era buena; obviamente la llamaba desde un móvil. Además, la chica hablaba en un tono muy bajo. Sara no reconoció el nombre, aunque por el acento tan nasal dedujo que procedía de una de las zonas más pobres de la ciudad.

—¿En qué puedo ayudarla?

—Lo siento, pero la llamo desde el trabajo y no puedo hablar más alto.

Sara frunció el ceño.

—Dígame. ¿Qué desea?

—Sé que no me conoce y siento molestarla, pero usted tiene un paciente llamado Tommy Braham. Le conoce, ¿verdad?

Sara pensó en todos los Tommys que podía recordar y, aunque no se acordó de su cara, sabía que le había tratado. Era uno de esos niños a los que había atendido por las cosas normales que suelen sufrir los críos: una cuenta que se le había metido en la nariz, la semilla de una sandía en el oído, dolores de barriga los días importantes de escuela. Se acordaba de él porque normalmente su padre, no su madre, lo traía a la clínica, algo inusual en la vida de Sara.

—Sí, me acuerdo de Tommy. ¿Qué tal está?

—Ese es el problema.

La mujer al otro lado de la línea se quedó callada. Sara oyó el agua del grifo correr por detrás. Esperó hasta que la otra continuó:

—Como le iba diciendo, está en un aprieto. Yo no la habría llamado, pero él me dijo que lo hiciese. Me llamó desde la cárcel.

—¿Desde la cárcel?

Sara sintió que el corazón se le encogía. Odiaba que le dijesen que uno de sus niños había ido por el mal camino, aunque no recordase su aspecto.

—¿Qué ha hecho?

—No ha hecho nada, señora. Ese es el problema.

—De acuerdo —respondió Sara. Formuló la pregunta de otra forma—: ¿De qué le acusan?

—De nada, que yo sepa. De hecho, no sabe si está arrestado.

Sara dedujo que había confundido cárcel con comisaría.

—¿Se encuentra en la comisaría de Main Street?

Tessa le miró y Sara se encogió de hombros, incapaz de darle una explicación.

—Sí, señora —respondió Julie—. Lo tienen arrestado en el centro.

—Bueno, ¿y qué creen que hizo?

—Creen que mató a Allison, pero él no pudo…

—¿Asesinato? —respondió Sara sin darle tiempo a terminar la frase—. ¿Y qué quiere que haga yo? Para ese tipo de cosas necesita a un abogado, no a una doctora.

—Sí, señora. Conozco la diferencia entre un doctor y un abogado. —No parecía sentirse insultada por el comentario de Sara—. Dice que necesita hablar con alguien porque nadie cree que estuviese con *Pippy* toda la noche. Dice que usted es la única persona que siempre le ha escuchado, y que esa policía está siendo realmente dura con él. Le mira como si…

Sara se llevó la mano a la garganta.

—¿Qué policía?

—No sé cómo se llama. Una señorita.

Decirle aquello fue suficiente. Sara intentó no parecer fría.

—Yo no puedo meterme en ese asunto, Julie. Si Tommy ha sido arrestado, por ley tienen que facilitarle un abogado. Dígale que pregunte por Buddy Conford. Es muy bueno en ese tipo de situaciones. ¿De acuerdo?

—Sí, señora. —Parecía decepcionada, pero no sorprendida—. Así lo haré. Le diré que lo he intentado.

Sara no sabía qué decir.

—Buena suerte. A los dos.

—Gracias, señora, y, como le he dicho antes, disculpe que la haya molestado durante las vacaciones.

—No tiene importancia.

Sara esperó que respondiese, pero solo oyó que alguien tiraba de la cisterna y luego colgaban.

—¿Qué pasa? —preguntó Tessa.

Sara colgó el teléfono y se sentó a la mesa.

—Uno de mis antiguos pacientes está detenido. Creen que ha matado a alguien. No a Brad, sino a alguna persona llamada Allison.

—¿A qué paciente se refería? Seguro que es el muchacho que apuñaló a Brad. —Cathy cerró de golpe la puerta de la nevera para expresar su malestar. Aun así, Tessa insistió—: ¿Cómo se llama?

Sara evitó a propósito la mirada de desaprobación de su madre.

—Tommy Braham.

—Sí, ese es. Mamá, ¿ese no era el muchacho que solía venir a cortar el césped?

Cathy respondió con un cortante «sí», pero no añadió nada más.

—Vaya por Dios. No me acuerdo de él. Creo que su padre es electricista. ¿Por qué no me acuerdo de su cara?

Cathy chasqueó la lengua mientras untaba mayonesa Duke en las rebanadas de pan blanco.

—Cosas de la edad —dijo.

Tessa sonrió con aire de suficiencia.

—Tú debes saberlo bien.

Cathy había hecho un comentario mordaz, pero Sara lo pasó por alto. Intentaba recordar más detalles sobre Tommy Braham, ubicarlo. Se acordaba mejor de su padre; un hombre tosco y musculoso que se sentía incómodo cuando iba a la clínica, como si el hecho de cuidar de su hijo fuese algo ofensivo para un hombre. Su esposa le había dejado; eso sí que lo recordaba. Fue algo bastante sonado, en parte porque huyó por la noche con el joven párroco de la iglesia baptista.

Tommy debía de tener ocho o nueve años cuando Sara lo vio por primera vez como paciente. Todos los niños tenían el mismo aspecto a esa edad: el pelo cortado en redondo, camiseta, vaqueros que parecían sumamente pequeños y que llevaban doblados sobre zapatillas de tenis color blanco brillante. ¿Se había quedado prendada de ella? No podía recordarlo, pero lo que sí sabía es que era un poco torpe y retrasado. Pensó que si había cometido un asesinato era porque alguien le había presionado.

—¿A quién se supone que ha matado Tommy? —preguntó.

—A una estudiante de la universidad —respondió Tessa—. La han sacado del lago esta mañana, muy temprano. Al principio pensaron que era un suicidio, pero luego cambiaron de opinión y fueron a su casa, que da la casualidad de que era el destartalado garaje que Gordon Braham alquila a los estudiantes. ¿Sabes a cuál me refiero?

Sara asintió. Había ayudado a su padre a vaciar la fosa séptica durante unas vacaciones cuando estaba en la universidad, un acontecimiento que la motivó a estudiar aún más para poder entrar en la Facultad de Medicina.

—Al parecer, Tommy estaba en el garaje. Atacó a Frank y salió corriendo por la calle. Brad empezó a perseguirle y le apuñaló.

Sara sacudió la cabeza. Ella había pensado en algo más insignificante, como el robo en una tienda, un disparo accidental o algo parecido.

—Es raro que Tommy hiciese una cosa así.

—Muchos vecinos lo presenciaron —respondió Tessa—. Brad le perseguía calle abajo. Tommy se dio la vuelta y le apuñaló en el estómago.

Sara se dio cuenta de que aquello pasaba a otro nivel. Tommy no había apuñalado a un civil, sino a un policía. Las reglas eran muy diferentes cuando un agente de la policía se veía involucrado. Un asalto pasaba a ser intento de asesinato, y un homicidio a asesinato en primer grado.

Tessa bajó el tono de la voz:

—Al parecer Frank le dio una buena tunda.

Cathy expresó su malestar mientras sacaba los platos de la alacena.

—Es desalentador ver que las personas que respetas se comportan de ese modo.

Sara trató de imaginar la escena. Brad corriendo detrás de Tommy, y Frank en la retaguardia. Sin embargo, Frank no podía estar solo, ya que de ser así no habría perdido el tiempo pegándole a un sospechoso mientras Brad se desangraba. Alguien más debía de estar presente, alguien que probablemente hizo que el asunto se les fuese de las manos.

Sara sintió que la rabia la comía por dentro.

—¿Y dónde estaba Lena durante todo ese tiempo?

A Cathy se le cayó un plato al suelo. Se hizo añicos a sus pies, pero no se agachó para recogerlos. Apretó los labios y las fosas nasales se le abrieron. Sara vio que trataba de decir algo.

—No vuelvas a pronunciar el nombre de esa odiosa mujer en mi casa nunca más. ¿Me has entendido?

—Sí, mamá.

Sara se miró las manos. Lena Adams. La detective favorita de Jeffrey. La mujer que se suponía que debía cubrirlo en todo momento, pero cuya cobardía y miedo acabaron con su vida.

Tessa se arrodilló pesadamente y ayudó a su madre a recoger el plato que se había roto. Sara permaneció donde estaba, inmóvil.

La penumbra se hizo de nuevo, una nube sofocante de pena que le hizo desear hacerse un ovillo. Esa cocina estaba repleta de bonitos recuerdos de su vida, las riñas en broma entre su madre y su hermana, los chistes malos de su padre. Sara pensó que ya no pertenecía a ese lugar, que debía buscar una excusa y marcharse, regresar a Atlanta y dejar que su familia disfrutase en paz de las vacaciones en lugar de sacar de nuevo a relucir la pena colectiva que habían vivido durante los últimos cuatro años.

Nadie dijo una palabra hasta que el teléfono sonó de nuevo. Tessa, que era la que estaba más cerca, respondió:

—Residencia de los Linton.

No dijo nada más. Le pasó el teléfono a Sara.

—¿Dígame?

—Siento molestarte, Sara.

Frank Wallace parecía hacer un esfuerzo cada vez que pronunciaba su nombre. Había jugado al póker con Eddie Linton desde que ella era una niña y siempre la llamaba «muñequita» hasta que se dio cuenta de que resultaba inapropiado hablarle con esa familiaridad a la mujer de su jefe.

Sara logró soltar un «hola» mientras abría la puerta que conducía a la terraza de atrás. No se había dado cuenta de lo caliente que tenía la cara hasta que salió al frío.

—¿Se encuentra bien Brad?

—¿Te has enterado?

—Por supuesto.

Probablemente antes de que lo recogiese la ambulancia ya lo sabía la mitad de la ciudad.

—¿Aún está en el quirófano?

—Salió hace una hora. El médico dice que sobrevivirá si resiste las próximas veinticuatro horas.

Frank dijo algo más, pero Sara no pudo concentrarse en sus palabras, que, además, no tenían ninguna importancia. Los cirujanos siempre señalaban ese plazo, ya que suponía la diferencia entre tener que explicar una muerte en la reunión semanal sobre mortalidad y morbosidad, o pasar un paciente en estado reservado a otro doctor para que lo atendiese.

Se apoyó sobre la pared y notó los ladrillos fríos presionándole la espalda mientras esperaba que Frank fuese al grano.

—¿Te acuerdas de un paciente llamado Tommy Braham?

—Vagamente.

—Odio meterte en este asunto, pero ha preguntado por ti.

Sara escuchaba a medias, ya que estaba pensando en las posibles excusas que podía darle para responder a las preguntas que sabía que le iba a hacer. Estaba tan absorta en eso que no se dio cuenta de que Frank había dejado de hablar hasta que pronunció su nombre.

—¿Sara? ¿Me oyes?

—Sí, te escucho.

—Es que no deja de llorar.

—¿Llorar?

Una vez más tuvo la sensación de que se ausentaba de la conversación.

—Sí, llorar —le confirmó Frank—. Muchas personas lloran cuando se las detiene. Pero él no se encuentra nada bien. Creo que necesita un sedante o algo que le calme. Tenemos tres borrachos y una mujer maltratada que se tiran de los pelos. Si no se calla, lo van a estrangular.

Repitió las palabras mentalmente, pues no estaba segura de haber oído bien. Sara había estado casada con un policía durante muchos años y podía contar con los dedos de la mano las veces que Jeffrey había estado preocupado por un criminal arrestado, nunca un asesino, y menos aún si había atacado a un compañero.

—¿No hay ningún médico de guardia?

—Cariño, apenas hay policías de guardia. El alcalde ha recortado nuestro presupuesto a la mitad. Cada vez que le doy a un interruptor, me sorprendo de que las luces se enciendan.

—¿Qué pasa con Elliot Felteau? —preguntó Sara.

Elliot había comprado la consulta de Sara cuando ella se marchó de la ciudad.

—Está de vacaciones. El médico más cercano está a unos cien kilómetros.

Sara lanzó un prolongado suspiro, molesta con Elliot por haberse ido de vacaciones, como si los niños esperasen a que las vacaciones se acabasen para ponerse enfermos. También estaba enfadada con Frank por querer involucrarla en aquel lío. Pero con quien estaba más molesta era consigo misma, por haber respondido a la llamada.

—¿No le puedes decir que Brad se va a poner bien?

—No es por eso. Es por la chica que hemos sacado del lago esta mañana.

—Ya lo he oído.

—Tommy ha confesado que la mató. Nos ha llevado un rato, pero al final ha hablado. Estaba enamorado de ella, pero no le correspondía. Bueno, ya sabes.

—Entonces son solo remordimientos —respondió Sara, aunque esa conducta le pareció un tanto extraña. Por experiencia sabía que lo primero que hacía la mayoría de los criminales después de confesar era dormir profundamente. Sus cuerpos habían estado tan rebosantes de adrenalina durante tanto tiempo que caían rendidos cuando se quitaban ese peso de encima—. Dale algo de tiempo.

—Es algo más —insistió Frank.

Parecía exasperado y un poco desesperado.

—Te prometo que odio tener que pedírtelo, pero creo que realmente necesita ayuda. Es como si el corazón le fuese a estallar si no consigue verte.

—Yo apenas me acuerdo de él.

—Pero él se acuerda de ti.

Sara se mordió el labio.

—¿Dónde está su padre?

—En Florida. No hemos logrado localizarle. Tommy está solo, y él lo sabe.

—¿Y por qué pregunta por mí?

Había algunos pacientes con los que había estado en contacto durante años, pero no recordaba que Tommy Braham fuese uno de ellos. ¿Por qué no podía recordar su cara?

—Dice que tú le escucharás —dijo Frank.

—No le habrás dicho que iría, ¿verdad?

—Por supuesto que no. Ni tan siquiera quería preguntarte, pero está realmente mal. Creo que necesita que un médico le vea. No solo tú, sino un doctor.

—No será que… —se detuvo sin saber cómo terminar la frase, pero decidió ser clara y concisa— le has dado una buena tunda.

Frank escogió las palabras.

—Se cayó cuando intenté arrestarle.

Sara estaba familiarizada con ese eufemismo, utilizado para describir la parte más desagradable de la fuerza policial. Los abusos contra los reos durante la custodia fue algo de lo que Jeffrey jamás se ocupó, en parte porque no quería saber la verdad.

—¿Tiene algo roto?

—Un par de dientes, pero nada grave —respondió Frank, exasperado—. Pero no está llorando porque tenga el labio roto, Sara. Necesita un médico.

Ella miró por la ventana el interior de la cocina. Su madre estaba sentada a la mesa, al lado de Tessa. Las dos le devolvieron la mirada. Una de las razones por las que Sara había regresado a Grant después de la universidad era por la escasez de médicos en las zonas rurales. Con el hospital de la ciudad cerrado, los enfermos se veían obligados a viajar más de una hora para que los atendiesen. La clínica infantil era una bendición para los niños, pero al parecer no durante las vacaciones.

—¿Sara?

Ella se frotó los ojos con los dedos. Luego preguntó:

—¿Está ahí ella?

Frank dudó por unos instantes.

—No. Está en el hospital con Brad.

Probablemente se estaría inventando una historia en la que ella era la heroína y Brad solo una descuidada víctima.

—No quiero verla, Frank —dijo con voz temblorosa.

—No tienes por qué.

Sintió que se le hacía un nudo en la garganta. Estar en la comisaría, donde Jeffrey se sentía como en casa...

Los relámpagos resonaron por encima de las nubes. Podía oír la lluvia, pero aún no la veía. En el lago, las olas se levantaban y chocaban. El cielo estaba oscuro, amenazaba otra tormenta. Quiso interpretarlo como un presagio, pero Sara era una científica por encima de todo y jamás había confiado demasiado en algo que no fuera la razón.

—De acuerdo —dijo—. Creo que tengo algún Diazepam en mi maletín. Entraré por la puerta de atrás. —Se detuvo y añadió—: Frank...

—Tienes mi palabra. Ella no estará aquí.

Sara no quiso admitir que se alegraba de dejar a su familia, aunque eso implicara ir a la comisaría. Se sentía incómoda entre ellos, como si fuese una pieza de un rompecabezas que no encajase. Todo era igual y, sin embargo, todo era distinto.

Tomó de nuevo la carretera que bordeaba el lago, para evitar pasar por su antigua casa, la que había compartido con Jeffrey. No había forma de llegar a la comisaría sin bajar Main Street, pero, gracias a Dios, el tiempo había empeorado y la lluvia caía formando una cortina tan densa que impedía que las personas estuviesen sentadas en los bancos alineados en la calle, o que paseasen por las aceras adoquinadas. Todas las puertas de las tiendas estaban cerradas para evitar que entrase el frío, e incluso la ferretería Mann's había recogido los toldos del escaparate.

Giró en un callejón trasero que pasaba por detrás de la vieja farmacia. El pavimento de la calle estaba levantado. Por suerte conducía un todoterreno. Mientras vivía en Heartsdale siempre había tenido turismos, pero las calles de Atlanta eran las más traicioneras del país. Los baches eran tan hondos que uno podía caerse dentro, y las constantes inundaciones durante la época de lluvia obligaban a tener un BMW. O al menos eso es lo que se decía cada vez que pagaba sesenta dólares por llenar el depósito de gasolina.

Frank debía de estar esperándola, porque la puerta trasera de la comisaría se abrió antes de que Sara aparcase el coche. Abrió un enorme paraguas de color negro y se dirigió hasta el coche para acompañarla. La lluvia caía con tanta fuerza que Sara no habló hasta que estuvieron dentro.

—¿Aún se siente mal?

Frank asintió, blandiendo el paraguas, intentando cerrarlo. Tenía algunas suturas en los nudillos de la mano derecha y tres profundos arañazos en el dorso de la muñeca.

—Dios santo —se dolió Frank al intentar mover los rígidos dedos.

Sara le quitó el paraguas y lo cerró.

—¿Te han dado algunos antibióticos?

—Tengo la receta de algo, pero no estoy seguro de lo que es.

Cogió el paraguas y lo metió en el armario de la limpieza.

—Dile a tu madre que lamento haberte hecho venir nada más volver a casa.

Frank siempre le había parecido un hombre viejo, en parte porque era mayor incluso que su padre. Al verlo pensó que había envejecido cien años desde la última vez que lo vio. Tenía la piel cetrina y profundas arrugas en la cara. Sara miró sus ojos y observó el tono amarillento. Obviamente, no se encontraba bien.

—¿Frank?

Forzó una sonrisa.

—Me alegro de verte, muñequita.

Pronunció aquel apodo para levantar una barrera, y funcionó. Dejó que le diese un beso en la mejilla. Su olor predominante siempre había sido el tabaco, pero hoy olía a whisky, y su aliento, a chicle. Sara miró instintivamente el reloj. Eran las once y media, esa hora del día en que una copa significaba que estabas pasando el tiempo hasta que terminase el turno. Por otro lado, tampoco era un día normal para Frank. Uno de sus hombres había sido apuñalado. De estar en su misma situación, ella también habría bebido.

—¿Cómo lo llevas? —preguntó Frank.

Sara intentó borrar la pena de sus ojos.

—Bien, Frank. Dime qué sucede.

Fue derecho al grano.

—El muchacho pensó que la chica estaba interesada en él, pero luego se dio cuenta de que no era así y le clavó un cuchillo. —Se encogió de hombros y añadió—: Lo hizo muy mal al intentar ocultarlo, ya que las pruebas nos llevaron hasta su misma puerta.

Ella estaba sorprendida. Debía de estar confundiendo a Tommy con otro niño.

—¿De verdad no te acuerdas del muchacho? —insistió Frank.

—Pensaba que sí, pero no estoy segura.

—Él cree que entre vosotros hay alguna especie de lazo. —Vio la expresión que ponía Sara y corrigió—: No me refiero a algo extraño ni nada parecido. Es muy joven y, además, no creo que tenga mucho dentro —dijo tocándose un lado de la cabeza.

Sara se sintió repentinamente culpable porque ese muchacho que apenas recordaba sintiese esa conexión con ella. Había visto a miles de pacientes en todo ese tiempo. Había ciertos nombres que se le habían quedado grabados, chicos que la habían invitado a su graduación, o a su boda, y algunos a los que había acompañado en su funeral. Salvo algunos aislados detalles, el nombre de Tommy Braham no le decía nada.

—Por aquí —dijo Frank, como si no hubiese estado en la comisaría miles de veces.

Utilizó su tarjeta de plástico para abrir la puerta de metal que conducía a las celdas. Una ráfaga de aire caliente los recibió.

Frank observó su malestar.

—La calefacción está encendida.

Sara se quitó la chaqueta mientras le seguía por el pasillo. Cuando era una niña, la escuela había organizado una visita a la comisaría con el fin de asustar a los niños para que no se dedicasen a la vida criminal. El sistema de apertura de las celdas con barrotes de acero había cambiado hacía mucho tiempo. Había seis puertas de metal a cada lado del pasillo. Cada una tenía una ventana de cristal con una abertura en la parte inferior por donde se pasaban las bandejas con comida. Sara mantuvo la mirada al frente mientras seguía a Frank, aunque por el rabillo del ojo vio que algunos hombres la observaban al pasar.

Frank sacó las llaves.

—Parece que ha dejado de llorar.

Sara se secó una gota de sudor de la frente.

—¿Le dijiste que vendría?

Frank negó con la cabeza, sin responder lo evidente: que no estaba seguro de que ella fuera a acudir.

Encontró la llave de la puerta y miró por la ventana para asegurarse de que Tommy no causaría problemas.

—¡Mierda! —exclamó antes de que se le cayesen las llaves—. ¡Dios santo!

—¿Qué sucede, Frank?

Frank cogió las llaves del suelo sin dejar de maldecir.

—Maldita sea —murmuró introduciendo la llave en la cerradura y dándole la vuelta al cerrojo.

Al abrir la puerta, Sara comprendió por qué estaba tan alterado. Soltó el abrigo; el bote de pastillas que se había metido en el bolsillo antes de salir de casa produjo el sonido de un cascabeleo cuando chocó contra el suelo.

Tommy Braham yacía en el suelo de la celda. Estaba de lado, con ambos brazos en dirección a la cama que tenía delante. Tenía la cabeza doblada en una mala postura, mirando directamente al techo, con los ojos abiertos y los labios separados. Sara lo reconoció en ese momento, pues no había cambiado mucho desde que era niño. En una ocasión le trajo un diente de león y se puso rojo como un tomate cuando ella le dio un beso en la frente.

Se acercó hasta él y le puso los dedos en el cuello para ver si tenía pulso. Obviamente, le habían pegado —tenía la nariz rota y un ojo morado—, pero esa no era la causa de su muerte. Se había cortado las venas tan profundamente que se le veían la carne y los tendones. En el suelo parecía haber más sangre que en el interior de su cuerpo. Había un olor desagradablemente dulzón, como el de una carnicería.

—Tommy —le susurró—. Me acuerdo de ti.

Sara le cerró los párpados con los dedos. Aún tenía la piel tibia, casi caliente. Se sintió culpable por haber conducido demasiado lentamente para ir a la comisaría. Tampoco debió ir al cuarto de baño antes de salir de casa, y tenía que haber escuchado a Julie Smith y acudir sin discutir. Debía haber recordado a ese chico que un día le trajo un diente de león que había cogido del césped de las afueras de la clínica.

Frank se agachó y utilizó el lápiz para recoger un objeto fino y cilíndrico que había en medio de toda aquella sangre.

—Es el cartucho de una pluma —dijo Sara.

—Debe de haberlo utilizado para...

Sara miró las muñecas de Tommy y observó que tenía unas rayas azules en su piel pálida. Ella había ocupado el puesto de médica forense antes de marcharse a Atlanta y sabía el aspecto que tenía una herida repetitiva. Tommy se había rasgado la carne con el cartucho de metal hasta abrirse las venas. Y luego había hecho lo mismo con la otra muñeca.

—Mierda —dijo Frank mirando por encima del hombro de Sara.

Ella se dio la vuelta y vio que en la pared, escrita con su misma sangre, Tommy había garabateado las palabras: «Yo no».

Sara cerró los ojos, sin querer ver nada de aquello, deseando no estar allí.

—¿Intentó retractarse?

—Todos lo hacen —respondió Frank—. Escribió una confesión y tenía un conocimiento culpable del delito.

«Conocimiento culpable» era el término que se utilizaba para describir los detalles que solo conocían la policía y el delincuente. Sara abrió los ojos.

—¿Por eso lloraba? ¿Porque quería retractarse de su confesión?

Frank asintió.

—Sí, quería retractarse, pero eso es lo que quieren...

—¿Pidió un abogado?

—No.

—¿Y de dónde sacó la pluma?

Frank se encogió de hombros, pero no era estúpido y podía deducir lo que había pasado.

—Era un preso de Lena. ¿Le dio ella la pluma?

—Por supuesto que no —respondió Frank levantándose y dirigiéndose hasta la puerta de la celda—. No a propósito.

Sara tocó el hombro de Tommy antes de levantarse.

—Se suponía que Lena debía haberle cacheado antes de meterlo en la celda.

—Puede que se lo escondiese en...

—Imagino que le dejaría la pluma para que escribiese la confesión —dijo Sara sintiendo un profundo odio en la boca del estómago.

Llevaba en la ciudad poco más de una hora y ya estaba en medio de otra de las famosas meteduras de pata de Lena.

—¿Cuánto tiempo lo estuvo interrogando?

Frank negó de nuevo con la cabeza, indicándole que se estaba equivocando.

—Dos o tres horas. No más.

Sara señaló las palabras que Tommy había escrito con su propia sangre.

—«Yo no» —leyó—. Dijo que no lo había hecho.

—Todos dicen lo mismo. —El tono que empleó Frank le indicó que estaba perdiendo la paciencia—. Escucha, Sara. Será mejor que te vayas a casa. Lamento todo esto, pero... —Se detuvo un instante, pensando—. Tengo que llamar a la agencia estatal, empezar con el papeleo, hacer que Lena vuelva... —Se frotó la cara con las manos y añadió—: Por Dios, qué pesadilla.

Frank dejó caer las manos. Parecía abrumado. Finalmente empezó a andar, llevándola hacia la puerta que estaba al otro lado del vestíbulo. Las luces fluorescentes de la sala de oficiales eran tan intensas que resultaban cegadoras en comparación con las de las celdas. Sara parpadeó hasta que sus ojos se acostumbraron. Había un grupo de agentes sin uniforme, de pie, al lado de la máquina de café. Marla estaba sentada en su mesa. Todos la miraron con la misma curiosidad macabra de hacía cuatro años: «Qué horror, qué trágico, ¿cuánto tiempo ha de pasar para que coja el teléfono y le diga a alguien que la he visto?».

Sara los ignoró porque no sabía qué otra cosa podía hacer. Tenía la piel ardiendo y se miró las manos; no quería ver la oficina de Jeffrey. Se preguntó si la habrían dejado tal y como estaba: sus recuerdos de Auburn, los trofeos de tiro y las fotografías familiares. El sudor le corría por la espalda. La habitación estaba tan cargada que pensó que iba a vomitar.

Frank se detuvo en su mesa.

—La chica que mató se llamaba Allison Spooner. Tommy intentó que pareciese un suicidio, escribió una nota y metió su reloj y su anillo en sus zapatos. Podría haberse salido con la suya, pero le… —Se detuvo un instante—. Allison fue apuñalada en la nuca.

—¿Le han hecho la autopsia?

—Aún no.

—¿Cómo sabes que la herida no se la hizo ella misma?

—Parecía…

—¿Qué profundidad tenía? ¿Cuál fue la trayectoria? ¿Tenía agua en los pulmones?

Frank la interrumpió con un tono de desesperación en la voz.

—Tenía marca de ligaduras en las muñecas.

Sara le miró fijamente. Siempre había considerado a Frank un hombre honrado, pero ahora podía jurar sobre la Biblia que estaba mintiendo.

—¿Brock lo ha confirmado?

Él dudó antes de negar con la cabeza y encogerse de hombros.

Sara notó que empezaba a irritarse. Sabía que su enfado no tenía razón de ser, que procedía de algún lugar remoto y oscuro que había ignorado durante muchos años, pero no podía detenerlo, por mucho que quisiese.

—¿El cuerpo estaba hundido en el agua?

—Tenía dos bloques de hormigón atados a la cintura.

—Si flotaba con ambas manos descolgadas, el *livor mortis* podría haber penetrado en sus muñecas, y sus manos se habrían posado formando un ángulo en el fondo del lago, lo que podía hacer que pareciera que la habían maniatado.

Frank apartó la mirada.

—Yo las vi, Sara. La maniataron. —Abrió un archivo que había en su mesa y le tendió un documento legal amarillo. La parte de arriba estaba rasgada porque lo habían arrancado del cuaderno. Habían escrito incluso en los márgenes—. Lo admitió todo.

A Sara le temblaron las manos mientras leía la confesión de Tommy Braham. Escribía con la típica letra cursiva y exagerada de un estudiante de primaria. La construcción de las frases era igualmente inmadura: «*Pippy* es mi perro. Estaba enfermo. Necesitaba que le hiciesen una foto de la barriga. Llamé a mi papá. Él está en Florida». Le dio la vuelta a la hoja y encontró la declaración. Allison había rechazado sus pretensiones sexuales y Tommy había estallado. La había apuñalado y la había tirado al lago para ocultar el crimen.

Miró ambas caras de la hoja. Dos páginas. Tommy había resumido su vida en menos de dos páginas. Sara dudaba de que supiese lo que hacía. La única vez que usó una coma fue antes de una letra mayúscula. Escribía en letra de imprenta y se veían algunos puntos pequeños donde había presionado la pluma para asegurarse de que había escrito las letras correctamente.

Sara apenas podía hablar.

—Ella le ayudó a escribirla.

—Es una confesión, Sara. La mayoría de los detenidos apenas saben escribir.

—Ni tan siquiera sabía lo que decía —respondió Sara. Paseó la mirada por la carta y leyó—: «Le pegué a Allison hasta sojuzgarla». —Miró a Frank con aire de incredulidad—. El coeficiente de inteligencia de Tommy apenas pasaba de ochenta. ¿Crees que era capaz de simular un suicidio? Le faltaba muy poco para ser considerado un incapacitado mental.

—¿Eso lo has deducido de leer dos párrafos?

—Eso lo sé porque lo traté —respondió ella. Lo había recordado todo mientras leía la confesión: la expresión de Gordon Braham cuando Sara le comunicó que su hijo estaba desarrollándose muy lentamente para su edad, los test que le había hecho a Tommy y la desolación de su padre cuando le dijo que su hijo solo maduraría hasta cierto nivel—. Tommy era discapacitado. No sabía contar el cambio y tardó dos meses en aprender a atarse los zapatos.

Frank le miró fijamente, rezumando cansancio por cada poro de su piel.

—Él apuñaló a Brad, Sara. A mí me cortó en el brazo y salió huyendo de la escena del crimen.

Las manos de Sara empezaron a temblar. Inexplicablemente sentía que estaba a punto de estallar.

—¿Le preguntaste por qué, o estabas muy ocupado dándole la del pulpo?

Frank miró a los agentes que estaban al lado de la máquina de café.

—Baja la voz.

Sara no pensaba quedarse callada.

—¿Dónde estaba Lena cuando sucedió todo?

—Estaba allí.

—Apuesto a que sí. Apuesto a que estaba instigando a todo el mundo: «La víctima estaba atada. Ha sido asesinada. Vayamos a su apartamento, que todo el mundo saldrá malherido menos yo. A mí no me pasará nada». —Notó que el corazón se le salía del pecho. Luego terminó diciendo—: ¿Cuántas personas tienen que resultar heridas para que alguien le pare los pies?

—Sara —dijo Frank frotándose la cara—, cogimos a Tommy en el garaje con...

—Su padre es el dueño. Tenía todo el derecho de estar allí. ¿Y tú? ¿Tenías una orden de registro?

—No necesitamos ninguna orden.

—¿Por qué no? ¿Acaso han cambiado las leyes desde que murió Jeffrey?

Frank se estremeció al oír ese nombre.

—¿Se identificó Lena como policía o se limitó a sacar la pistola? —siguió ella.

Él no respondió, lo que ya era más que suficiente.

—Fue una situación muy tensa, pero lo hicimos todo de acuerdo con la ley.

—¿Concuerda la letra de Tommy con la de la carta de suicidio?

Frank palideció. Sara se dio cuenta de que ni siquiera se lo había preguntado.

—Probablemente la falsificó, tratando de imitar la de la chica.

—No tenía la suficiente inteligencia para falsificar nada. Era retrasado mental. ¿Es que no te enteras? Tommy no pudo haber hecho algo así. Era mentalmente incapaz de ir solo a la tienda, y mucho menos de simular un suicidio. ¿Estás ciego o cubriéndole las espaldas a Lena, como siempre?

—Ten cuidado con lo que dices —le advirtió Frank.

—Se le va a caer el pelo —dijo Sara sosteniendo la confesión como un trofeo. —Las manos le temblaban aún más. Sentía calor y frío al mismo tiempo—. Lena le engañó para que escribiese esto. Lo único que Tommy quería era complacer a todo el mundo. Ella le presionó para que escribiese una confesión y luego se quitase la vida.

—Bueno, ya basta.

—Voy a hacer que pierda la placa por esto. Voy a mandarla a la cárcel.

—Parece que te preocupas más por un niñato que por un policía que está luchando por su vida.

Si le hubiese dado un tortazo en la cara no le habría sentado tan mal.

—¿Crees que no me preocupo por un policía?

Frank emitió un profundo suspiro.

—Cálmate, muñequita, ¿de acuerdo?

—No te atrevas a decirme que me calme. He estado muy calmada los últimos años.

Sacó el teléfono móvil de su bolsillo trasero y empezó a mirar su lista de contactos buscando el número apropiado.

—¿Qué vas a hacer? —preguntó Frank, asustado.

Sara oyó el tono de llamada de la Oficina de Investigación de Georgia, en Atlanta. Una secretaria respondió.

—Soy Sara Linton. Quiero hablar con Amanda Wagner.

Capítulo cuatro

Sara estaba sentada dentro de su coche en el aparcamiento del hospital, mirando en dirección a Main Street. El centro había dejado de admitir pacientes hacía un año, pero el edificio empezó a adquirir un aire de abandono mucho antes. Las plazas reservadas para las ambulancias estaban cubiertas de hierbas, las ventanas de las plantas superiores rotas y la puerta de metal que solía estar abierta para los fumadores permanecía cerrada con una barra de hierro.

Todavía se sentía culpable por lo que le había pasado a Tommy Braham; no porque no se hubiese acordado de él, sino porque en un instante había decidido utilizar su muerte como trampolín para vengarse de Lena Adams. Ahora se daba cuenta de que debía haber dejado que las cosas siguieran su curso en lugar de entrometerse, ya que un suicidio bajo custodia policial hacía que inmediatamente se iniciase una investigación por parte del Estado. Frank habría seguido la cadena de mando y habría llamado a Nick Shelton, el agente de campo del condado de Grant que trabajaba para la Oficina de Investigación de Georgia. Nick hablaría con todos los agentes y testigos, pues era un buen policía, y, al final, habría llegado a la misma conclusión que ella: Lena había sido negligente.

Por desgracia, Sara no había sido lo bastante paciente para confiar en el proceso. Había decidido unilateralmente convertirse de nuevo en forense, sustituyendo a Dan Brock, tomando sus propias fotografías de la escena y haciendo bosquejos de la celda de Tommy antes de permitir que retirasen el cuerpo. Había hecho copias de cada papel que había encontrado en la comisaría relacionado con Tommy Braham. No obstante, la peor de las trasgresiones había sido llamar a Amanda Wagner, subdirectora del GBI. Fue como darle a una chincheta con un mazo.

—Estúpida —susurró inclinando la cabeza hacia el volante.

Debería estar en casa, mirando los azulejos de mármol que su padre había puesto en el cuarto de baño, y no ahí, esperando para verse con alguien que tenía que venir de la sede del GBI, con el solo propósito de influirle.

Se echó hacia atrás y miró el reloj del salpicadero. El agente especial Will Trent llevaba casi una hora de retraso, pero no tenía forma de llamarle. Se tardaba unas cuatro horas en venir desde Atlanta, menos si enseñabas la placa para evitar que te pusiesen una multa. Miró de nuevo el reloj, esperando que cambiase la numeración de 5.42 a 5.43.

No tenía ni idea de qué podía decirle. Había hablado con Will poco más de cinco veces, cuando trabajaba en un caso en el que estaba implicado uno de sus pacientes del servicio de urgencias de Grady. Ella se había involucrado descaradamente en la investigación, más o menos como estaba haciendo ahora. Es probable que él se preguntara si era una de esas personas a las que les gustaba meter las narices en las escenas criminales. O al menos se cuestionaría su obsesión con Lena Adams. Probablemente pensaría que estaba loca.

—Oh, Jeffrey —susurró.

¿Qué pensaría él de todo aquel lío en el que se estaba metiendo? ¿Qué diría sobre cómo se sentía al volver a su ciudad adoptiva, la ciudad que tanto amaba? Todo el mundo era tan atento y respetuoso con ella que debía estar agradecida, aunque la piel se le erizó al ver la pena que reflejaban sus ojos.

Estaba tan cansada de sentir esa pena.

El rugido del motor anunció la llegada del agente Trent. Conducía un hermoso Porsche antiguo de color negro que, incluso bajo la lluvia, parecía un animal a punto de abalanzarse.

Se tomó su tiempo para salir, quitando la tapa de la radio y el auricular del GPS del salpicadero y guardando ambas cosas en la guantera. Vivía en Atlanta, donde la gente cerraba la puerta con pestillo aunque fuese solo para recoger el correo. Sin embargo, en su ciudad natal era diferente, y Sara sabía que podía dejar el Porsche en el aparcamiento con las puertas abiertas, que lo peor que podía sucederle es que alguien se las cerrase al pasar.

Will le sonrió mientras cerraba la puerta. Sara siempre lo había visto vestido con trajes elegantes, por eso le sorprendió verlo con un jersey negro y pantalones vaqueros. Era alto, casi un metro noventa, tenía el cuerpo delgado de un corredor y andaba ágilmente. Su pelo rubio le había crecido y ya no tenía el corte militar que llevaba cuando se conocieron. Al principio, lo había tomado por un contable o un abogado, e incluso ahora le resultaba difícil relacionarlo con su trabajo. No caminaba como los policías, ni tenía esa mirada cansina que denotaba que llevaba un arma en la cintura. No obstante, era un gran investigador y los delincuentes solían infravalorarle.

Esa era una de las razones por la que Sara se alegraba de que Amanda Wagner le hubiese enviado a él. Lena lo odiaría nada más verlo, pues era muy educado y complaciente, al menos a primera vista. No se daría cuenta de dónde se estaba metiendo hasta que fuese demasiado tarde.

Will abrió la puerta del coche y entró.

—Pensé que se había perdido —dijo Sara.

El hombre sonrió levemente mientras se ajustaba el asiento para que la cabeza no tocase el techo.

—Lo siento, pero la verdad es que me he perdido.

Le miró a la cara, intentando descubrir qué le pasaba.

—¿Cómo está, doctora Linton?

—Bueno… —Sara emitió un largo suspiro. No le conocía bien, lo que, aunque parezca extraño, facilitaba que fuese sincera—. No demasiado bien, agente Trent.

—La agente Mitchell me pidió que le dijese que lamentaba no poder venir.

Faith Mitchell era su compañera y, en su momento, fue una paciente de Sara. Estaba de baja por maternidad, pues estaba a punto de salir de cuentas.

—¿Cómo se encuentra?

—Con la paciencia de costumbre.

Su sonrisa indicaba lo contrario.

—Perdone que cambie de tema tan rápido, pero ¿en qué puedo ayudarla?

—¿Le ha dicho algo Amanda?

—Me dijo que se había producido un suicidio mientras alguien estaba bajo custodia y que acudiese lo antes posible.

—¿Le ha hablado sobre...? —Sara esperó a que él terminase la frase. Al ver que no lo hacía, añadió—: ¿Sobre mi marido?

—¿Tiene algo que ver con lo que ha pasado hoy?

Sara notó un nudo en la garganta.

—¿Doctora Linton? —insistió Will.

—No creo —respondió—. Eso es una historia pasada. Pero todas las personas de esta ciudad están al corriente y asumirán que usted también lo sabe. —Notó que las lágrimas le brotaban por enésima vez ese día—. Lo siento, pero he estado tan enfadada en las últimas seis horas que realmente no he pensado en qué le estoy metiendo.

Will se irguió y sacó un pañuelo de su bolsillo trasero.

—No tiene por qué disculparse. Siempre me estoy metiendo en asuntos como este.

Quitando a Jeffrey y a su padre, Will Trent era el único hombre que conocía que llevaba un pañuelo en el bolsillo. Sara cogió el pañuelo cuidadosamente doblado que le tendía.

—¿Doctora Linton?

Sara se frotó los ojos, pidiendo disculpas de nuevo.

—Lo lamento. Llevo llorando todo el día.

—Siempre es duro volver.

Lo dijo con tanta sinceridad que Sara lo miró por primera vez desde que había entrado en su coche. Will Trent era un hombre atractivo, pero no de esa forma en que te das cuenta de inmediato. Además, parecía la clase de persona que armoniza con el mundo que le rodea, que habla poco y se dedica a hacer su trabajo. Unos meses antes, le había dicho a Sara que se había criado en el orfanato de Atlanta porque su madre había sido asesinada cuando él era un niño. A pesar de esas confidencias, no sabía nada de él.

La miró y ella apartó la mirada.

—Hagámoslo de la siguiente manera —dijo Will—: usted me dice lo que cree que debo saber; luego, si tengo más preguntas, se las haré a ellos, y seré lo más respetuoso que pueda.

Sara se aclaró la voz varias veces. Estaba pensando en su

propia recuperación después de la muerte de Jeffrey, en el año que había pasado sin poder conciliar el sueño, las pastillas y la tristeza. Nada de eso importaba en ese momento. Lo que necesitaba era convencer a Will de que Lena Adams tenía una forma de comportarse que suponía un riesgo para la vida de otras personas, y que algunas habían acabado muertas.

—Lena Adams fue la responsable de la muerte de mi marido —dijo Sara.

La expresión de Will no cambió.

—¿Cómo ocurrió?

—Se juntó con alguien —dijo Sara, que se aclaró la voz otra vez—. El hombre que mató a mi marido era el amante de Lena, su novio, o como quiera llamarlo. Llevaban juntos varios años.

—¿Estaban juntos cuando su marido murió?

—No —respondió ella encogiéndose de hombros—. No lo sé. La tenía dominada. Le pegaba, y es posible que incluso llegase a violarla, pero... —Sara se detuvo, sin saber cómo decirle que no sintiese compasión por Lena—. La acosaba. Sé que lo que voy a decir parece terrible, pero era como si a esa mujer le «gustase» que abusasen de ella.

Will asintió, pero ella se preguntó si realmente sabía a qué se refería.

—Tenían una relación enfermiza que sacaba lo peor de cada uno. Ella aguantó hasta que dejó de divertirse. Luego le pidió a mi marido que la ayudase a salir de aquel embrollo y... —Sara se detuvo, intentando no parecer tan desesperada—. Fue como si Lena le pintase una diana en la espalda. Nunca pudieron demostrarlo, pero su examante fue quien mató a mi marido.

—Los agentes de policía tienen la obligación de informar de los abusos —dijo Will.

Sara sintió un brote de rabia al creer que estaba culpando a Jeffrey por no haber informado al respecto.

—Ella llegó a admitirlo. Ya sabe lo difícil que resulta demostrar la violencia doméstica cuando...

—Lo sé —la interrumpió—. Lamento que haya malinterpretado mis palabras. Me refería a que la detective Adams tenía esa responsabilidad. Incluso cuando uno mismo es la víctima de los abusos, la ley obliga a informar de ello.

Sara trató de regular la respiración. Se estaba tomando aquel asunto tan a pecho que quizá la acabaría tomando por loca.

—Lena es una mala policía. Es descuidada y negligente. Es la culpable de que mi marido esté muerto, la culpable de que Tommy haya muerto y, probablemente, la culpable de que hayan apuñalado a Brad en plena calle. Es la típica persona que pone a otra gente en la línea de fuego mientras ella se esconde para ver la carnicería.

—¿A propósito?

Sara tenía la garganta tan seca que apenas podía tragar.

—¿Eso importa?

—Supongo que no —admitió Will—. Por lo que me ha contado, deduzco que jamás la acusaron de nada en relación con el asesinato de su marido.

—Nunca la han responsabilizado de nada. Siempre consigue librarse de todos los líos que arma.

Él asintió mientras miraba el parabrisas, empapado por la lluvia. Sara había apagado el motor. Cuando Will entró, tenía frío, pero ahora el calor de sus cuerpos era suficiente para empañar los cristales.

Ella lo miró de nuevo, tratando de descubrir lo que pensaba. Su rostro permanecía impasible. Probablemente era la persona más inexpresiva que había conocido en su vida.

—Parece que he emprendido una suerte de caza de brujas, ¿no?

Will tardó en responder.

—Un sospechoso se suicidó mientras estaba bajo custodia policial. El GBI es el encargado de investigar ese asunto.

Estaba siendo muy generoso.

—Nick Shelton es el agente de campo del condado de Grant. Me he saltado la cadena de mandos —apuntó Sara.

—Al agente Shelton no le habrían permitido investigar este caso porque tiene amistad con la policía local. Me habrían enviado a mí o a otra persona para que me hiciese cargo de la investigación. He trabajado antes en ciudades pequeñas y nadie se siente mal por odiar a los chupatintas de Atlanta —dijo sonriendo—. Obviamente, si usted no hubiese llamado a la doctora Wagner, habrían tardado un día más en enviar a alguien.

—Lamento haberle metido en este asunto estando tan cerca las vacaciones. Su esposa debe de estar muy enfadada.

—¿Mi...? —Pareció desconcertado, como si se hubiese olvidado de que llevaba un anillo en el dedo. Se lo tapó y añadió—: No creo que le importe.

—Aun así, lo lamento.

—Sobreviviré. —Volviendo al asunto que le había llevado hasta allí, preguntó—: Cuénteme qué ha sucedido hoy.

Las palabras fluyeron con más facilidad: le habló de la llamada de Julie, de los rumores sobre el apuñalamiento de Brad, de la conversación con Frank en la que le pedía su ayuda. Terminó hablándole de cómo habían descubierto a Tommy en la celda y de las palabras que había dejado escritas en la pared.

—Lo arrestaron por el asesinato de Allison Spooner.

Will frunció el ceño.

—¿Lo acusaron de asesinato?

—Esa es la peor parte —dijo Sara entregándole la fotocopia de la confesión de Tommy.

Will pareció sorprendido.

—¿Ellos le dieron esto?

—Tengo amistad, una vieja amistad con ellos. —No sabía cómo explicarle que Frank le hubiese permitido entrometerse en el asunto—. Trabajé de médica forense y estuve casada con el jefe de policía. Están acostumbrados a enseñarme las pruebas.

Will se llevó la mano al bolsillo.

—Creo que me he dejado las gafas en la maleta.

Sara rebuscó en su bolso y sacó las suyas.

Will miró las gafas con el ceño fruncido, pero se las puso. Parpadeó varias veces mientras leía. Luego preguntó:

—¿Tommy es de aquí?

—Sí, nació y se crio aquí.

—¿Qué edad tiene?

Sara no pudo evitar que el tono de su voz reflejase la rabia que sentía.

—Diecinueve.

Will levantó la mirada.

—¿Diecinueve años?

—Exactamente. No puedo entender que creyesen que había planeado todo eso. Apenas sabía deletrear su nombre.

Will asintió mientras repasaba la confesión de arriba abajo. Finalmente miró a Sara y preguntó:

—¿Tenía algún problema para escribir, dislexia?

—La dislexia es una dificultad del lenguaje, pero Tommy no era disléxico. Tenía un coeficiente de inteligencia de ochenta. Las personas mentalmente discapacitadas tienen una media de setenta o menos, algo que antes se denominaba «retraso mental». La dislexia no tiene nada que ver con el coeficiente de inteligencia. De hecho, dos niños que son pacientes míos tienen dislexia y me dan mil vueltas.

Will sonrió débilmente.

—Eso cuesta trabajo creerlo.

Ella le devolvió la sonrisa, pensando que no la conocía en absoluto.

—No le dé tanta importancia a un par de faltas de ortografía.

—Son algo más de dos.

—Mírelo de esta forma: puedo estar sentada al lado de una persona disléxica durante todo el día y no darme cuenta de ello. Tommy era diferente. Podía hablar de rugby o de baloncesto hasta que las ranas criasen pelo, pero si entrabas en un área más complicada del pensamiento se perdía por completo. Los conceptos que necesitan de un proceso lógico, o de causa y efecto, le resultaban sumamente difíciles de comprender. Sin embargo, le sería tan difícil convencer a un disléxico para que firmase una confesión falsa como…, que sé yo, a una persona con los ojos verdes o el pelo rojo. Lo que sucede es que Tommy era sumamente crédulo y se le podía convencer de cualquier cosa.

Will la miró fijamente sin decir nada durante unos instantes.

—¿Cree que la detective Adams le empujó a escribir una confesión falsa?

—Sí.

—¿Cree que ha sido criminalmente negligente?

—No sé dónde están los límites legales. Lo único que sé es que sus acciones provocaron la muerte del chico.

Will hablaba cuidadosamente. Sara se dio cuenta de que la estaba interrogando.

—¿Me puede decir cómo ha llegado a esa conclusión?

—¿Aparte del hecho de que escribió «Yo no» con su propia sangre antes de morir?

—Sí, aparte de eso.

—Tommy es, mejor dicho, era... muy influenciable, algo muy normal teniendo en cuenta su coeficiente de inteligencia. No lo tenía lo bastante bajo para que se le considerara un discapacitado mental, pero contaba con muchas de sus cualidades: el deseo de agradar, la inocencia, la credulidad. Lo que sucedió hoy (la nota, los zapatos, la forma tan chapucera de tratar de encubrir el suicidio de la chica...), todo indica que alguien torpe o estúpido lo ha llevado a cabo, pero es demasiado complicado para Tommy. —Hizo una pausa e intentó verlo desde la perspectiva de Will—. Supongo que parecerá que voy a por Lena, lo cual es cierto, pero eso no quiere decir que lo que afirmo no sea un hecho científico. Fue muy difícil tratar con Tommy, porque siempre afirmaba tener cualquier síntoma que le mencionase, ya fuese tos, ya fuese un simple dolor de cabeza. Si hubiese querido, me habría dicho que tenía la peste bubónica.

—¿Supone que Lena debería haberse dado cuenta de que Tommy era retrasado y...?

—Para empezar, no debería haberle presionado tanto como para que terminara suicidándose.

—¿Y qué más?

—Debería haberle prestado la atención médica necesaria. Estaba sumamente afectado y no dejaba de llorar. No habría hablado con nadie a menos que...

Su voz se fue apagando cuando vio que sus argumentos carecían de fundamento, ya que Frank le había llamado pidiéndole ayuda.

En lugar de ahondar en lo que resultaba evidente, Will le preguntó:

—¿Acaso el detenido no es responsabilidad del agente de reserva?

—Lena fue quien lo metió en la celda y no le cacheó, o al menos no lo bastante bien como para encontrar el cartucho de pluma que utilizó para suicidarse. Tampoco avisó a los guardias para que le vigilasen. Se limitó a obtener la confesión y luego se marchó. —Sara se dio cuenta de que su enfado crecía por momentos—. Quién sabe en qué estado emocional lo dejó. Probablemente le hizo creer que su vida no merecía la pena. Es lo que hace siempre: arma una buena y luego alguien paga las consecuencias.

Will miró en dirección al aparcamiento, con las manos apoyadas ligeramente sobre las rodillas. Aunque el hospital estaba cerrado, la electricidad seguía funcionando. Las luces del aparcamiento parpadeaban. Sara vio, bajo la luz amarillenta, la cicatriz que recorría su rostro hasta el cuello. Era una cicatriz antigua, probablemente de la infancia. La primera vez que lo vio pensó que tal vez se la hubiera hecho al tirarse para tocar la primera base, o intentando alguna hazaña en bicicleta, pero eso fue antes de que le comentase que había crecido en un orfanato. Ahora se preguntaba si había sido por alguna otra razón.

Además, no solo tenía aquella cicatriz. Incluso de perfil vio la mancha que presentaba entre la nariz y el labio, donde alguien o algo le había desgarrado la piel. Fuese quien fuese quien se la había cosido, no lo había hecho nada bien. La cicatriz era ligeramente irregular, lo que le daba a su boca un aspecto de tunante.

Will suspiró. Cuando habló, fue derecho al asunto.

—¿No acusaron a Tommy Braham de nada, aparte de lo del asesinato?

—No, solo de asesinato.

—¿Ni tan siquiera de intento de asesinato del detective Stephens?

Sara negó con la cabeza.

—¿Acaso el jefe de policía Wallace no resultó también herido?

Sara notó una presión en el pecho. Imaginó a Frank denunciando a Tommy después de la paliza que le había propinado en plena calle.

—El informe policial solo dice asesinato. Nada más.

—Bajo mi punto de vista, hay dos problemas en este asunto. El primero es que el sospechoso se suicidó estando bajo la custodia de Adams; el segundo, que no sé por qué le arrestaron por asesinato basándose solo en su confesión. Y no solo en su confesión, sino en cualquier confesión.

—¿Eso qué significa?

—No se puede arrestar a una persona en función, exclusivamente, de una confesión. Tiene que haber pruebas que la corroboren. La sexta enmienda le concede al acusado el derecho de enfrentarse a su acusador. Si uno es su propio acusador y se retracta de su confesión..., en fin, es como la pescadilla que se muerde la cola —dijo Will encogiéndose de hombros.

Sara se sintió estúpida por no haber pensado antes en eso. Había sido médica forense durante casi quince años y sabía que la policía no necesitaba conocer la causa de la muerte para detener a alguien por ser sospechoso de un asesinato, pero precisaba de pruebas oficiales de que se había cometido un asesinato antes de emitir una orden de arresto.

—Tenían sobradas razones para detener a Braham sin el cargo de asesinato: atacar con un arma, intento de asesinato, resistencia a la autoridad durante el cumplimiento de su deber, resistencia cuando fue arrestado, intento de escapar, allanamiento de morada. Todos son delitos graves. Habría permanecido arrestado durante un año y nadie habría presentado la más mínima queja.

Sacudió la cabeza, como si no le encontrase ninguna lógica al asunto.

—Necesito conseguir los informes —sentenció.

Sara se dio la vuelta y cogió las copias que había hecho.

—Tengo que esperar hasta que abran las tiendas por la mañana para poder revelar las fotografías.

Will se quedó sorprendido al ver el material que le entregaba mientras pasaba las páginas.

—De acuerdo —dijo mientras ojeaba las páginas—. Ya veo que está convencida de que Tommy no mató a la chica, pero mi trabajo consiste en demostrar lo uno o lo otro.

—Por supuesto. No pretendía... —Su voz se fue apagando, para evitar decir «influenciarle». Por eso estaban allí—. Tiene razón. Sé que tiene que ser imparcial.

—Necesito que lo sepa, doctora Linton. Si descubro que Tommy lo hizo, o no consigo pruebas convincentes de que no lo hizo, a nadie le importará un rábano cómo lo hayan tratado en la comisaría y pensarán que la detective Adams les ahorró a los contribuyentes mucho dinero evitando un juicio.

Sara sintió que el corazón se le encogía. Tenía razón. Muchas veces todo se basaba en ciertos prejuicios sin base alguna. A según qué gente no le importaban los detalles.

Will le proporcionó un escenario alternativo.

—Por otro lado, si Tommy no mató a esa chica, entonces hay un asesino suelto que, o bien es muy listo, o bien ha tenido mucha suerte.

Sara tampoco había pensado en eso. Había estado tan absorta en culpabilizar a Lena que no se había parado a pensar que la inocencia de Tommy implicaba que un asesino andaba suelto.

—¿Qué más ha averiguado? —preguntó Will.

—Según Frank, tanto él como Lena vieron señales en las muñecas de Spooner que indicaban que la habían atado.

Will emitió un sonido escéptico.

—Eso es muy difícil de saber cuando un cuerpo ha estado en el agua tanto tiempo.

Sara no mencionó que estaba de acuerdo.

—Tenía la herida de un cuchillo, o lo que ellos creen que era la herida de un cuchillo, en la nuca.

—¿Es posible que se la infligiera ella misma?

—No la he visto, pero me cuesta trabajo creer que alguien se suicide apuñalándose en la nuca. Además, habrían encontrado mucha sangre, especialmente si se cortó la carótida, ya que la sangre sale despedida como si fuese una manguera abierta a toda presión. Habría dos litros o más de sangre en la escena del crimen.

—¿Qué decía la nota de suicidio?

—«Quiero acabar con esto.»

—Es extraño —afirmó Will cerrando la carpeta—. ¿El médico forense es bueno?

—Se llama Dan Brock. Es el director de la funeraria, pero no es médico.

—Lo tomaré como un no. —La miró fijamente—. Si transfiero a Spooner y Braham a Atlanta, perderemos otro día.

Sara iba un paso por delante.

—He hablado con Brock. Me dijo que dejaría que me encargara de las autopsias, pero tenemos que empezar después de las once, para no molestar a nadie. Tiene un funeral mañana por la mañana y ha quedado en llamarme más tarde para decirme la hora exacta.

—¿Las autopsias se hacen en la funeraria?

Sara señaló el hospital.

—Solíamos hacerlas allí, pero el estado ha recortado los fondos y han tenido que cerrarlo.

—La misma historia de siempre, pero en otra ciudad —replicó Will mirando su móvil—. Bueno, creo que debo marcharme y presentarme ante el jefe Wallace.

—Jefe interino —corrigió Sara—. Perdone, no creo que eso importe. Frank no está en la comisaría.

—Le he dejado dos mensajes para pedirle que se reúna conmigo. ¿Ha salido?

—Está en el hospital con Brad. Y con Lena, imagino.

—Seguro que estarán tratando de coordinar sus versiones.

—¿Va a ir al hospital?

—No creo. Terminarían odiándome si entro en la habitación de un policía herido.

Sara asintió en silencio.

—Así pues, ¿qué va a hacer?

—Voy a ir a la comisaría para ver dónde tenían encerrado a Tommy. Es probable que me encuentre con un agente de patrulla sumamente hostil que me diga que acaba de iniciar su turno, que no sabe nada del asunto y que Tommy se suicidó porque era culpable. —Acarició la carpeta y prosiguió—: Intentaré hablar con los demás detenidos, si es que no los han soltado ya. Imagino que el jefe interino Wallace no aparecerá hasta mañana, lo que me dará tiempo para revisar los archivos. —Se inclinó hacia delante y sacó la cartera de su bolsillo trasero—. Aquí tiene mi tarjeta. Mi número de móvil está en el reverso.

Sara leyó el nombre de Will al lado del logotipo del GBI.

—¿Está usted doctorado?

Will le cogió la tarjeta de nuevo y miró lo que había escrito. En lugar de responder a la pregunta, dijo:

—Los números son correctos. ¿Puede decirme dónde está el hotel más cercano?

—Hay uno cerca de la universidad. No es muy bonito, pero está bastante limpio y ahora no será muy ruidoso, pues los estudiantes están de vacaciones.

—Cenaré allí y…

—No tiene restaurante —respondió Sara, sintiéndose avergonzada de su ciudad—. Todo estará cerrado a estas horas de la noche, salvo la pizzería, pero el Departamento de Sanidad la ha cerrado tantas veces que solo los estudiantes se atreven a comer allí.

—Imagino que tendrán una máquina de aperitivos en el hotel.

Puso una mano en el picaporte de la puerta, pero Sara le retuvo.

—Mi madre ha preparado una copiosa cena y ha sobrado de todo. —Le cogió la carpeta y escribió su dirección en ella—. Mierda —murmuró, tachando el número de la calle. Le había dado su antigua dirección, no la de sus padres—. Lakeshore —dijo señalando la calle que cruzaba el hospital—. Luego tuerza a la derecha, o a la izquierda si quiere coger una ruta pintoresca. Rodea el lago. —Anotó su número de teléfono y añadió—. Si se pierde, llámeme.

—No quiero molestar a su familia.

—Yo le he hecho venir, así que permítame que le dé de comer. O mejor dicho, que mi madre le dé de comer, lo cual es mucho más saludable. —Luego, como sabía que no era estúpido, añadió—: Y como podrá imaginar, quiero saber lo que sucede con el caso.

—No sé a qué hora llegaré.

—Le esperaré levantada.

Capítulo cinco

Will Trent presionó el rostro contra la puerta de cristal de la comisaría, ya cerrada. Las luces estaban apagadas y no había nadie en la recepción. Llamó con las llaves por tercera vez, con cuidado, pues si le daba con más fuerza tal vez acabaría por romper el cristal. El alero del edificio no impedía que la lluvia cayese en su cabeza. El estómago le sonaba del hambre que tenía. Hacía frío, estaba empapado y muy molesto porque le habían ordenado que fuese a esa remota y pequeña ciudad durante las vacaciones.

Lo peor es que había tenido que renunciar a la semana de vacaciones; era la primera vez en su vida que las pedía. El jardín delantero de su casa estaba levantado porque había cavado una zanja alrededor de la tubería del alcantarillado que iba desde la casa hasta la calle. Las raíces de un árbol habían invadido la antigua tubería de barro, y el fontanero le había pedido ocho mil dólares por cambiarla por una de plástico. Cuando sonó el teléfono, Will estaba cavando la zanja con sus propias manos para no destrozar los miles de dólares que había gastado en el jardín que había construido en los últimos cinco años. Se sintió obligado a coger el teléfono porque esperaba que Faith le llamase para decirle que el bebé estaba a punto de nacer, o lo que era mejor, que ya había nacido.

Sin embargo, no era ella, sino Amanda Wagner, que le comunicó que «ellos no decían que no a la viuda de un policía».

Will había colocado una lona encima de la zanja, pero tenía el presentimiento de que cuando volviese se encontraría con que un desprendimiento de tierra había echado a perder los dos días que había estado cavando. Y eso si volvía, pues le parecía como si estuviese destinado a pasar el resto de su vida bajo la lluvia en la puerta de la comisaría de esa pequeña ciudad.

Estaba a punto de llamar de nuevo cuando finalmente se encendió una luz dentro del edificio. Vio a una mujer acercarse en dirección a la puerta, tomándose su tiempo mientras caminaba balanceándose por encima de la moqueta del vestíbulo. Era una mujer grande, con un vestido campestre color rojo brillante que le caía como una tienda de campaña. Llevaba el pelo, ya canoso, recogido en un moño, sujeto por un prendedor de mariposa. Un collar de oro con una cruz colgaba sobre su amplio escote.

Puso la mano en el picaporte, pero no abrió. Su voz sonó amortiguada por el cristal.

—¿Qué desea?

Will sacó su identificación y se la enseñó. Ella se inclinó y miró la fotografía para compararla con el hombre que tenía delante.

—Le sienta mejor el pelo largo.

—Gracias —respondió Will tratando de secarse la lluvia que le entraba en los ojos.

La mujer esperó que dijese algo más, pero él guardó silencio. Finalmente se decidió a abrir la puerta.

Dentro, la temperatura era un poco superior, y además estaba a cubierto de la lluvia. Will se pasó los dedos por el pelo, tratando de secárselo, y dio algunos zapatazos para quitarse la humedad de los pies.

—Lo está ensuciando todo —dijo la mujer.

—Lo siento —respondió él, preguntándose si podría pedirle una toalla.

Sacó el pañuelo y se secó la cara. Olía a perfume. Al perfume de Sara.

La mujer le miró fríamente, como si pudiese leer sus pensamientos y no le agradasen lo más mínimo.

—¿Piensa quedarse toda la noche oliendo ese pañuelo? Tengo que preparar la cena.

Dobló el pañuelo y se lo volvió a meter en el bolsillo.

—Soy el agente Trent, del GBI.

—Ya lo he leído en su identificación.

Le miró de arriba abajo, como si le estuviese evaluando y mostrando abiertamente que lo que veía no le gustaba.

—Yo soy Marla Simms, la secretaria de la comisaría.

—Encantado de conocerla, señora Simms. ¿Podría decirme dónde está el jefe de policía Wallace?

—Señorita —respondió en tono cortante—. No sé si se ha enterado, pero uno de nuestros muchachos casi ha sido asesinado hoy en plena calle y hemos estado muy ocupados con ese asunto.

Will asintió.

—Sí, señora. Me he enterado y espero que el detective Stephens se recupere.

—Ese muchacho lleva trabajando con nosotros desde que tenía dieciocho años.

—Rezaré por su familia —respondió Will, ya que sabía que la religión tenía mucha importancia en las ciudades pequeñas—. Si el inspector Wallace no está disponible, ¿podría hablar con el oficial de reserva?

Parecía molesta de que supiera que existía ese puesto. Era obvio que Frank Wallace le había dicho que le pusiera todos los obstáculos posibles al GBI. Will observó cómo trataba de eludir sus preguntas, pero insistió educadamente.

—Sé que a los detenidos no se les puede dejar solos. ¿Está usted a cargo de las celdas?

—Larry Knox se encarga de eso. Yo estaba a punto de marcharme. He cerrado todos los archivos, así que si quiere...

Will se había metido la carpeta que le había dado Sara en la parte delantera de sus pantalones para que no se mojase. Se levantó el jersey y se la entregó a Marla.

—¿Podría enviar por fax estas doce páginas?

Dudó al coger los papeles, pero no la culpó por eso. La carpeta estaba caliente por el calor de su cuerpo.

—El número de teléfono es...

—Espere un momento. —Sacó un bolígrafo de algún lado de su pelo. Era un Bic de plástico de esos que hay en cualquier oficina—. Dígame.

Le dio el número de fax de su compañera. La mujer tardó en escribirlo, simulando que se había equivocado. Will recorrió el vestíbulo con la vista y observó que era como el de cualquier otra comisaría de una ciudad pequeña. Las paredes estaban forradas de madera; había fotografías donde se veía a agentes vestidos de uniforme, con los hombros derechos, el mentón erguido y una sonrisa en el rostro. Enfrente de las fotografías había un mostrador alto y una puerta que separaba la parte delantera de la trasera, donde todas las mesas estaban alineadas formando una hilera. Las luces permanecían apagadas.

—De acuerdo —dijo—. Enviaré el fax antes de marcharme.

—¿Podría dejarme un bolígrafo?

Ella le alargó el Bic.

—No quisiera quitarle el suyo.

—No importa.

—De verdad que no —insistió Will levantando las palmas de las manos.

—Hay veinte cajas llenas en el armario —respondió bruscamente—. Cójalo.

—De acuerdo, gracias.

Se metió el bolígrafo en el bolsillo trasero.

—Con respecto al fax, he numerado las páginas. ¿Le importaría enviarlas en ese orden?

Marla gruñó mientras se dirigía hasta la puerta. Will esperó mientras ella se agachaba para darle al interruptor. Se oyó un sonoro zumbido y el cerrojo de una puerta. Le pareció extraño que tuviesen esas medidas de seguridad tan rigurosas en la comisaría, pero las ciudades pequeñas habían encontrado muchas formas de gastar el dinero de la Seguridad Nacional después del 11-S. En cierta ocasión había visitado unos calabozos que tenían váteres con sistema de descarga regulada y lavabos con los utensilios de níquel.

Marla se colocó delante de la hilera de máquinas de oficina que estaban al lado de la cafetera. Will se quedó inmóvil. Había tres hileras de tres mesas en el centro de la habitación. También vio mesas con sillas plegables alineadas en la pared trasera. En el lateral del edificio que daba a la calle había una puerta de oficina cerrada. Una ventana daba a la sala de oficiales, pero las persianas estaban completamente cerradas.

—Las celdas están en la parte de atrás —dijo Marla, bromeando.

Apiló las hojas en la mesa, observándole con detenimiento.

Will miró de nuevo hacia la oficina y se percató de que algo parecía aterrorizar a esa mujer, como si temiese que él fuese a abrir la puerta.

—¿Por aquí? —preguntó Will señalando la puerta de metal en la parte trasera de la habitación.

—Esa es la parte de atrás, ¿verdad?

—Gracias. Le agradezco su ayuda.

Will esperó a que se cerrase la puerta antes de sacar el bolígrafo que le había dado y mirar el tubo de tinta. Como imaginaba, era de plástico. Sara le había dicho que Tommy Braham había utilizado un cartucho de metal para cortarse las venas. Will dedujo que procedería de una pluma más cara que el Bic.

Montó el bolígrafo mientras recorría el pasillo. Las señales de salida iluminaban un pasillo de unos veinte metros de largo y algo más de uno de ancho. Will abrió la primera puerta que se encontró y vio que era el almacén. Miró por encima del hombro antes de encender la luz. Había cajas de clips para papeles y material de oficina sobre las estanterías, así como las veinte cajas de bolígrafos Bic que Marla le había mencionado. También vio dos grandes pilas de cuadernos amarillos, e imaginó a los agentes entrando en el almacén y cogiendo un papel y un cuaderno para darles a los sospechosos algo donde poder escribir sus confesiones.

Había tres puertas más en el pasillo. Dos conducían a las salas de interrogatorio. El mobiliario era el de costumbre: una mesa grande con un cáncamo de metal que salía de la parte superior, varias sillas alrededor y espejos de doble cara que daban a cada sala. Will dedujo que había que subirse al armario de suministros para ver la primera habitación. La otra sala de observación estaba detrás de la tercera puerta. Intentó abrirla, pero estaba cerrada.

La puerta al final del pasillo se abrió y salió un policía vestido de uniforme que llevaba incluso la gorra. Will miró por encima del hombro y vio que una cámara colocada en la esquina le había seguido todo el rato.

—¿En qué puedo ayudarle? —preguntó el policía.

—¿El oficial Knox?

El hombre miró atentamente.

—Así es.

—¿Usted es el policía de reserva? —preguntó Will, sorprendido.

El puesto de policía de reserva era necesario, pero sumamente aburrido; se encargaba de los nuevos detenidos y de su seguridad mientras estaban en las celdas. Normalmente, aquel trabajo se le encomendaba a alguien veterano: un tranquilo trabajo de oficina previo a la jubilación. Eso sí, a veces se le daba a alguien a modo de castigo. Will dudó de que fuese el caso de Knox, ya que Frank Wallace no habría permitido que un agente enfurruñado lo atendiese.

Knox le miraba fijamente, con una rabia manifiesta.

—¿Qué desea?

Will sacó su placa.

—Soy el agente especial Trent. Del GBI.

El hombre se quitó la gorra, mostrando una mata de pelo rojo.

—Sé quién es.

—Imagino que su jefe le habrá informado. Nos han llamado para investigar el suicidio de Tommy Braham.

—Les llamó Sara Linton —respondió tajantemente—. Yo estaba delante cuando lo hizo.

Will le sonrió, ya que sabía que sonreír cuando se suponía que debías enfadarte era una forma de reducir la tensión.

—Le agradezco su cooperación en este asunto, agente. Me imagino la situación tan difícil por la que están pasando en este momento.

—¿Lo sabe? —Lejos de sonreír, parecía que quería propinarle un puñetazo en la garganta—. Yo lo único que sé es que un buen hombre está luchando por sobrevivir en el hospital de Macon y usted se preocupa del mierda que le apuñaló.

—¿Conocía a Tommy Braham?

Se quedó sorprendido por la pregunta.

—¿Y eso qué importa?

—Solo por curiosidad.

—Sí, le conocía. Le faltaba un tornillo desde el día en que nació.

Will asintió, como si entendiese lo que quería decir.

—¿Puede llevarme a la celda donde le encontraron?

Knox parecía estar pensando en una razón para decirle que

no. Will esperó en silencio porque sabía que la mejor forma de hacer que alguien hablase era quedarse callado. Las personas tienen una tendencia natural a hablar para romper el silencio. Lo que no sabían los policías es que ellos eran igualmente susceptibles a ese impulso.

—De acuerdo, pero quiero que sepa que usted no me gusta, ni yo le gusto a usted, así que no hay necesidad de fingir.

—Me parece bien —contestó Will siguiéndole a través de la puerta y entrando en otro pasillo más pequeño. Había un banco en uno de los lados, con una hilera de armeros. Todas las celdas que Will había visitado tenían la misma distribución. Obviamente, no se permitía que las armas estuviesen al alcance de los detenidos.

Knox señaló los armeros.

—Deje la pistola y saque el cargador.

—No llevo arma.

Knox reaccionó como si le hubiese dicho que se había dejado el pene en casa. Dibujó una mueca en señal de disgusto. Se dio la vuelta y se dirigió hacia la siguiente puerta.

—Antes me ha dicho que estaba presente cuando la doctora Linton hizo la llamada telefónica. ¿Acababa de empezar su turno?

Knox se giró.

—No estaba aquí cuando el chico se suicidó, si a eso se refiere.

—¿Estaba usted de servicio? —repitió Will.

Dudó de nuevo, como si aún no hubiese dejado claro que no quería cooperar.

—Deduzco que normalmente no ocupa el puesto de oficial de reserva. Usted es un agente de patrulla, ¿verdad?

Knox no respondió.

—¿Quién era el oficial de reserva esa tarde?

Tardó en responder.

—Carl Phillips.

—Quisiera hablar con él.

—Está de vacaciones —dijo Knox sonriendo—. Se marchó esta tarde de camping con su esposa y sus hijos. Sin teléfonos.

—¿Cuándo volverá?

—Eso tendrá que preguntárselo a Frank.

Knox sacó las llaves y abrió la puerta. Para alivio de Will, por fin llegaron a las celdas. Al lado de otra puerta grande había una ventana que daba a otro pasillo, pero este tenía las acostumbradas puertas de metal de las celdas. Justo al lado de ellas había una pequeña oficina para el oficial a cargo. A un lado había un enorme fichero, y en el otro una mesa con seis monitores por los que se podía observar el interior de las cinco celdas. En el sexto se veía que alguien había estado jugando al solitario. Delante del tablero del ordenador estaba la cena de Knox, un sándwich casero con patatas.

—Solo tenemos tres personas encerradas esta noche —dijo Knox a modo de explicación.

Will miró las pantallas. Un hombre andaba de un lado para otro de la celda; los otros dos estaban acostados en su catre.

—¿Dónde está la cinta de las cámaras?

El agente puso la mano sobre el ordenador.

—No graba. Tenemos que llamar para que vengan a arreglarla.

—Es extraño que haya dejado de funcionar justo en el momento en que más se necesita.

Knox se encogió de hombros.

—Como ya le he dicho, no estaba aquí.

—¿Se ha puesto en libertad a algunos de los detenidos después de haber encontrado a Braham?

Volvió a encogerse de hombros.

—No estuve durante ese turno.

Will asumió que la respuesta era un tácito sí.

—¿Tiene el libro de visitas?

Abrió uno de los archivos, sacó una hoja de papel y se la dio. El formulario estaba distribuido en columnas para escribir los nombres y la hora, el típico que se encuentra en cualquier comisaría de Estados Unidos. En la parte superior alguien había escrito la fecha, pero el resto estaba en blanco.

—Como puede ver, Sara no firmó —dijo Knox.

—¿La conoce desde hace mucho?

—Cuidaba de mis hijos hasta que se marchó de la ciudad. ¿Desde cuándo la conoce usted?

Will percibió un cambio sutil en la actitud del hombre.

—Desde hace poco.

—Pues parece que la conoce muy bien, porque ha pasado una hora sentado en su coche delante del hospital.

Will esperaba que no se le notase lo sorprendido que estaba. Se le había olvidado lo cerradas e incestuosas que podían ser las ciudades pequeñas. Tentó a la suerte.

—Es una mujer encantadora.

Knox infló el pecho. Era por lo menos quince centímetros más bajo que Will, pero trataba de subsanarlo haciéndose el bravucón.

—Jeffrey Tolliver era el mejor hombre con el que he trabajado.

—Tiene muy buena reputación en Atlanta. Por el respeto que aún se le guarda, mi jefa me mandó para que cuidase de su gente.

Knox entrecerró los ojos. Will se percató de que el agente podría interpretar sus palabras de muy diversas formas, entre ellas que Will no tenía pensado profundizar demasiado en su investigación por respeto a Jeffrey Tolliver. Eso pareció relajar a Knox y, por eso, no rectificó.

—Sara a veces se altera más de la cuenta. Es muy emocional —afirmó el agente.

Will no podía describir a Sara como una persona que se dejase llevar por las emociones, y ni tan siquiera podía confiar en su habilidad para emitir un cliché como «mujeres». Se limitó a asentir y encogerse de hombros, como si dijera: «¿Qué le vamos a hacer?».

Knox continuó mirándole fijamente, tratando de tomar una decisión. Finalmente dijo:

—Bueno, vamos. —Utilizó una tarjeta de plástico para abrir la última puerta. Aún llevaba las llaves en la mano y las hacía sonar mientras caminaba—. Hay un borracho durmiendo en esta celda. Lo metimos hace una hora. —Señaló la siguiente celda—. En esta hay un adicto a las metanfetaminas. Lo está pasando mal. La última vez que intentamos despertarle, casi le rompe la boca a uno.

—¿Y en la número tres? —preguntó Will.

—Un maltratador.

—¡Eso es mentira! —gritó alguien detrás de la puerta.

Knox asintió en silencio.

—Es la tercera vez que lo encerramos. La mujer no testificará...

—¡Más le vale! —gritó el hombre.

—Se ha vomitado encima, así que le daré una ducha si quiere hablar con él.

—Odio tener que pedírselo, pero aceleraría este asunto, y así todos podremos volver a nuestra vida. Mi esposa me matará si no estoy en casa durante las vacaciones.

—Me lo imagino.

Knox condujo a Will a la siguiente celda. La puerta estaba abierta.

—Aquí es.

Habían limpiado la sangre de Tommy Braham, pero la mancha roja que había en el suelo mostraba lo que había sucedido. Sus pies habían estado en dirección a la puerta, la cabeza en la parte de atrás. Posiblemente yaciese de lado, con un brazo delante. Por la circunferencia de la mancha, Will pensó que Tommy no solo se había cortado una muñeca, sino las dos.

Al entrar en la celda sintió una ligera claustrofobia. Miró las paredes de hormigón, el bastidor metálico de la cama con la delgada colchoneta. La taza del váter y el lavabo estaban construidos como una sola unidad de acero inoxidable. La taza parecía limpia, pero el olor de las aguas residuales era insoportable. Al lado del lavabo había un cepillo de dientes, una taza de metal y un pequeño tubo de pasta de dientes de los que ponen en los hoteles. Will no era supersticioso, pero era consciente de que Tommy Braham, llevado por su desolación, se había quitado la vida allí ocho horas antes y el recuerdo de su muerte aún perduraba.

—Yo no —dijo Knox.

Will se dio la vuelta, preguntándose a qué se refería.

El agente señaló la pared descolorida.

—Eso fue lo que escribió: «Yo no». —Empleando un tono familiar añadió—: Si no fuiste tú, muchacho, ¿por qué te suicidaste?

A Will nunca le pareció muy útil preguntarle a los muertos cuáles eran sus motivos, así que le devolvió la pregunta a Knox.

—¿Por qué cree que insistió tanto en que no había matado a Allison Spooner?

—Ya se lo he dicho —respondió Knox llevándose la mano a la cabeza—. No estaba bien de la chaveta.

—¿Estaba loco?

—No, pero era muy tonto.

—¿Demasiado tonto para matar a nadie?

—Ojalá. No se habría fijado tanto en esa muchacha…

Soltó una risotada. Will le siguió la corriente para quitarse la imagen de Tommy tendido en el suelo de la celda, frotándose una y otra vez el cartucho de tinta por la muñeca hasta cortarse las venas. ¿Cuánto tardaría en abrirse la carne? ¿Se calentaría la piel de tanto frotarse? ¿Se calentaría el cartucho de tinta? ¿Cuánto tardó en desangrarse hasta que su corazón dejó de latir?

Dio la espalda a las descoloridas letras escritas en la pared, pues no quería acabar con su nueva, aunque falsa, camaradería con Knox.

—¿Conocía usted a Allison Spooner?

—Trabajaba en el restaurante. Todos la conocíamos.

—¿Cómo era?

—Una buena chica. Trabajadora y no muy habladora.

Bajó la mirada y movió la cabeza de un lado para otro.

—Era bastante guapa —prosiguió—. Supongo que eso atrajo la atención de Tommy. Pobre muchacha. Probablemente pensó que era inofensivo.

—¿Tenía amigos? ¿Novio?

—Solo Tommy. Jamás la vi con nadie más. —Se encogió de hombros y añadió—: Tampoco le presté mucha atención. A mi esposa no le gusta que ande mirando a las chicas.

—¿Vio con mucha frecuencia a Tommy en el restaurante?

Knox negó con la cabeza. Will se percató de que su resistencia estaba reduciéndose.

—¿Puedo hablar con el maltratador?

—¡Yo no le he pegado! —gritó el detenido golpeando la puerta de la celda.

—Las paredes son muy finas —observó Will.

Knox estaba apoyado contra la puerta, con los brazos cruzados. El bolsillo de la camisa estaba muy abultado y tenía una pluma de oro sujeta a la tela.

—¿Podría dejarme su pluma?

Knox tocó el clip.

—Lo siento, es la única que tengo.

Will reconoció el logotipo de Cross.

—Es muy bonita.

—El jefe Tolliver nos la regaló por Navidad antes de morir.

—¿A todos?

Knox asintió y Will emitió un largo silbido.

—Deben de ser caras.

—Baratas seguro que no.

—Utilizan un cartucho especial, ¿verdad? ¿Es de metal?

Knox abrió la boca para responder, pero se contuvo.

—¿Quién más tiene una? —preguntó Will.

Knox dibujó una mueca de desprecio.

—Váyase a la mierda.

—De acuerdo. Le preguntaré a Sara cuando la vea.

Knox se irguió, bloqueando la puerta.

—Tenga cuidado, agente Trent. La última persona que estuvo en esta celda no acabó bien.

Will sonrió.

—Sé cuidar de mí mismo, no se preocupe.

—¿Está seguro?

Will forzó una sonrisa.

—Creo que sí, porque al parecer me está amenazando.

—¿Eso cree?

Knox dio un golpetazo en la puerta abierta de la celda.

—¿Has oído eso, Ronny? Aquí el señor GBI dice que le estoy amenazando.

—¿Cómo dices, Larry? —respondió el maltratador—. Yo no puedo oír nada a través de estas gruesas paredes. Nada de nada.

Will se sentó en la sala de interrogatorios, intentando respirar por la boca mientras miraba las fotocopias que le había dado Sara. El agente Knox había olvidado su oferta de darle una ducha al maltratador y Will tuvo que soportar su olor durante veinte minutos antes de empezar a interrogarle. En Atlanta, Ronny Porter le habría dicho cualquier cosa con tal de salir libre, pero en las ciudades pequeñas todo era distinto. En lugar de culparlos, Porter defendió a todos los agentes de la comisaría, incluso habló maravillas de Marla Simms, que solía ser su profesora de catequesis.

Will extendió las hojas, intentando ponerlas en orden. La confesión de Tommy Braham estaba escrita a mano, la copia en papel carbón que había sacado de la hoja amarilla. La colocó aparte. El informe policial estaba escrito en uno de esos típicos formularios que Will había utilizado en el GBI. Había casillas destinadas a escribir a mano la fecha, la hora, el clima y otros detalles del delito. La nota de suicidio había captado la luz de la fotocopiadora y las letras estaban borrosas.

Había otras dos páginas, fotocopias de una hoja de un cuaderno pequeño, uno de esos que suelen llevar los policías en el bolsillo trasero. Habían colocado cuatro hojas de papel pequeño para que cupiesen en una sola hoja fotocopiada. En total había once páginas que habían sido arrancadas de un cuaderno. Will estudió la distribución y observó que había señales descoloridas donde habían pegado el papel apaisado a una hoja más grande antes de fotocopiarlo. En lugar de tener un borde recortado donde habían arrancado las hojas del cuaderno, había una línea recta, como si alguien hubiese utilizado unas tijeras para cortarlas. Le pareció extraño, no porque los agentes no fuesen ordenados, sino porque jamás había visto a un oficial de policía arrancar las hojas de su cuaderno.

La orden de detención estaba en la última página del montón, pero al menos esa parte estaba escrita a ordenador y todos los huecos estaban mecanografiados. El nombre del sospechoso estaba en la parte superior, junto con su dirección y su número de teléfono. Will encontró la casilla destinada al empleador de Tommy. Se inclinó sobre el formulario, aguzando la vista y colocando el dedo debajo de las diminutas letras. Movió la boca como si tratase de pronunciar las palabras. Se sentía cansado por el monótono viaje, y las letras se entremezclaban. Parpadeó, deseando que la habitación estuviese más iluminada.

Sara Linton tenía razón en una cosa. Había estado sentada al lado de Will durante toda una hora y no se había percatado de que era disléxico.

El timbre de su móvil sonó, y se sobresaltó. Reconoció el número de Faith Mitchell.

—¿Qué pasa, socia?

—Se suponía que me llamarías cuando llegases.

—He estado muy liado —respondió, lo cual, hasta cierto punto, era verdad. A Will nunca se le habían dado bien las direcciones y había tramos de Heartsdale entre Main Street y la interestatal que no aparecían en su GPS.

—¿Cómo va todo? —preguntó Faith.

—Me tratan con el mayor mimo y respeto.

—No bebas nada a no ser que tenga el tapón cerrado.

—Gracias por el consejo —respondió echándose hacia atrás—. ¿Y tú cómo lo llevas?

—Estoy que mato a cualquiera —admitió—. Me van a hacer la cesárea mañana por la tarde.

Faith era diabética y los médicos querían controlar el parto para no perjudicar su salud. Empezó a darle los detalles del proceso, pero él se perdió después de oír la palabra «útero» por segunda vez. Se miró en el espejo de doble cara, preguntándose si la señorita Simms tenía razón con eso de que le sentaba bien el pelo un poco más largo.

Finalmente, Faith terminó de contar su historia y preguntó:

—¿De qué va el fax que me has enviado?

—¿Has recibido las doce páginas?

Oyó que contaba las hojas.

—He recibido diecisiete. Todas con el mismo número.

—¿Diecisiete? —inquirió Will rascándose el mentón—. ¿Están duplicadas?

—No. Veo un informe policial, notas de campo fotocopiadas, cuyas páginas, por cierto, las han cortado de un cuaderno…, lo que resulta extraño, ya que nadie arranca las hojas de su libreta de campo y…

Will dedujo que estaba leyendo la confesión de Tommy Braham.

—¿Has escrito tú todo esto?

—Muy graciosa —respondió él.

No había podido entender las palabras cuando Sara le enseñó la confesión, en el coche. La letra infantil y curvada de Tommy Braham era un tanto inusual.

—¿Qué te parece?

—Tiene la misma letra que Jeremy cuando estaba en primer grado.

Jeremy era su hijo mayor.

—Tommy Braham tiene diecinueve años.

—¿Es retrasado mental?

—Se supone que ahora deberías llamarlo «discapacitado mental».

Ella dio un resoplido.

—Sara dice que tenía un coeficiente de ochenta.

Faith se mostró muy suspicaz; la última vez que Sara se involucró en su caso se había mostrado muy reticente.

—¿Y cómo sabe su coeficiente de inteligencia?

—Lo trató de pequeño, en su clínica.

—¿Te ha pedido disculpas por hacerte ir hasta allí durante las vacaciones?

—Ella no sabe que estaba de vacaciones, pero, aun así, se ha disculpado.

Faith se quedó callada durante unos instantes.

—¿Cómo está?

Will no pensaba en Sara, sino en el aroma que le había dejado en el pañuelo. No le parecía el tipo de mujer que se echase perfume; tal vez fuese el olor de uno de esos jabones aromáticos que usan las mujeres para lavarse la cara.

—¿Will?

Se aclaró la garganta para romper el silencio.

—Está bien. Muy contrariada, pero creo que tiene buenas razones para ello. —Bajó el tono de la voz y añadió—: Hay algo extraño en todo esto.

—¿Crees que Tommy no mató a esa chica?

—Aún no lo sé.

Faith volvió a guardar silencio, lo que nunca era una buena señal. Will llevaba siendo su compañero durante algo más de un año, pero, justo cuando empezaba a saber lo que pensaba, se quedó embarazada y todo se interrumpió de golpe y porrazo.

—¿Y qué más te ha dicho Sara?

—Me habló del hombre que mató a su marido.

Faith ya habría investigado la vida de Sara para enterarse de los pormenores. Sin embargo, desconocía la participación de Lena Adams y que Sara la considerase responsable de la muerte de Tolliver. Will se levantó y salió al pasillo para asegurarse de que Knox no estaba allí. No obstante, bajó el tono mientras le contaba lo que Sara le había dicho sobre el asesinato de su marido. Cuando terminó de hablar, Faith soltó un largo suspiro.

—Parece como si la tuviese tomada con esa tal Adams.

Will se sentó de nuevo a la mesa.

—Es posible.

No le contó la parte de la historia que Sara había resaltado tanto. No había pronunciado el nombre de Jeffrey Tolliver, sino que se había referido a él como «mi marido».

—Creo que lo prioritario es encontrar a esa Julie Smith. Ella vio el asesinato o sabía algo al respecto. ¿Tienes su número de móvil?

—Se lo pediré más tarde a Sara.

—¿Más tarde?

Will ignoró la pregunta, ya que Faith querría saber por qué iba a cenar en su casa y luego le preguntaría cómo le fue.

—¿Dónde trabaja, mejor dicho, dónde trabajaba Tommy Braham?

Faith rebuscó entre las páginas.

—Aquí dice que en la bolera. Puede que esa fuese la razón por la que se suicidó. Estaría harto de echarles desinfectante a los zapatos todos los días.

Will no se rio del chiste.

—Le acusaron de asesinato directamente. No de agresión, ni de intento de asesinato, ni de resistencia a la autoridad.

—¿De dónde sacaron lo de asesinato? Yo no tengo el informe de la autopsia ni los informes del laboratorio ni del forense.

Will los buscó por ella.

—Brad Stephens fue apuñalado y lo trasladaron al hospital. Lo primero que hace Adams es llevar a Tommy Braham a la comisaría y obligarle a confesar el asesinato de la chica.

—¿No fue con su compañero al hospital?

—Creo que lo hizo el jefe. Aún no ha venido.

—¿Había un abogado presente cuando declaró Braham? —Pero ella misma respondió a su pregunta—. Ningún abogado hubiese permitido que hiciese tal confesión.

—Un cargo de asesinato tiene más resonancia que uno por agresión. Podría ser un asunto político. Si la ciudad los apoya, nadie se va a preocupar porque un asesino se haya suicidado.

Eso mismo le había dicho a Sara. Si Tommy Braham fue el asesino de Allison Spooner, la gente asumiría que ya se había hecho justicia.

—Esta confesión es muy extraña. El tipo da muchos detalles hasta que habla del asesinato, que resume en tres líneas: «Me volví loco. Saqué un cuchillo. La apuñalé una vez en la nuca». No dio más explicaciones. Además, deberían haber encontrado una enorme cantidad de sangre, de haber sido así. ¿Te acuerdas de aquel caso en que le cortaron la garganta a una mujer?

Will se estremeció nada más recordarlo. La sangre había salpicado por todas partes, manchando las paredes, el techo y el suelo. Fue como entrar en una cabina de pintura.

—La apuñalaron en la nuca. Puede que sea diferente.

—Eso también nos dice algo. Una sola puñalada no me parece algo que haga una persona que se vuelve loca, sino algo muy controlado.

—La detective Adams probablemente tenía mucha prisa por regresar al hospital. Quizá pensaba interrogarle después. O puede que el inspector Wallace quisiese encargarse del asunto.

—Así no se hacen las cosas. Si un sospechoso empieza a hablar, sobre todo si confiesa, se obtienen todos los detalles.

—De momento no han mostrado muchas cualidades para investigar. Sara cree que Adams es muy descuidada y demasiado negligente. Por lo que he visto de la investigación de Spooner, tiene toda la razón.

—¿Una chica guapa?

Durante un instante Will pensó que le preguntaba por Sara.

—No he visto ninguna fotografía, pero el agente con el que he hablado dijo que sí.

—Una chica joven, universitaria. La prensa hablará del asunto, especialmente si es guapa.

—Probablemente —admitió Will. Eso suponía otro motivo para arrestar lo antes posible al asesino de Allison Spooner—.

La chica trabajaba en el restaurante local y muchos policías la conocían.

—Eso explica por qué hicieron una detención tan rápida.

—Puede. Pero si Sara está en lo cierto y Tommy no mató a la chica, aún sigue habiendo un asesino suelto.

—¿Cuándo es la autopsia?

—Mañana.

Will no le dijo que Sara se había ofrecido voluntaria para hacerla.

—Todo resulta muy conveniente —señaló Faith—. Encuentran a la chica muerta por la mañana, arrestan al asesino antes del mediodía y luego este aparece muerto antes de la hora de la cena.

—Si Brad Stephens no sale de esta, no creo que permitan que Tommy Braham sea enterrado en la ciudad.

—¿Cuándo vas a ir al hospital?

—No tenía pensado hacerlo.

—Will, un policía está en el hospital. Si estás a menos de cien kilómetros, lo normal es visitarlo. Te pasas por allí, les presentas tus respetos a su mujer y a su madre. Le ofreces tu apoyo. Eso es lo que hacen los policías.

Will se mordió el labio. Odiaba los hospitales. No entendía que tuviese que ir allí si no era del todo necesario.

—¿Acaso Brad Stephens no es también un testigo potencial?

Will se echó a reír. A no ser que Stephens fuese un *boy scout*, dudaba que arrojase alguna luz sobre lo sucedido el día anterior.

—Estoy seguro de que será tan amable como comunicativo.

—Aun así debes visitarle. —Se detuvo antes de proseguir—: Y, puesto que soy policía, deja que te diga lo que parece obvio: Tommy se suicidó por la misma razón por la que trató de huir cuando lo encontraron en el garaje. Era culpable.

—O no lo era y sabía que nadie le creería.

—Hablas como un abogado —soltó Faith—. ¿Qué pasa con el resto del material? Parecen las primeras páginas de una novela.

—¿A qué te refieres?

—Las notas escritas a mano respecto a la escena criminal de Spooner: «En la orilla, a unos treinta metros del agua y a tres metros de un enorme roble, se encontraron un par de zapatillas blancas marca Nike del número treinta y ocho. Dentro de la zapatilla izquierda, sobre la plantilla, que es azul y con la palabra "Sport" grabada donde se apoya el talón, había un anillo de oro…». ¿Qué es esto? Se trata de un informe policial, no de *Guerra y paz*.

—¿Tienes la nota de suicidio?

—«Quiero acabar con esto» —leyó. Y reaccionó como Will—: No se parece a la frase típica de «adiós, mundo cruel» que uno esperaría encontrar. Además, la nota está cortada de una hoja más grande. ¿No te parece extraño? Vas a escribir una carta de suicidio y la cortas de otra hoja de papel.

—¿Qué más tienes? Dijiste que has recibido diecisiete páginas.

—Informes de incidentes. —Los empezó a leer en voz alta—: «La policía recibió una llamada desde la bolera Skatey's, en Old Highway número 5, aproximadamente a las once horas…». Su voz se apagó mientras recorría las palabras.

—Bueno, el caso es que la semana pasada Tommy se peleó con una chica cuyo nombre no se molestan en mencionar. No dejaba de gritar. Le pidieron que se marchase y él se negó. La policía se presentó y le pidieron que se fuese. Lo hizo. No arrestaron a nadie.

Faith se quedó callada de nuevo.

—El segundo informe habla de un perro ladrando en su casa hace cinco días. Y el último informe de que tenía la música muy alta. Fue hace dos días. Hay una nota en la última página donde el policía que hizo los informes señala a modo de recordatorio que deben hablar con el padre de Tommy cuando regrese a la ciudad.

—¿Quién hizo los informes?

—El mismo policía. Carl Phillips.

Ese nombre le resultaba familiar.

—Me han dicho que Phillips fue el agente de reserva que estaba de servicio cuando Tommy se suicidó.

—Eso no tiene sentido. No se pone de reserva a un agente de patrulla.

—Entonces es que mienten muy mal, o que temen que pueda decirme la verdad.

—Pues busca la forma de hablar con él.

—Se ha marchado de camping con su mujer y sus hijos. No tiene teléfono móvil ni hay forma de localizarlo.

—Vaya coincidencia. ¿Dices que se llama Carl Phillips?

—Sí. —Sabía que Faith estaba anotando el nombre. Ella odiaba que la gente tratara de ocultarse—. Las cámaras de seguridad de las celdas tampoco funcionan —dijo Will.

—¿Grabaron el interrogatorio con Tommy?

—Si lo hicieron, seguro que la cinta ha sufrido algún tipo de percance relacionado con la electricidad o el agua.

—Mierda, Will. Tú numeraste las páginas, ¿verdad?

—Sí.

—¿Desde la uno hasta la doce?

—Así es. ¿Qué sucede?

—Me falta la página once.

Will miró sus originales. Estaban desordenados.

—¿Seguro que las numeraste bien? —preguntó ella.

—Sé numerar las páginas, Faith.

Will maldijo al ver que a él también le faltaba la página once.

—¿Por qué se quedaría alguien con esa página y enviaría en su lugar los informes de incidentes?

—Veré si Sara…

Oyó un ruido a sus espaldas. Una tos, o puede que un estornudo. Dedujo que Knox estaría en la sala de vistas escuchando lo que decía.

—¿Will?

Se levantó, agrupó los papeles y los metió de nuevo en la carpeta.

—¿Vas a ver a tu madre el día de Acción de Gracias?

Faith tardó en responder y malinterpretó sus palabras.

—Ya sabes que te invitaría a que vinieses si…

—Angie está planeando una sorpresa para mí. Ya sabes que le encanta cocinar. —Entró en el pasillo y se detuvo fuera del almacén. Llamó a la puerta con los nudillos—: Gracias por su ayuda, agente Knox. —La puerta no se abrió, pero Will oyó que alguien se movía en el interior—. Ya me marcho.

Faith no le preguntó hasta que llegó a la sala de oficiales.

—¿Estás solo?

—Espera un minuto.

—Conque a Angie le encanta cocinar —dijo Faith, que soltó una sonora carcajada—. ¿Cuándo fue la última vez que viste a la elusiva señora Trent?

Habían pasado siete meses desde que vio por última vez a Angie, pero eso no era asunto de Faith.

—¿Cómo está *Betty*?

—He criado a un hijo, Will, así que no te preocupes por tu perra.

Él empujó la puerta de cristal y caminó bajo la lluvia. Tenía el coche estacionado al final del aparcamiento.

—Los perros son más sensibles que los niños —dijo.

—Se ve que no has tratado con un niño huraño de once años.

Will miró por encima del hombro y vio que Knox, o una figura muy parecida a la suya, le miraba desde la ventana. Siguió caminando lentamente, como si no se sintiera observado. No dijo nada más hasta que se sintió seguro en su coche.

—Hay algo extraño en el asesinato de esa chica, Faith.

—¿A qué te refieres?

—Llámalo instinto. —Will miró de nuevo a la comisaría. Una a una se apagaron las luces del edificio—. Es muy raro que la única persona que podía decirme la verdad sobre lo que ocurrió esté muerta.

Capítulo seis

Lena sostenía la mano de Brad. Tenía la piel fría. Las máquinas de la habitación emitían pitidos y zumbidos, pero ninguna podía decirles a los médicos en qué estado se encontraba el paciente. Unas horas antes, había oído a una enfermera utilizar la frase «en estado crítico», pero el chico continuaba igual a ojos de Lena. También olía igual: a antiséptico, a sudor y al estúpido desodorante Axe que había empezado a utilizar desde que lo vio anunciado en televisión.

—Te pondrás bien —le dijo, con la esperanza de que fuese cierto.

Todo lo malo que había pensado aquel día sobre Brad le retumbaba en la cabeza. No era un policía de calle, no estaba hecho para ese trabajo, no tenía las destrezas para ser detective. ¿Tenía Lena la culpa de que Brad resultase herido porque no había dicho nada a ese respecto? ¿Le debería haber contado a Frank que Brad no estaba capacitado para ser policía? Frank lo sabía mejor que nadie. Durante los últimos años, todas las semanas había comentado algo acerca de echar a aquel chico. Y diez minutos antes de que fuese apuñalado, le estaba metiendo una bronca.

Pero ¿era realmente culpa de Brad? Lena veía los acontecimientos de esa mañana como una película que se repetía incesantemente en su cabeza. Brad corría por la calle, diciéndole a Tommy que se detuviese. Tommy se paró y se dio la vuelta. Tenía el cuchillo en las manos y se lo clavó a Brad en el estómago.

Lena se frotó la cara. Debería felicitarse por haber obtenido una confesión de Tommy Braham, pero no podía dejar de pensar que había algo que no cuadraba. Necesitaba hablar de nuevo con Tommy, sacarle más detalles acerca de sus movimientos antes y después del asesinato. Le estaba ocultando algo, lo cual no era muy normal en casos de asesinato. Aquel chico no quería admitir que era una mala persona, algo que había resultado más que evidente durante todo el interrogatorio. Había eludido los detalles más sangrientos, y Lena se lo había permitido porque quería, y necesitaba, saber que Brad se encontraba bien. No estaba tan agotada como para no ver que Tommy tenía mucho más que decir, pero necesitaba dormir un poco antes de volver a verle. Debía asegurarse de que su actuación en el caso, al menos la que pudiese controlar, estaba fuera de toda duda.

El principal problema es que resultaba muy difícil hacer hablar a Tommy. Desde el primer momento en que comenzó el interrogatorio, se dio cuenta de que no estaba bien de la cabeza. No es que fuese torpe, es que era estúpido, ya que estaba dispuesto a decir cualquier cosa siempre y cuando ella le dijese cómo. Lena le había prometido que se iría a casa si confesaba, y aún veía la expresión de confusión que puso cuando lo llevó de nuevo a las celdas. Ahora probablemente estaría sentado en la litera, pensando cómo se había metido en ese lío.

Lena se hacía la misma pregunta. Todo había sucedido tan rápidamente esa mañana que no había tenido tiempo para pensar si de verdad las piezas encajaban o si estaba forzándolas para que encajasen. La herida de cuchillo en la nuca de Allison Spooner, la nota de suicidio, la llamada al 911, el cuchillo.

El estúpido cuchillo.

El teléfono de Lena vibró en su bolsillo. Lo ignoró igual que había ignorado todo lo que había a su alrededor desde que había llegado al hospital. Había pasado dos horas con Tommy en la comisaría, dos más conduciendo hasta Macon y otras dos de vigilia fuera de la habitación de Brad. Había donado sangre y había bebido demasiado café. Delia Stephens, la madre de Brad, estaba tomando un poco de aire, y ella era la única persona en la que confiaba para que se quedase con su hijo.

¿Por qué? Lena era la última persona del mundo en la que una mujer debía confiar para que se quedase con su hijo.

Sacó un pañuelo de una caja y mojó la punta en el vaso de agua que había al lado de la cama. Brad tenía enchufado un ventilador mecánico y la boca manchada de saliva seca. Sus pulmones no funcionaban, el hígado había resultado dañado y había sufrido una hemorragia interna. Los médicos estaban preocupados por que pudiese padecer algún tipo de infección, y temían que no pasase de esa noche.

Le frotó el mentón, sorprendida al sentir su barba. Lena siempre lo había considerado un niño, pero la barba y el tamaño de la mano que sostenía le hicieron ver que ya era todo un hombre. Brad conocía los riesgos que implicaba ser policía, ya que estuvo presente cuando Jeffrey murió. Fue el primer agente en acudir a la escena del crimen. Nunca hablaba de eso, pero después de ese día había cambiado mucho, era mucho más maduro. La muerte del jefe era un triste recordatorio de que ninguno de ellos estaba a salvo de los delincuentes que arrestaban.

El teléfono volvió a vibrar. Lena lo sacó del bolsillo y miró los números en la pantalla. Había telefoneado a su tío Hank en Florida para decirle que se encontraba bien, por si oía algo en las noticias. Jared le había llamado justo en el momento en que le decía a Tommy Braham que se sentase en el asiento trasero del coche. Él también era policía y había oído las noticias del apuñalamiento en la radio. Lena solo le dijo dos palabras: «Estoy bien», y luego colgó antes de echarse a llorar.

Las demás llamadas entrantes eran de Frank. Había intentado hablar con ella durante las últimas cinco horas. Lena no le había visto desde que se marchó con Brad en el helicóptero que había aterrizado en medio de la calle. La mirada de sus ojos legañosos le dijo que algo extraño había sucedido, y ahora estaba preocupado por que se lo pudiese contar a todo el mundo.

Y tenía razones para ello.

El teléfono sonó de nuevo mientras lo sostenía, pero Lena presionó el botón hasta que lo desconectó. No quería hablar con Frank, no deseaba oír más sus excusas. Él sabía perfectamente que había actuado mal, que la culpa de lo que le había sucedido a Brad era tan suya como de Lena, puede que incluso más.

De lo que tenía ganas era de dimitir. De hecho, llevaba la

carta de dimisión en el bolsillo de su chaqueta desde hacía varias semanas. Había conseguido la confesión de Tommy en un tiempo récord, así que podía dejar que otra persona se ocupase de obtener los detalles, que fuese otro policía quien durante dos horas más estuviera al cargo de Tommy Braham (de aquel chico que los miraba con la boca abierta) e intentase averiguar lo que pasaba por su cabeza de chorlito. Nadie podía culparle por haber hecho su trabajo. Después de lo ocurrido ese día, el fantasma de Jeffrey ya no seguiría rondándole.

Delia Stephens entró de nuevo en la habitación. Era una mujer grande, pero se movía silenciosamente alrededor de la cama, mullendo las almohadas de Brad y besándole en la frente. Acarició el pelo rubio y escaso de su hijo.

—Le encanta ser agente de policía.

Lena recuperó la voz.

—Es un buen policía.

Delia sonrió con tristeza.

—Siempre quiso complacerte.

—Y siempre lo consiguió —dijo mintiendo—. Es un buen detective, señora Stephens, y volverá a su trabajo muy pronto.

Los ojos de Delia se llenaron de preocupación. Frotó el hombro de Brad.

—Quizá pueda convencerle para que venda seguros con su tío Sonny.

—Tendrá todo el tiempo del mundo para hacerlo.

La voz de Lena se quebró. No engañaba a nadie con su falso optimismo.

Delia se levantó. Se acercó, la cogió de las manos y las sostuvo delante de ella.

—Gracias por cuidar de él. Siempre me siento más segura cuando está contigo.

Lena volvió a sentirse mareada. La habitación era demasiado pequeña y hacía mucho calor.

—Voy un momento al cuarto de baño.

Delia sonrió. Su agradecimiento era tan patente que Lena sintió como si le clavasen un cuchillo en el pecho.

—Tómate el tiempo que quieras, cariño. Has tenido un día muy largo.

—Vuelvo enseguida.

Mantuvo la cabeza levantada mientras recorrió el pasillo. Había un par de agentes de patrulla del condado de Grant en permanente vigilia fuera de la sala de espera de la UVI. En el interior, vio a algunos policías de Macon que iban de un lado para otro. Frank no estaba allí. Lo más probable es que estuviese en el bar, tratando de quitarse el mal sabor de boca a base de alcohol. Mejor así: si se hubiese encontrado con él en el pasillo le habría reprochado su afición a la bebida, sus mentiras, todo lo que había pasado por alto durante los últimos cuatro años. Pero ya no podía soportar más. A partir de ese día, su lealtad incondicional hacia ese hombre se había acabado.

Al menos Gavin Wayne, el jefe de policía de Macon, estaba allí. Le saludó cuando la vio pasar. Unas semanas antes, había hablado con Lena para que ingresase en el cuerpo de policía de esa ciudad. Ella había ido a recoger a Jared a la salida del trabajo porque su camioneta estaba en el taller. El jefe de policía Wayne le había caído bien desde el primer momento, pero Macon era una ciudad demasiado grande. Wayne tenía más de político que de policía. No se parecía en nada a Jeffrey, un obstáculo que se le presentó como casi infranqueable cuando le habló del trabajo.

Empujó la puerta de los aseos para mujeres y se alegró de que estuviesen vacíos. Abrió el grifo del agua fría y dejó que esta corriese por sus manos. Se las había lavado infinidad de veces, pero aún tenía sangre —la sangre de Brad y la suya— pegada bajo las uñas.

Había recibido un disparo en la mano. La bala le había arrancado un trozo de piel del borde externo de la palma. Ella misma se la había curado utilizando el botiquín de primeros auxilios de la comisaría. Aunque resultase extraño, no había sangrado mucho, quizá porque el calor de la bala le había cauterizado la herida. Aun así, necesitó tres tiritas superpuestas para taparla. Al principio el dolor era soportable, pero ahora que se le había pasado la primera impresión toda la mano le ardía. No podía recibir ningún tipo de asistencia en el hospital, ya que los médicos estaban obligados a informar de las heridas de arma. Tuvo que pedir como favor que le diesen algunos antibióticos para que no se le infectase.

Por suerte había sido en la mano izquierda. Extendió la

mano buena para abrir la llave del grifo. Se sentía sucia. Humedeció una toalla de papel, le añadió un poco de jabón del dosificador y se lavó debajo de los brazos. Continuó por el resto del cuerpo, como hacían las prostitutas. ¿Cuánto tiempo llevaba despierta? Brad la había llamado para hablarle del cuerpo que habían encontrado en el lago sobre las tres de la madrugada, y la última vez que miró el reloj eran casi las diez de la noche. Obviamente, estaba aturdida por el cansancio.

—¿Lee?

Jared Long estaba de pie, en la entrada. Iba vestido con su uniforme de motorista. Sus botas estaban arañadas y tenía alborotado el pelo. Lena se sobresaltó al verle.

Las palabras le brotaron de la boca.

—No deberías estar aquí.

—Mi patrulla acudió para donar sangre.

Dejó que la puerta se cerrase a sus espaldas. Cruzó la habitación y la estrechó entre sus brazos, dejando que apoyase la cabeza sobre su hombro. Encajó en su cuerpo como una pieza de un rompecabezas.

—Lo siento mucho, cariño. —Lena deseaba llorar, pero no le salían las lágrimas—. Casi me muero cuando me enteré de que uno de vosotros había resultado herido.

—Estoy bien.

Le cogió la mano y vio las tiritas que se había puesto para cubrir la herida.

—¿Qué te ha pasado?

Lena volvió a poner la cabeza sobre su hombro. Oía latir su corazón.

—Fue horroroso.

—Ya lo sé, cariño.

—No —respondió ella—. No lo sabes.

Lena se echó hacia atrás, abrazada a él. Deseaba contarle lo que había sucedido de verdad, no lo que dirían los informes ni los periódicos. Quería confesarle su complicidad, desahogarse, pero, cuando miró sus profundos ojos marrones, no encontró las palabras.

Jared era diez años más joven que ella. Lo consideraba un hombre puro y perfecto. No tenía ni patas de gallo ni arrugas alrededor de la boca. La única cicatriz que tenía se la había hecho jugando al rugby en la escuela secundaria. Sus padres aún seguían felizmente casados y su hermana pequeña le adoraba. Era el polo opuesto al tipo de hombre que le gustaba a Lena, lo contrario a cualquier hombre con los que había estado.

Su amor por él era tan profundo que la asustaba.

—Cuéntame qué sucedió.

Decidió contarle la verdad a medias.

—Frank estaba borracho. No me di cuenta hasta que... —Sacudió la cabeza. Luego prosiguió—: No he querido verlo hasta ahora, pero últimamente bebe más de la cuenta. Se suele controlar, pero...

—Pero...

—Ya no puedo más. Voy a dimitir. Necesito unas vacaciones y aclarar mis ideas.

—Puedes venir a casa hasta que sepas lo que quieres hacer.

—Esta vez lo digo en serio. Abandono.

—Ya lo sé, y me alegro —dijo Jared poniéndole la mano en el hombro para poderla mirar—. Pero ahora deja que cuide de ti. Has tenido un día muy duro. Deja que me quede contigo.

Cedió. Dejar en sus manos las próximas horas de su vida le pareció el mejor regalo del mundo.

—Ve tú primero —dijo Lena—. Iré a ver cómo está Brad y te sigo en el coche.

Jared levantó el mentón y la besó en la boca.

—Te quiero.

—Yo a ti también.

Alargó la mano justo en el momento en que se abrió la puerta. Frank se quedó inmóvil, mirándole como si acabase de ver un fantasma.

—Dios santo —susurró.

Lena notó el olor a whisky a dos metros de distancia.

—Vete —le dijo Lena a Jared—. Te veré en casa. —El chico no estaba muy convencido y se quedó inmóvil, mirando fijamente a Frank—. Por favor, márchate —insistió Lena—. Por favor, Jared.

Dejó de mirar a Frank y la miró a ella.

—¿Seguro que te encuentras bien?

—Estoy bien —respondió—. Ahora vete.

Jared se marchó de mala gana. Frank continuó mirándole

durante tanto tiempo que Lena tuvo que cerrar la puerta para que apartase la mirada.

—¿Qué coño estás haciendo? —preguntó Frank.

Tuvo que poner la mano en la pared para mantenerse derecho.

—¿Cuántos años tiene? —le preguntó.

—Eso no es asunto tuyo. —Sin embargo, tras una pausa, añadió—: Veinticinco.

—Parece que tenga diez —la reprendió Frank—. ¿Desde cuándo te ves con él?

Lena no estaba de humor para responder a sus preguntas.

—¿Qué haces aquí, Frank? Apenas puedes mantenerte de pie.

Él se limitó a limpiarse la boca con el dorso de la mano.

—¿Has venido conduciendo? Mejor no me contestes.

Lena no quería pensar en las vidas que habría puesto en riesgo detrás del volante.

—¿Está bien el muchacho?

Se refería a Brad.

—No lo saben. Por ahora se encuentra estable. ¿Hoy has bebido algo que no tuviese alcohol?

Frank apenas se podía sostener de pie, y ni tan siquiera había ido al lavabo por miedo a caerse dentro de él.

Lena le abrió el grifo. Recordó una imagen de su infancia, la de su tío Hank, que, en cierta ocasión, de tan borracho que estaba se orinó encima. Intentó apartar sus sentimientos, distanciarse de la rabia que la invadía, pero no pudo.

—Apestas a alcohol.

—He estado pensando en lo que pasó.

—¿En qué? —preguntó Lena, que se inclinó tanto hacia delante que su cara se quedó a escasos centímetros de la suya—. ¿En que no nos identificamos como policías o en que estuvimos a punto de matar a un muchacho por llevar un abrecartas?

Frank la miró aterrorizado.

—¿Creías que no lo averiguaría?

—Era un cuchillo de caza.

—Era un abrecartas —insistió Lena—. Tommy me lo dijo. Se lo regaló su padre. Era un abrecartas. Parecía un cuchillo, pero no lo era.

Frank escupió en el lavabo. A Lena se le revolvió el estómago al ver el color oscuro de su flema.

—Qué más da. Apuñaló a Brad con él. Eso lo convierte en un arma.

—¿Con qué te cortó? —preguntó Lena. Frank se había retorcido en el suelo del garaje, agarrándose el brazo izquierdo—. Estabas sangrando. Yo lo vi. Eso fue la causa de todo. Le dije a Brad que te había apuñalado.

—Y lo hizo.

—No con un abrecartas, y no vi que llevase nada encima, salvo un coche de juguete y algunos chicles.

Frank se miró al espejo. Lena vio su reflejo. Aquel hombre parecía estar a punto de morirse.

Ella se quitó las tiritas de la mano. En el espejo vio que tenía la herida abierta.

—Disparaste sin mirar. ¿Te diste cuenta de que me habías dado?

Frank tragó saliva. Probablemente deseaba tomar una copa. Por su aspecto, se veía que la necesitaba.

—¿Qué sucedió, Frank? Habías sacado la pistola y Tommy se te acercó. Apretaste el gatillo y me diste. ¿Cómo te cortaste en el brazo? ¿Cómo es posible que un chico de sesenta kilos te hiriera con un abrecartas?

—Te he dicho que me cortó con un cuchillo. No llevaba un abrecartas.

—¿Sabes?, Frank, para ser un policía eres un puto mentiroso.

Él se agarró al lavabo. Apenas se podía mantener en pie.

—Tommy no menciona ningún abrecartas en su confesión. —La voz de Lena se parecía a un gruñido—. Me quedaba un resquicio de lealtad hacia ti, pero ya se me ha agotado. Dime qué sucedió en el garaje.

—No lo sé. No lo recuerdo.

—¿Cómo se libró Tommy de ti? ¿Perdiste el conocimiento? ¿Te caíste?

—No importa. El caso es que huyó. Todo lo que pasó luego fue culpa suya.

—No nos identificamos en el garaje. Solo éramos tres personas apuntándole con las pistolas a la cabeza.

Frank la miró.

—Vaya, me alegro de que al menos admitas que te equivocaste, princesa.

A Lena la invadió la rabia. Estaba dispuesta a hacerle todo el daño posible.

—Cuando Brad gritó «Policía», Tommy se detuvo y se dio la vuelta. Llevaba el abrecartas en la mano y Brad chocó contra él. Tommy no quiso apuñalarle, y así se lo diré a todo aquel que me lo pregunte.

—Mató a la chica a sangre fría. ¿Acaso eso no te importa?

—Por supuesto que me importa —replicó—. No estoy diciendo que no lo hiciese. Lo que digo es que, en cuanto se busque un abogado, estás jodido.

—Yo no he hecho nada malo.

—Espero que el juez esté de acuerdo, porque si no invalidará el arresto, la confesión... El chico se va a librar del asesinato porque no puedes pasar ni un momento sin beber. —Lena apartó la cara unos cuantos centímetros—. ¿Así es como quieres que te recuerden? ¿Como el policía que dejó escapar a un asesino porque no podía dejar de beber mientras trabajaba?

Frank abrió el grifo de nuevo. Se echó agua en la cara y en la nuca. Las manos le temblaban y los nudillos estaban en carne viva. Tenía profundos arañazos en las muñecas. ¿Con qué fuerza había golpeado al muchacho para que sus dientes le atravesasen los guantes de cuero?

—Tú tienes la culpa de que todo saliese mal —dijo Lena—. Tommy se te escapó. No se qué hacías retorciéndote en el suelo, ni cómo te cortaste en el brazo, pero sé que si hubieras hecho lo debido y lo hubieses arrestado en la puerta...

—Cállate, Lena.

—No me da la gana.

—Sigo siendo tu jefe.

—Ya no, borracho, cabrón de mierda. —Se metió la mano en el bolsillo y sacó su carta de dimisión. Al ver que no la cogía, se la tiró a la cara—. He acabado contigo.

Frank no cogió la carta. Ningún insulto ni obscenidad. En su lugar, preguntó:

—¿Qué pluma usaste?

—¿Qué dices?

—La pluma que te regaló Jeffrey. ¿Es esa la que usaste?

—¿Estás intentando culparme de algo? ¿Vas a pisotear el recuerdo de Jeffrey para que te ayude a salir de esta mierda?

—¿Dónde tienes la pluma?

Como ella no le hizo caso, Frank empezó a buscar en su abrigo, removiendo en los bolsillos. Ella se resistió, lo abofeteó y se libró de su acoso.

—¡Apártate! —dijo, empujándole contra el lavabo—. ¿Qué coño haces?

Frank la miró de frente por primera vez desde que había entrado.

—Tommy se ha suicidado en la celda.

Lena se llevó la mano a la boca.

—Se cortó las venas con un cartucho de tinta, uno de metal, como los que utilizas, como los que Jeffrey nos regaló.

Lena no reaccionó durante unos segundos. Luego buscó la pluma y la encontró donde siempre la guardaba, dentro de la espiral del cuaderno que llevaba en el bolsillo trasero. La desmontó, pero no encontró el cartucho de tinta.

—Mierda —exclamó sin quitar el capuchón—. No puede ser... —La pluma estaba vacía—. ¿Cómo ha podido...? —Sintió que la pena la invadía y que el estómago se le removía—. ¿Qué ha hecho...?

—¿Le cacheaste antes de llevarlo a la celda?

—Por supuesto que...

¿Le había cacheado? ¿Se había tomado la molestia de hacerlo o sencillamente lo metió en la celda lo antes posible para poder ir al hospital?

—Tenemos suerte de que no atacase a nadie mientras estaba allí. Ya había matado a una persona y había apuñalado a un policía.

Lena no pudo soportarlo. Se le doblaron las rodillas y se dejó caer en el suelo.

—¿Está muerto? ¿Estás seguro?

—Se desangró en el suelo.

Ella se llevó las manos a la cabeza.

—¿Por qué?

—¿Qué le dijiste?

—No le dije...

Sacudió la cabeza tratando de quitarse la imagen de Tommy Braham muerto en el suelo. Se había sentido muy contrariado cuando lo metió en la celda, pero ¿tanto como para suicidarse? No podía creérselo. Por mucha prisa que hubiese tenido para ir al hospital, le habría dicho algo al agente de reserva si hubiese creído que necesitaba que le vigilasen.

—¿Por qué lo hizo?

—Debió de ser por algo que le dijiste.

Miró a Frank. Se la estaba devolviendo. Lo veía en su mirada, tan mezquina.

—Al menos eso es lo que cree Sara Linton —añadió Frank.

—¿Qué tiene que ver Sara con esto?

—La llamé porque a Tommy, tu detenido, no había forma de calmarlo. Pensé que podría darle algo para que se tranquilizase. Estaba allí cuando lo encontré.

Sabía que a partir de ese momento debía empezar a preocuparse por su propio pellejo, pero en lo único que pensaba era en Tommy Braham. ¿Qué le había sucedido? ¿Qué le había empujado a hacer algo así?

—Ha llamado a un pez gordo del GBI para que venga a investigar el caso. Knox acaba de estar con él. Ha averiguado que Tommy le cogió la pluma a uno de nosotros.

Lena notó un sabor horroroso en la garganta. Tommy era su detenido, estaba bajo su custodia y, legalmente, era su responsabilidad.

—¿Sabe que el cartucho me lo quitó a mí?

Frank rebuscó en el bolsillo de su abrigo y le pasó un paquete de cartón. Ella reconoció el logotipo Cross. Había un nuevo cartucho de tinta envuelto en su funda de plástico.

—¿Acabas de comprarlo? —preguntó Lena.

—No soy tan estúpido —respondió Frank—. Los compro a través de Internet. No se encuentran en la ciudad.

Todo el mundo lo hacía. Era un fastidio, pero el regalo significaba mucho para ellos, especialmente ahora que Jeffrey estaba muerto. Lena tenía un paquete de diez repuestos en su casa.

—Los dos estamos en un aprieto —dijo Frank.

Lena no respondió. Estaba repasando el tiempo que había pasado con Tommy, intentando averiguar cuándo había decidido quitarse la vida. ¿Le había dicho algo antes de cerrar la puerta de la celda? Creía que no. Puede que esa fuese una de las muchas pistas que había pasado por alto. Tommy se había calmado demasiado rápido después de que saliese de la habitación para ir a buscarle algunos pañuelos de papel. Poco después lo llevó de nuevo a la celda. Estaba moqueando, pero no dijo nada, ni tan siquiera cuando cerró la pesada puerta de metal. Siempre se dice que los que callan otorgan. ¿Cómo es que no se había dado cuenta? ¿Cómo podía haberlo pasado por alto?

—Necesitamos estar unidos, procurar que nuestras historias coincidan.

Lena sacudió la cabeza. ¿Cómo se había metido en ese lío? ¿Cómo era posible que nada más quitarse una mierda de encima cayese en otra?

—Sara busca venganza. Se quiere vengar de ti. Cree que por fin ha encontrado la forma, por lo que le hiciste a Jeffrey.

Lena levantó la cabeza bruscamente.

—Yo no hice nada.

—Cada uno ve las cosas a su modo, ¿no te parece?

Sus palabras le hicieron tanto daño como un cuchillo en las entrañas.

—Eres un cabrón, ¿lo sabes?

—Lo mismo te digo.

Lena notó que la mano le ardía. Agarraba con tanta fuerza el paquete de plástico que podía cortarle la piel. Intentó abrirla, pero tenía las uñas demasiado cortas. Terminó por romper el cartón con los dientes y sacar el cartucho de tinta de su funda de plástico.

—¿La confesión es sólida? —preguntó Frank.

Lena introdujo el cartucho nuevo en la pluma.

—Admitió todos los hechos y lo hizo por escrito.

—Más vale que le digas eso a todo el mundo, o su padre te va a reclamar todo lo que tienes.

—¿El qué? ¿Un Celica de quince años y una hipoteca de ochenta mil dólares por una casa que solo vale sesenta? Por mí ya se puede quedar con las llaves.

—Perderás la placa.

—Puede que sea lo mejor.

No le importaba la pluma. No le importaba nada. Hacía

cuatro años habría hecho lo imposible por ocultar ese asunto, pero ahora lo único que deseaba era decir la verdad y marcharse.

—Eso no cambia las cosas, Frank. Tommy era mi responsabilidad y aceptaré las consecuencias. Pero tú también tendrás que asumir las tuyas.

—No tiene por qué ser así.

Levantó la cabeza para mirarle, extrañada por aquel cambio tan repentino.

—¿A qué te refieres?

—Tommy mató a esa chica. ¿De verdad crees que alguien se va a preocupar de un asesino retrasado mental que se corta las venas en una celda? —Frank se limpió la boca con el dorso de la mano y prosiguió—: Mató a esa chica, Lee. Le cortó la nuca como si fuese un animal. Y todo porque no le dejó que le metiese la polla.

Lena cerró los ojos. Estaba tan cansada que no podía pensar. Frank tenía razón. Nadie se preocuparía de la muerte de Tommy, pero eso no significaba que estuviera bien. Eso no cambiaba lo que había sucedido en el garaje aquel día, ni remediaría el daño que se le había causado a Brad.

—Bebes más de la cuenta. Y yo no dije nada sobre que Brad no servía para este trabajo. Puede que se ponga bien, o puede que mi silencio cause su muerte. No lo sé, pero no voy a ver cómo se repite la historia. Tú no estás en condiciones de desempeñar tu trabajo. No deberías ni conducir un coche, y mucho menos una llevar pistola.

Frank se arrodilló delante de ella.

—Puedes perder mucho más que tu placa, así que piénsatelo.

—No tengo nada que pensar. He tomado una decisión.

—Hablaré con Gavin Wayne acerca de ese novio tan joven que te has buscado.

—Procura no oler a whisky cuando lo hagas.

—Los dos sabemos la cantidad de problemas que puedo ocasionar.

—Jared sabrá que he cometido un error —dijo Lena—. Y sabrá que aceptaré las consecuencias.

—¿Desde cuándo te has vuelto tan noble?

No respondió, pero pensar en Tommy Braham sentado en esa celda, cortándose las venas con el cartucho de tinta de su pluma, le hizo sentirse la persona menos noble del mundo. ¿Cómo había logrado hacer tanto daño en tan poco tiempo?

—¿Realmente ese noviete tuyo te conoce tan bien? —insistió Frank—. ¿De verdad crees que sabe de ti todo lo que ha de saber? —Sus labios se torcieron para dibujar una sonrisa—. Piensa en todas las cosas que me has contado estos años, cuando estábamos de patrulla en el coche. Todas esas noches y madrugadas después de la muerte de Jeffrey. —Le enseñó sus amarillentos dientes—. Eres una poli corrupta, Lee. ¿Estás segura de que tu novio te lo va a perdonar?

—Yo no soy una corrupta —dijo defendiéndose. Había pisado la línea muchas veces, pero jamás la había cruzado—. Soy una buena policía y tú lo sabes.

—¿Estás segura de eso? —dijo Frank en tono despectivo—. A Brad le apuñalaron porque no hiciste lo que debías, y convenciste a un retrasado mental de diecinueve años de que lo mejor que podía hacer era quitarse la vida. Tengo un testigo en la celda contigua que dirá lo que quiera con tal de que le deje volver con su esposa.

Lena notó que se le paraba el corazón.

—¿Crees que voy a renunciar a la pensión y voy a entregar mi arma y mi placa porque ahora te ha dado por tener conciencia? —preguntó, y soltó una carcajada—. Piénsalo, muchacha. Estoy seguro de que no quieres que empiece a decirle a todo el mundo lo que sé de ti. Podrías acabar en la cárcel.

—Tú no harías eso.

—Eres de esas personas a las que no les importa crearse una mala reputación. ¿Acaso Jeffrey no te lo dijo mil veces? Has quemado todas las naves y has dado muchas puñaladas por la espalda.

—Cállate, Frank.

—Lo peor de tener mala reputación es que las personas terminan creyendo todo lo que se dice de ti —añadió apoyándose sobre los talones—. El jefe podría haberse librado del cargo de asesinato porque todo el mundo lo consideraba incapaz de algo así, pero ¿crees que a ti te pasará lo mismo? ¿De verdad crees que la gente confía en ti?

—No puedes probar nada, lo sabes.

—¿Acaso lo necesito? —preguntó sonriendo y enseñando los dientes—. He vivido en esta ciudad toda mi vida. La gente me conoce, confía en mí y cree en lo que le digo. Si digo que eres una policía corrupta…

Se encogió de hombros.

Lena tenía la garganta tan agarrotada que no podía tragar.

—A lo mejor invito a una cerveza a Jared —continuó Frank—. Y a Sara Linton no creo que le importase unirse. ¿Qué te parece? Los dos juntitos teniendo una conversación agradable sobre ti.

Le miró con odio. Los ojos legañosos de Frank le devolvieron la mirada.

—Ya sabes lo hijo de puta que puedo ser, pequeña. Y no lo dudes ni por un instante: seré capaz de arrojarte debajo del tren con tal de salvar el pellejo.

Lena sabía que hablaba en serio, que sus amenazas eran tan reales y peligrosas como una bomba de relojería.

Frank sacó la petaca, desenroscó el tapón cuidadosamente y dio un largo trago.

Lena apenas podía hablar.

—¿Qué quieres que haga? —susurró.

Él sonrió de tal forma que la hizo sentir como una mierda pegada a sus zapatos.

—Limítate a decir la verdad. Tommy confesó haber matado a Allison y apuñaló a Brad, nada más. —Se encogió de hombros y añadió—: Si haces lo que te diga hasta que nos libremos de esta, puede que deje que te marches a Macon y te vayas con tu noviete.

—¿Y qué más? —preguntó Lena.

Siempre había algo más.

Frank sacó una bolsa de pruebas de su bolsillo. Al verlo allí, Lena se preguntó cómo había llegado a la conclusión de que era real: aquella hoja gruesa y roma, la empuñadura de piel falsa, el abrecartas. Entonces le arrojó la bolsa:

—Deshazte de esto.

Capítulo siete

Sara estaba sentada a la mesa del comedor hojeando una revista mientras su hermana y su madre jugaban a las cartas. Su primo Hareton se había unido a la partida media hora antes; se había presentado en la casa como de costumbre, sin llamar antes por teléfono. Hare era dos años mayor que Sara. Siempre habían competido en todo; por eso le había hecho salir bajo la fuerte lluvia, solo para que viese su nuevo BMW 750Li. Sara se preguntó cómo podía permitirse un coche tan lujoso con el sueldo de médico rural, pero optó por responder con las típicas expresiones de admiración, pues no tenía fuerzas para reprocharle nada.

Quería a su primo, pero a veces creía que su única intención en la vida era sacarla de quicio. Él se reía de su estatura y la llamaba «pelirroja» solo para molestarla. Lo peor es que todo el mundo le consideraba una persona encantadora, e incluso su madre pensaba que era todo un ejemplo; un punto de vista un tanto doloroso teniendo en cuenta que Cathy no tenía una opinión tan buena de sus hijas. Lo que más le molestaba de Hare era que jamás se tomaba en serio nada, cosa que podía suponer una pesada carga para todo el que le rodease.

Sara terminó de hojear la revista y empezó desde el principio, preguntándose por qué ninguna de las páginas le resultaba familiar. Estaba demasiado distraída para leer y era demasiado inteligente como para mantener una conversación con ninguna de las personas que estaban sentadas a la mesa, en especial Hare, que parecía decidido a captar su atención.

—¿Qué sucede? —preguntó finalmente Sara.

Hare soltó una carta en la mesa.

—¿Qué tal clima hace allí, pelirroja?

Ella le lanzó la misma mirada que le había dedicado hacía treinta años, cuando le hizo esa pregunta por primera vez.

—Agradable.

Hare soltó otra carta. Tessa y Cathy se quejaron.

—Estás de vacaciones, pelirroja. ¿Qué te pasa?

Sara cerró la revista y contuvo el deseo de decirle que lamentaba no estar más animada, pero no podía quitarse de la cabeza la imagen de Tommy Braham tirado en el suelo de la celda. Mirar de soslayo a su madre le bastó para averiguar que Cathy sabía perfectamente lo que estaba pensando.

—Estoy esperando a alguien —dijo finalmente—. Will Trent. Es un agente que trabaja para el GBI.

Cathy la miró fijamente.

—¿Y qué hace aquí un agente del GBI?

—Investigar el asesinato del lago.

—Y la muerte en la comisaría —añadió Cathy lanzándole una indirecta—. ¿Y por qué viene a esta casa?

—No tenía ningún sitio donde poder cenar. Pensé que le podrías…

—¿Ahora estoy obligada a dar de comer a los extraños?

Tessa, como de costumbre, no ayudó a calmar la situación.

—Entonces también te encargarás de alojarle esta noche —le dijo a Sara—. El hotel ha cerrado por reformas. A no ser que quiera conducir cuarenta y cinco minutos hasta Cooperstown, más te vale que le prepares el apartamento de encima del garaje.

Sara se contuvo para no soltar la maldición que se le vino a la boca. Hare estaba inclinado hacia delante, con las manos en la barbilla, como si estuviese viendo una película.

Cathy barajó las cartas de nuevo. La tensión que reinaba en el ambiente hizo que cualquier ruido se oyese más.

—¿De qué conoces a ese hombre?

—Los agentes de policía siempre están en el hospital.

Técnicamente no era una mentira, pero casi.

—¿Qué sucede, Sara?

Se encogió de hombros. Su gesto era tan falso que le costó trabajo bajar de nuevo los hombros.

—Es muy complicado.

—¿Complicado? —repitió Cathy—. Yo creo que todo ha ido más rápido de la cuenta.

Soltó las cartas encima de la mesa mientras se levantaba y añadió:

—Voy a decirle a tu padre que se ponga unos pantalones.

Tessa esperó hasta que su madre se marchó.

—Más te vale que se lo digas, Sissy. De todas formas te lo va a sacar.

—No es asunto suyo.

Tessa soltó una sonora carcajada. Todo era asunto de su madre.

Hare cogió las cartas.

—Vamos, pelirroja. ¿No te lo estás tomando demasiado en serio? Probablemente sea lo más interesante que le ha ocurrido a Brad Stephens en su vida. Ese hombre aún vive con su madre.

—No le veo la gracia, Hare. Dos personas han muerto.

—Un retrasado mental y una universitaria. La ciudad se va a vestir de luto.

Sara se mordió la lengua para no responderle de mala manera.

Hare suspiró mientras barajaba las cartas.

—De acuerdo. Por lo de la chica del lago ha sido un comentario inapropiado, pero por lo de Tommy no. Las personas no se suicidan sin razón alguna. Se sentía culpable por haber matado a la chica, y además apuñaló a Brad. Fin de la historia.

—Hablas como un poli.

—Bueno... —dijo llevándose la mano al pecho—. Ya sabes que me disfracé de eso en Halloween. —Se giró para mirar a Tessa y añadió—: ¿Te acuerdas de la correa?

—Eso fue en mi cumpleaños, no en Halloween —le recordó Tessa. Luego le preguntó a Sara—: ¿Por qué fuiste a la comisaría?

—Tommy necesitaba... —No se molestó en terminar la frase—. La verdad es que no lo sé —dijo levantándose de la mesa—. Lo lamento, ¿de acuerdo? Lamento haber ido a comisaría. Lamento haber traído este asunto a casa. Lamento que mamá esté enfadada conmigo y lamento haber venido.

—Sissy... —Tessa quiso decir algo, pero Sara se marchó antes de que pudiese terminar.

Los ojos se le llenaron de lágrimas por enésima vez ese día mientras bajaba al vestíbulo y se dirigía a la puerta principal. Debería subir y hablar con su madre. Sara podía darle al menos una explicación para que dejase de preocuparse, aunque Cathy sabía a ciencia cierta lo que sucedía y le sobraba cualquier tipo de explicación, ya que ambas sabían la verdad: Sara estaba tratando de vengarse de Lena. Su madre no tendría el más mínimo inconveniente en decirle que saliese y le cantase a la lluvia, si quería. No le faltaría razón, al menos en parte, porque a Lena se le daba muy bien eso de mentir, engañar o hacer lo que fuera con tal de librarse de los problemas. Sara no estaba a su altura, pues no tenía tanta maldad como ella.

¿Y qué pasaba con la chica muerta? Sara era tan desagradable como Hare. Había ignorado por completo a Allison Spooner y había utilizado su muerte como trampolín para atacar a Lena. Las personas que conocían a Allison ya habían empezado a hablar. Tessa se había pasado casi toda la tarde al teléfono y se lo había contado todo a Sara cuando regresó a casa. Allison era una chica menuda y alegre, la típica chica de campo con buenos modales y siempre una amplia y pronta sonrisa para los desconocidos. Había trabajado en el restaurante durante las horas de la comida y los fines de semana. Debía tener familia, una madre y un padre que habrían recibido la peor noticia de su vida. Con toda seguridad estarían de camino a Grant, más y más apesadumbrados a medida que se acercaban.

Oyó que alguien bajaba las escaleras y, por la forma tan delicada de hacerlo, supo que era Cathy. Oyó que se detenía en el descansillo y luego se dirigía a la cocina.

Sara soltó el aire que no se había dado cuenta que estaba reteniendo.

—¿Cariño?

Eddie la llamó desde la planta de arriba. Estaba escuchando sus viejos discos, algo que solía hacer cuando se sentía melancólico.

—Estoy bien, papá.

Esperó hasta oír sus pasos de vuelta a su habitación, pero tardó una eternidad.

Sara volvió a cerrar los ojos. Su padre puso un disco de Bruce Springsteen, haciendo que la aguja chirriase hasta que encontró el lugar adecuado del vinilo. Oía a su madre trasteando en la cocina, el ruido de los platos y las sartenes. Hare debió decir algo gracioso porque la risa de Tessa retumbó en toda la casa.

Sara miraba en dirección a la calle, frotándose los brazos para quitarse el frío que la atenazaba. Sabía que era una estupidez quedarse en la puerta esperando a un hombre que podía no presentarse, pero, por mucho que no deseara admitirlo, esperaba algo más que información por parte de Will. Él pertenecía a su vida en Atlanta, le recordaba que había algo más esperándola.

Gracias a Dios, finalmente estaba allí.

Por segunda vez aquel día, vio que Will ocultaba las piezas electrónicas de su Porsche. En esta ocasión pareció tardar aún más, o puede que ella estuviese más impaciente. Finalmente, salió del coche. Vio que sostenía la carpeta que le había dado por encima de la cabeza para protegerse de la lluvia mientras se dirigía hacia la entrada.

Empezó a abrir la puerta, pero luego se lo pensó dos veces, pues no quería que pensase que había estado allí, de pie, esperándole. Sin embargo, si lo que quería era disimular, tampoco debería estar allí, mirándole por la ventana.

—Qué idiota soy —musitó para sus adentros mientras abría la puerta.

—Hola.

Will se sacudió la lluvia que le empapaba el pelo aprovechando el voladizo del porche delantero.

—Quieres que…

Sara alargó la mano para coger la carpeta mojada. Se contuvo para no mostrar su decepción al ver que estaba completamente mojada. Todo el material se habría echado a perder.

—Espera —dijo Will levantándose el jersey y sacándose la camisa.

Sara vio, aplastadas contra su piel, las páginas que le había dado. También observó lo que parecía un moratón en el abdomen que desaparecía dentro de la cintura de sus pantalones vaqueros.

—¿Qué es…?

Él se bajó la camisa de inmediato.

—Gracias —dijo.

Se rascó la cara, un tic nervioso que se había olvidado que tenía.

—Creo que podemos tirar esa carpeta.

Sara asintió, sin saber qué decir. Will también parecía haberse quedado sin palabras. Se miraron fijamente hasta que las luces del vestíbulo se encendieron.

Cathy se quedó en la puerta de la cocina, con las manos en las caderas. Eddie bajó las escaleras. Hubo un momento en que reinó el silencio más incómodo que Sara había experimentado en su vida. Si pudiese dar marcha atrás y empezar desde el principio, se habría quedado en Atlanta y habría librado a su familia de esa horrible situación. Deseó que la tierra se la tragase.

Su padre rompió el silencio. Le tendió la mano a Will.

—Eddie Linton. Me alegra que podamos darle cobijo.

—Will Trent.

El hombre le estrechó la mano con firmeza.

—Yo soy Cathy —interrumpió su madre, dándole una palmadita a Will en el brazo—. Dios santo, está completamente empapado. Eddy, ¿por qué no miras si tienes algo seco?

Por alguna razón, su padre se rio entre dientes mientras subía las escaleras. Cathy se dirigió a Will.

—Quítese ese jersey antes de que coja frío.

Will parecía tan incómodo como cualquier otro hombre al que una mujer de sesenta y tres años le pidiese que se desnudase en el vestíbulo. Aun así, obedeció y se sacó el jersey por encima de la cabeza. Debajo llevaba una camiseta negra de manga larga, que se le levantó cuando subió los brazos. Sara, sin pensarlo, se la bajó.

Cathy le lanzó una mirada penetrante que le hizo sentir como si la hubiese sorprendido robando.

—Mamá —dijo Sara notando un sudor frío—. Tengo que hablar contigo.

—Tenemos tiempo de hacerlo más tarde, cariño.

Cathy pasó la mano por el brazo de Will y lo condujo hasta el salón.

—Según me ha dicho mi hija, es usted de Atlanta.

—Sí, señora.

—¿De qué parte? Tengo una hermana que vive en Buckhead.

—Vaya... —respondió Will girando la cabeza para mirar a Sara—. Yo vivo en Poncey-Highlands, está cerca de...

—Sé perfectamente dónde está. Debe de vivir cerca de Sara.

—Sí, señora.

—Mamá...

—Después, cariño.

Cathy dibujó una sonrisa fingida mientras llevaba a Will hasta el comedor.

—Le presento a Tessa, mi hija pequeña. Y él es Hareton Earnshaw, el hijo de mi hermano.

Hare le miró con desdén.

—Vaya, por lo que veo es un bebedor empedernido de agua.

—Ignórelo —le aconsejó Tessa mientras estrechaba la mano de Will—. Encantada de conocerle.

Will se dispuso a sentarse en la silla más cercana. Sara notó que el corazón se le encogía de miedo. Era la silla de Jeffrey.

A Cathy no le pasó desapercibido.

—Siéntese en la cabecera de la mesa —le sugirió llevándole amablemente en la dirección adecuada—. Dentro de un momento le traigo la cena.

Sara se sentó al lado de Will. Le puso la mano en el brazo.

—Lo siento mucho.

Will simuló estar sorprendido.

—¿El qué?

—Gracias por disimular, pero no tenemos mucho tiempo antes de...

Sara apartó la mano. Su madre volvía con un plato de comida.

—Espero que le guste el pollo frito.

—Sí, señora.

Will miró el plato. Había comida para toda la familia.

—¿Le apetece un té dulce? —preguntó Cathy.

Sara hizo ademán de levantarse, pero su madre le indicó a Tessa que le trajese un vaso.

—Cuénteme de qué conoce a mi hija.

Will levantó el dedo durante un instante para poder tragar el bocado de judías blancas que se había metido en la boca.

—Conocí a la doctora Linton en el hospital.

Sara sintió deseos de darle un beso por ser tan formal. Luego dijo:

—Mamá, la mujer del agente Trent fue paciente mía.

—¿De verdad?

Will asintió, cogiendo un buen pedazo de pollo frito. Sara no sabía si estaba hambriento o desesperado por encontrar un motivo para no responder. Miró por casualidad a Hare. Por una vez en su vida, había optado por permanecer callado.

—¿Su esposa también es agente de la ley?

Will dejó de masticar.

—He visto su anillo.

Will se miró la mano. Cathy no le quitaba ojo de encima. Él continuó masticando.

—Es detective privado —respondió finalmente.

—Vaya. Tendrán mucho de lo que hablar. ¿La conoció durante el curso de alguna investigación?

Will se limpió la boca.

—La comida está muy buena.

Tessa le sirvió un vaso de té. Will dio un sorbo muy largo y Sara se preguntó si acaso le apetecería algo más fuerte.

Cathy continuó presionándole sutilmente.

—Ojalá a mis hijas les gustase cocinar, pero ninguna de ellas se ha dedicado a eso. —Se detuvo para respirar y le preguntó—: Dígame, señor Trent, ¿de dónde es su familia?

Sara se contuvo para no llevarse las manos a la cabeza.

—Mamá, no creo que sea…

—No importa —respondió Will limpiándose la boca con la servilleta—. Me crié en un orfanato.

—Dios santo.

Will no sabía qué responder. Dio otro sorbo largo de té.

—Señor Trent —continuó Cathy—, mi hija pequeña me ha recordado que el hotel está cerrado por reformas. Espero que acepte mi invitación de quedarse en mi casa mientras esté aquí.

Will se atragantó con el té.

—Hay un apartamento encima del garaje. Lamento decirle que no es gran cosa, pero no me sentiría bien haciéndole conducir hasta Cooperstown con este tiempo.

Will se limpió el té de la cara. Miró a Sara en busca de ayuda.

Ella sacudió la cabeza, incapaz de detener el arranque de hospitalidad sureña de su madre.

Las reformas en la casa de los Linton no habían llegado hasta el lavadero, por lo que Sara tuvo que bajar las escaleras para entrar en la parte sin acabar del sótano, para buscar algunas toallas limpias para Will. La secadora aún estaba funcionando cuando encendió las luces. Comprobó las toallas, pero estaban húmedas.

Sara volvió a poner la secadora y empezó a subir las escaleras, pero se detuvo a medio camino. Se había comportado como una idiota durante todo el día, pero no estaba lo bastante loca como para presentarse ante su madre en ese momento.

Se frotó la cara con las manos. Se había puesto colorada desde el momento en que Cathy recibió a Will Trent en la casa.

—¿Siss? —susurró Tessa desde la parte de arriba de las escaleras.

—Calla —respondió Sara en tono de amonestación.

Lo último que necesitaba era que su madre le prestase más atención.

Tessa tiró de la puerta suavemente. Se puso una mano en el vientre y se agarró al pasamanos con la otra mientras bajaba las escaleras.

—¿Te encuentras bien?

Sara asintió, ayudando a que Tessa se sentase en un escalón por encima del suyo.

—No puedo creer que no hayan puesto el lavadero en la planta de arriba.

—¿Su santuario?

Ambas se echaron a reír. Cuando eran adolescentes, Tessa y Sara evitaban bajar hasta el lavadero por miedo a que su madre les pidiese ayuda. Ambas se creían muy inteligentes, pero luego se dieron cuenta de que su madre disfrutaba estando sola.

Sara puso una mano en el vientre de su hermana.

—Caray, ¿qué tienes ahí?

—Creo que es un bebé —respondió Tessa sonriendo.

Sara extendió ambas manos sobre su cintura.

—Estás enorme.

—Me encanta —susurró Tessa—. No te puedes imaginar todas las porquerías que como.

—Imagino que te estará dando patadas todo el tiempo.

—Sí, va a ser jugadora de fútbol.

—¿Jugadora? —inquirió Sara enarcando una ceja.

—Imagino. Lem quiere que sea una sorpresa.

—Podemos ir a la clínica mañana.

Elliot Felteu había adquirido la consulta, pero ella aún poseía el edificio.

—Puedo simular que estoy haciendo algo relacionado con la propiedad y lo vemos en la máquina de ultrasonidos.

—Yo también quiero que sea una sorpresa. Además, tú ya tienes bastante con lo tuyo.

Sara puso los ojos en blanco.

—Mamá.

Tessa se rio entre dientes.

—Dios, ha sido épico. ¡Vaya prueba!

—No puedo creer que fuese tan horrible.

—Se lo has puesto en bandeja.

—Pensé... —Sara sacudió la cabeza ¿Qué había pensado?—. Hare tampoco ha sido de mucha ayuda.

—Le ha afectado más de lo que crees.

—Lo dudo.

—Tommy solía cortarle el césped —dijo Tessa encogiéndose de hombros—. Ya sabes cómo es Hare. Ha pasado lo suyo.

Hare había perdido muchos amigos, así como el amor de su vida, por el sida, pero Sara era la única persona de su familia que recordaba que su actitud había empezado antes de la epidemia.

—Espero que a Will no le haya sentado mal.

—Will supo apañárselas perfectamente.

Sara sacudió la cabeza cuando pensó en todo el alboroto que había armado.

—Lo lamento, Tess. No quería traer todos estos problemas a casa.

—¿A qué se debe?

Sara pensó en la pregunta.

—Una *vendetta* —admitió—. Creo que he encontrado la forma de vengarme de Lena.

—¿Y eso cambiará las cosas?

Sara notó que le brotaban las lágrimas, pero esta vez no opuso ninguna resistencia. Tessa la había visto en peores situaciones.

—No lo sé. Solo quiero… —Se detuvo para tomar aliento y añadió—: Quiero que lamente lo que hizo.

—¿Y no crees que ya lo lamenta? —respondió Tessa cuidadosamente—. Por muy mala que sea, quería a Jeffrey. Le idolatraba.

—No. No lo lamenta. Ni siquiera admite que tuvo la culpa de que Jeffrey muriese.

—¿No creerás que ella sabía que el cabrón de su novio iba a matarle?

—No es que quisiera que sucediese —admitió Sara—, pero «dejó» que pasase. Jeffrey ni siquiera se habría enterado de que ese hombre existía si no es por ella. Esa mujer lo metió en nuestra vida. Si alguien tira una granada, no es inocente, por mucho que piense que nunca explotaría.

—No hablemos más de ella —dijo Tessa pasándole el brazo por encima del hombro—. Lo único que importa es que Jeffrey te amaba más que a nada.

Sara asintió. Era lo único cierto en su vida. No le cabía la menor duda de que Jeffrey la había querido.

Tessa la sorprendió.

—Will es guapo.

La risa de Sara no sonó muy convincente, ni tan siquiera a sus oídos.

—Tess, por si no lo sabes, te diré que está casado.

—En la mesa, se le salían los ojos mirándote.

—Eso era del miedo que tenía.

—Creo que le gustas.

—Y yo creo que las hormonas te están haciendo desvariar.

Tessa apoyó la espalda en las escaleras.

—Tú prepárate, porque la primera vez suele ser horrible.

La mirada de Sara la delató. Tessa se quedó boquiabierta.

—Dios santo. ¿Ya has estado con alguien?

—Chis —dijo Sara entre dientes—. Baja la voz.

Tessa se echó hacia delante.

—¿Con quién? Y no me lo has dicho. ¿Para qué voy caminando hasta el único teléfono público en Oobie Doobie si no me vas a contar nada de tu vida sexual?

Sara hizo señas para que lo dejase.

—No hay nada que contar. Y tienes razón. Fue horrible. Fue demasiado pronto y él no me volvió a llamar.

—¿Y ahora? ¿Estás saliendo con alguien?

Sara pensó en el epidemiólogo del CDC. El hecho de que fuese la primera vez que pensase en él en toda la semana ya lo decía todo.

—Nada serio. He tenido algunas citas, pero ¿para qué? —dijo Sara levantando las manos—. No creo que vuelva a conectar con nadie. Después de Jeffrey no me siento preparada para estar con nadie más.

—Si no lo intentas, nunca lo sabrás —respondió Tessa contradiciéndola—. A Jeffrey le habría gustado que...

—Jeffrey no habría querido que volviese a tocar a otro hombre, así que no nos engañemos.

—Sí, probablemente tengas razón —asintió Tess—. Pero creo que Will encajaría contigo.

Sara negó con la cabeza, deseando que Tessa dejase el tema. Aunque Will estuviese disponible, nunca más saldría con un policía. No soportaría estar con un hombre que al salir todas las mañanas no se sabe si volverá de una pieza por la noche.

—Ya te lo he dicho. Está casado.

—Sí, pero hay muchas formas de estar «casado».

Tessa había tenido muchos más escarceos amorosos que ella antes de sentar la cabeza. De hecho, la puerta de su dormitorio estaba casi siempre abierta para todo aquel que quisiese entrar.

—¿De qué tiene esa cicatriz en el labio?

—No tengo ni idea.

—Te dan ganas de besarle en la boca.

—Tess.

—¿Sabías que se había criado en un orfanato?

—Pensaba que estabas en la cocina cuando habló de eso.

—Sí, pero tenía la oreja puesta —explicó—. Come como los niños del orfanato.

—¿A qué te refieres?

—Lo digo por la forma en que pone el brazo alrededor del plato para que nadie le quite la comida.

Sara no se había dado cuenta, pero ahora que lo pensaba tenía razón.

—No puedo imaginar lo que significa crecer sin padres. Me refiero a que... —Se echó a reír—. Bueno, después de lo que hemos visto esta noche, no estaría mal, pero imagino que debió de ser duro para él.

—Probablemente.

—Pregúntale.

—No creo que sea lo más adecuado.

—¿Acaso no te gustaría conocerle mejor?

—No.

Mentía; en realidad, estaría encantada de saber más de él. Quería saber por qué tenía esas cicatrices. Quería saber cómo había entrado en el sistema de niño y jamás había sido adoptado. Quería saber cómo podía estar en una habitación repleta de gente y parecer completamente solo.

—Los niños de mi orfanato son bastante felices —dijo Tessa—. Echan de menos a sus padres, de eso no me cabe duda. Pero van a la escuela, comen tres veces al día y llevan ropa limpia. Hasta los niños que tienen padres sienten envidia. —Se alisó la falda y terminó diciendo—: ¿Por qué no le preguntas cómo fue para él?

—Porque no es asunto mío.

—Dale otra oportunidad a mamá y te enterarás de todo. —Tessa le apuntó al pecho con el dedo—. Tendrás que admitir que estaba en plena forma esta noche.

—No he de admitir nada.

Tessa imitó el delicado acento de su madre:

—Dígame, señor Trent. ¿Usted prefiere llevar bóxers o slips? —Como Sara se rio, Tessa continuó con la imitación—: ¿La primera vez que practicó el sexo lo hizo en la postura del misionero o la del perrito?

Sara se rio tan fuerte que le dolió el estómago. Se frotó los ojos, dándose cuenta de que era la primera vez que se sentía feliz de estar en casa.

—Te he echado de menos, Tess.

—Y yo a ti, Sissy. —Tessa hizo un esfuerzo para levantarse—. Pero ahora más vale que vaya al cuarto de baño antes de que me mee encima de tanto reírme.

Subió los escalones de uno en uno. La puerta se cerró suavemente a sus espaldas.

Sara miró el sótano. La mecedora y la lámpara de su madre estaban en una esquina, al lado de una pequeña ventana. La mesa de la plancha estaba desplegada, dispuesta para utilizarse. Unos recipientes de plástico alineados en la pared del fondo contenían todos los recuerdos de infancia de Sara y Tessa, al menos los que su madre consideraba que valía la pena guardar. Los libros de texto, las fotografías de la escuela, las cartillas con las notas y los cuadernos; cada una de ellas tenía dos cajas con sus cosas. Seguramente el bebé de Tessa tendría luego su propia caja. En ella guardaría sus zapatos de niña y los volantes de los juegos escolares y los recitales de piano. O los trofeos de fútbol en caso de que Tessa estuviese en lo cierto.

Sara no podía tener hijos. Un embarazo ectópico mientras estaba en la Facultad de Medicina la había imposibilitado. Había intentado adoptar un niño con Jeffrey, pero ese sueño se desvaneció cuando falleció. Él tenía un hijo, un joven fuerte e inteligente al que jamás le dijeron quién era su verdadero padre. Jeffrey era simplemente un tío; Sara, tres cuartos de lo mismo: una tía. Con frecuencia había pensado en decirle la verdad al muchacho, pero la decisión no era suya. Él tenía unos padres que lo habían educado muy bien, y estropearlo diciéndole que tenía un padre con el que nunca podría hablar le parecía una crueldad.

Hasta que conoció a Lena, sentía una enorme aversión a ser cruel.

La secadora emitió un zumbido. Las toallas estaban secas, teniendo en cuenta que tendría que salir bajo la lluvia. Se puso la chaqueta y salió de la casa lo más silenciosamente posible. La lluvia había amainado ligeramente. Miró al cielo. A pesar de lo encapotado que estaba pudo ver las estrellas. Sara había olvidado lo que significaba estar lejos de las luces de la ciudad. La noche era tan negra como el carbón. No se oían sirenas, ni gritos, ni disparos, solo los grillos y el aullido ocasional de un perro solitario.

Se detuvo en la puerta de Will, preguntándose si debía llamar. Era muy tarde y supuso que ya se habría acostado.

Él abrió la puerta justo en el momento en que ella se daba la vuelta. Will no la miraba embobado como había asegurado Tessa, sino más bien distraído.

—Las toallas —dijo Sara—. Te las dejo aquí.

—Un momento.

Sara levantó la mano para que no le cayese la lluvia en los ojos. Se dio cuenta de que estaba mirando la boca de Will, la cicatriz que tenía encima del labio.

—Por favor, pase —dijo él apartándose para que pudiese entrar.

Inexplicablemente, Sara sintió que debía tener cuidado, pero, aun así, entró.

—Lamento lo de mi madre.

—Debería dar clases en la academia de policía, para enseñar cómo se hace un interrogatorio.

—Lo lamento de verdad.

Will le dio una de las toallas limpias para que se secase la cara.

—Se ve que la quiere mucho.

Sara no había esperado esa respuesta. Suponía que un hombre que había perdido a su madre a tan temprana edad tendría una perspectiva muy diferente sobre la intromisión de Cathy.

—¿Alguna vez…? —Sara se detuvo—. Bueno, no importa. Debo dejarle dormir.

—¿Alguna vez qué?

Sara notó que se sonrojaba de nuevo.

—Me refería a si alguna vez estuvo con una familia de acogida.

Will asintió.

—Algunas veces.

—¿Eran buenas?

—Algunas sí —respondió encogiéndose de hombros.

Sara pensaba en el moratón que tenía en el vientre; bueno, no era un moratón, sino algo más siniestro. Había visto algunas quemaduras eléctricas en el depósito de cadáveres y dejaban una marca peculiar, como los residuos de pólvora que penetran en la piel y nunca se borran. La mancha negra en el cuerpo de Will se había descolorido con el tiempo, por lo que dedujo que debía habérsela hecho cuando era un niño.

—¿Doctora Linton?

Movió la cabeza en forma de disculpa. Instintivamente le cogió del brazo y le preguntó:

—¿Necesita algo más? Creo que hay más mantas en el armario.

—Me gustaría hacerle unas preguntas, si tiene unos minutos.

Sara había olvidado la razón por la que había ido a su habitación.

—Por supuesto.

Will le señaló el sofá. Sara se hundió en el viejo cojín, que casi la engulle. Miró a su alrededor, tratando de hacerlo desde la perspectiva de Will. No había nada lujoso en la habitación. Una cocina, una habitación diminuta y un cuarto de baño aún más pequeño. La moqueta había conocido mejores tiempos. Las paredes estaban forradas con paneles combados de madera. El sofá era más viejo que Sara, pero lo bastante grande para que dos personas se acostasen cómodamente, razón por la que Cathy lo había trasladado desde el estudio hasta el apartamento de arriba cuando Sara cumplió los quince años. No es que hubiera un montón de chicos esperando tener la oportunidad de acostarse con Sara en el sofá, pero con Tessa, tres años más pequeña, sí.

Will dejó las toallas en la encimera de la cocina.

—¿Quiere un poco de agua?

—No gracias. Siento no poderle ofrecer un alojamiento más cómodo —añadió señalando el apartamento.

Will sonrió.

—Es un lugar agradable para descansar.

—Si le sirve de consuelo, es mejor que el hotel.

—Y la comida también. —Se dirigió al otro extremo del sofá. No tenía otro sitio donde sentarse, pero aun así preguntó—: ¿Le importa que me siente?

Sara dobló las piernas mientras él se sentaba en el borde del cojín. Dobló los brazos, dándose cuenta repentinamente de que estaban solos en la misma habitación.

Volvió a reinar un silencio incómodo. Will jugueteaba con

su anillo de casado, dándole vueltas en el dedo. Sara se preguntó si estaba pensando en su esposa. Ella la había conocido tiempo atrás. Angie Trent era una de esas mujeres vivaces y alegres que nunca salen de casa sin maquillarse. Tenía las uñas perfectas, la falda ceñida y unas piernas que habrían hecho soñar al mismísimo papa de Roma. Se parecía tanto a Sara como un melocotón maduro a un palo de helado.

Will juntó las manos entre las piernas.

—Gracias por la cena. Y dele las gracias a su madre. No he comido así desde… —Se rio entre dientes mientras se frotaba el estómago—. Bueno, no creo que haya comido así en mi vida.

—Siento que le haya hecho tantas preguntas.

—No tiene importancia. Yo lamento las molestias.

—Por mi culpa ha tenido que venir hasta aquí.

—Lamento que el hotel estuviese cerrado.

Sara cambió de tema por miedo a que se pasasen el resto de la noche intercambiando disculpas intrascendentes.

—¿Qué deseaba preguntarme?

Will guardó silencio unos cuantos segundos más, mirándola abiertamente.

—La primera pregunta es un tanto delicada.

Sara rodeó su cintura con los brazos.

—De acuerdo.

—Es sobre la llamada del jefe de policía Wallace esta mañana, para que ayudase a Tommy… —Bajó el tono de la voz y preguntó—: ¿Siempre lleva Diazepam encima? Es lo mismo que el Valium, ¿verdad?

Sara no pudo mirarle de frente y observó la mesilla de café. Will había estado trabajando en ella. Su ordenador estaba cerrado, pero la luz brillaba intermitente y los cables estaban conectados a la impresora portátil que había en el suelo. Al lado había un paquete sin abrir de carpetas de colores. Encima había una regla de madera, junto con un paquete de marcadores de colores. Había una grapadora, clips y gomas.

—¿Doctora Linton?

—Will —respondió Sara tratando de emplear un tono de voz uniforme—. ¿No cree que va siendo hora de que me llame Sara?

Él asintió.

—Sara. ¿Siempre llevas Valium encima?

—No —replicó.

Se sentía tan avergonzada que solo podía mirar a la mesa que tenía delante.

—Lo llevaba para mí. Para este viaje. Por si acaso…

Omitió terminar la respuesta. ¿Cómo le podía explicar que necesitaba drogarse para pasar las vacaciones con su familia?

—¿Sabía el jefe Wallace que tenías Valium?

Sara trató de recordar la conversación.

—No. Lo llevé voluntariamente.

—¿Le dijiste que lo tenías en tu botiquín?

—No quise decirle que eran para…

—De acuerdo —la interrumpió Will—. Lamento tener que formularte estas preguntas tan personales, pero estoy intentando averiguar cómo sucedió todo. El jefe Wallace te llamó para que lo ayudaras, pero ¿cómo sabía que podías hacerlo?

Sara levantó la cara para mirarle. Will le devolvió el gesto, sin parpadear. Su mirada no era sentenciosa ni lastimera. Sara no recordaba la última vez que alguien la había mirado sin ver nada más que a ella. Desde luego no desde que había llegado a la ciudad esa misma mañana.

—Frank pensó que podría hablar con Tommy para tratar de calmarle —dijo Sara.

—¿Has ayudado anteriormente a otros detenidos?

—La verdad es que no. Me han llamado en un par de ocasiones cuando alguien había tomado una sobredosis. Otra vez, alguien tuvo un ataque de apendicitis. A todos los envié al hospital, no los traté en comisaría. No médicamente.

—Y qué me dices de la llamada del jefe Wallace…

—Perdona —dijo Sara disculpándose—, pero ¿te importaría llamarle Frank? Es que…

—No tienes que darme explicaciones —afirmó Will—. Me refiero a la llamada, cuando le dijiste que no te acordabas de Tommy Braham, que no tenías ninguna conexión con él. ¿Crees que Frank te estaba presionando para que fueses a la comisaría?

Sara se dio cuenta de adónde quería llegar.

—Crees que me llamó después de que sucediese. Que Tommy ya estaba muerto.

Se acordó de que Frank miró por la ventana de la celda, de que se le cayeron las llaves. ¿Fue todo fingido?

—Como bien sabes, la hora de la muerte no es algo que se pueda fijar exactamente —dijo Will—. Si te llamó justo después de haber muerto…

—El cuerpo estaba aún caliente —recordó Sara—, pero hacía mucho calor dentro de las celdas. Frank dijo que la calefacción estaba encendida.

—¿La has visto encendida anteriormente?

Sara negó con la cabeza.

—No he entrado en la comisaría en los últimos cuatro años.

—Cuando fui esta noche, la temperatura era normal.

Sara se inclinó hacia atrás. Eran personas que habían trabajado con Jeffrey, personas en las que había confiado desde siempre. Si Frank Wallace pensaba que Sara le iba a servir de tapadera, estaba completamente equivocado.

—¿Crees que le mataron ellos? —Ella misma respondió a su pregunta—: Yo vi el cartucho de tinta azul. No puedo imaginar que matasen a Tommy y luego le cortasen las venas. Hay formas mucho más sencillas de matar a alguien y fingir que ha sido un suicidio.

—Colgándolo —sugirió Will—. El ochenta por ciento de los suicidios que se cometen bajo custodia son por ahorcamiento. Los presos son siete veces más propensos a suicidarse que el resto de las personas. Tommy encaja con ese perfil. —Empezó a enumerar las características—. Sentía enormes remordimientos. No dejaba de llorar. No estaba casado. Tenía entre dieciocho y diecinueve años. Fue su primer delito. Tenía un padre muy estricto que se enfadaría mucho, o se sentiría muy decepcionado al enterarse de que lo habían arrestado.

—Sí —admitió Sara—. Tommy era todo eso. Pero ¿por qué iba a posponer Frank el hallazgo del cuerpo?

—Eres una persona muy respetada en esta ciudad. Si un detenido se suicida en la comisaría y tú afirmas no haber encontrado nada sospechoso en eso, la gente se lo creerá.

Sara no le pudo llevar la contraria. Dan Brock era el director de la funeraria, no era médico. Si a la gente se le metía en la cabeza que Tommy había sido asesinado en la comisaría,

Brock habría tenido que emplearse al máximo para acallar los rumores.

—Según me ha dicho el agente Knox, el cartucho de pluma que utilizó Tommy fue un regalo que tu marido les hizo a todos por Navidad. Eso es muy considerado de su parte.

—No exactamente —respondió Sara sin pensar—. Me refiero a que estaba muy ocupado, por eso me pidió que... —Agitó la mano, desestimando sus palabras. Se había molestado mucho con Jeffrey por pedirle que buscase las plumas, como si ella no estuviese tan ocupada como él. No quería darle más vueltas al asunto—: Estoy seguro de que alguna vez le has pedido a tu esposa que haga algunas cosas cuando estás muy ocupado.

Will sonrió.

—¿Te acuerdas de dónde las compraste?

Sara sintió otra oleada de vergüenza.

—Le pedí a Nelly, el gerente de oficina de la clínica, que las comprase a través de Internet. No tenía tiempo de... —Sacudió la cabeza—. Podría encontrar el recibo de la tarjeta de crédito si es importante. Eso fue hace cinco años.

—¿Cuántas compraste?

—Creo que fueron veinticinco. Una para cada agente.

—Eso es mucho dinero.

—Sí —admitió Sara.

Jeffrey no le había dado ningún presupuesto, y el concepto de Sara de un regalo caro era más elevado que el de su marido. Ahora todo parecía una ridiculez. ¿Por qué se habían peleado por eso? ¿Por qué le dieron tanta importancia?

—Aquí parece que tienes un acento distinto —le dijo Will, para su sorpresa.

Sara se rio.

—¿Tengo un acento muy nasal?

—Tu madre tiene un acento muy bonito.

—Culto —respondió Sara.

Salvo esa noche, siempre le había encantado la voz de su madre.

Will volvió a sorprenderla.

—Es posible que te hayan metido en este asunto, pero también has puesto mucho de tu parte.

Notó que aquella franqueza hacía que se sonrojara.

Will tenía una expresión cándida, comprensible. Sara se preguntó si era real o si estaba utilizando una de sus tácticas de interrogatorio.

—Sé que suena un tanto atrevido, pero deduzco que quedaste conmigo en el hospital, en plena Main Street, por alguna razón.

Sara se rio de nuevo, esta vez por la situación.

—No soy tan calculadora como parece.

—Estoy alojado en tu casa. La gente verá mi coche aparcado en la calle. Sé cómo son las ciudades pequeñas. Creerán que hay algo entre nosotros.

—Pero no lo hay. Tú estás casado y yo…

La sonrisa de Will se pareció más a una mueca.

—La confianza no ayuda mucho en estas situaciones. Imagino que lo sabes.

Sara volvió a mirar sus utensilios de oficina. Había separado las gomas por colores y hasta los clips estaban puestos en la misma dirección.

—Hay algo extraño en todo este asunto —dijo Will—. No estoy seguro de si concuerda con lo que crees, pero algo raro sucedió en la comisaría.

—¿Como qué?

—Aún no lo sé, pero debes prepararte para algunas reacciones que no serán agradables —dijo cuidadosamente—. A los policías no les gusta que los cuestionen. Un motivo por el que saben hacer su trabajo es porque creen saberlo todo.

—Soy médica y te aseguro que no solo los policías actúan de esa manera.

—Quiero que estés preparada porque, cuando lleguemos al fondo del asunto, tanto si Tommy fue culpable, como si la detective Adams metió la pata, como si descubro que no hay nada oscuro, te van a odiar por haberme llamado.

—Ya me odian.

—Dirán que ensucias la memoria de tu marido.

—Ellos no saben nada de él. No tienen ni idea.

—Inventarán lo que quieran. Va a ser más duro de lo que crees. —Se volvió en su dirección y prosiguió—: Y se lo voy a poner muy difícil. Voy a hacer algunas cosas a propósito para que, desesperados, me digan la verdad. ¿Estás de acuerdo con eso?

—¿Qué pasaría si digo que no?

—Buscaría otra forma, para que no te haga tanto daño.

Observó que su oferta era sincera, y se sintió culpable por haber cuestionado sus intenciones.

—Esta ya no es mi ciudad. Me marcho dentro de tres días, pase lo que pase. Así pues, haz lo que consideres oportuno.

—¿Y tu familia?

—Mi familia me apoya.

Sara no estaba muy segura de muchas cosas, pero de esa sí.

—Puede que no estén de acuerdo conmigo, pero me apoyan.

—De acuerdo —respondió.

Parecía aliviado, como si hubiese recorrido la parte más dura del camino.

—Necesito que me des el teléfono de Julie Smith.

Sara había previsto que se lo pediría. Sacó una hoja de papel doblado y se la dio.

Will señaló el teléfono modelo Princesa que había al lado del sofá.

—¿Es la misma línea que la de la casa?

Sara asintió.

—Quiero asegurarme de que el identificador de llamadas es el mismo.

Cogió el teléfono y miró el dial rotativo.

Sara puso los ojos en blanco.

—Mis padres no son muy amigos de la tecnología.

Will empezó a marcar, pero el disco rotativo se le escurrió de los dedos a mitad del número.

—Déjame a mí —se ofreció Sara, que cogió el teléfono antes de que pudiese protestar. Giró el dial con mucha destreza.

Él se llevó el auricular al oído justo en el momento en que un graznido automático respondía al otro lado de la línea. Sostuvo el teléfono entre los dos para que ambos oyesen cómo la grabación advertía de que el número deseado había sido desconectado.

Will colgó.

—Le diré a Faith que lo busque mañana. Imagino que es un teléfono desechable. ¿Recuerdas algo sobre Julie? ¿Algo que dijese?

—Lo único que puedo decirte es que telefoneaba desde un cuarto de baño. Me contó que Tommy la había llamado desde comisaría. A lo mejor puedes conseguir su transcripción desde su teléfono.

—Faith puede encargarse de eso. ¿Y qué me dices de la voz? ¿Era una mujer joven o vieja?

—Parecía muy joven y tenía un acento muy nasal.

—¿Cómo de nasal?

Sara sonrió.

—No como el mío. Al menos eso espero. Sonaba como de barrio pobre. Utilizó la palabra «vusotros».

—Así hablan los del norte.

—¿De verdad? Yo no sé mucho de dialectos.

—Me enviaron hace tiempo a Blue Ridge —explicó Will—. ¿Aquí se oye esa palabra con frecuencia?

Sara negó con la cabeza.

—No que yo sepa.

—De acuerdo, entonces tenemos una chica joven, probablemente del norte de Georgia o de los Apalaches. Te dijo que era amiga de Tommy. Comprobaremos la memoria de su teléfono y veremos si se han llamado anteriormente.

—Julie Smith —dijo Sara, preguntándose por qué no había pensado que posiblemente estaría utilizando un alias.

—Puede que los pinchazos telefónicos nos digan algo.

Sara señaló las fotocopias que le había dado.

—¿Te han servido de algo?

—No de la manera que crees —respondió hojeando las páginas—. Le pedí a la secretaria de la comisaría, la señorita Simms, que se las enviase por fax a Faith. ¿Te importaría mirarlas?

Sara revisó las páginas. Tenían números escritos a mano en la parte superior. Se detuvo en la página once. Alguien había escrito el número doce en la esquina. El dos estaba escrito al revés.

—¿Las has numerado tú?

—Sí —afirmó—. Cuando me las devolvió la señorita Simms faltaba una de las páginas: la once. Era la página que venía después del informe de campo de la detective Adams.

Sara miró la segunda página y vio que el dos estaba escrito correctamente. Revisó la tercera y la quinta página. Ambos números estaban escritos en la dirección correcta. Había apretado tanto el lápiz que se notaba el relieve en el papel.

—¿Te acuerdas de lo que falta?

Volvió a revisarlas, concentrándose en el contenido en lugar de en la numeración.

—La transcripción de la llamada al 911.

—¿Estás segura?

—Había otra página del cuaderno de notas de Lena. Estaba pegada a la hoja de papel. Tenía escrita la transcripción de la llamada al 911.

—¿Recuerdas lo que decía?

—Me acuerdo de que mencionaba la voz de una mujer, pero no del resto.

—¿Rastrearon la llamada?

—No recuerdo que lo mencionasen. —Sara sacudió la cabeza y añadió—: ¿Por qué no me acuerdo de nada más?

—Lo podemos conseguir del centro de llamadas.

—A no ser que procuren que se pierda.

—No es un gran problema —dijo Will—. El archivo te lo dio Frank, ¿verdad?

—No, Carl Phillips.

—¿El oficial de reserva?

—Sí. ¿Has hablado con él esta noche?

—Se ha marchado de vacaciones con la familia. No sé cuándo volverá. No tiene móvil. No hay forma de contactar con él. —Sara se quedó boquiabierta—. Dudo que se haya marchado. Probablemente no han querido que lo viese. Puede que incluso mañana esté en la comisaría, escondido a plena vista.

—Es el único afroamericano del cuerpo.

Will se rio.

—Gracias por el aviso. Eso puede ser de gran ayuda a la hora de encontrarlo.

—No puedo creer lo que están haciendo.

—A los policías no les gusta que los cuestionen. Se protegen entre sí, aunque saben que eso no está bien.

Sara se preguntó si Jeffrey se había comportado de ese modo alguna vez. Si lo había hecho, seguro que era porque quería ser el único que limpiase sus trapos sucios. Jamás habría permitido que otro llevara a cabo su trabajo.

—¿Dónde hiciste las fotocopias? —preguntó Will.

—En la sala.

—La fotocopiadora está en la mesa, al lado de la cafetera.

—Así es.

—¿Tomaste café?

—No, no quise entretenerme.

Todo el mundo la había estado mirando como si fuese un monstruo. Lo único que deseaba era hacer las fotocopias y marcharse lo antes posible.

—Entonces estabas de pie, al lado de la fotocopiadora, esperando que saliesen las páginas. Es una máquina muy antigua. ¿Hizo algún ruido?

Ella asintió, preguntándose dónde quería llegar.

—Como un zumbido o un tintineo.

—Ambas cosas —respondió Sara, que aún retenía el sonido en su cabeza.

—¿Cuánto café quedaba en la cafetera? ¿Se acercó alguien?

Negó con la cabeza.

—No. La cafetera estaba llena.

La máquina era más antigua que la fotocopiadora y se podía oler cómo se tostaban los granos.

—¿Habló alguien contigo?

—No, ni tan siquiera miraron… —Se vio al lado de la fotocopiadora. La máquina era tan antigua que había que introducir las hojas una a una. Leía la carpeta para no estar mirando a la pared—. Ah…

—¿De qué te has acordado?

—Leí la transcripción de la llamada al 911 mientras esperaba que se calentase la fotocopiadora.

—¿Qué decía?

Se vio en la comisaría, leyendo las páginas.

—La mujer hablaba de un posible suicidio. Dijo que estaba preocupada porque su amiga podría intentar quitarse la vida. —Entrecerró los ojos haciendo un esfuerzo por recordar y prosiguió—: Le preocupaba que Allison pudiese suicidarse porque se había peleado con su novio.

—¿Dijo dónde creía que estaba?

—En el Encuentro de los Enamorados. Así lo llama la gente de la ciudad. Es la cala donde encontraron a Allison.

—¿Cómo es?

—Una cala —respondió Sara encogiéndose de hombros—. Es un lugar romántico si vas a pasear, pero no bajo la lluvia y con este frío.

—¿Está apartada?

—Sí.

—Entonces, según la persona que llamó, Allison se había peleado con su novio. Estaba preocupada por ella y sabía que iba a acudir al Encuentro de los Enamorados.

—¿Crees que la que llamó era Julie Smith?

—Es posible, pero ¿por qué? La persona de la llamada quería que prestasen atención al asesino de Allison, y Julie Smith pretendía que Tommy Braham se librase del cargo de asesinato. Por lo que se ve pretendían dos cosas opuestas. —Will hizo una pausa—. Faith tratará de localizarla, pero vamos a necesitar algo más que un número desconectado para encontrarla.

—Frank probablemente piensa lo mismo —dedujo Sara—, y por eso escondieron la transcripción. O no quieren que hables con ella, o quieren hacerlo ellos primero.

Will se rascó la mejilla.

—Es posible.

Obviamente estaba pensando en otra opción. Sara, no obstante, no podía imaginar a Marla Simms ocultando información en una investigación criminal. La anciana llevaba trabajando en la comisaría desde tiempos inmemoriales.

Will se irguió. Hojeó las páginas que había encima de la mesita de café.

—Estas páginas de más las envió la señorita Simms. Hice que la agente Mitchell las escanease para poder imprimirlas.

Encontró lo que buscaba y se lo dio a Sara. Ella reconoció el formulario, un informe de incidentes de dos páginas. Los agentes de patrulla rellenan docenas de esos todas las semanas para anotar los casos en los que se ha requerido su presencia, pero no se ha hecho ningún arresto. Resultaban muy útiles en caso de que algo malo sucediese después, una especie de informe en curso sobre una persona o una zona determinada de la ciudad.

—La señorita Simms puede que haya olvidado incluir la transcripción de la llamada al 911, pero fue lo bastante amable como para enviarle a Faith estos informes de incidentes en los que Tommy estuvo involucrado. —Will señaló las páginas que tenía Sara en las manos y añadió—: En este se menciona una disputa a gritos en la bolera, con una chica.

Sara observó que había un punto amarillo en la esquina del informe.

—¿Alguna vez viste a Tommy perder los estribos? —preguntó él.

—Nunca. —Revisó los demás informes. Había otros dos, cada uno con un par de páginas grapadas y con un punto de colores en la esquina. Uno rojo y el otro verde. Miró a Will—. Tommy era bastante equilibrado. Los chicos como él suelen ser muy cariñosos.

—¿A causa de su estado mental?

Sara le miró fijamente, recordando la conversación que mantuvieron en el coche.

—Sí. Era retrasado. Y muy ingenuo.

Ingenuo, como ella.

Sara le devolvió un informe distinto a Will, enseñándoselo bocabajo. Señaló el centro de la página, donde el policía describía los hechos.

—¿Has leído esta parte? —Sus ojos se fijaron en el punto rojo—. El perro ladrador. Tommy empezó a gritarle a su vecina, y esta llamó a la policía.

—Exacto —respondió Sara. Cogió el tercer informe y se lo pasó bocarriba—. Y ahora este.

Una vez más los ojos de Will no buscaron las palabras, sino el punto de colores.

—Tenía la música muy alta y lo denunciaron hace un par de días. Tommy gritó al agente que atendió la queja.

Sara se quedó en silencio, esperando que le diese otra pista.

Se tomó su tiempo y, finalmente, preguntó:

—¿Qué piensas?

Ella pensaba que era increíblemente listo. Miró las carpetas, los marcadores. Lo clasificaba todo por colores. Su escritura era un tanto infantil y había puesto el número dos al revés, aunque no siempre lo hacía. No sabía si una página estaba bocarriba o al revés. En otras circunstancias, Sara no se habría dado cuenta. De hecho, no se había dado cuenta la última vez que estuvo con él. Había estado en su casa, lo había visto trabajar y no se había percatado de que tuviese un problema.

—¿Me estás haciendo un test? —preguntó Will en tono de broma.

—No. —No podía hacerle una cosa así. No de esa forma. Puede que de ninguna—. Estaba mirando las fechas —dijo. Ordenó las hojas para tener algo que hacer—. Todos los incidentes tuvieron lugar en las últimas semanas. Algo debió alterarle, pues Tommy jamás había perdido los estribos.

—Veré qué puedo averiguar.

Cogió las hojas y las colocó de nuevo sobre la mesa. Estaba nervioso y no era tonto. Se había pasado la vida buscando señales, indicios y trucos para mantenerlo en secreto.

Sara le puso la mano en el brazo.

—Will...

Él se levantó y se alejó.

—Gracias, doctora Linton.

Sara también se levantó y trató de decir algo.

—Siento no haber sido de más ayuda.

—Me has ayudado mucho —respondió él, dirigiéndose hasta la puerta y abriéndola para dejarla pasar—. Por favor, dale las gracias a tu madre por su hospitalidad.

Sara salió antes de que la echase. Bajó las escaleras y se dio la vuelta, pero Will ya había entrado en la habitación.

—Dios santo —murmuró Sara mientras cruzaba el césped, que estaba húmedo. Había hecho que Will se sintiese aún más incómodo, más de lo que había logrado su madre.

El sonido distante de un coche subió por la carretera. Era el coche patrulla. En esta ocasión, el policía que estaba al volante no la saludó con el sombrero, sino que la fulminó con la mirada.

Will la advirtió de lo que podía suceder, que la ciudad se pondría en su contra, pero no pensó que ocurriría tan pronto. Se rio de ella misma y de las circunstancias mientras cruzaba el césped y entraba en la casa. Will podía tener problemas para leer las palabras, pero era muy diestro leyendo los pensamientos de la gente.

Capítulo ocho

Jason Howell recorría de un lado a otro la diminuta habitación de la residencia, el ruido de sus pies al arrastrarse se mezclaba con la apagada lluvia que caía fuera. Había papeles esparcidos por el suelo. La mesa estaba atestada de libros abiertos y latas vacías de Red Bull. Su ya muy viejo ordenador portátil producía un sonido parecido al último suspiro que se emite antes de dormir. Debería estar trabajando, pero la cabeza le daba vueltas. No lograba concentrarse mucho tiempo, ni en la lámpara rota que había encima de la mesa, ni en los mensajes que inundaban su bandeja de entrada y, ni mucho menos, en el trabajo que se suponía que debía terminar.

Jason puso la mano justo debajo del teclado del ordenador. El plástico estaba ardiendo. El ventilador que refrigeraba la placa base había empezado a hacer un ruidito semanas antes, más o menos durante la misma época en que se hizo una quemadura de tercer grado en las piernas al tener tanto tiempo el ordenador sobre ellas. Pensó que había un fallo entre la batería y el cargador enchufado a la pared. Incluso ahora impregnaba el ambiente con cierto olor a plástico quemado. Jason cogió el enchufe, pero se detuvo poco antes de desenchufarlo. Se mordió la punta de la lengua mientras miraba el serpenteante cordón de plástico que tenía en la mano. ¿Quería que su ordenador se sobrecalentase? Un ordenador roto era una catástrofe irremediable. Posiblemente su trabajo, los pies de página, el trabajo de investigación y el último año de su vida quedarían convertidos en un grumo gigante de plástico maloliente.

¿Y qué haría entonces?

Ya no le quedaba ningún amigo. Todos los estudiantes de la residencia le evitaban cuando bajaba al comedor. Nadie le hablaba en clase, ni le pedía prestados sus apuntes. No había salido a tomar una copa desde hacía meses. Salvo con sus profesores, no recordaba haber mantenido una conversación interesante con nadie desde las vacaciones de Semana Santa.

Nadie, salvo Allison, pero eso no contaba. En realidad, lo que hacían en los últimos tiempos no era hablar, sino gritarse mutuamente por cualquier estupidez, como por quién debía haber pedido la pizza, o por quién se había olvidado de cerrar la puerta. Hasta el sexo había dejado de funcionar y se había convertido en un enfrentamiento, en algo mecánico y decepcionante.

Jason no podía culpar a su novia por odiarle. Nada le salía bien. Su trabajo era una basura. Sus calificaciones habían bajado y se estaba quedando sin el dinero del fideicomiso de su abuelo. Su padre le había dejado doce mil dólares como suplemento de las becas y los préstamos para la universidad. En aquella época, esa cifra le pareció enorme, pero ahora que le quedaba un año para graduarse le parecía una menudencia que se reducía día a día.

Estaba tan deprimido que apenas podía levantar la cabeza.

Lo que realmente deseaba era a Allison. O mejor dicho, a la Allison que había conocido durante un año y once meses. Esa que siempre le sonreía al verle, la que no se ponía a llorar cada cinco minutos ni le gritaba por ser un cabrón cuando le preguntaba por qué estaba tan triste.

«Por tu culpa», le contestaba. ¿A quién le gusta oír una cosa así? ¿A quién le gusta que le culpen por los problemas de otro cuando uno ya tiene de sobra con los suyos?

Jason también estaba triste, y su tristeza irradiaba tanto como la lámpara que calentaba las patatas fritas de McDonalds. Ya ni siquiera se acordaba de la última vez que se había duchado. No podía dormir, porque no conseguía ni por un momento que su cerebro dejase de funcionar lo bastante como para descansar. En cuanto se echaba en la cama, sus párpados empezaban a subir y bajar como un yoyó lánguido y perezoso. La oscuridad hacía que todo aquello se hiciese más patente, y el enorme peso de la soledad no tardaba en presionarle el pecho hasta el punto de que no podía ni respirar.

Nada de eso le preocupaba a Allison. Por lo que a ella respectaba, podía morirse allí mismo. Jason no había visto a ninguna otra persona desde que la residencia cerró por las vacaciones de Acción de Gracias, tres días antes. Incluso la biblioteca había cerrado el domingo por la mañana, con los últimos rezagados arrastrándose por las escaleras cuando el personal cerró las puertas. Los vio marcharse desde la ventana, preguntándose si estarían solos o si tendrían alguien con quien pasar las vacaciones.

Por supuesto que sí. Las dos únicas personas de la ciudad que estaban completamente solas esa semana eran Allison y él, y, al parecer, a Allison no le importaba lo más mínimo. Salvo por el constante zumbido de la Cartoon Network y los murmullos ocasionales de Jason consigo mismo, reinaba un completo silencio. Ni siquiera el conserje había aparecido en los últimos días. Probablemente Jason no debería estar en el edificio; apagaron la calefacción cuando se marchó el último estudiante. Dormía vestido, enroscado en su abrigo. Y a la única persona que debería preocuparle..., pues parecía que no le importaba una mierda.

Allison Spooner. ¿Cómo se había podido enamorar de una chica con un nombre tan estúpido?

Ella le había estado llamando sin parar, hasta el día anterior: de pronto dejó de tener noticias suyas. Jason había visto cómo se iluminaba su teléfono cada vez que le llamaba, pero nunca había respondido. Sus mensajes siempre decían lo mismo: «Llámame». ¿Acaso no sabía decir otra cosa? ¿Acaso se iba a morir por decirle que le echaba de menos? Recordaba algunas conversaciones que habían mantenido en las que le hizo esas preguntas y ella respondió: «¿Sabes qué? Tienes toda la razón. Debería ser una novia más atenta».

Conversaciones que se parecían más a fantasías.

Durante cuatro días el teléfono no había parado de sonar. Empezó a preocuparse por que el identificador de llamadas de Allison quedase grabado para siempre en la pantalla de su teléfono. Había visto las barras del indicador de batería desaparecer una tras otra. Cada vez que se borraba una, se decía que respondería antes de que se borrase la siguiente. Cuando desapareció otra, sin recibir ninguna llamada más, volvió a decirse que a la siguiente. Y luego otra más, hasta que el teléfono se apagó mientras dormía. Jason se había asustado mientras buscaba el cargador, pero cuando lo enchufó vio que no había recibido ninguna llamada.

Su silencio era rotundo y claro. Sin embargo, uno no lo da todo por perdido si ama a alguien. Sigues llamando, envías mensajes que digan algo más personal que simplemente «llámame». O pides perdón, y no mandas un mensaje instantáneo cada veinte minutos preguntando «¿Dónde estás?». No, lo que haces es aporrear la puerta y gritar con todas tus fuerzas que quieres ver a ese alguien.

¿Por qué Allison lo había dado todo por perdido?

Porque no tenía cojones. Eso fue lo que le había dicho la última vez que hablaron. Jason no era lo bastante hombre como para actuar como debía. No era lo bastante hombre como para cuidar de ella. Puede que estuviese en lo cierto, pues tenía miedo. Cada vez que hablaban de lo que iban a hacer, notaba como si se le retorciesen los intestinos. Ojalá nunca hubiese hablado con aquel gilipollas de la ciudad. Ojalá pudiese retroceder en el tiempo, para borrar todo lo que había hecho en las dos últimas semanas. Allison se comportó como si no le importase, pero él sabía que también lo lamentaba. Aún no era tarde. Podrían empezar de nuevo, fingir que no había sucedido nada. Ojalá Allison se diese cuenta de que no había forma de salir de eso. ¿Por qué tenía que ser él la única persona de todo ese lío con un poco de sentido común?

De repente, oyó un ruido fuera. Abrió la puerta de golpe y salió al pasillo. Permaneció en la oscuridad, mirando alrededor como un loco. No había nadie, ni nadie le estaba observando; sencillamente estaba paranoico. Teniendo en cuenta el número de latas de Red Bull que había engullido y las dos bolsas de Cheetos que estaban asentándose como un ladrillo en su estómago, no era de extrañar que se sintiera sobresaltado.

Jason entró de nuevo en la habitación. Abrió la ventana para que entrase un poco de aire. La lluvia había amainado, pero el sol llevaba varios días sin asomar. Miró el reloj que estaba encima de la mesilla, ya que no sabía a ciencia cierta si era de día o de noche. Era algo más de medianoche. Soplaba un fuerte viento, pero había estado encerrado tanto tiempo que recibió con gusto el aire fresco, a pesar de que hacía tanto frío que su aliento se convertía en vaho. Vio el aparcamiento de estudiantes completamente vacío. A lo lejos se oía el ladrido de un perro.

Se sentó de nuevo a la mesa. Miró la lámpara que estaba al lado de su portátil. El cuello estaba roto y la pantalla pendía de dos cables, dejando la cabeza colgando, como si estuviese avergonzada. La luz dibujaba extrañas sombras en la habitación. Nunca le había gustado la oscuridad, pues hacía que se sintiera solo y vulnerable, y acababa pensando en cosas a las que no quería darles más vueltas.

Quedaban un par de días para Acción de Gracias. Había hecho la llamada de rigor a su madre, pero ella no estaba interesada en verle. Nunca lo estaba. Jason era hijo de su primer matrimonio con un hombre que un día se fue a tomar una cerveza y no volvió nunca más. Su segundo marido dejó claro desde el primer momento que Jason no era hijo suyo. Tenían tres hijas que apenas sabían que Jason existía. Jamás lo invitaban a las fiestas familiares, ni a las bodas, ni por vacaciones. La única conexión que tenía con su madre era a través decorreos, ya que solía enviarle veinticinco dólares por su cumpleaños y en Navidad.

Se suponía que Allison cambiaría las cosas. Creía que pasarían juntos todas las vacaciones, y se suponía que formarían su propia familia. Eso es lo que habían hecho durante veintitrés meses. Iban al cine y tomaban comida china mientras la gente se reunía con parientes que no les caían bien, engullendo una comida que no les gustaba. Eso era lo que los unía: eran dos contra todos, dos que se regodeaban porque se tenían uno al otro. Jason nunca había sabido lo que era pertenecer a algo bueno, pues siempre había estado fuera, con la cara pegada al cristal. Durante un tiempo, Allison había logrado que eso fuese diferente, pero todo había cambiado.

No sabía si estaría en la ciudad o se habría marchado para visitar a su tía. Puede que hubiese huido con otro hombre. Era una mujer atractiva y podía aspirar a algo mejor que Jason. No le extrañaría que en ese momento estuviese follando con otro.

Un tío nuevo.

Pensarlo le estremeció. Tendrían las piernas y los brazos entrelazados, su pelo largo se extendería por el pecho de otro hombre. Probablemente sería un tipo velludo, con el pecho como suelen tenerlo los hombres, no ese pecho cóncavo y pálido que él tenía y que no le había cambiado desde que estaba en secundaria. Ese tío tendría los huevos del tamaño de un pomelo. Seguro que era tan fuerte que podría levantarla y poseerla como un animal cada vez que se le antojase.

¿Cómo podía estar con otro hombre? Desde la primera vez que la besó, sintió que se iba a casar con ella. Le había dado ese anillo con la promesa de que, en cuanto todo se acabase, le compraría uno mejor, uno de verdad. ¿Lo había olvidado? ¿De verdad era tan cruel como para eso?

Jason se mordió la lengua, se la pasó por los dientes hasta que le vino un sabor a sangre. Se levantó y empezó a deambular por la habitación. La lámpara rota seguía sus movimientos, dibujando una sombra misteriosa que iba de un lado para otro de la pared. Seis pasos hacia delante; seis pasos hacia atrás. La sombra dudaba, se detenía y luego continuaba, aferrada a Jason como una pesadilla. Levantó las manos, encorvó los hombros y la sombra se convirtió en un monstruo.

Dejó caer las manos, pensando que acabaría histérico si no ponía freno.

Si lograba pasar Acción de Gracias, todo sería agua pasada. Allison y él serían ricos, o al menos no tan pobres. Tommy podría comprarse las herramientas de jardín que necesitaba para montar su propia empresa de jardinería. Allison dejaría su trabajo en el restaurante y se concentraría en sus estudios, y Jason... ¿Qué haría?

Le compraría ese anillo a Allison. Se quitaría de la cabeza a ese estúpido con pelo en el pecho; entonces ellos empezarían de nuevo, y vivirían juntos. Luego se casarían y tendrían hijos. Ambos serían científicos, médicos. Se comprarían una casa nueva, coches nuevos, y podrían permitirse el lujo de tener el aire acondicionado encendido durante todo el verano. Los tres últimos meses pasarían a ser un recuerdo lejano, algo de lo que hablarían dentro de diez o quince años, cuando ya todo estuviese olvidado. Irían a algunas cenas, y Allison bebería un poco más de la cuenta. Hablarían de su época universitaria y sus ojos brillarían bajo la luz de las velas mientras miraría a Jason con una sonrisa en los labios. «Podremos superar esto», diría, y dejaría pasmado a todo el mundo con el lío en que se habían metido las últimas semanas.

Así acabaría todo, como una historia divertida, como la de cuando él y su padre fueron a cazar patos y este dejó lisiados accidentalmente a dos señuelos.

Pero primero debía terminar el trabajo que tenía que hacer. No podía conformarse con graduarse. Debía ser el mejor, el primero de la clase, porque, aunque Allison no lo reconociese, a ella le gustaban las cosas buenas. Le gustaba pensar que algún día podría entrar en una tienda y comprar lo que se le antojase. Ella odiaba tener que contar cada penique todos los meses. Jason no pensaba ser el típico marido que le preguntase cuánto le habían costado un par de zapatos ni por qué necesitaba un nuevo traje. Pensaba ser un marido que ganase tanto dinero que ella podría llenar diez armarios con ropa de marca y aún les sobraría para ir a Cancún, Santa Cruz o adonde la gente asquerosamente rica fuese en sus aviones privados para pasar las vacaciones.

Jason puso los dedos en el teclado, pero no escribió. Se sentía febril. La culpabilidad siempre había sido un problema para él. No había peor castigo que la perturbación que le provocaba sentirse decepcionado consigo mismo. Y realmente tenía algunas razones para sentirse decepcionado y horrorizado por lo que había hecho. Debería haber protegido a Allison de todo aquello, decirle que no importaba cuánto dinero había de por medio, pues no valía la pena. La había puesto en peligro. Y también había metido en ese asunto a Tommy, porque era tan estúpido que se le podía convencer de cualquier cosa para empujarle en la dirección adecuada. Jason era responsable de ambos y se suponía que debía proteger a sus amigos, no utilizarlos. ¿Valían tan poco sus vidas? ¿A eso se reducía todo? ¿A veintitantos años de vida por menos dinero de lo que un conserje ganaba en un mes?

«No», se dijo. El sonido de su voz quedó amortiguado por el ruido de la lluvia. No podía permitir que aquel asunto los arrastrara. Allison estaba equivocada. Él tenía cojones. Tenía los suficientes cojones para hacer lo que debía.

En lugar de centrarse en su trabajo, abrió el navegador de Internet. Una búsqueda rápida le llevó al lugar adecuado. Encontró la información de contacto en el mapa del sitio. Hizo clic en el icono para escribir un nuevo mensaje, pero cambió de opinión. No quería que descubriesen que la información procedía de su ordenador. Era el recurso de un cobarde, pero prefería ser un cobarde honesto que un soplón encarcelado. No negaba su culpabilidad en todo el asunto: extorsión, fraude y quién sabe qué más. Los federales intervendrían y podrían incluso acusarle de intento de asesinato.

Jason abrió la cuenta de Yahoo que utilizaba para la pornografía y pegó la dirección de contacto en el correo electrónico. Habló en voz alta mientras escribía: «No sé si usted es la persona adecuada con la que debo hablar acerca de este asunto, pero algo muy grave está sucediendo en la...». La voz de Jason se apagó mientras buscaba la palabra adecuada. ¿Era un terreno? ¿Un emplazamiento? ¿Una instalación?

—Oye.

Jason levantó la cabeza, sorprendido.

—Me has asustado —dijo buscando el ratón para cerrar el navegador.

—¿Estás bien?

Jason miró el ordenador, inquieto.

—¿Qué haces aquí?

El estúpido programa del correo electrónico le estaba preguntando si deseaba guardarlo. Jason movió de nuevo el ratón para minimizar la página, pero siguió preguntándole si quería guardarlo.

—¿Qué escribes?

—Cosas de la universidad.

En lugar de darle a «guardar» le dio a «borrar». El programa se cerró. Oyó el ventilador del portátil hacer un ruido, en un intento por enfriar el procesador. Al final la pantalla se apagó.

—Mierda —susurró—. No, no, no...

—Jason.

—Espera un minuto.

Jason le dio a la barra de espaciado, intentando encender el ordenador; a veces bastaba con eso; era suficiente con que supieses que le estabas prestando atención.

—Me pediste esto.

—El qué…

Jason cayó de bruces y su rostro chocó contra el ordenador. Notó el plástico caliente contra la mejilla. Un líquido oscuro empezó a caer sobre las teclas. Por un momento pensó que su ordenador estaba herido, sangrando.

Una ráfaga de viento entró por la ventana. Jason intentó toser, pero la garganta no le obedeció. Probó de nuevo. Entonces algo húmedo y espeso le salió de la boca. Lo miró, pensando que era un trozo de cerdo, carne rosada, carne cruda.

Se atragantó.

Estaba mirando su lengua.

MARTES

Capítulo nueve

Will se sintió como un ladrón mientras recorría el jardín de los Linton y se subió al Porsche. La lluvia torrencial, al menos, le daba una excusa para llevar la cabeza gacha y andar a toda prisa. Introdujo la llave en la cerradura y se metió en el coche antes de darse cuenta de que había algo bajo el limpiaparabrisas. Gruñó. Abrió de golpe la puerta e intentó coger la nota, pero su brazo no era lo bastante largo. La manga se le empapó cuando salió del coche para coger la bolsa de plástico para guardar sándwiches.

Alguien le había dejado una nota. El papel estaba doblado por la mitad y guardado en el plástico. Miró a ambos lados de la calle. No había nadie caminando, lo que no era de extrañar teniendo en cuenta el tiempo que hacía. Tampoco había ningún coche circulando. Will abrió la bolsa y le vino un aroma que le resultó familiar.

Jabón aromático.

Miró el papel doblado, preguntándose si Sara le estaba gastando algún tipo de broma. Estuvo recorriendo la habitación de un lado para otro en mitad de la noche, rebobinando en su cabeza los últimos cinco minutos de su conversación. Sara no había dicho nada. ¿O sí? Definitivamente había percibido algo en su mirada. Algo había cambiado entre ellos, y no para bien.

Aparte de su esposa, solo había dos personas que conocían su dislexia, y ambas habían encontrado su propia manera de hacerle sentir avergonzado por ella. Amanda Wagner, su jefa, a veces dejaba caer comentarios sobre su incapacidad profesional y mental. Faith era más prudente, pero se metía demasiado en su vida. En una ocasión, acosó a Will con tantas preguntas sobre su discapacidad que no le dirigió la palabra durante dos días.

Su esposa, Angie, era una combinación de ambas cosas. Se había criado con Will; le había ayudado a escribir los trabajos de la escuela, a redactar y a rellenar las solicitudes. Siempre había sido la persona que revisaba sus informes para asegurarse de que no pareciese que los había escrito un chimpancé. También era propensa a ofrecerle su ayuda a cambio de otras cosas que nunca eran nada buenas, al menos para Will.

Esas tres mujeres, cada una a su manera, le habían dejado claro que pensaban que había algo extraño en él, que algo no funcionaba bien en su cabeza, que su forma de pensar no era normal, como por ejemplo su manera de resolver las cosas. No sentían lástima por él. De hecho, estaba seguro de que Amanda ni tan siquiera sentía simpatía por él, pero le trataban de forma diferente, como si tuviese una enfermedad.

¿Qué haría Sara? Puede que nada. Will ni siquiera estaba seguro de que se hubiese percatado. O quizá se estuviese engañando, porque ella era una persona inteligente, y eso era parte del problema. Era mucho más inteligente que él. ¿Había metido la pata? ¿Tenía alguna herramienta médica especial para pillar a los tarados que estaban desprevenidos? Supuso que había hecho o dicho algo que le había delatado, pero no sabía qué.

Will volvió la cabeza para mirar la casa de los Linton y asegurarse de que nadie le observaba. Sara había desarrollado la extraña costumbre de merodear detrás de las puertas. Desdobló la hoja del cuaderno. Había una cara sonriente en la parte inferior.

¿Creía que era como un niño? ¿Se había quedado prendada de él?

Se puso los dedos en los ojos, sintiéndose como un idiota. Un hombre de treinta y cinco años apenas alfabetizado no tenía nada de atractivo.

Volvió a mirar la nota.

Por fortuna, Sara no escribía ni en cursiva ni como una médica. Will puso el dedo debajo de cada letra, moviendo los labios mientras leía: «Fun…». Se sobresaltó, pero no tardó en darse cuenta de que había cometido un error: «Funeral». Conocía la siguiente palabra y los números nunca le habían causado problemas.

Volvió a mirar hacia la puerta principal. No había nadie en la ventana. Se fijó de nuevo en la nota: «En la funeraria a las 11.30».

Y una cara sonriente, porque al parecer creía que era un discapacitado mental.

Will introdujo la llave en el contacto. No había duda de que se refería a la hora de las autopsias, pero ¿era también un test para comprobar si sabía leer? Pensar que Sara Linton podía estar estudiándolo como si fuese una rata de laboratorio le hizo desear hacer las maletas y marcharse a Honduras. Sara sentía lástima por él. O lo que era peor, intentaría ayudarle.

—Hola.

Will dio un respingo tan grande que se golpeó con la cabeza en el techo. Cathy Linton estaba de pie, fuera del coche, con una expresión agradable en el rostro. Llevaba un enorme paraguas y le hizo un gesto para que bajase la ventanilla.

—Buenos días, señor Trent.

Volvió a sonreír, pero él ya se había dejado engañar antes por esos falsos encantos sureños.

—Buenos días, señora Linton.

Hacía tanto frío que le salía vaho por la boca.

—Espero que haya dormido bien.

Miró de nuevo en dirección a la casa, preguntándose por qué Sara no estaba mirando en ese momento desde detrás de la puerta.

—Sí, señora. Gracias.

—He salido a pasear. Un poco de ejercicio es la mejor forma de empezar el día —dijo—. ¿No quiere entrar y desayunar con nosotros?

Su estómago rugió tan fuerte que hizo temblar el coche. La barrita energética que había encontrado en el fondo de la maleta no le había llenado lo más mínimo. Una mujer como Cathy Linton seguro que sabía preparar unas buenas galletas. También habría mantequilla y jamón, y probablemente sémola de maíz, huevos y salchichas. Era como si le estuviese invitando a adentrarse en el bosque para visitar su casa de caramelo.

—¿Señor Trent?

—No, señora. Tengo que ir al trabajo, pero se lo agradezco, de veras.

—A cenar entonces. —Tenía una forma de decir las cosas que, bueno, al principio parecían una invitación, pero terminaba siendo una orden estricta—. Espero que el apartamento no estuviese muy sucio.

—No, señora. Estaba perfecto.

—Más tarde entraré un momento y haré un poco de limpieza. Eddie y yo no lo hemos usado desde que las chicas se marcharon. Me da escalofríos pensar cómo puede estar.

Will pensó en la ropa sucia que había dejado apilada sobre el sofá. Había hecho las maletas en Atlanta, pensando que lo lavaría todo en el hotel.

—Está perfectamente. No se...

—Tonterías —replicó. Dio unos golpes con la mano en la puerta del coche—. No quiero que respire todo ese polvo.

Se dio cuenta de que no había forma de impedírselo.

—Pero..., por favor, disculpe el desorden.

Su sonrisa cambió a algo mucho más agradable de lo que había visto nunca. Se dio cuenta de quién había heredado Sara su belleza. Cathy introdujo la mano en el coche y la apoyó gentilmente en su hombro. Sara le había tocado el brazo en diversas ocasiones la noche anterior, por lo que dedujo que aquella debía de ser una familia muy cariñosa, lo cual le resultaba tan extraño como si fuesen de Marte.

Le apretó el brazo.

—Cenamos a las siete y media en punto.

Will asintió.

—Gracias.

—No llegue tarde.

La sonrisa de Cathy cambió por la que le resultaba más familiar. Le guiñó un ojo antes de girarse sobre sus talones y dirigirse hacia la casa.

Will subió la ventanilla. Metió una marcha y subió por la carretera, aunque luego se dio cuenta de que había tomado la dirección equivocada. O puede que no. Sara le había comentado que Lakeshore era un gran círculo. Había dado tantas vueltas que temía llegar tarde, pero no deseaba arriesgarse a pasar de nuevo por la casa de los Linton.

Era tan temprano que la carretera estaba vacía. Quería llegar a la comisaría antes de que la mayor parte de los agentes empezaran su turno. Quería que lo tomasen por una persona esmerada y diligente, que les estaba pisando los talones.

Redujo la velocidad del coche mientras tomaba una curva. La carretera parecía más bien un arroyo, ya que el agua inundaba todo el asfalto. Maniobró el Porsche hasta el lado opuesto de la calle para evitar que entrase agua en los bajos. Había empleado diez años de su vida y gran parte de sus ahorros en restaurar su Porsche 911. La mayor parte de ese tiempo lo pasó estudiando manuales y mirando planos, tratando de averiguar cómo funcionaba. Había aprendido a soldar y se había dado cuenta de lo que significaba trabajar con las manos. Finalmente, había descubierto que ninguna de las dos cosas le gustaba.

El motor funcionaba bien, pero las marchas eran muy bruscas. Notó que el embrague patinaba al reducir la velocidad. Cuando salió del charco, lo puso al ralentí, esperando que los bajos se secasen. Más arriba, se balanceaba un buzón de color azul con el logotipo de la Universidad de Auburn. Recordó el primer número que Sara había escrito en la portada de la carpeta cuando le explicó cómo llegar hasta la casa de sus padres. A Will siempre se le había dado bien recordar los números.

En Atlanta, Sara vivía en una vieja fábrica de productos lácteos, uno de esos complejos industriales que se habían transformado en lujosos *lofts* durante la burbuja inmobiliaria. Observó que aquel lugar no parecía ser el tipo de casa que a ella le habría gustado. Las líneas eran demasiado rígidas, el mobiliario excesivamente elegante, por lo que imaginó que habría vivido en un lugar más cálido y entrañable, como una casa de campo.

Había acertado.

El buzón de Auburn pertenecía a una casa rectangular de un solo nivel con muchas plantas en la parte de delante. Sara había vivido cerca del lago, y el cielo estaba lo bastante claro como para que Will pudiese ver el esplendoroso aspecto del jardín trasero. Se preguntó cómo habría sido su vida en aquel lugar. No la podía imaginar como la típica esposa que tendría la cena y un Martini preparado para cuando su marido regresase del trabajo, aunque ocasionalmente hubiera desempeñado ese papel para agradarle. Había algo en ella que le hacía pensar que tenía una enorme capacidad para amar.

La luz del porche se encendió. Will metió una marcha y prosiguió conduciendo alrededor del lago. Pasó de largo el desvío de Main Street y tuvo que dar la vuelta. Se tocó el anillo de casado para acordarse de que debía girar en ese sentido. Durante muchos años se había entrenado mentalmente para reconocer su reloj, no el anillo. Quizá porque el reloj era algo más permanente.

Will había conocido a Angie Polaski cuando tenía once años. Angie era cuatro años mayor que él y había entrado en el sistema porque su madre se tomó una sobredosis de heroína y *speed*. Mientras Diedre Polaski yacía en coma en el cuarto de baño, Angie tuvo que soportar que su proxeneta abusase de ella en el dormitorio. Finalmente, alguien llamó a la policía. A Diedre se le practicó la respiración artificial en el hospital estatal, donde permaneció durante un tiempo, y a Angie la enviaron al orfanato de Atlanta para que intentara recuperar una infancia que había perdido muchos años antes. Will se había enamorado de ella nada más verla. A los quince años ya se había convertido en una persona muy hostil, con una mirada maligna. Cuando no estaba masturbando a los muchachos en el armario, andaba a puñetazo limpio con ellos.

Will se había quedado prendado de ella por su carácter fiero; por otro lado, cuando él era víctima de esa rudeza, se había aferrado a su familiaridad. Se había casado con él tras años de vacuas promesas. Le engañó. Lo llevó hasta el límite, le clavó las uñas en la piel y luego lo hundió. Su relación con Angie era de lo más retorcida y tan pronto estaba dentro como fuera de su vida. Hacía con él lo que se le antojaba.

Will encontró Main Street después de equivocarse en dos desvíos. La lluvia ya no caía tan torrencialmente y vio algunas tiendas a un lado de la carretera. Una de ellas era la ferretería. La otra parecía de ropa femenina. Al otro lado de la comisaría había una lavandería. Will se acordó de la ropa sucia que había dejado apilada en el sofá. Con un poco de suerte tendría tiempo para regresar y cogerla. Solía vestir con chaqueta y corbata en el trabajo, pero esa mañana no tuvo muchas opciones, ya que solo le quedaban una camiseta y un par de bóxers limpios. Sus vaqueros también podrían aguantar un día más y llevaba el mismo jersey que el día anterior. La mezcla de cachemir no había soportado demasiado bien la lluvia y le tiraba cada vez que flexionaba los hombros.

Will aparcó en el espacio más alejado de la puerta principal, tras dar marcha atrás y dejar el Porsche mirando en dirección a la calle. En diagonal a la comisaría, vio un edificio bajo de oficinas con ladrillos de vidrio en la parte delantera. El letrero que colgaba en la parte frontal tenía un osito de peluche que sostenía algunos globos. Probablemente sería una guardería. Un coche patrulla descendió por la calle, pero no se detuvo, sino que siguió hacia delante y cruzó la cancela de lo que debería ser la universidad. El coche de Will era el único que había en el aparcamiento. Imaginó que Larry Knox estaría en la comisaría, o puede que le hubiesen dado un descanso cuando Will se marchó, la noche anterior. En cualquier caso, no pensaba pasar los próximos veinte minutos bajo la lluvia.

Marcó el número de Amanda Wagner, con la esperanza de que aún no hubiese llegado a la oficina.

No tuvo tanta suerte, ya que la misma Amanda respondió al teléfono.

—Soy Will —dijo—. Estoy en la puerta de la comisaría.

Amanda jamás le daba a nadie el beneficio de la duda, y mucho menos a Will.

—¿Acabas de llegar?

—Ya estuve anoche.

Will sintió un ligero alivio. En cierto momento temió que Sara le hubiese llamado para pedirle que lo retirase del caso y para decirle que quería al mejor agente del GBI, no a un discapacitado funcional con una maleta llena de ropa sucia.

El tono de Amanda fue muy cortante.

—Ve al grano, Will. No tengo todo el día.

Le contó la historia de Sara; es decir, que había recibido una llamada de Julie Smith y luego otra de Frank Wallace, que había ido a la comisaría y había encontrado a Tommy Braham muerto. No le habló acerca de los problemas de Sara con Lena Adams y se centró en el asunto de las plumas Cross que Jeffrey Tolliver les había regalado a los agentes de policía.

—Estoy casi seguro de que el cartucho de tinta que utilizó Braham procedía de una de ellas.

—La cuestión es saber de quién —apuntó Amanda—. No hay forma de saber exactamente si Tommy Braham murió antes o después de la llamada a Sara.

—Veremos lo que nos dice la autopsia. La doctora Linton se va a encargar de ellas.

—Entonces hay un rayo de luz en ese panorama tan sombrío.

—Sí, es bueno contar con alguien que sabe lo que se está cociendo.

—¿Y ese no deberías ser tú?

No respondió.

—¿Cuál es tu impresión del homicidio de Allison Spooner? —insistió Amanda.

—No lo veo del todo claro. Puede que fuera Tommy Braham, o puede que el asesino piense que se ha salido con la suya.

—De acuerdo, pues averígualo y regresa pronto, porque no se van a poner muy contentos si demuestras que es inocente.

Tenía razón. Si había algo que los policías odiaban, más incluso que a los delincuentes, era que se demostrara que se habían equivocado de persona. Will había visto a un detective de Atlanta tener casi convulsiones cuando supo que, en cierto caso, el ADN no coincidía con el de su sospechoso.

—He llamado al hospital general de Macon esta mañana —dijo Amanda—. Tienen que operar de nuevo a Brad Stephens. No salió muy bien la primera vez.

—¿Se encuentra bien?

—El pronóstico es reservado. De momento lo tienen sedado, por lo que no creo que hable con nadie en las próximas horas.

—Estoy seguro de que no recordará nada que valga la pena, salvo que sus compañeros le salvaron la vida.

—En cualquier caso, continúa siendo un policía. Busca la manera de pasarte por allí en cualquier momento y muestra tu solidaridad. Dona algo de sangre y cómprale una revista.

—Sí, señora.

—¿Cuál es tu plan?

—Voy a remover algunos asuntos esta mañana y ver lo que

sale. Faith está tratando de localizar a Julie Smith y a Carl Phillips. Lo prioritario es hablar con ellos, pero antes hay que encontrarlos. Luego quiero pasar por el lago para ver el lugar donde encontraron a Spooner, y también visitar el garaje donde vivía. Me da la impresión de que su asesinato es la clave. Todo lo que me ocultan me lleva al mismo punto.

—¿No crees que, de alguna forma, se alegran de que se suicidara?

—Es posible, pero mi instinto me dice que hay algo más.

—Ah, ya, tu famosa intuición femenina. —Amanda nunca desaprovechaba la oportunidad de insultarle—. ¿Y qué me dices de Adams?

—La vigilaré.

—La conozco un poco. Es un hueso duro de roer.

—Eso he oído.

—Ponme al corriente por la noche.

Colgó el teléfono antes de que pudiese responder. Will se pasó los dedos por el cabello. No sabía si lo tenía mojado por la lluvia o por el sudor.

Por segunda vez esa mañana, se sobresaltó cuando alguien golpeó la ventanilla de su coche. Esta vez era un anciano negro que se quedó al lado de la puerta del pasajero, riéndose ante su reacción. Hizo un gesto con el brazo y Will se inclinó para abrirle la puerta.

—Entre. No se quede ahí, bajo la lluvia —dijo pensando que era el primer hombre de raza negra que había visto desde que llegó a la ciudad. No quería parecer prejuicioso, pero estaba casi seguro de que los afroamericanos que había en la ciudad no tenían la costumbre de acercarse a los investigadores en la puerta de la comisaría.

El hombre se quejó mientras se hundía en el asiento del coche. Will observó que caminaba con bastón. Tenía la pierna rígida y doblada incómodamente a la altura de la rodilla. La lluvia caía sobre su abrigo. Una ligera bruma se adhería a su barba entrecana. No era tan viejo como Will había pensado en un principio; probablemente no hacía mucho que había cumplido los sesenta. Cuando habló, su voz sonó tan áspera como el papel de lija al frotarse contra la grava.

—Lionel Harris.

—Will Trent.

Lionel se quitó el guante y se estrecharon la mano.

—A mi padre también le llamaban Will, como abreviatura de William.

—Ese es mi caso —respondió Will, aunque su partida de nacimiento no decía tal cosa.

Lionel señaló la calle.

—Mi padre trabajó en el restaurante durante cuarenta y tres años. Cuando murió, el viejo Pete lo cerró, de pena.

Pasó la mano por el salpicadero de piel.

—¿De qué año es?

Will supo que se refería al coche.

—Del setenta y nueve.

—¿Lo ha renovado usted mismo?

—¿Tan obvio resulta?

—No —respondió, aunque se dio cuenta de la arruga que había en la manecilla de la guantera—. Ha hecho un buen trabajo, hijo. Realmente bueno.

—¿Le gustan los coches?

—Mi esposa diría que me gustan más de la cuenta. —Miró el anillo de casado de Will y preguntó—: ¿Conoce a Sara desde hace mucho?

—No demasiado.

—Ella trató a mi nieto. Tenía ataques de asma. A veces venía a casa en mitad de la noche para atenderle. En alguna ocasión incluso llegó a aparecer en pijama.

Will trató de no imaginar a Sara en pijama, aunque, por lo que le dijo Lionel, no se refería a esa clase de pijama.

—Sara tiene una familia muy agradable.

Pasó el dedo por el borde la puerta, donde, afortunadamente, Will había hecho un gran trabajo con la tapicería. Lionel pareció estar de acuerdo.

—Veo que aprendió de sus errores. El pliegue está muy bien hecho aquí, en la esquina.

—Tardé casi medio día.

—Valió la pena.

Will se sintió estúpido, pero, aun así, preguntó:

—Su hijo no es Carl Phillips, ¿verdad?

Lionel soltó una carcajada de satisfacción.

—Lo dice porque es negro como yo.

—No —interrumpió Will—. Bueno, sí. —Se sintió incómodo, incluso cuando trató de justificarse—. Por lo que veo, en esta ciudad no hay mucha población negra.

—Imagino que para alguien que viene de Atlanta supone un choque cultural.

Tenía razón. En Atlanta, la piel blanca de Will era poco frecuente. En el condado de Grant pasaba justo lo contrario.

—Disculpe.

—No pasa nada. No es la primera persona que me pregunta eso. Carl va a mi iglesia, pero solo le conozco de eso.

Will intentó cambiar de conversación para olvidarse de su metedura de pata.

—¿Cómo sabe que soy de Atlanta?

—La placa de la matrícula dice: Condado de Fulton.

Will sonrió pacientemente.

—De acuerdo, me ha pillado —admitió Lionel—. ¿Ha venido para investigar el asunto de Tommy?

—Sí, señor.

—Era un buen chico.

—¿Le conocía?

—Lo veía a menudo. Era el tipo de chico que hacía de todo: cortaba el césped, paseaba a los perros, tiraba la basura, ayudaba en las mudanzas. Todo el mundo en la ciudad le conocía.

—¿Qué piensa la gente sobre que apuñalase a Brad Stephens?

—Bueno, la gente está confusa, enfadada. Hay quien piensa que fue un error y hay quien... Estaba un poco mal de la chaveta.

—¿No se había comportado violentamente antes?

—No, pero nunca se sabe. Puede que algo le hiciese estallar y volverse loco.

Según la experiencia de Will, las personas eran propensas a la violencia o no. No creía que Tommy Braham fuese una excepción.

—¿Cree que fue eso lo que ocurrió? ¿Que algo le hizo explotar?

—La verdad es que no lo sé. —Dio un profundo suspiro y añadió—: Dios, qué viejo me siento hoy.

—Este frío se le mete a uno en los huesos —aseguró Will. Se había roto la mano hacía años y siempre que hacía frío le dolían los dedos—. ¿Ha vivido aquí toda su vida?

Lionel volvió a sonreír, enseñando los dientes.

—Cuando era pequeño, la gente llamaba al sitio donde vivíamos el barrio de los Negros —dijo girándose para mirarle de frente—. ¿Puede creerlo? El barrio de los Negros. Ahora, sin embargo, vivo en una calle al lado de un montón de profesores. —Soltó una sonora carcajada—. Todo ha cambiado mucho en los últimos cincuenta años.

—¿También el cuerpo de policía?

Lionel miró abiertamente a Will, como si estuviese reflexionando sobre lo que debía decir. Por fin pareció decidirse.

—Ben Carver era el jefe de policía cuando me marché de la ciudad. Yo no fui el único joven negro que pensó que era lo más conveniente. Ingresé en el Ejército y, por desgracia, me sucedió esto. —Se dio un golpe en la pierna. Se oyó un sonido hueco. Al parecer, llevaba una prótesis—. Laos, 1964. —Lionel se detuvo un instante, como si recordase el momento en que perdió la pierna—. En aquel entonces, había dos formas de vivir, al igual que había dos tipos de leyes mientras estuvo el jefe de policía Carver: una para los negros y otra para los blancos.

—He oído que Carver se jubiló.

Lionel asintió en señal de aprobación.

—Tolliver.

—¿Era un buen policía?

—Nunca le conocí, pero puedo decirle una cosa: hace mucho tiempo, cuando mi padre estaba trabajando en el restaurante, asesinaron a una profesora. Todo el mundo vio una cara negra y tiró de sus prejuicios. El jefe de policía Tolliver pasó toda la noche en casa de mi padre para asegurarse de que no le pasase nada.

—¿Así estaban las cosas?

—El jefe de policía Tolliver era una gran persona. Y Allison también era una buena chica —añadió.

Will tuvo la sensación de que por fin había mencionado la razón de su inesperada visita.

—¿La conocía?

—Soy el propietario del restaurante. ¿Se lo imagina? —Movió la cabeza, como si él mismo no se lo creyese—. Regresé hace unos cuantos años y ocupé el puesto de Pete.

—¿Es un buen negocio?

—Al principio costó trabajo levantarlo, pero ahora la mayoría de los días estamos completos. Mi esposa lleva la contabilidad. A veces mi hermana viene a echar una mano, pero casi es mejor que no lo haga.

—¿Cuándo fue la última vez que vio a Allison?

—El sábado por la noche. Los domingos cerramos. Creo que, a excepción de Tommy, fui una de las últimas personas en verla.

—¿Cómo estaba?

—Como de costumbre. Cansada. Y contenta de haber terminado el trabajo.

—¿Qué clase de persona era?

Se le hizo un nudo en la garganta y tardó unos instantes en recuperar la compostura y poder continuar:

—Nunca cojo a chicos de la universidad. No saben tratar a la gente. Solo saben darle a sus ordenadores y escribir mensajes en sus móviles. Carecen de ética y afirman no ser culpables por mucho que los cojas con las manos en la masa. Allison era distinta.

—¿En qué?

—Sabía lo que significaba trabajar para ganarse el sueldo. —Señaló la cancela abierta del campus, al final de Main Street—. Ningún chico de esa universidad ha trabajado un solo día de su vida. La situación económica actual los hará espabilar y no les quedará más remedio que aprender que un trabajo es algo que se gana, no que se regala.

—¿Sabe algo de su familia? —preguntó Will.

—Su madre había muerto. Sé que tenía una tía, pero no me habló de ella.

—¿Algún novio?

—Tenía un novio, pero jamás vino al trabajo.

—¿Sabe cómo se llama?

—Jamás lo mencionó, salvo de pasada, cuando le preguntaba qué iba a hacer el fin de semana y me respondía que estudiar con su novio.

—¿Jamás la llamó ni pasó a recogerla? ¿Ni una sola vez?

—Ni una sola vez —confirmó Lionel—. Ella sabía que se le pagaba por su tiempo. Jamás la vi hacer una llamada en su teléfono. Jamás recibió la visita de sus amigos. Sabía lo que era trabajar y ocuparse del negocio.

—¿Ganaba un buen sueldo?

—Dios me libre, no. —Se rio al ver la cara de sorpresa que ponía Will—. No pago gran cosa; además, mis clientes son gente modesta, la mayoría ancianos, policías y estudiantes de la universidad que consideran muy gracioso irse sin pagar, o al menos intentarlo. Desde luego es una estupidez pretender tal cosa en un sitio lleno de policías.

—¿Solía llevar bolso o alguna mochila?

—Tenía una mochila rosa con una borla en la cremallera. La dejaba en el coche cuando venía al trabajo. Solo traía la cartera. No era la típica chica cursi que no puede vivir sin mirarse al espejo.

—¿Sabe si alguien podía estar acosándola? ¿Algún cliente que fuese demasiado atento?

—Me habría encargado de él. No es que lo necesitase, ya que esa chica sabía cómo cuidarse.

—¿Llevaba algún arma? ¿Un espray de pimienta o una navaja de bolsillo?

—No que yo sepa —respondió levantando las manos—. Pero no piense que era una mujer dura. Era una chica muy dulce, una de esas que iba a lo suyo. No se metía en líos, pero sabía defenderse por sí sola.

—¿Había cambiado su actitud recientemente?

—Parecía un poco más estresada de lo normal. En un par de ocasiones me pidió si podía estudiar cuando teníamos pocos clientes. No se equivoque conmigo. Soy una persona flexible siempre y cuando cumplas con tu trabajo. Le dejé que abriera los libros cuando no estábamos muy liados. Y procuraba que tuviese una comida caliente antes de marcharse a casa.

—¿Sabe qué coche conducía?

—Un viejo Dodge Daytona con matrícula de Alabama. ¿Se acuerda? Tenían el mismo chasis que los Chrysler G, con trasmisión delantera y muy bajos.

—¿De cuatro puertas?

—De cinco. Tenía los pistones rotos. Llevaba el maletero

sujeto con un pulpo. Creo que era del año 92 o 93 —dijo dándose un golpe en la cabeza—. Mi memoria no es tan buena como antes.

—¿De qué color?

—Un color rojizo, pero está bastante oxidado. Echaba humo por el tubo de escape cada vez que lo arrancaba.

—¿Dónde aparcaba?

—Detrás del restaurante. Esta mañana miré, pero no estaba.

—¿Alguna vez regresaba a casa caminando?

—A veces, cuando hacía buen tiempo, pero no últimamente. —Señaló detrás de ellos y prosiguió—: El lago está ahí atrás, detrás de la comisaría y del restaurante. Cuando regresaba a casa caminando, siempre se iba por ahí y salía por la puerta principal.

—¿Conoce a Gordon Braham?

—Creo que trabaja para la compañía de electricidad. Y sale con la mujer que trabaja en la tienda de enfrente del restaurante. Suelen venir a comer cada dos o tres días.

—Parece que conoce a mucha gente.

—Es una ciudad pequeña, señor Trent. Todo el mundo se entera de lo que les pasa a los demás. Por eso vivo aquí. Es más barato que la televisión por cable.

—¿Quién cree que mató a Allison?

Lionel no pareció sorprendido por la pregunta, pero respondió de la forma esperada.

—La policía dice que Tommy Braham.

—¿Y usted qué cree?

Miró su reloj.

—Yo creo que es mejor que vaya a encender la plancha antes de que la gente empiece a venir a desayunar.

Puso la mano sobre la puerta, pero Will le detuvo.

—Señor Harris, si usted cree que alguien…

—Yo no sé qué pensar —admitió—. Si Tommy no lo hizo, ¿por qué apuñaló a Brad? ¿Por qué se suicidó?

—Usted no cree que fuese él.

No se lo estaba preguntando. Lionel soltó otro prolongado suspiro.

—Creo que soy un poco como el viejo Carver. Hay gente

buena y hay gente mala. Allison era buena. Tommy también. Las personas buenas pueden hacer cosas malas, pero no tanto.

Hizo ademán de marcharse de nuevo.

—¿Puedo preguntarle por qué ha venido a hablar conmigo?

—Porque sé que Frank no se va a molestar en hacerlo. No es que le haya dicho gran cosa, pero quería decir algo en nombre de esa chica. Nadie habla de ella. Todos hablan de Tommy y de por qué lo hizo, no de Allison y de lo buena chica que era.

—¿Por qué cree que Wallace no querrá hablar con usted?

—El nuevo jefe es igual que el viejo jefe.

Will sabía que no se refería a Jeffrey Tolliver.

—¿Se refiere a Ben Carver?

—Frank y Ben estaban hechos de la misma pasta. De pasta blanca, no sé si me entiende.

—Creo que sí.

Lionel seguía teniendo la mano sobre la manecilla de la puerta.

—Cuando regresé a la ciudad después de que mi padre muriera, vi que mucha gente había cambiado. Me refiero por fuera, no por dentro. Para cambiar por dentro te tiene que ocurrir algo muy malo o algo muy bueno. Por fuera es distinto. —Se frotó la barba, pensando probablemente en lo canosa que era—. Ahora la señora Sara es mucho más guapa. Su padre, el señor Eddie, tiene las cejas más espesas. Mi hermana está más vieja y más gorda, lo cual no es una buena combinación para una mujer.

—¿Y Frank?

—Es más cuidadoso —dijo Lionel—. Puede que no viva en el barrio de los Negros, pero aún recuerdo lo que es sentir su pie pisándome el cuello.

Tiró de la manecilla de la puerta.

—Coja una pistola de aire caliente, tire un poco de la piel de la guantera y podrá quitarle esa arruga —dijo cogiéndose la pierna para poder salir—. Pero solo un poco. Si le da mucho calor, le hará un agujero. Solo un poco, ¿de acuerdo?

—Le agradezco el consejo.

Lionel tuvo que hacer un gran esfuerzo para salir del Porsche, agarrándose al techo y empujándose para poder levantarse. Se apoyó en el bastón, le estrechó la mano y se despidió como un mago diciendo «ta-ta-ta-chan», antes de cerrar la puerta suavemente.

Will vio que se apoyaba pesadamente en el bastón mientras subía la calle. Se detuvo delante de la ferretería para hablar con un hombre que estaba limpiando la acera. Había dejado de llover. Aquellos dos hombres parecían disfrutar de ese hecho tan simple. Tal vez estuvieran hablando de Allison Spooner y de Tommy Braham. En una ciudad tan pequeña como Grant no tendrían otra cosa que hacer.

Un viejo Cadillac entró en el aparcamiento. A pesar de la distancia, la música evangelista llegó hasta sus oídos. Marla Simms aparcó lo más lejos posible de Will. Se miró el maquillaje en el espejo, se colocó bien las gafas e hizo lo necesario para dejar claro que no le estaba prestando atención antes de salir del coche.

Will cruzó el aparcamiento para reunirse con ella y, con el tono más alegre posible, dijo:

—Buenos días, señorita Simms.

Ella le devolvió una mirada de desconfianza.

—Aún no ha llegado nadie.

—Ya lo veo —replicó Will levantando su maletín—. Pensé que podría entrar y ponerme a trabajar. Siempre y cuando no le importe traerme las pruebas que se recogieron en el lago y los objetos personales de Tommy Braham.

La mujer no se molestó en mirarle mientras descorría el pestillo de la puerta. Encendió las luces y entró en el vestíbulo. Una vez más, se apoyó sobre la cancela y trató de eludirle, pero Will cogió la puerta antes de que echase el pestillo.

—Hace frío aquí dentro —comentó Will—. ¿Está estropeada la calefacción?

—La calefacción está perfectamente —respondió Marla a la defensiva.

—¿Es nueva?

—¿Qué pasa? ¿Acaso cree que me encargo del mantenimiento de la calefacción?

—Señorita Simms, la verdad es que creo que sabe todo lo que sucede en la comisaría, por no decir en toda la ciudad.

Marla emitió un gruñido mientras sacaba la jarra de la cafetera.

—¿Conocía a Tommy Braham?

—Sí.

—¿Cómo era?

—Retrasado mental.

—¿Y Allison Spooner?

—No era retrasada mental.

Will sonrió.

—Por cierto, debo darle las gracias por los informes de los incidentes que le envió a mi compañera ayer por la tarde. Han mostrado un patrón muy claro de quién era Tommy. Por lo que se ve, últimamente había perdido los estribos en varias ocasiones. ¿Era eso lo que pretendía que supiese?

Marla le miró por encima de las gafas, pero permaneció en silencio mientras se dirigía al fondo de la sala. Empujó la pesada puerta de metal. Lo había dejado solo en la oscuridad.

Will se dirigió hasta la máquina del fax y miró debajo de la mesa, concediéndole a Marla Simms el beneficio de la duda. No había ninguna hoja suelta debajo, ni tampoco la transcripción de la llamada al 911. Abrió la fotocopiadora y vio su reflejo en el cristal. Había algo pegajoso en el centro. Con la uña del pulgar despegó la sustancia, para que no se reflejara en las copias que se hiciesen. La sostuvo bajo la luz. ¿Pegamento? Era posible. Quizá chicle.

Lo tiró a la papelera. Ninguna de las copias que había hecho Sara tenía ninguna marca, así que lo más probable es que alguien hubiera empleado la fotocopiadora después de ella y que hubiera dejado allí el pegamento, sin darse cuenta.

La oficina al lado de la sala de oficiales estaba vacía, tal como había pensado. Will cogió el pestillo. La puerta estaba abierta. Entró y abrió las persianas, lo que le proporcionó un buen campo de visión de las mesas donde estaban sentados los agentes. Había algunos agujeros de clavos en la pared. Bajo la tenue luz del rayo de sol que entraba por las ventanas exteriores vio las sombras de las fotografías que habían colgado anteriormente. La mesa estaba vacía, salvo por el teléfono. Los cajones también. La silla gimió cuando se sentó en ella.

Si fuese ese tipo de personas a las que les gusta apostar, se habría jugado diez dólares a que era la antigua oficina de Jeffrey Tolliver.

Abrió el maletín y sacó las carpetas. Finalmente, se encendieron las luces del techo. Will vio a Marla a través del espejo que había en la pared. Le miraba boquiabierta. Con su apretado moño y sus sucias gafas parecía una de esas ancianitas de ojos redondos que aparecen en las viñetas de Gary Larson. Will dibujó una sonrisa e hizo un gesto para saludarla. Marla cogió el asa de la jarra del café con tanta fuerza que pensó que se la iba a tirar a la cara.

Will metió la mano en el bolsillo y sacó su grabadora digital. Todos los policías del mundo tenían un cuaderno de espiral para escribir los detalles de sus investigaciones, pero Will, que no podía permitirse ese lujo, sabía cómo compensarlo.

Miró a Marla por la ventana antes de ponerse la grabadora cerca del oído y presionar el botón de encendido. El volumen estaba muy bajo, pero se podía oír la voz de Faith leyendo la confesión de Tommy Braham. Will no había pasado toda la noche pensando en su enamoramiento infantil de Sara Linton, también había estado leyendo cada palabra de los informes y escuchando tantas veces la confesión de Tommy Braham que casi se la sabía de memoria. Volvió a escucharla en la oficina. La cadencia de la voz de Faith le resultaba tan familiar que podría haberla repetido.

Su tono era neutral, sin inflexiones: «Estaba en el apartamento de Allison la noche pasada. No sé qué hora era. Mi perro estaba malo. Fue después de llevarlo al médico. Allison me dijo que se acostaría conmigo. Empezamos a hacerlo y ella cambió de opinión. Me volví loco. Tenía un cuchillo en la mano y se lo clavé en la nuca. Cogí las cadenas y el candado, y la llevé en el coche hasta el lago. Escribí la nota para que la gente creyese que se había suicidado. Allison estaba triste. Pensé que con esa razón bastaba».

Oyó murmullos en la sala de oficiales. Will levantó la mirada y vio a dos agentes de uniforme que le miraban con cara de incredulidad. Uno de ellos hizo ademán de dirigirse hacia la oficina, probablemente para enfrentarse con él, pero su compañero le detuvo.

Will se echó sobre el respaldo de la silla y oyó que, de nuevo, crujía. Sacó su teléfono móvil y llamó a Faith. Le respondió al cuarto tono. Saludó con un gruñido.

—¿Te he despertado?

—Son las siete y media de la mañana. Por supuesto que me has despertado.

—Puedo llamarte luego.

—Espera un minuto. —La oyó levantarse. Bostezó con tanta fuerza que a él también le entraron ganas de bostezar—. He conseguido alguna información sobre Lena Adams.

—¿Y?

Bostezó de nuevo.

—Espera que coja mi portátil.

Will no pudo evitar lanzar un bostezo.

—Lamento haberte despertado.

—Estaré disponible hasta las cuatro de la tarde, que es cuando tengo visita con mi médico en el hospital.

Will empezó a hablar para que no le pudiese explicar una vez más lo que le iban a hacer.

—Es fantástico, Faith. Imagino que tu madre te llevará al hospital. Debe de estar entusiasmada. ¿Y tu hermano? ¿Le has llamado?

—Cállate. Estoy delante del ordenador.

Oyó que tecleaba.

—Salena Marie Adams —dijo Faith, leyendo probablemente el archivo personal—. Detective de primer grado. Treinta y cinco años. Un metro setenta, cincuenta y ocho kilos. —Faith soltó una maldición—. Vaya, esa ya es suficiente razón para odiarla.

—¿Qué me dices de su historial?

—La violaron.

Will se quedó perplejo por su brusquedad. Esperaba la fecha de nacimiento o algunos honores. Sara le dijo que sospechaba que su novio la había violado, pero pensaba que no le habría denunciado formalmente.

—¿Cómo lo sabes? —preguntó Will.

—Se menciona el caso cuando contrastas su archivo. Deberías consultar más en Google.

—¿Cuándo sucedió?

—Hace diez años —respondió Faith.

Will oyó que seguía aporreando el teclado.

—Su archivo es bastante limpio. Ha trabajado en algunos

casos interesantes. ¿Te acuerdas de aquella red de pedofilia en el sur de Georgia? Tolliver y ella la desmantelaron.

—¿Tiene alguna mancha en su expediente?

—La policía de las ciudades pequeñas no airea sus trapos sucios —le recordó Faith—. Se tomó unas largas vacaciones hace seis años. Menos de un año. Es lo único que sé. ¿Tú has descubierto algo?

—He mantenido una conversación muy interesante con el propietario del restaurante.

—¿Y qué te ha dicho?

—No gran cosa. Que Allison era una buena chica. Muy trabajadora. Pero no sabía mucho de su vida personal.

—¿Crees que la mató él?

—Tiene más de sesenta años y una pierna ortopédica.

—¿De verdad?

Will recordó el sonido que había producido la prótesis cuando Lionel se la golpeó.

—Veré si puedo confirmarlo, pero, si no es cierto, debe de haberse hecho mucho daño.

—Nunca se sabe en esas ciudades pequeñas. Ed Gein trabajaba de canguro. —Faith nunca perdía la oportunidad de comparar a un anciano amable con uno de los asesinos en serie más famosos del siglo XX—. El historial de Spooner tampoco dice gran cosa. Tiene una cuenta bancaria con algo más de ochenta dólares. Debía vivir con lo justo. Los únicos cheques que ha extendido en los últimos seis meses fueron para pagar la universidad y la biblioteca del campus. Los extractos los envían a la dirección de Taylor Drive. No ha solicitado ningún préstamo, ni tiene móvil ni coche.

—El dueño del restaurante me dijo que tenía un Dodge Daytona con matrícula de Alabama.

—Estará registrado a nombre de otra persona. ¿Crees que los policías de allí están al corriente de eso?

—No lo sé. También me dijo que tenía una mochila rosa que siempre dejaba en el coche cuando iba a trabajar.

—Espera un momento. —Faith estaba mirando algo en el ordenador—. No veo ninguna orden de búsqueda de un coche en Grant, ni en ninguna de las ciudades colindantes.

Si Frank Wallace sabía algo del coche de Allison, debería

haber enviado una orden de búsqueda a todos los condados más próximos.

—Estoy emitiendo una orden de búsqueda en este momento. El inspector Wallace tendrá que decirles a sus muchachos que lo busquen durante el descanso.

—Es un coche muy viejo. Allison ha vivido aquí un par de años sin cambiarle la matrícula.

—Es normal en una ciudad universitaria. No es extraño que haya coches con matrículas de otros estados. La única razón para no registrar un coche es que no estuviese asegurado. Probablemente era por eso. La chica vivía con lo justo.

Will vio que la sala de oficiales se estaba llenando. El número de policías había ido creciendo. Alguien más asustadizo lo habría calificado de una muchedumbre. Le observaban de reojo. Marla les servía café mientras le miraba por encima del hombro. Luego, como si todos se hubiesen puesto de acuerdo, miraron a la puerta principal. Will se preguntó si Frank Wallace se habría dignado aparecer, pero no tardó en darse cuenta de que estaba equivocado. Una mujer con la piel morena y el pelo rizado y castaño se unió a ellos. Era la más baja del grupo, pero este se dividió en dos como el mar Rojo para dejarla pasar.

—Creo que la detective Adams acaba de honrarnos con su presencia —le dijo a Faith.

—¿Cómo es?

Lena le estaba mirando. Su mirada desprendía odio.

—Creo que ahora mismo le gustaría arrancarme la garganta con los dientes.

—Ten cuidado. Ya sabes que tienes predilección por las mujeres malas y perversas.

Will no se molestó en discutir. Lena Adams tenía el mismo color de piel y el mismo pelo que Angie, aunque resultaba obvio que se debía a su ascendencia latina, mientras que Angie venía del Mediterráneo. Lena era más baja y atlética, y carecía de la feminidad de Angie —era demasiado policía para eso—, aunque era una mujer atractiva. También parecían tener en común su capacidad para armar líos. Algunos policías miraban a Will con franca hostilidad; se dijo que cualquiera de ellos no tardaría en pincharle con una horca.

—¿De qué trata ese mensaje que he recibido de tu parte?

—preguntó Faith. Pero ella misma respondió a su pregunta—. Julie Smith. De acuerdo, veré si puedo localizar su número. La orden para intervenir las llamadas de teléfono de Tommy Braham no creo que suponga un gran problema, teniendo en cuenta que está muerto, pero necesitaré un certificado oficial de la causa de la muerte antes de poder acceder.

Will tenía la mirada fija en Lena. Le estaba diciendo algo al grupo, probablemente que comprobasen sus armas.

—¿No puedes saltarte eso? Julie Smith le dijo a Sara que Tommy le envió un mensaje desde la celda. La transcripción nos ayudará a saber quién es. Quizás Amanda pueda pedir algunos favores.

—Fantástico. Justo la persona con la que más me apetece hablar por la mañana.

—¿Puedes pedirle que se dé prisa para solicitar una orden de registro para el garaje? Me gustaría demostrarle a esta gente cómo se deben hacer las cosas.

—Estoy seguro de que smoverá cielo y tierra para hacer lo que le pides. —Faith soltó un profundo gruñido y añadió—: ¿Algo más que quieras que le pida?

—Sí, dile que me devuelva los testículos.

—Probablemente se los habrá echado a los perros.

Lena se quitó la chaqueta y la dejó sobre la mesa.

—Tengo que marcharme —dijo Will, que colgó el teléfono justo en el momento en que la agente se dirigía hacia la oficina. Él se levantó. Puso una de sus encantadoras sonrisas y dijo—: Usted debe de ser la inspectora Adams. Soy Will Trent. Me alegro de conocerla.

Ella miró la mano que le tendía. Will pensó por un instante que se la iba a arrancar.

—¿Sucede algo, inspectora?

Estaba tan enfadada que apenas podía hablar.

—Esta oficina…

—Espero que no le importe —interrumpió Will—. Estaba vacía y no quería molestarla. —Seguía con la mano extendida—. Aún no hemos llegado al punto en el que usted no pueda ni estrecharme la mano, ¿verdad que no?

—Llegamos a ese punto desde el momento en que se sentó a esa mesa.

Will dejó caer la mano.

—Esperaba al jefe Wallace.

—Al jefe interino —le corrigió tan tajante, como Sara—. Frank está en el hospital, con Brad.

—He sabido que el inspector Stephens ha pasado una noche muy mala, pero que se encuentra mejor esta mañana.

Ella no le respondió, pero no hacía falta. Tenía el acento nasal de Georgia y sus palabras se entremezclaban como un batido cuando se enfadaba.

Will le señaló la silla.

—Por favor, siéntese.

—Prefiero estar de pie.

—Bueno, espero que no le importe que yo lo haga.

La silla crujió cuando volvió a sentarse. Will juntó los dedos. Observó que llevaba una pluma en el bolsillo. Era de plata, de la marca Cross, igual que la que Larry Knox se había metido en el bolsillo la noche anterior. Miró al grupo de oficiales que estaban reunidos alrededor de la cafetera. Todos llevaban una pluma en el bolsillo.

Will sonrió.

—Imagino que su jefe ya le habrá dicho por qué estoy aquí.

Vio que parpadeaba.

—Por Tommy.

—Así es, por Tommy Braham y, por extensión, por Allison Spooner. Espero que podamos solucionar este asunto lo antes posible y celebrar tranquilamente el día de Acción de Gracias.

—Todo ese rollo de hacerse el chico bueno no va a funcionar conmigo.

—Ambos llevamos placa. ¿No cree que debería cooperar para que averigüemos lo que hay detrás de todo este asunto?

—¿Sabe lo que creo? —dijo cruzando los brazos sobre el pecho—. Creo que está en el sitio equivocado, durmiendo donde no debe y tratando de buscarle problemas a un montón de buena gente por algo de lo que no son responsables.

Aporrearon con fuerza la puerta abierta. Marla Simms apareció más tiesa que un palo, con una caja de tamaño mediano entre las manos. Se acercó hasta la mesa y la soltó de golpe delante de Will.

—Gracias —le dijo cuando se marchaba—. ¿Señorita Simms?

Ella no se dio la vuelta, pero se detuvo.

—Si no le importa, necesito la grabación de la llamada al 911 en la que se informaba del suicidio de Allison Spooner.

Marla salió sin responder a su solicitud.

Will miró por encima de la caja, estudiando el contenido. Había varias bolsas de pruebas, obviamente sacadas de la escena del crimen de Allison Spooner. En una de ellas había un par de zapatillas de deporte. Los bordes estaban manchados de barro y se había quedado pegado en los agujeros de los cordones.

El anillo y el reloj mencionados en el informe de Lena se encontraban en otra bolsa. Will observó atentamente el anillo: era uno de esos que se suelen regalar a las chicas cuando tienes quince años, cuando gastarse cincuenta dólares en una sortija supone un enorme esfuerzo.

Levantó el anillo.

—Le regalé uno de estos a mi esposa cuando éramos niños.

Lena puso la misma mirada de desagrado que esbozó Angie cuando le dio el anillo.

Sacó otra bolsa de la caja. Dentro había una cartera cerrada. Will logró abrirla sin sacarla de la bolsa. Vio la foto de una mujer mayor al lado de una chica más joven, y otra foto de un gato anaranjado. Había algunos billetes, y el carné de estudiante y el de conducir estaban metidos en la funda de atrás.

Miró la foto de la chica. Faith tenía razón. Allison era una chica muy guapa, y también parecía más joven de lo que era. Puede que se debiera a su constitución. Era delicada, casi frágil. Volvió a mirar la fotografía de la mujer mayor y se dio cuenta de que la chica que estaba a su lado era Allison Spooner. Resultaba obvio que la fotografía se la habían hecho años antes, ya que parecía una adolescente.

—¿Esto es todo lo que se encontró en la cartera? —le preguntó a Lena—. ¿Dos fotos, cuarenta dólares y el carné de conducir y de estudiante?

Lena miró la cartera.

—Frank registró sus pertenencias.

No era eso lo que le había preguntado, pero Will sabía

que tendría que llevarla poco a poco a su campo para lograr que cooperara. Vio que había otra bolsa de pruebas en la caja y dedujo que contendría los objetos personales de Tommy Braham.

—Chicles, treinta y ocho centavos, una pieza de metal de un coche de juguete —enumeró—. ¿No llevaba cartera?

—No.

—¿Ni teléfono móvil?

—¿Acaso ve alguno?

Aquellas respuestas a la defensiva le estaban diciendo más de lo que se daba cuenta.

—¿Y su ropa y sus zapatos? ¿Tenían manchas de sangre?

—Siguiendo el protocolo previsto para un caso de suicidio bajo custodia, Frank las envió al laboratorio. A su laboratorio.

—¿El laboratorio del GBI en Dry Branch?

Lena asintió.

—¿Y la funda?

Parecía confundida.

—En su confesión, Tommy dice que tenía un cuchillo cuando mató a Allison. Imagino que llevaría la funda en el cinturón.

Lena negó con la cabeza.

—Probablemente se deshizo de ella.

—En la confesión no menciona el tipo de cuchillo que utilizó.

—No, no lo hace.

—¿Encontró algunos cuchillos en casa de Tommy?

—No podemos registrar la casa sin una orden o sin el permiso de su padre, que es el propietario.

Al menos conocía las leyes. Que ahora optase por cumplirlas era un tanto misterioso.

—¿Cree que Tommy utilizó el mismo cuchillo para apuñalar al inspector Stephens que para matar a Allison Spooner?

Lena se quedó en silencio durante unos segundos. Había llevado las riendas de demasiados interrogatorios como para saber cuándo trataban de arrinconarla.

—Mi experiencia me ha enseñado que es mejor no hacer suposiciones acerca de lo que un sospechoso hace o no hace.

—Eso es algo muy importante para cualquier inspector

—destacó Will—. ¿Hay alguna razón por la que no se hayan enviado las pruebas de Spooner al laboratorio?

Volvió a dudar.

—Imagino que será porque el caso está cerrado.

—¿Está segura de eso?

—Tommy huyó de la policía. Apuñaló a un agente de la autoridad. Confesó el crimen, y se suicidó porque no pudo soportar la culpabilidad. No sé cómo harán las cosas en Atlanta, pero aquí no tiramos el dinero del contribuyente cuando una investigación se ha cerrado.

Will se frotó la nuca.

—Le agradecería que se sentase. Vamos a tardar un rato y no creo que pueda seguir mirándola sin que me dé algo en el cuello.

—¿Por qué va a tardar?

—Detective Adams, quizá no comprenda la importancia de la investigación, pero he venido para preguntarle sobre la muerte de un detenido que estaba bajo su custodia, en su celda y en su ciudad. Además de eso, una joven ha sido asesinada y un agente de policía ha resultado gravemente herido. Esto no va a ser una charla mientras tomamos un café y unos donuts, en parte porque me han advertido de que no tomase nada que no estuviese precintado. —Se rio, pero ella no. Luego prosiguió—: Por favor, siéntese y hablemos civilizadamente.

Ella no se movió. Will decidió ponerse más serio.

—Si prefiere que vayamos a una sala de interrogatorios, por mí no hay inconveniente.

Lena apretó la mandíbula. Ambos intercambiaron una mirada desafiante que Will casi no pudo soportar. Resultaba difícil mirarla: el dolor y el cansancio se mostraban en cada arruga de su cara. Tenía los ojos hinchados. Aunque tenía la mano apoyada en la silla, se tambaleó como si se le doblasen las rodillas.

—Sí —dijo.

—¿Sí?

—Sí, creo que usted es el enemigo.

Aun así tiró de la silla y se sentó.

—Agradezco su franqueza.

—Si usted lo dice.

Continuaba abriendo y cerrando el puño. Vio que tenía dos tiritas pegadas en la palma de la mano y los dedos inflamados.

—¿Eso se lo hizo ayer? —preguntó Will.

Lena no respondió.

Will cogió una carpeta roja de su maletín y la dejó abierta sobre la mesa. Lena bajó la mirada, nerviosa.

—¿Quiere que haya un abogado presente?

—¿Lo necesito?

—Usted sabrá. No creo que haga falta preguntarle a una detective si necesita asesoramiento legal. ¿Quiere llamar al representante del sindicato?

Lena soltó una carcajada breve y sonora.

—Aquí no tenemos sindicato. Apenas tenemos uniformes.

Will debía saberlo.

—¿Necesito recordarle los derechos Miranda?

—No.

—¿Debo mencionarle que mentir a un investigador estatal durante el curso de una investigación es un delito que puede implicar una multa y una condena de uno a cinco años?

—¿Acaso no acaba de hacerlo?

—Creo que sí. ¿Dónde fue apuñalada?

La pregunta la cogió desprevenida.

—¿Cómo dice?

—Allison Spooner. ¿Dónde fue apuñalada?

—Aquí —respondió señalándose la nuca, con los dedos a pocos centímetros de la espina dorsal.

—¿Era la única herida que tenía?

Abrió la boca, pero luego la cerró.

—Como usted dice —respondió finalmente—, Frank notó que tenía señales de ataduras alrededor de las muñecas.

—¿Usted las vio?

—El cuerpo estuvo en el agua bastante tiempo. No sé lo que vi, salvo la herida en la nuca.

El detalle le molestó, en parte porque era el primer punto donde la historia de Frank Wallace no coincidía con la de Lena.

—¿Han encontrado el coche de Spooner?

—No tenía.

—Me extraña.

—Es una ciudad universitaria. Los muchachos van caminando a todos lados..., o en *scooter* —respondió Lena encogiéndose de hombros—. Si necesitan ir a algún sitio, pueden pedírselo a cualquiera.

—¿Es posible que Allison tuviese coche y ustedes no lo supiesen?

—No en la universidad. Se lo lleva la grúa si ocupas dos espacios. Ellos pasan por el campus casi a diario, y no hay muchos sitios en la ciudad donde puedas dejar un coche. Puedo pedir una orden de búsqueda durante la reunión de la mañana, pero creo que es perder el tiempo. Esto no es Atlanta. Si la gente ve un coche abandonado, llaman a la policía.

Will observó atentamente a Lena, tratando de descubrir si le estaba mintiendo en algo.

—¿Y qué me dice del jefe de la chica? ¿Ha hablado con él?

—¿Se refiere a Lionel Harris? Frank me dijo que había hablado con él anoche. No sabe nada.

O bien Frank había mentido, o bien Lena se lo estaba inventando en ese momento.

—¿Podría ser el asesino? —preguntó Will.

—Tiene una sola pierna y es más viejo que la Luna.

—Lo consideraré como un sospechoso improbable —respondió Will abriendo la carpeta roja. La fotocopia de la confesión de Tommy Braham estaba en la parte de arriba. Notó que Lena la reconocía—. Pasemos a esto.

—¿A qué parte?

Sabía que ella esperaba que fuesen al meollo del asunto; es decir, al apuñalamiento y a lo que había pasado en el garaje, pero Will optó por tomar la dirección contraria, para confundirla.

—Empecemos por cuando usted trajo a Tommy Braham a la comisaría. ¿Dijo algo en el coche?

—No.

Will aún no había visto las fotografías de la escena que había hecho Sara, en las que Tommy Braham aparecía muerto en la celda, pero sabía que un policía había sido apuñalado mientras que otros dos oficiales en plena forma estaban en la escena.

—¿En qué condiciones se encontraba Tommy en ese momento?

Ella le miró fijamente sin saber qué decir.

—¿Se cayó un par de veces durante el arresto?

Volvió a tomarse su tiempo.

—Eso tendrá que preguntárselo a Frank. Yo estaba atendiendo a Brad.

—Usted vio a Tommy en el coche. ¿En qué estado se encontraba?

Lena sacó un cuaderno de espiral de su bolsillo trasero. Pasó lentamente las páginas hasta que encontró las que buscaba. Will vio que el papel estaba metido en el cuaderno, por lo que dedujo que serían los originales que Sara había fotocopiado.

Lena se aclaró la garganta.

—Traje al sospechoso, Thomas Adam Braham, a las ocho y media de la mañana, aproximadamente.

Lena se le quedó mirando.

—¿No piensa tomar notas?

—¿Por qué? ¿Acaso quiere dejarme su pluma?

Su serenidad se tambaleó ligeramente. Eso era lo que había pretendido desde que ella entró en la habitación. No importaba lo que pensaba de Tommy Braham, le dolía su muerte. Y no le dolía porque pudiese tener problemas, sino porque había estado bajo su responsabilidad.

—Ya he leído sus notas —dijo Will—. Ahora cuénteme lo que no viene en ellas.

Lena empezó a toquetearse las tiritas.

—¿Quién notificó la muerte?

—Yo.

—¿De Spooner y de Braham?

—Elba es una ciudad pequeña. El detective con el que hablé había ido a la escuela con Allison. Me dijo que su madre había fallecido hace ocho años. No se sabe quién es el padre. También me dijo que tiene una tía, Sheila McGhee, pero no suele estar en la ciudad porque trabaja para una empresa que está rehabilitando moteles en Panhandle. El inspector va a intentar localizarla. Yo le dejé un mensaje en el contestador, pero no lo oirá hasta que regrese a su casa o llame para comprobar sus mensajes.

Ahora hablaba como una verdadera inspectora.

—¿No tiene móvil?

—No que yo sepa.

—¿Había alguna libreta de direcciones en el apartamento de Allison?

—No hemos tenido tiempo de mirar —respondió de nuevo empleando el tono cortante—. Ayer pasaron muchas cosas. Mi compañero se estaba desangrando en la calle.

—Comuníquemelo, cuando la señora McGhee se ponga en contacto.

Lena asintió.

—¿Qué sabe de los parientes de Tommy?

—Solo tiene a su padre, Gordon. Hablé con él esta mañana temprano y le conté lo sucedido.

—¿Cómo se lo ha tomado?

—A ningún padre le gusta que su hijo se confiese autor de un asesinato.

—¿Cómo se ha tomado lo del suicidio?

—Ya se lo puede imaginar.

Lena miró sus notas, aunque Will se dio cuenta de que solo lo hacía para recuperar la compostura.

—Gordon viene de camino desde Florida. No sé lo que tardará. Siete u ocho horas.

Will se preguntó dónde encajaba Frank Wallace en todo eso y por qué Lena se había encargado del trabajo más duro del caso.

—¿Conocía usted a Allison Spooner?

—Casi todo el mundo la conocía. Trabajaba en el restaurante que hay bajando la calle.

—¿La conocía usted?

—No.

—¿Usted no va al restaurante?

—¿Eso importa?

Lena no esperaba que le diese una respuesta.

—Tommy se declaró culpable. Tiene su confesión ahí delante. Dijo que quería acostarse con ella. Ella no quiso y por eso la mató.

—¿Cuánto tiempo tardó en confesar?

—Lo ocultó durante una hora, más o menos, pero al final se lo saqué.

—¿No se inventó una coartada? Me refiero al principio.

—Dijo que había ido al veterinario. Su perro, *Pippy*, se había tragado un calcetín o algo así. Tommy lo llevó al veterinario de urgencias en Conford, pero el personal que trabaja en la oficina no puede confirmarlo.

—¿Tenía coche?

—Un Chevy Malibú de color verde. Está en el taller. Tommy dijo que el motor de arranque no funcionaba. Dejó las llaves en el buzón de Earnshaw ayer por la mañana.

Will se sorprendió.

—¿Earnshaw?

—El tío de Sara.

—¿Tiene cámaras de seguridad el aparcamiento?

—No, pero llamé al taller y el coche sigue allí —respondió Lena encogiéndose de hombros—. Tommy pudo dejarlo después de matar a Allison.

—¿Han registrado el coche?

—Pensaba hacerlo esta mañana.

Lo dijo con un tono que denotaba que Will era su principal obstáculo para poder hacer su trabajo. Él lo pasó por alto.

—¿Cómo conoció Tommy a Allison?

—Ella alquiló el garaje de su padre. Lo transformaron en apartamento.

Lena miró su reloj.

—¿Cómo era Tommy?

—Estúpido —le respondió—. Retrasado mental. Estoy segura de que Sara ya se lo ha dicho.

—Según la doctora Linton, el coeficiente de inteligencia de Tommy era, aproximadamente, de ochenta. No es que fuese una persona muy inteligente, pero era capaz de desempeñar un trabajo en la bolera. Era un buen chico, aunque había tenido algunos altercados recientemente.

—Yo no llamaría altercado a un asesinato.

—Me refería a los informes de los incidentes.

Lena trató de ocultar su sorpresa, pero Will vio que no sabía a qué se refería.

—Hay tres informes sobre algunos altercados en el último mes. La señorita Simms fue muy amable al proporcionármelos. —Lena se quedó en silencio. Al ver que no respondía, Will preguntó—: Usted estaba al tanto de ellos, ¿verdad?

Lena continuó sin responder. Will empujó los informes de los incidentes para que pudiese verlos.

Lena miró los resúmenes.

—Pequeños problemas. Obviamente, tenía su carácter.

—¿Quién le dijo que arrestase a Tommy por el asesinato de Allison?

—Frank… —Por un momento pareció como si quisiese retractarse. Luego añadió—: Frank y yo hablamos de eso. Fue una decisión conjunta.

Al menos ya sabía la cara que ponía cuando mentía. Lo peor era que se parecía mucho a la que ponía cuando estaba siendo sincera.

—¿Cuándo supo que había un cuerpo en el lago?

—Brad me llamó a eso de las tres de la mañana. Yo desperté a los demás y empecé las investigaciones.

—¿Ha hablado con alguno de los profesores de Allison?

—Están todos de vacaciones, por el día de Acción de Gracias. Tengo algunos números de teléfono, pero aún no he hecho ninguna llamada. La mayoría viven aquí. Pensaba localizarlos esta mañana, pero…

Levantó los brazos, señalando el espacio entre ellos.

—¿Y a quién más va a tratar de localizar esta mañana? —preguntó Will. Luego empezó a enumerar todos los planes que le había mencionado hasta ahora—. Hablar con los profesores, con el personal del veterinario, mirar en el coche de Tommy, buscar a los amigos de Allison. Imagino que eso lo conseguirá a través de la escuela, o puede que de Lionel Harris.

Lena se encogió de hombros.

—Puede.

—¿Pensaba hablar con Tommy de nuevo? De estar vivo, claro.

—Sí.

—¿Por qué?

—Quería grabar su confesión. Era un testigo incontestable contra sí mismo.

—Pero, en su opinión, todo lo demás tenía sentido. Me refiero a los motivos y al apuñalamiento en la nuca.

—Había algunas cosas que quería aclarar. Lo primero que

pretendía encontrar es el arma del asesinato. Imagino que la tendrá escondida en su garaje o en su coche. Debió llevar a Allison hasta el lago. Habrá alguna prueba de ello. Usted me para cuando todo esto le recuerde lo que probablemente haya leído en los libros de texto cuando estuvo en la escuela del GBI.

—Esa es una buena forma para definirlos: «libros de texto». No obstante, me parece mucho trabajo para un caso que considera cerrado. ¿No es eso lo que me ha dicho hace unos instantes?

Lena volvió a mirarle fijamente. Will sabía que estaba esperando que le preguntase por la llamada al 911.

—Debe de estar cansada.

—Estoy bien.

—Lleva dos días muy duros —añadió él señalando sus notas de campo—. Recibió la llamada de Brad a las tres de la mañana. Posible suicidio. Se dirigió al lago. Encontró a Spooner muerta, posiblemente asesinada. Fue a casa de la chica, donde su jefe resultó herido y su compañero apuñalado. Arrestó a Tommy y obtuvo su confesión. Y estoy seguro de que ha pasado toda la noche en el hospital.

—¿Adónde quiere llegar?

—¿Era Tommy una mala persona?

Lena respondió sin evasivas.

—No.

—¿Mostró rabia durante el interrogatorio?

Lena volvió a quedarse en silencio, ordenando sus pensamientos.

—No creo que quisiese herir a Brad, pero lo hizo. Y mató a Allison, por eso…

—¿Por eso qué?

Cruzó los brazos de nuevo.

—Escuche, estamos dándole vueltas al mismo asunto. Lo que le pasó a Tommy no es agradable, pero confesó haber matado a Allison Spooner. Apuñaló a mi compañero e hirió a Frank.

Will sopesó con cuidado sus palabras. No había duda de que creía firmemente que Tommy había matado a Allison Spooner. Sin embargo, cuando hablaba del apuñalamiento de Brad Stephens y del corte de Frank Wallace se volvía mucho más superficial.

Lena volvió a mirar su reloj.

—¿Hemos terminado?

Lo hacía muy bien, pero no podría mantener esa actitud por mucho tiempo.

—¿El lago está detrás de la comisaría?

—Sí.

—¿Entre la universidad y el Encuentro de los Enamorados?

—No exactamente.

—¿Me podría dejar una chaqueta?

—¿Cómo dice?

—Si podría dejarme una gabardina, una chaqueta o cualquier otra cosa. Me gustaría que diésemos un paseo —dijo levantándose.

La lluvia caía de forma implacable y las nubes negras cubrían el cielo arrojando cubetas de agua que parecían caer directamente sobre la cabeza de Will. Llevaba un impermeable de policía hecho para un hombre de mayor estatura que la suya. Las mangas le colgaban por encima de los dedos, la capucha le caía sobre los ojos y los paneles reflectantes en la parte delantera y trasera le golpeaban a cada paso.

A Will siempre le había costado trabajo encontrar prendas de su talla, pero normalmente era por la razón contraria: los puños eran muy cortos o le quedaban muy estrechas de hombros. Esperaba que le dejase una de sus chaquetas para poder reírse un poco, pero al parecer había tenido una idea mejor. Miró el bordado en el bolsillo de arriba mientras se dirigían al lago. La prenda pertenecía a Carl Phillips.

Metió las manos en los bolsillos cuando sintió el frío. Notó que en el interior había unos guantes de látex, una cinta métrica, una pluma de plástico y una pequeña linterna. Esperó que al menos fuese una linterna pequeña. A pesar de todo, la prenda era agradable, uno de esos chubasqueros marca North Face con muchos bolsillos con cremallera y suficiente aislante como para impedir que entrase el frío. Will tenía el mismo modelo en casa, pero no lo había traído porque en Atlanta el mal tiempo apenas duraba unos días e, incluso entonces, el sol salía para contrarrestar el frío. Acordarse de la chaqueta que estaba colgada en su armario le hizo sentir un deseo enorme de regresar.

Lena se detuvo y se giró en dirección a la comisaría. Levantó la voz para que se le oyese por encima de la lluvia.

—La universidad está allí.

Habían caminado unos quince minutos. Vio un grupo de edificios construidos en la curva del lago, justo más allá de la comisaría.

—No hay ninguna razón para que Allison cogiese este camino —dijo Lena.

—¿Dónde está el Encuentro de los Enamorados?

—La cala está medio kilómetro más allá.

Will siguió la línea que le indicaba su dedo. La cala era más pequeña de lo que había imaginado, al menos vista desde lejos. Había enormes rocas esparcidas a lo largo de la orilla. La gente podría acampar allí cuando el tiempo fuera mejor. Parecía el típico lugar donde una familia podría subir en barca para pasar el día.

—¿Nos vamos a quedar aquí?

Lena tenía las manos metidas en los bolsillos y la cabeza gacha para protegerse del frío. No apetecía mucho estar bajo la lluvia. Hacía tanto frío que casi le rechinaban los dientes.

—¿Dónde están las carreteras?

Lena le dijo con la mirada que no estaba dispuesta a seguir prestándose a su juego por mucho más tiempo.

—Allí —respondió señalando a lo lejos—. Ese es el cortafuegos. No se ha utilizado desde hace mucho tiempo. Lo revisamos cuando sacamos el cuerpo del lago. No encontramos nada.

—¿Es la única salida de aquí hasta el Encuentro de los Enamorados?

—Creo que ya se lo señalé en el mapa de la comisaría.

A Will nunca se le habían dado bien los mapas.

—Aquel lugar —dijo señalando una zona que estaba un poco más allá de la cala— es otra carretera que utiliza normalmente la gente para llegar hasta allí, ¿no es verdad?

—Vacía, tal como le dije. La revisamos. Por si no se ha dado cuenta, no somos estúpidos. Buscamos coches, huellas de neumáticos, pisadas. Revisamos ambas carreteras y en ninguna encontramos nada.

Will intentó orientarse. El sol no resultaba de gran ayuda. El cielo estaba tan encapotado que bien podía estar anocheciendo en lugar de ser las doce del mediodía.

—¿Dónde está la zona residencial?

Lena señaló al otro lado del lago.

—Allí es donde vive Sara o, mejor dicho, sus padres. Toda esta orilla, incluido donde estamos, pertenece a la División Forestal del Estado.

—¿Suele venir la gente a navegar?

—Hay un muelle en el campus, para los equipos de remos. Y en verano mucha gente suele salir en barca, pero nadie sería tan estúpido como para hacerlo con este tiempo.

—Salvo nosotros —respondió Will tratando de imprimirle a su voz la mayor alegría posible—. Sigamos.

Lena caminaba delante. Él vio que tenía los zapatos empapados. Las zapatillas de correr que había encontrado en el maletero de su coche estaban en el mismo estado. Los zapatos de Allison, o al menos los que se habían encontrado al lado del cuerpo, estaban sucios, pero no cubiertos de barro. Si hubiese caminado por la orilla, el terreno habría estado más duro que la tierra roja y arcillosa que salía de debajo de sus pies.

Will había comprobado el informe meteorológico semanal la noche anterior en su ordenador. La temperatura había sido inferior la mañana en que se encontró a Allison, pero había llovido con la misma intensidad que en ese momento. Era un buen día para matar a alguien, ya que se borrarían las pistas que quedasen en la orilla. El agua fría del lago impediría saber la hora exacta en que ocurrió el asesinato. De no ser por la llamada al 911, nadie habría sabido que había un cuerpo en el lago.

Lena resbaló en el barro. Will alargó el brazo para cogerla antes de que cayese al agua. Era tan delgada que podía levantarla con una sola mano.

—Dios.

Apoyó una mano en un árbol. Jadeaba. Will se dio cuenta de que había estado caminando a paso ligero para mantenerse a cierta distancia de él.

—¿Se encuentra bien? —preguntó.

Lena se apartó del árbol con un gesto decidido. Will miró sus pies mientras esquivaba las largas raíces y las ramas caídas que inundaban la orilla. No había forma de averiguar si Allison Spooner había seguido ese mismo camino hasta el Encuentro de los Enamorados. No obstante, su objetivo había sido sacar a Lena Adams de la comisaría y alejarla de su elemento, para que empezase a hablar. La incesante lluvia y el angosto camino le hicieron pensar que quizá resultase conveniente bajar un poco el listón y evitar así que ambos muriesen de frío.

Lena estaba tan segura de que Tommy Braham había matado a Allison Spooner como Sara lo estaba de que no. Will se sintió apresado, y se dio cuenta de que sería un error dejarse influenciar por cualquiera de las dos. Para Lena, pensar que Tommy fuese inocente implicaba un enorme sentimiento de culpabilidad, ya que significaría que el muchacho se había suicidado por nada, y que ella le había dado los medios y los motivos para quitarse la vida. Para Sara, por el contrario, admitir que Tommy era el asesino implicaría que Lena no era tan imprudente ni perversa como creía.

La lluvia parecía caer con la misma intensidad. El constante chapoteo del agua contra las hojas se convirtió en un lento susurro. Oyó un pájaro, un grupo de grillos. Más adelante, un árbol enorme bloqueaba el camino. Las gruesas raíces estaban al descubierto y la tierra goteaba de los tallos. Lena andaba con cuidado. Will la seguía, mirando alrededor, tratando una vez más de orientarse. Estaban cerca del cortafuegos, o al menos eso creía.

—Aquí —dijo Lena señalando un montón de troncos apilados—. Este es el final de la carretera.

Se quitó la capucha. Will hizo otro tanto. Dos franjas de tierra del ancho de un coche bordeaban la carretera unos tres metros, y daban al bosque. Will comprendió por qué Lena estaba convencida de que la carretera era impracticable. Se necesitaba una excavadora para abrirse camino.

—La carretera que más se usa está al otro lado —le informó ella—, a unos cien metros al oeste de la cala. Ya se lo dije. Tuvimos que despejar el camino para que pudiesen llegar los vehículos de emergencia hasta aquí.

Posiblemente no habían buscado huellas de neumáticos, al haber creído que se trataba de un caso de suicidio; así pues, habrían destruido cualquier prueba posible de que otro coche hubiese estado allí.

—Si Allison no tenía coche, ¿cómo llegó hasta aquí?

Lena le miró fijamente.

—Tommy la traería.

—Pero si acaba de decirme que no encontró huellas de ningún coche.

—Él tenía una *scooter*. Puede que la haya utilizado.

Will asintió, pero le costaba trabajo imaginar a Tommy conduciendo una moto con un cadáver balanceándose en el manillar, por medio del bosque.

—¿Dónde estuvo Allison antes de que Tommy la asesinase?

—En su casa, esperando a que la matase —respondió dando unos cuantos zapatazos para quitarse el frío—. La biblioteca cerró el domingo al mediodía. Puede que estuviese allí.

—¿No podía estar en el trabajo?

—El restaurante cierra los domingos.

—¿Tomaría Allison este camino para ir a casa?

Lena negó con la cabeza.

—Podría haber cruzado el bosque desde la comisaría. Habría llegado a su casa al cabo de diez minutos.

Al menos en eso estaba siendo sincera. Lionel Harris le había dicho lo mismo.

—¿Qué podía estar haciendo Allison aquí?

Lena metió las manos en los bolsillos al ver que el viento soplaba.

—¿Inspectora?

—Supongo que vino porque Tommy la trajo.

Empezó a caminar de nuevo, hundiéndose en el barro. A cada paso que daba, sus zapatos emitían un sonido parecido al de una ventosa.

La zancada de Will era el doble de grande que la de Lena y llegó a su altura con facilidad.

—Tracemos un perfil del asesino.

Lena soltó una carcajada.

—¿Usted cree en toda esa mierda?

—En realidad no, pero aún nos queda algo de tiempo.

—Eso es una estupidez —dijo Lena. Resbaló de nuevo, pero ella misma se irguió—. ¿De verdad vamos a ir caminando hasta la cala?

Lo que de verdad le hubiera gustado a Will es que le dijera la verdad. Pero como eso no estaba en su mano, contestó:

—Hagamos el perfil.

—De acuerdo —musitó Lena—. Es un retrasado mental de entre diecinueve y diecinueve años y medio, conduce un Chevy Malibú y vive con su padre.

—Olvidemos a Tommy por un minuto.

Lena le miró con cautela.

—¿Qué ocurrió? —preguntó Will. Ella pasó por encima de otro árbol caído—. ¿Qué pasó?

—¿Se refiere al asesinato? —respondió ella mostrando su desgana en cada palabra.

—Sí. ¿Qué sucedió?

—Allison Spooner fue apuñalada en la nuca el domingo por la noche o el lunes de madrugada.

—¿Había sangre?

Lena se encogió de hombros, pero luego dijo:

—Probablemente. En el cuello hay de todo, arterias y venas. Debió de sangrar mucho, lo que explica que Tommy tuviese una cubeta y una esponja en el apartamento de Allison. Estaría intentando limpiarla.

—¿Cómo sucedió?

Lena se rio, incrédula.

—¿A eso le llama usted hacer un perfil?

Pues sí. Él no estaba tan seguro como Lena, tan convencida de que Tommy Braham había sido el culpable que ni siquiera había considerado mínimamente la posibilidad de que un asesino despiadado estuviese afilando el cuchillo para matar a su próxima víctima.

—¿Por qué el asesino decidió matarla? ¿Por rabia? ¿Por dinero?

—La mató porque ella no quiso acostarse con él. ¿No ha leído la confesión?

—Pensaba que íbamos a dejar a Tommy al margen de esto.

Lena sacudió la cabeza.

Will lo intentó de nuevo:

—Ríase si quiere, inspectora. Pero imaginemos que hay un asesino misterioso que querría ver a Allison muerta. Alguien que no fuese Tommy Braham.

—Eso es mucho imaginar, teniendo en cuenta que confesó haberlo hecho.

La cogió del codo para ayudarla a esquivar un charco bastante grande.

—¿El asesino trajo el arma hasta aquí?

Lena pareció considerar la pregunta.

—Es posible. Trajo los bloques, la cadena y el candado.

Will dedujo que la cadena y los bloques los habían traído al lugar del crimen con antelación, pero ahora no era momento de plantear esa teoría.

—Por tanto, fue premeditado.

—O encontró materiales de ese tipo alrededor de su casa —añadió Lena—. Por ejemplo, en Taylor Drive.

Will no mordió el anzuelo. Si Allison fue asesinada en el lago en lugar de en el garaje, entonces la teoría de Lena sobre la culpabilidad de Tommy empezaba a desmoronarse.

—¿El asesino estaba enfadado? —preguntó.

—La herida en la nuca es bastante violenta.

—Sí, pero no es una herida hecha por una persona furiosa, sino controlada, deliberada.

—Probablemente se quedó flipado cuando le salpicó la sangre en la cara —respondió Lena saltando un charco—. ¿Qué más?

—Veamos lo que tenemos: nuestro asesino es una persona organizada, no un oportunista. Conoce bien la zona. Conoce a Allison. Tiene coche.

Lena asintió.

—Estoy de acuerdo con eso.

—Repasemos la secuencia de los acontecimientos.

Lena se detuvo. Estaba a unos diez metros de la ensenada.

—De acuerdo. Tommy, o su misterioso asesino, mata a Allison y la trae hasta aquí —dijo ella entrecerrando los ojos—. Probablemente la tumbó en la orilla, le pasó la cadena por la cintura, le ató los bloques de hormigón y luego la tiró al lago.

—¿Cómo la tiró?

Lena miró la ensenada. Will casi podía oír cómo reflexionaba.

—Tendría que haberla arrastrado. La encontraron a unos cinco metros de la orilla, donde hay más profundidad. Los bloques de hormigón eran muy pesados. Puede que la sacase del agua y luego le atase la cadena y los bloques. Eso tiene más sentido. Si la hubiese arrojado desde la orilla no hay forma de que hubiese llegado hasta allí.

Will continuó exponiéndole su teoría:

—El asesino la metió en el agua y luego la encadenó. Hacía frío aquella noche.

—Habría necesitado botas de pescador o algo parecido. Tuvo que regresar hasta su coche. ¿Qué sentido tiene deshacerse de un cuerpo en el lago si luego vas a dejar pistas en el coche?

—A lo mejor meterse en el agua no fue una idea tan mala.

—Puede, sobre todo si estaba cubierto de sangre.

—El asesino no quería que se encontrase el cuerpo, pues procuró que se hundiese.

Lena se quedó callada de nuevo, pero Will sabía que era demasiado lista como para que no estuviese pensando lo mismo que él.

—Alguien quería que encontrásemos el cuerpo y llamó al 911.

—Puede que alguno de los vecinos de Tommy viese algo.

—Y lo siguió hasta el lago, lo vio meter el cuerpo y...

—¿Cree entonces que tenía un cómplice?

—¿Usted qué cree?

—Yo creo que, por lo menos, tenemos un testigo material. Tendríamos que hablar con él, pero ¿de qué sirve eso si la persona que admitió haber matado a Allison está muerta?

Will miró alrededor. Estaban hundidos en el barro hasta los tobillos. La tierra era de color oscuro, casi negra a medida que se adentraba en el agua. Los zapatos de Allison estaban manchados de barro negro, no de barro rojizo.

—¿Mencionó Tommy si Allison tenía novio? —preguntó Will.

—¿Cree que deberíamos estar hablando con él si lo tuviese?

Will vio que una ardilla enorme se subía a un árbol, moviendo el rabo. Había partido algunas ramitas en dos. El terreno estaba inclinado. A lo lejos, se oyó un coche.

—¿Hay alguna carretera cercana?

—A un kilómetro y medio —respondió Lena señalando en dirección al ruido—. Hay una autopista de dos direcciones.

—¿Alguna casa?

Lena apretó los labios sin mirarle.

—¿Inspectora?

Miró al suelo y se quitó algo del barro que tenía pegado en los zapatos.

—Tommy vivía en esa dirección.

—Y también Allison Spooner.

Will volvió a mirar al lago. El agua estaba arremolinándose. El viento que procedía del lago era frío como el hielo.

—¿Ha oído hablar de Julie Smith?

Lena negó con la cabeza.

—¿Quién es?

—¿Mencionó Tommy a algún amigo suyo o de Allison?

—No le pregunté a ese respecto —respondió Lena con un tono cortante—. Intentaba que confesase un asesinato, no que me contase su vida.

Will continuó mirando el lago. Estaba enfocando el asunto de forma equivocada. El asesino era una persona inteligente. Sabía que el agua borraría todas las pruebas y sabía cómo hundir el cuerpo en el fondo del lago. Probablemente había atraído a Allison hasta aquel lugar. El terreno tan húmedo, el barro y la maleza servirían para ocultar las huellas.

Will se subió la pernera de los vaqueros. Los zapatos ya los tenía tan empapados que no se molestó en quitárselos para meterse en el lago. El agua fría chapoteó dentro de sus deportivas.

—¿Qué hace?

Se alejó unos metros y miró la orilla, observando los árboles y la maleza.

Lena tenía las manos en las caderas.

—¿Está usted loco? Va a sufrir una hipotermia.

Will observó con atención cada árbol, cada rama, cada parte de la maleza y del musgo. Sus pies estaban totalmente insensibles cuando descubrió lo que buscaba. Se dirigió hacia un enorme roble al lado de la orilla. Sus enredadas raíces se adentraban en el lago como una mano abierta. Al principio creyó que estaba viendo una sombra sobre la corteza, pero se dio cuenta de que hacía falta que hubiese sol u otro tipo de luz para que se proyectase una sombra.

Se quedó de pie delante del árbol, con los zapatos hundidos en el légamo. El árbol era de hoja caduca, su fina copa alcanzaría los treinta metros de altura. El tronco tendría un metro de grosor y se arqueaba fuera del agua. Will no era un experto en árboles, pero había bastantes robles en los alrededores de Atlanta como para saber que su corteza rojiza se ennegrecía a medida que envejecía. La escamosa corteza había absorbido la lluvia como una esponja, pero había algo más que observó desde la distancia. Raspó una pequeña sección de la corteza con las uñas. La madera dejó un residuo húmedo de color óxido. Hizo una bola con los dedos, tratando de quitarle la humedad.

La sangre era más espesa que el agua.

—¿Qué es? —preguntó Lena.

No se sacó las manos de los bolsillos para meterse en el agua.

Will se acordó de la linterna que tenía en el bolsillo de la chaqueta.

—Mire.

Enfocó la mancha oscura que había salpicado contra el tronco. Pensó en lo que Sara le había dicho sobre la herida de Allison, que lo lógico hubiera sido que la sangre hubiese brotado a gran velocidad, como si fuese una manguera. De dos a tres litros.

—Debía de estar bocabajo, a escasos metros del agua. La sangre salió disparada formando un arco. Como puede observar, la dispersión es más espesa en la base del árbol, más cerca de la nuca, y luego se va disipando a medida que asciende.

—Eso no es…

Lena se detuvo. Se dio cuenta. Lo veía en su expresión de sorpresa.

Will miró al cielo. Las nubes empezaban a descargar de nuevo. No es que le hubiesen dado un gran respiro, pero no importaba. Por mucho que raspasen la corteza no habría forma de limpiar completamente el árbol. La madera había absorbido los rastros de la muerte de la misma forma que habría absorbido el humo de un fuego.

—¿Aún sigue pensando que el asesino es un joven de diecinueve años que vive con su padre?

El viento azotó el lago mientras Lena miraba el árbol. Las lágrimas empezaron a brotarle y la voz le temblaba cuando dijo:

—Él confesó.

—«Me volví loco. Cogí un cuchillo y la apuñalé en la garganta» —dijo Will, citando las palabras de Tommy—. ¿Encontró sangre en el garaje?

—Sí —respondió Lena frotándose los ojos con el dorso de la mano—. La estaba limpiando cuando llegamos. Tenía una cubeta y había… —Bajó el tono de voz—. Había sangre en el suelo. Yo la vi.

Will se bajó la pernera de los pantalones. Sus zapatos estaban hundidos en el barro, al pie del árbol. Vio que había un nuevo color mezclado con la tierra, un tono rojizo que empapó la tela de sus deportivas.

Lena también lo vio. Se arrodilló. Hundió los dedos en el suelo y cogió un puñado de tierra. Estaba empapada, pero no de agua de lluvia. Volvió a soltarla. Tenía la mano de un color rojo oscuro, manchada con la sangre de Allison Spooner.

Capítulo diez

Lena se puso una toalla de papel húmedo en la nuca. Estaba sentada con la espalda apoyada en el compartimento del aseo. Un agente patrulla había intentado entrar mientras le daban arcadas, pero se había marchado sin decir nada.

Nunca había tenido un estómago muy fuerte. Su tío Hank decía que no tenía las agallas que se necesitaban para el tipo de vida que llevaba, pero no creía que le hubiese agradado saber que tenía razón.

—Dios santo —murmuró como si estuviese pronunciando una oración—. ¿Por qué se habría suicidado ese chico tan estúpido? ¿Qué había pasado por alto?

Cerró los ojos. Nada parecía tener sentido en ese momento. Nada encajaba de la misma manera que parecía haberlo hecho la mañana anterior.

Era culpable. Lena sabía que Tommy había matado a Allison. Las personas no confiesan un asesinato a no ser que lo hayan cometido. Incluso sin su confesión, habían sorprendido a Tommy en el apartamento de la chica quince minutos después de haberla sacado del lago. Estaba registrando sus pertenencias, llevaba un pasamontañas negro, trató de huir cuando lo sorprendieron y apuñaló a Brad, aunque fuese con un abrecartas. Lena lo había visto apuñalar a su compañero con sus propios ojos. Había escuchado su confesión, y le había visto escribirla con sus estúpidas palabras. Y luego se había suicidado. La culpabilidad le había vencido y se había cortado las venas porque sabía que lo que había hecho no estaba bien.

¿Por qué dudaba de sí misma?

Los detenidos mentían la mayoría de las veces, y jamás querían confesar todas las atrocidades que habían cometido. Solían ser muy peculiares. Admitían haber violado, pero no asesinado. Admitían haber dado algún tortazo, pero no puñetazos; apuñalar, pero no asesinar. ¿Era tan simple como eso? ¿Había mentido Tommy cuando dijo que había matado a Allison en el garaje solo porque quería que su crimen resultase más comprensible e impulsivo?

Lena presionó la cabeza contra la pared.

El estúpido perfil que había presentado Will Trent le rondaba por la cabeza una y otra vez. Frío. Calculado. Deliberado. Tommy no era nada de eso. No era lo bastante inteligente para pensar en todas esas variables. Tuvo que planearlo de antemano, coger los bloques de hormigón y las cadenas y llevarlas al lago antes de cometer el crimen. Incluso si hubiese cogido los bloques después de haber cometido el crimen, tendría que haber previsto lo de la sangre y haber sabido que la lluvia borraría sus huellas.

Toda esa sangre. La tierra estaba impregnada de ella.

Lena se apoyó sobre las rodillas y mantuvo la cabeza por encima de la taza del váter. El estómago se le encogió, pero ya no tenía nada que vomitar. Se sentó sobre los talones, mirando la parte trasera de la taza. La fría y blanca porcelana reflejó su imagen. Aquello era su aseo, solo suyo. Ese aseo era la única parcela que había conseguido que fuese solo para ella en aquellas letrinas para ambos sexos. Los orinales estaban amarillentos como los dientes de un viejo, y los otros dos aseos presentaban un estado repugnante. Por mucho que los limpiasen apestaban a excrementos. Esa mañana, sin embargo, no solo los aseos apestaban. Toda la comisaría apestaba a mierda. A una mierda que les estaba cayendo encima.

Lena se limpió la boca con la toalla de papel. Sentía un dolor agudo en la mano en la que había recibido el disparo. Probablemente se le estaba infectando. La piel le ardía hasta la altura de la muñeca. Cerró los ojos con fuerza. Deseaba estar lejos de allí. Quería estar de nuevo en la cama con Jared. Deseaba que el tiempo retrocediese y poder presionar a Tommy Braham hasta que dijese la verdad de lo que había sucedido. ¿Por qué estaba en el apartamento de Allison? ¿Por qué estaba mirando sus cosas? ¿Por qué llevaba un pasamontañas? ¿Por qué echó a correr? ¿Y por qué narices se suicidó?

—¿Lena? —susurró Marla Simms—. ¿Puedo hablar contigo un minuto?

Lena se puso de pie. Al parecer nadie entendía que aquel sitio era el único lugar que podía calificar de suyo.

Marla sostenía una hoja de papel doblada en las manos.

—¿Te encuentras bien?

—No —respondió.

No tenía ningún sentido mentir. Bastaba con mirarse al espejo para verlo. Estaba despeinada, el rostro enrojecido y lleno de manchas. Estaba aturdida por la falta de sueño y tenía los nervios tan a flor de piel que parecía vibrar, a pesar de estar totalmente inmóvil.

—El agente Trent me había pedido esto —dijo Marla sosteniendo la hoja de papel entre los dedos y mirando a Lena con complicidad, como si fuesen dos espías intercambiando un maletín delante del Kremlin—. No lo vio la noche pasada.

Lena tuvo que tirar de la hoja para que Marla la soltase. Reconoció su letra. La página copiada era de su cuaderno de notas. Era la transcripción de la llamada al 911. Intentó leerla, pero se le nubló la vista.

—Creía que había pedido la cinta.

—Si quiere algo más, tendrá que ir hasta Eaton para conseguirlo —respondió llevándose las manos a las caderas—. Y además, puedes decirle de mi parte que no soy su secretaria personal. No sé qué se ha creído, dando órdenes a todo el mundo.

Solo era el hombre que podía cerrar esa comisaría si no hacían lo que decía.

—¿Has hablado con Frank esta mañana?

—Creo que se pasó anoche. Mis archivos estaban muy desordenados cuando vine esta mañana.

Lena ya sabía que Frank había cogido el teléfono de Tommy y la fotografía de la cartera de Allison, pero esa nueva información le produjo un escalofrío en el pecho.

—¿Qué archivos?

—Todos. No sé qué estaría buscando, pero espero que lo encontrase.

—¿Le diste a Trent los informes de los incidentes?

—Sí.

—¿Por qué?

—A nadie le gusta hablar mal de los muertos, pero esta vez hay que hacer una excepción. Tommy no se estaba comportando normalmente en los últimos días. Armaba alborotos, le gritaba a la gente y los amenazaba. No quiero acusarle de nada. De pequeño era un buen muchacho. Tenía unos bonitos rizos rubios y unos preciosos ojos azules. Eso es lo que Sara recuerda de él, pero no sabe cómo se comportaba recientemente. Estaba mal de la cabeza. Puede que siempre lo haya estado, pero no quisimos darnos cuenta. —Marla dibujó medio círculo con la cabeza—. Nos ha metido en un buen lío. Esto es una auténtica mierda.

Lena se fijó en Marla por primera vez. No se podía decir que la anciana sintiese mucha simpatía por ella. Como mucho le hacía un gesto para saludarla cuando la veía entrar por la mañana, aunque la mayoría de las veces ni se molestaba en levantar la cabeza.

—¿Y por qué hablas conmigo, si nunca me diriges la palabra?

Marla se enfureció.

—Disculpa por haber intentado ayudar.

Se dio media vuelta y se marchó.

Lena vio que la puerta se cerraba lentamente. La habitación era pequeña y claustrofóbica. No podía permanecer allí todo el día, pero el deseo de esquivar a Will Trent era difícil de resistir. Larry Knox le había dicho a Frank que Will era un oficinista, no un agente. Y a ella también le había causado esa misma impresión. Con su jersey de cachemir y su corte de pelo de metrosexual parecía el típico oficinista que trabajaba hasta las cinco y luego se marchaba a su casa con su esposa e hijos. La Lena de hacía un tiempo lo habría considerado un impostor que no estaba a su nivel y que no merecía llevar una placa.

Sin embargo, esa Lena de antes se había equivocado en sus juicios tantas veces que prácticamente había desaparecido. Ahora evitaba dejarse guiar por sus instintos e intentaba ver la realidad. A Will lo había enviado una subdirectora que estaba a punto de ascender. Lena había conocido a Amanda Wagner muchos años antes y sabía que era un hueso duro de roer. Estaba segura de que no habría mandado a alguien de poca monta, en especial si se lo había pedido Sara Linton. Era probable que Will fuera uno de los mejores investigadores de su departamento, algo que ya había demostrado, pues en menos de dos horas había tirado por tierra el caso de Lena contra Tommy Braham.

Y ahora debía volver y enfrentarse a él de nuevo.

Aún le dolían los pies después de la larga caminata por el bosque. Tenía los zapatos totalmente empapados. Se dirigió a su taquilla, pero se le olvidó la combinación en cuanto empezó a girar el dispositivo. Puso la frente sobre el frío metal. ¿Por qué estaba aún allí? No podría continuar manteniendo su historia si tenía que tratar con Will Trent. Había demasiadas mentiras y medias verdades para poder recordarlas. Él seguía poniendo trampas, y ella sentía que cada vez estaba más cerca de caer en ellas. Debería irse a casa antes de hablar más de la cuenta. Si Trent quería impedírselo, tendría que esposarla.

De pronto recordó la combinación. Lena giró la manivela y abrió la taquilla. Miró su chubasquero, sus objetos de tocador y todas las gilipolleces que había acumulado con el tiempo. No quería nada, salvo el par de deportivas extra que tenía en la parte baja de la taquilla. Empezó a cerrarla, pero se detuvo en el último minuto. Dentro de una caja de tampones había una fotografía de Jared de hacía tres años. Estaba a las puertas del estadio de Sanford, en la Universidad de Georgia. El lugar estaba atestado de gente. Georgia jugaba la liga universitaria de rugby. Había un grupo de estudiantes rodeándole, pero él era el único que miraba de frente, a la cámara, mirándola a ella.

Esa foto la hizo justo en el momento en que se enamoró de él, allí mismo, a las puertas de un ruidoso estadio y rodeado de completos extraños. Lena había logrado retener ese preciso momento, cuando todo en su vida cambió de repente. ¿Quién se encargaría de retener ese momento para que las cosas volviesen a ser como antes?

Probablemente el agente de reserva que le hiciese la fotografía al ficharla.

La puerta se abrió de golpe y entraron cuatro agentes de patrulla tan absortos en su conversación que apenas repararon en su presencia. Lena se guardó la fotografía de Jared en el bolsillo de atrás. Tenía los calcetines empapados, pero, aun así, se puso las zapatillas, pues solo quería salir de allí, cruzar la sala de oficiales, pasar al lado de Will Trent, meterse en su coche e irse a casa con Jared.

Empezaría a hacer las maletas esa misma noche. Sería una de esas personas que dejan las llaves de su casa en el buzón para que las recoja el banco. Su coche estaba en buen estado y tenía dinero ahorrado para vivir durante algunos meses, más si Jared le pedía que compartiesen el alquiler. Se iría con él, intentaría olvidarse de todo y buscar la forma de vivir sin ser policía.

Todo eso si no la detenían por obstrucción a la investigación, si no la acusaban de negligencia, si Gordon Braham no le ponía un pleito, y si Frank no le llenaba la cabeza a Jared de mentiras. De unas mentiras que Jared se tragaría, porque lo peor de las mentiras es que la gente se las cree cuando se parecen a la verdad.

Lena cerró de golpe la puerta de la taquilla, presionando la mano contra el frío metal.

—Si le pones la zancadilla a ese gilipollas del GBI y se rompe la cabeza, no vamos a llorar —dijo uno de los agentes.

Todos se estaban poniendo sus chaquetones impermeablesa. Will había hecho algunas fotografías y había cogido algunas muestras de la corteza y de la tierra que había alrededor del árbol, pero había ordenado una búsqueda a gran escala por el bosque. Quería hacer más fotos, dibujos y diagramas. Deseaba asegurarse de que supiesen que los agentes se habían equivocado, que Lena se había equivocado.

—Maldito retrasado mental —dijo otro de los policías.

Lena no supo si se refería a Will o a Tommy. En cualquier caso respondió con una bravuconada:

—Ojalá fuese lo bastante listo para darse cuenta de lo estúpido que es.

Cuando salió del vestuario, todos se estaban riendo. Lena se puso la chaqueta. Cruzó la sala de oficiales con más arrogancia de la que sentía. Tenía que recuperar la compostura. Debía armarse de valor para la nueva oleada de preguntas que le haría Will Trent. Cuantas menos respuestas le diese, mejor para ella.

En la mano llevaba el papel que Marla le había dado. Miró

lo que había escrito, en parte para no tener que hablar con nadie. Se detuvo al llegar a la puerta principal. Volvió a leer la transcripción de nuevo. Estaba escrita de su puño y letra, pero faltaban las últimas líneas, donde la persona que hizo la llamada mencionaba que se había peleado con su novio. ¿Por qué habían suprimido esa parte?

Miró a Marla, que estaba sentada en la recepción. Esta le devolvió la mirada, enarcando las cejas por encima de las gafas. Resultaba difícil saber si estaba cabreada o enviándole un mensaje. Lena volvió a mirar la transcripción. La última parte había desaparecido, pero el corte era tan limpio que apenas se apreciaba. ¿Había manipulado Marla las pruebas policiales? Frank había registrado sus archivos la noche anterior. ¿Habría recortado la transcripción sin decirle nada a Lena? Dios santo, llevaba su cuaderno de notas en el bolsillo con la transcripción original. Trent solo tendría que pedírselo para poder acusarla de obstrucción, por manipular pruebas.

La puerta principal se abrió antes de que Lena llegase hasta ella. Will Trent se había cansado de esperar fuera.

—Inspectora —dijo a modo de saludo.

Se había puesto de nuevo sus zapatos y se había quitado la chaqueta de Carl Phillips. Parecía tan ansioso como reticente.

Lena le dio el papel.

—Marla me dio esto para usted. Me dijo que la cinta tendrá que pedirla a Eaton.

Will se dirigió a Marla, que estaba en la recepción.

—Gracias, señorita Simms.

Cogió el papel que le dio Lena. Pasó la vista de arriba abajo.

—¿Usted escuchó la llamada o hizo la transcripción de la cinta?

—Me la dictaron de la pantalla. Las cintas se almacenan en otro sitio, pero son fáciles de conseguir.

Lena contuvo la respiración, con la esperanza de que no le pidiese que la localizase.

—¿Tiene idea de quién pudo hacer la llamada?

Lena negó con la cabeza.

—Era una voz de mujer. El número estaba bloqueado y no dejó ni su nombre ni sus referencias.

—¿Ha hecho esta copia para mí?

—No, Marla me la ha dado.

Señaló un punto negro en la hoja.

—Hay algo pegado en el cristal de la fotocopiadora.

Lena se preguntó por qué narices le decía eso. Will no se parecía a ningún policía de los que había conocido antes. Tenía la costumbre de eludir las verdaderas preguntas, y hacía comentarios y observaciones al azar que parecían no conducir a ningún lado hasta que ya era demasiado tarde y uno se sentía con la soga alrededor del cuello. Estaba jugando al ajedrez, mientras que ella se limitaba a mover las fichas.

Lena trató de desviar el tema.

—Debemos ir a la escena del crimen si quiere regresar a tiempo para las autopsias.

—¿Acaso no acabamos de estar en la escena del crimen?

—No podemos estar seguros de lo sucedido. Tommy podría haber mentido. Imagino que eso también sucederá en Atlanta, ¿no es verdad? Los malos mienten a los polis.

—Más de lo que cree —respondió guardando la transcripción en el maletín—. ¿A qué hora se supone que empiezan las autopsias?

—Frank dijo que a las once y media.

—¿Se lo dijo cuando habló con él anoche?

Lena intentó recordar la respuesta que le había dado la última vez. Había hablado con Frank en dos ocasiones. En ambas le había dado instrucciones sobre la confesión de Tommy, y en ambas le había recordado que le amargaría la vida si no le cubría su culo de borracho.

Lena respondió con una evasiva, esperando que Will picase.

—A eso ya le he respondido antes.

Will sostuvo la puerta para dejarla pasar.

—¿Sabe por qué la prensa no está aquí?

—¿La prensa?

Se habría echado a reír de no haber estado de mierda hasta el cuello.

—Los periódicos cierran durante las vacaciones. Thomas Ross siempre se va a esquiar durante esta época del año.

Will se rio afablemente.

—Me encantan las ciudades pequeñas.

Una corriente de aire frío provocó que tuviese que ayudarse del hombro para cerrar la puerta. Se metió las manos en los bolsillos de los vaqueros. La parte baja de sus pantalones aún estaba húmeda.

—Vayamos en su coche.

Lena no se sentiría cómoda llevándole en su Celica, así que señaló el coche de Frank. Lena buscó las llaves en su bolsillo. El Condado había reducido el presupuesto y ambos compartían el mismo automóvil.

Presionó el botón para abrir las puertas.

Will no entró. Frunció el ceño al notar el olor que invadió el aire de la mañana.

—¿Usted fuma?

—Yo no. Es Frank —respondió Lena.

El olor era más intenso de lo habitual. Probablemente habría fumado un cigarrillo tras otro durante el trayecto de ida y vuelta hasta Macon.

—¿Es el coche del inspector Wallace? —preguntó Will.

Lena asintió.

—Si este es su coche, ¿dónde está él?

Lena logró tragarse la bilis que le subió hasta la garganta.

—Cogió un coche patrulla para ir al hospital.

Will no hizo ningún comentario, aunque Lena se preguntó si lo habría anotado en su libro. Frank había cogido un coche patrulla para que no le detuviesen durante el camino. Sobrepasar el límite de velocidad era ilegal en una situación de no emergencia, pero era ese tipo de ilegalidades que los policías cometían a todas horas.

—¿Sabe conducir un coche con cambio manual?

Ahora fue ella quien frunció el ceño. Por supuesto que sabía conducir.

—Cojamos mi coche —dijo Will.

—¿Me está tomando el pelo?

Lena había oído hablar del Porsche antes de llegar a la comisaría esa mañana. Toda la ciudad hablaba de eso, preguntándose cuánto costaría, cómo era posible que un investigador del estado se pudiera permitir un coche así y, lo más importante, por qué estuvo aparcado toda la noche delante de la casa de los Linton.

Will no esperó a ver si le seguía mientras se dirigía al extremo opuesto del aparcamiento. Mientras caminaba con su maletín de piel balanceando suavemente a uno de sus lados, dijo:

—Siento curiosidad por Allison Spooner. ¿Me dijo que era de Alabama?

—Sí.

—¿Y estudiaba en Grant Tech?

Lena respondió con cautela.

—Estaba matriculada en la universidad.

—¿Eso no implica que estudiara allí? —preguntó Will girándose.

—Eso significa que estaba matriculada. No hemos hablado todavía con sus profesores. No sabemos si realmente asistía a las clases. Recibimos muchas llamadas de los padres preguntándose por qué no les llegan las notas de los estudiantes.

Will volvió a preguntar:

—¿Usted cree que Allison Spooner había dejado los estudios?

—Lo que creo es que no le voy a responder a nada que no sepa que es absolutamente cierto.

—Me parece bien —respondió Will con uno de sus rápidos asentimientos.

Lena esperó otra pregunta u otro tipo de insinuación. Sin embargo, él continuó caminando en silencio. Si creía que su nueva técnica la iba a derrumbar, estaba totalmente equivocado. Lena había soportado desaprobaciones silenciosas toda su vida y se había convertido en una experta a la hora de ignorarlas.

Encogió la cabeza para protegerse del frío. Seguía pensando en la conversación que había mantenido antes con Will. Se había sentido tan furiosa al verlo sentado en la oficina de Jeffrey que al principio no había ni prestado atención a lo que decía. Luego había sacado la cartera de Allison, y Lena observó que faltaba la tercera fotografía.

En ella se veía a Allison sentada al lado de un muchacho que tenía el brazo alrededor de su cintura. Una mujer mayor estaba a su izquierda, a cierta distancia de ellos. Estaban sentados en un banco, a las afueras del centro estudiantil. Lena había observado la fotografía con el suficiente detenimiento como para recordar los detalles. El muchacho tendría la misma edad que Allison. Llevaba puesta la capucha de la sudadera, pero se podía ver que tenía el pelo moreno y los ojos marrones. Tenía barbita de chivo. Era regordete, como la mayoría de los chicos que estudiaban en Grant Tech, con esa típica gordura causada por los muchos días sentados en las clases y las noches enteras perdidas jugando a los videojuegos.

La mujer de la fotografía procedía claramente de los barrios más pobres de la ciudad. Tendría unos cuarenta y tantos, quizá más. Con las prostitutas llegaba un momento en que resultaba difícil calcular su edad. Lo bueno es que parecía que dejasen de envejecer, y lo malo es que aparentaban noventa. En cada arruga de su cara se veía que era fumadora, y su pelo teñido de rubio estaba tan seco como el estropajo.

Luego estaba el móvil de Tommy. Frank se lo había dado a ella en la calle. Lo había encontrado en su bolsillo trasero cuando lo cacheó antes de hacerle subir a la parte trasera del coche patrulla. Lena había guardado el teléfono en una bolsa de plástico, había anotado los detalles y lo había guardado con el resto de las pruebas.

Sin embargo, en algún momento de la noche pasada, tanto la foto de la cartera de Allison como el teléfono de Tommy habían desaparecido.

Solo había una persona que podría haber ocultado las pruebas: Frank. Marla le había dicho que estuvo registrando los archivos. Probablemente también habría falsificado la transcripción de la llamada al 911. Pero ¿por qué? Tanto la fotografía como la llamada demostraban que cabía la posibilidad de que Allison tuviese un novio, y posiblemente Frank estaba tratando de localizarlo antes de que lo hiciese Will Trent. Frank le había dicho a Lena que ambos debían ceñirse a la verdad, o al menos a lo más parecido a eso. ¿Por qué estaba actuando a sus espaldas y buscando otro sospechoso?

Lena se frotó los ojos con la mano. El viento soplaba con fuerza, la nariz le moqueaba y los ojos le lloraban. Tenía que buscar la forma de quedarse diez o quince minutos a solas para poder reflexionar sobre ese asunto. La presencia de Will le impedía hacer cualquier cosa que no fuese preocuparse por la siguiente pregunta que le haría.

—¿Está preparada? —preguntó.

Habían llegado al Porsche. Era un modelo más antiguo de lo que Lena había pensado. Las puertas no se abrían por control remoto, así que Will hizo los honores y luego le dio las llaves.

Ella notó una nueva oleada de nerviosismo.

—¿Qué pasa si choco contra algo?

—Le agradecería que no lo hiciese.

Will se inclinó y colocó el maletín en el asiento trasero.

Lena no podía moverse. Se sentía atrapada, pero no entendía bien por qué.

—¿Algún problema? —preguntó él.

Se dio por vencida. Se metió en el asiento envolvente, que parecía más bien uno reclinable. Si estiraba las piernas para llegar a los pedales, las pantorrillas le quedaban a escasos centímetros del suelo.

Will abrió la puerta del pasajero.

—¿No tiene un coche de la empresa?

—Mi jefa quería que viniese lo antes posible.

Tuvo que empujar el asiento hacia atrás antes de poder sentarse en el asiento del pasajero.

—Se ajusta en la parte delantera —le dijo a Lena.

Ella se agachó y acercó el asiento hacia el volante. Las piernas de Will eran mucho más largas que las suyas. Cuando por fin alcanzó los pedales tenía la cara pegada al volante.

Will, por su parte, no podía colocar su asiento en la posición correcta. Lo empujó hasta el final y luego lo bajó todo lo posible para que su cabeza no chocase con el techo. Finalmente, se plegó dentro del coche como un trozo de papel. Ella esperó a que se doblase, observándole. Era un hombre bastante normal, salvo por su estatura. Era delgado, pero tenía los hombros anchos y musculosos, como si pasase mucho tiempo en el gimnasio. Se había roto la nariz en algún momento de su vida, y tenía cicatrices en la cara, las típicas de pelearse a puñetazos.

No, definitivamente no era el hombre de repuesto de Amanda Wagner.

—Ya está —dijo Will, tras encajar el asiento en su lugar.

Lena buscó el contacto, pero no lo había.

—Está en el otro lado.

Lo encontró en el lado izquierdo del volante.

—Es de las carreras de Le Mans —explicó Will—. Así puedes arrancar el motor con una mano y meter las marchas con la otra.

Lena era totalmente diestra y tuvo que intentarlo varias veces antes de conseguir girar la llave. El motor rugió. El asiento vibró. Notó el embrague retroceder contra la almohadilla del pie.

Will la detuvo.

—¿Le importaría dejar que se caliente unos instantes?

Lena quitó el pie de los pedales. Miró al otro lado de la calle. Will había estacionado en el extremo del aparcamiento, con el morro hacia delante. Lena veía claramente la clínica infantil al otro lado. La clínica de Sara. Se preguntó si había aparcado allí a propósito, pues parecía hacerlo todo deliberadamente. O quizá no era más que una paranoia suya, ya que no le podía ver inspirar o espirar sin pensar que era algún plan premeditado para pillarla.

Will le hizo una de sus preguntas aleatorias.

—¿Qué piensa de la llamada al 911?

Le dijo la verdad:

—Me suena que se hizo desde un número bloqueado.

—Llamó para denunciar un suicidio. ¿Por qué?

Lena negó con la cabeza. Lo que menos le preocupaba en ese momento era la persona que había hecho la llamada.

—A lo mejor Tommy habló con ella. Puede ser una compañera, una cómplice o una novia celosa.

—No me imagino a Tommy como un mujeriego.

No lo era. Durante el interrogatorio, Lena le pidió que fuese explícito, porque no estaba segura de que supiese realmente lo que era el sexo.

—¿Dijo Tommy algo sobre alguna cita con alguien?

Lena negó con la cabeza.

—Podemos preguntar. La chica que llamó hablando del suicidio sabía que algo pasaba. Obviamente, estaba sentando las bases para la defensa de Tommy.

Lena volvió la cabeza.

—¿Por qué dice eso?

—La llamada. Dijo que Allison se había peleado con su novio y que por eso le preocupaba que pudiese suicidarse. No dijo nada acerca de Tommy.

Lena notó que se le helaba cada gota de sangre. Su mano aferró el volante. La transcripción corregida de Frank no mencionaba nada de un novio. Así pues, Will ya se había puesto en contacto con el centro de llamadas en Eaton. De ser así, ¿por qué le había pedido la cinta a Marla?

Para tenderle una trampa. Y Lena acababa de caer en ella.

Entonces Will le habló con un tono uniforme:

—No hay duda de que necesitamos localizar al novio. Él probablemente nos dirá quién hizo la llamada. ¿Tenía Allison alguna fotografía en el apartamento? ¿Cartas de amor? ¿Un ordenador?

Fotografías. ¿Estaba al corriente de la foto que faltaba? Lena tenía tal nudo en la garganta que no podía ni tragar. Negó con la cabeza.

Will cogió el maletín de detrás del asiento. Abrió los cierres. Lena oyó el timbre de alarma en sus oídos. Se le encogió el pecho, se le nubló la vista y se preguntó si estaba sufriendo un ataque de pánico.

—Hmmm —murmuró Will rebuscando por el maletín—. No tengo las gafas de leer aquí. ¿Le importaría? —preguntó sosteniendo la transcripción.

A Lena se le salió el corazón. Will sostenía el papel en la mano, con el borde ondeando por el aire que salía de la calefacción.

—¿Por qué hace eso? —susurró Lena.

El miedo impregnó cada una de sus palabras. Will la miró fijamente durante un rato, tanto que creyó que se le estaba separando el alma del cuerpo. Al final, hizo uno de sus acostumbrados gestos de asentimiento, indicando que había tomado una decisión. Metió de nuevo la transcripción en el maletín y cerró los pestillos.

—Vamos a casa de Allison.

Taylor Drive estaba a menos de diez minutos de la comisaría, pero a Lena el trayecto se le hizo eterno. Tenía tanto miedo que redujo la velocidad en dos ocasiones, ya que por un momento pensó que iba a marearse. Necesitaba concentrarse en Frank, calcular cuántos clavos pondría en su ataúd, pero solo pensaba en Tommy Braham.

Había muerto mientras estaba a su cargo, era su detenido. No le había cacheado cuando lo llevó a la celda. Al ser retrasado mental, pensó que no tendría por qué. ¿Quién era ahora la más tonta? Lena creyó que el muchacho había cometido el asesinato, pero lo consideraba tan inofensivo que dejó que entrase en la celda con un objeto afilado oculto en su cuerpo. Frank tenía razón; tenía suerte de que Tommy no hubiese utilizado ese objeto para atacar a nadie.

¿Cuándo le había cogido el cartucho de la pluma? Cuando lo hizo, ya debía de tener pensado utilizarlo para algo malo. Cuando terminó de escribir la confesión, Tommy estaba llorando a lágrima viva. La caja de Kleenex estaba vacía. Lena lo dejó solo durante medio minuto para ir a buscar más pañuelos. Cuando regresó a la habitación, tenía las manos bajo la mesa. Ella le limpió la nariz como si fuese un niño, lo tranquilizó, le pasó la mano por el hombro y le dijo que todo saldría bien. El chico pareció creerla, se limpió la nariz y se enjugó los ojos. En aquel momento, pensó que Tommy había decidido aceptar su destino, pero quizás el destino que había decidido era muy diferente al que ella había imaginado.

¿Era una cuestión de empatía por Tommy o fue su instinto de supervivencia el que le dijo que no se librase del abrecartas que había utilizado para apuñalar a Brad Stephens? La noche anterior había pensado en arrojarlo desde uno de los muchos puentes de hormigón que había entre su ciudad y Macon, pero no lo hizo, y aún lo tenía guardado en la bolsa, oculto debajo de la rueda de repuesto de su maletero. No había querido guardarlo en su casa, pero ahora no deseaba tenerlo tan cerca de comisaría. Frank había falsificado algunas pruebas escritas, había roto la cadena de custodia y había manipulado las pruebas. No quería que tuviese la oportunidad de rebuscar entre sus cosas.

¿Qué más estaba dispuesto a hacer?

Torció a la derecha en Taylor Drive. La intensa lluvia que había caído la noche anterior había limpiado la sangre de la calle, pero aún podía verla en su cabeza, igual que a Brad parpadeando bajo la lluvia, y su piel grisácea al aterrizar el helicóptero.

Lena condujo el coche hasta el extremo más lejano de la calle y se detuvo.

—Aquí es donde Brad fue apuñalado.

—¿Dónde está el apartamento de Spooner? —preguntó Will.

Lena señaló hacia arriba de la calle.

—Cuatro casas más allá, en la acera de la izquierda.

Will miró la calle.

—¿Qué número?

—El dieciséis y medio.

Lena metió una marcha y siguió hacia delante.

—Nos dieron su dirección en la universidad y vinimos aquí para ver si podíamos hablar con el propietario o alguna compañera.

—¿Llevabais una orden de registro?

Ya le había hecho esa misma pregunta, así que le dio la misma respuesta.

—No vinimos a registrar la casa.

Esperó que le formulase otra pregunta, pero Will guardó silencio. Lena se preguntó si lo que le había dicho era cierto. Si no hubiesen visto a Tommy en el apartamento, habrían buscado otra excusa para entrar. Gordon Braham estaba fuera de la ciudad. Sabía que Frank habría roto el candado y habría entrado de cualquier manera. Tal vez hubiera dicho que era mejor pedir disculpas que permiso, y a nadie le habría importado una menudencia así teniendo en cuenta que una joven había sido asesinada.

—¿Habéis interrogado a los vecinos? —inquirió Will.

Lena detuvo el coche delante de la casa de Braham.

—Los agentes de patrulla lo hicieron. Nadie vio nada diferente de lo que sucedió.

—¿Y qué sucedió exactamente?

—Que Brad fue apuñalado.

—Cuéntemelo desde el principio. Se presentaron aquí...

Lena trató de tomar aire, pero sus pulmones solo se llenaron a medias.

—Nos acercamos hasta el garaje y...

—No —interrumpió Will—. Empecemos desde el principio. Vinieron desde la escena del crimen. ¿Qué hicieron después?

—Brad ya estaba aquí.

No le mencionó el paraguas rosa que llevaba ni la bronca que le metió Frank.

—¿Salió usted del coche?

Lena asintió y Will le dio con el codo. Al parecer estaba dispuesto a que le contase hasta el más mínimo detalle.

Abrió la puerta. La lluvia le salpicó en la cara. Will también salió del coche.

—La lluvia había amainado y la visibilidad era buena —dijo Lena dirigiéndose hacia la entrada.

Will estaba a su lado, con el maletín en la mano. Al final de la entrada vio que el garaje estaba marcado con cinta amarilla. Frank probablemente había regresado la noche anterior, o puede que hubiese enviado un coche patrulla para marcar el espacio, y demostrar así que se lo estaba tomando en serio. No había ninguna otra señal de lo que estaba haciendo ni por qué.

Will abrió el maletín y sacó una hoja de papel.

—La orden de registro vino mientras usted fue a por su abrigo.

Le entregó el documento a Lena. Vio que la había emitido un juez de Atlanta.

—¿Qué pasó luego? —preguntó—. Imagino que la puerta del garaje estaría cerrada.

Lena asintió.

—Estábamos de pie, más o menos aquí. Los tres. Las luces permanecían apagadas. No había ningún coche en el garaje ni en la calle.

Señaló la *scooter*. El guardabarros de plástico estaba cubierto de barro.

—Vimos que la cadena y el candado eran similares a los que encontramos en la escena del crimen.

Lena miró la *scooter* y se alegró de que tuviese restos de barro en los neumáticos. Tommy podía haber ido al bosque con ella. No habían encontrado huellas, pero el barro coincidiría con el del lago.

—¿Inspectora?

Lena se dio la vuelta. No había oído la pregunta.

—¿Llamaron a la puerta?

Lena miró en dirección a la casa. Las luces aún estaban apagadas. Había un ramo de flores apoyado contra la puerta.

—No.

Will se agachó y abrió la puerta metálica del garaje. El

ruido fue ensordecedor, tanto que probablemente se oyó en todo el vecindario. Lena vio la cama, la mesa, los periódicos y las revistas esparcidas. Había una pequeña mancha de sangre donde Frank se había caído, cerca de la entrada. Tenía una capa de hielo encima. El corte en el brazo había sido más profundo de lo que pensaba. El abrecartas no pudo hacerle algo así. ¿Se había pinchado él mismo?

—¿Así encontraron el garaje?

—Más o menos.

Lena cruzó los brazos. Notó que el frío calaba su chaqueta. Debería haber regresado a la escena después de obtener la confesión de Tommy, para revisar las pertenencias de Allison, para encontrar más pistas que respaldasen su historia. Ahora ya era demasiado tarde. Lo mejor que podía hacer era empezar a pensar como detective en lugar de comportarse como sospechosa. El arma del asesinato probablemente estaría allí. La *scooter* era una buena prueba; la mancha al lado de la cama, otra aún mejor. Tommy podría haber golpeado a Allison en la cabeza y luego llevarla al bosque para asesinarla. A lo mejor tenía pensado ahogarla en el lago, pero la chica se despertó y no tuvo más remedio que apuñalarla en la nuca. Tommy había vivido en Grant toda su vida y probablemente estuvo en la ensenada muchas veces. Sabía dónde había más profundidad. Sabía dónde debía hundir el cuerpo para que no resultase tan fácil encontrarlo.

Lena exhaló. Ahora podía respirar. Todo empezaba a cobrar sentido. Tommy la había engañado en la forma de matarla, pero la había matado.

Will se aclaró la garganta.

—Volvamos un poco más atrás. Ustedes tres estaban allí. El garaje estaba cerrado. La casa parecía estar vacía. ¿Qué pasó después?

Lena tardó unos segundos en recobrar la compostura. Le contó que Brad había visto un intruso enmascarado en el interior, y que rodeó el edificio antes de decidir hacerle frente.

Will parecía escuchar a medias mientras ella relataba los hechos. Estaba de pie, justo debajo de la puerta del garaje, con las manos en la espalda, mirando todo lo que había en la habitación. Le estaba contando cómo Tommy se negó a soltar el cuchillo cuando observó que se fijaba en la mancha marrón que había al lado de la cama. Entró en el garaje y se arrodilló para verla mejor. A su lado estaba la cubeta de agua sucia que Lena había visto. Había una esponja acartonada su lado.

Levantó la cabeza y le dijo:

—Siga.

Lena tuvo que pensar dónde se había quedado.

—Tommy estaba detrás de esa mesa.

Señaló la mesa, que estaba torcida.

—La puerta no es que sea muy silenciosa cuando se abre. ¿Tenía el cuchillo en la mano? —preguntó Will.

Lena se detuvo, tratando de recordar lo que había dicho cuando le hizo esa pregunta por primera vez. Quería saber si tenía una funda en el cinturón para guardar el cuchillo, y si era el mismo cuchillo que se había utilizado para matar a Allison Spooner.

—Cuando le vi, ya tenía el cuchillo en la mano. No sé de dónde lo había sacado. Probablemente de la mesa.

Por supuesto que lo había sacado de allí. Había un sobre a medio abrir, ese tipo de correo basura que contiene cupones que nadie utiliza.

—¿Qué más observó?

Lena señaló la cubeta de agua oscura al lado de la cama.

—Había estado limpiando. Creo que la golpeó en la cabeza, la dejó inconsciente, la subió en su moto y...

—Él no dijo nada de limpiar en su confesión.

No, así era. Y, además, a Lena ni siquiera se le ocurrió preguntarle sobre la cubeta. En lo único que pensaba era en Brad y en lo gris que se había puesto la última vez que le vio.

—Los sospechosos mienten. Tommy no quería decir cómo lo hizo y se inventó una historia que le hiciese quedar mejor. Suele ocurrir.

—¿Qué sucedió después? —preguntó Will.

Lena tragó saliva, intentando deshacerse de la imagen de Brad, que le seguía rondando por la cabeza.

—Me acerqué al sospechoso por la derecha.

Will había abierto su maletín sobre la cama.

—¿La suya o la de él?

—La mía.

Lena dejó de hablar. Will había sacado una especie de kit de campo. Ella reconoció los tres botes pequeños de cristal que sacó del recipiente de plástico con los que pensaba hacer una prueba de Kastle-Meyer de la mancha.

Will no la instó a que continuase con la historia. Sacó un bastoncillo limpio del kit, abrió el primer bote y utilizó el cuentagotas para humedecerlo con etanol. Luego pasó el bastoncillo por la mancha, frotándolo suavemente con el fin de que la sustancia marrón se transfiriese. Luego añadió el reactivo, la fenolftaleína, del segundo bote. Lena contuvo la respiración mientras utilizaba el último cuentagotas para añadir el peróxido de hidrógeno a la mezcla. Ella había estudiado el procedimiento en la escuela y lo había realizado infinidad de veces. Si la sustancia marrón era sangre humana, el algodón se ponía de inmediato de color rosa brillante.

No fue así.

Will empezó a guardar el kit.

—¿Y qué pasó después?

Lena había perdido el hilo. No podía apartar la mirada de la mancha. ¿Cómo era posible que no fuese sangre? Tenía la misma forma y el mismo color que una mancha de sangre. Tommy estaba en el apartamento de Allison, registrando sus pertenencias. Iba vestido como un ladrón, y estaba a medio metro de su sangre con un cuchillo en la mano.

No era un cuchillo, sino un abrecartas.

Y no era la sangre de Allison.

Will le dio con el codo para que continuase.

—Así que usted flanqueó a Tommy por la derecha. ¿El inspector Wallace estaba a su derecha?

—A mi izquierda, a su derecha.

—¿Fue en ese momento cuando se identificaron como policías?

Lena contuvo la respiración. Tenía que mentirle. No podía decirle que no lo recordaba porque lo habría considerado como una afirmación de que no habían seguido los procedimientos más básicos a la hora de enfrentarse a un sospechoso.

—¿Inspectora?

Lena soltó un lento suspiro. Intentó mostrar algo de sarcasmo.

—Sé cómo hacer mi trabajo.

Will asintió solemnemente.

—Espero que sí.

En lugar de ejercer más presión, la aflojó.

—Dígame qué sucedió después.

Lena continuó describiendo los hechos mientras Will recorría el garaje. No era muy grande, pero no dejó ni un centímetro sin examinar. Cada vez que se detenía a inspeccionar algo con más atención —el anclaje junto a la pared trasera, un trozo de metal sobresaliendo del carril de la puerta— a Lena se le encogía el corazón.

Siguió contándole cómo Tommy echó a correr por la calle y cómo Brad empezó a perseguirle. Le habló del apuñalamiento y de la llegada del helicóptero de emergencia.

—El helicóptero despegó y me dirigí al coche. Tommy estaba dentro, esposado. Lo llevé a comisaría. El resto ya lo sabe.

Will se rascó la mandíbula.

—¿Cuánto tiempo cree que tardó en levantarse después de que Tommy la derribase?

—No sé. Diez o quince segundos.

—¿Se golpeó en la cabeza?

Aún le dolía.

—No lo sé.

Will estaba en la parte de atrás de la habitación.

—¿Vio usted esto?

Tuvo que hacer un esfuerzo para entrar en el garaje. Siguió la dirección que le indicaba su dedo, señalando un agujero en la pared. Era redondo, con el borde irregular y del tamaño de una bala. Sin pensar, Lena volvió a mirar la parte del garaje donde había estado Frank. La trayectoria coincidía. No había casquillos en el suelo. Esperaba que a Frank se le hubiese ocurrido mirar detrás del garaje. La bala no se había detenido después de haberle rozado y haber hecho un agujero en el lateral de metal. Estaría fuera, probablemente enterrada en el barro.

—¿Alguien disparó su arma? —preguntó Will.

—La mía no.

Will miró las tiritas que tenía en el lateral de la mano.

—Por tanto, usted estaba aquí, en el suelo —dijo dirigiéndose a la cama y quedándose donde ella se había caído.

—Así es.

—Se levantó y vio que Frank Wallace estaba en el suelo. ¿Bocabajo o de costado?

—De costado.

Lena siguió a Will mientras se dirigía lentamente a la parte delantera del garaje. Pasó por encima de las revistas que se habían caído durante la lucha. Vio el destello de una antigua maqueta de un Mustang pegada al lateral de una pista de carreras. Will señaló la pieza de metal que sobresalía del carril de la puerta.

—Esto parece peligroso.

Will abrió el maletín de nuevo. Con sumo cuidado y utilizando un par de pinzas, tiró de un hilo de un material color marrón claro que estaba pegado a la pieza cortante de metal. La gabardina de Frank era de ese color, una London Fog que siempre llevaba puesta, al menos desde que Lena le conocía.

Will cogió su kit para hacer la prueba de Kastle-Meyer.

—Estoy seguro de que sabe hacerla.

A Lena le temblaron las manos cuando cogió el kit. Siguió el mismo procedimiento que había empleado Will, utilizando el cuentagotas para añadir el reactivo. Cuando el bastoncillo de algodón se puso de color rosa brillante, Lena pensó que a ninguno de los dos le resultaba extraño.

Will se giró y observó el garaje. Ella podía leer sus pensamientos. En lo que se refiere a Lena, ella tenía el beneficio de su participación en la búsqueda de la verdad. Tommy la había derribado con la mesa. A Frank le había entrado el pánico o se había sobresaltado, el caso es que, por alguna razón, apretó el gatillo. La bala salió sin una dirección clara e hirió a Lena en la mano. A Frank se le había caído el arma. El retroceso de la Glock le había cogido desprevenido, o es que estaba tan borracho que había perdido el equilibrio. Intentó apoyarse, cortándose el brazo con la pieza de metal que sobresalía del carril de la puerta. Se cayó al suelo. Cuando Lena se levantó, lo vio sujetándose el brazo. Tommy corría hacia la entrada con el abrecartas en la mano.

En fin, un par de palurdos en apuros.

¿Cuántas copas de más se había tomado Frank esa misma mañana? Estaba sentado en el coche con su petaca mientras

Lena observaba cómo sacaban a Allison del lago. En el viaje de regreso le dio tres o cuatro tragos. ¿Cuántos más le habría pegado antes? ¿Cuántas copas necesitaba para levantarse en los últimos tiempos?

Will se quedó callado. Cogió el bastoncillo de algodón, los botes y lo colocó todo en el sitio adecuado. Esperó que comentase algo sobre la escena, sobre lo que había sucedido en realidad, pero en lugar de eso preguntó:

—¿Dónde está el cuarto de baño?

Lena estaba demasiado confusa como para poder responder y se limitó a decir:

—¿Cómo dice?

—El cuarto de baño.

Hizo señales y Lena se dio cuenta de que tenía razón. No había ningún cuarto baño. Ni tan siquiera había un armario. El mobiliario era de lo más espartano. Solo había una cama que parecía comprada en una tienda militar, y una mesa plegable de esas que se usan en las ventas de pasteles que organizan en las parroquias. Había una televisión pequeña en la esquina con papel de aluminio en la antena y un mando de Playstation en la parte delantera. En lugar de una cómoda, había estantes de metal sujetos con tornillos a la pared, repletos de camisetas, pantalones vaqueros y gorras de béisbol.

—¿Por qué dijo Tommy que llevaba un pasamontañas?

Lena se sintió como si se hubiese tragado un puñado de grava.

—Dijo que lo llevaba porque hacía frío.

—Y es cierto. Aquí hace frío —confirmó Will.

Guardó el kit en el maletín. Lena dio un respingo cuando echó los cierres. Retumbó como el disparo de una pistola, o como cuando se cierra la puerta de una celda.

Las revistas de coches, las sábanas sucias encima de la cama, la ausencia de las instalaciones más básicas... Todo indicaba que Allison Spooner no había vivido en aquel desolado garaje. Aquella había sido la residencia de Tommy Braham.

Capítulo once

La funeraria de Brock estaba en uno de los edificios más antiguos del condado de Grant. El castillo victoriano, junto con sus torretas, se construyó a principios del siglo XX, gracias al dinero del hombre que se encargaba del mantenimiento de la estación de ferrocarril. Posteriormente, la fiscalía del Estado demostró que había utilizado fondos malversados de la empresa ferroviaria. Luego, el castillo se subastó en las escalinatas de los juzgados y pasó a ser propiedad de John Brock, el forense de la ciudad.

Sara supo por su abuelo, Earnshaw, que todos los habitantes de la ciudad se habían sentido muy aliviados cuando los Brock se marcharon de Main Street, especialmente el carnicero, que tenía la desgracia de ser su vecino. El sótano y la planta principal de la casa victoriana se habían transformado en la funeraria, mientras que la planta de arriba se reservaba para las familias.

Sara se había criado con Dan Brock. Había sido un chico retraído y serio, el típico que se sentía más cómodo con los adultos que con los jóvenes de su edad. Ella había presenciado personalmente la constante mofa que había soportado en la escuela primaria. Los típicos chulillos se habían ensañado con él como pirañas y no lo habían dejado en paz hasta secundaria, cuando Dan llegó a medir más de dos metros de altura. Al ser la chica más alta de la clase, y luego la persona más alta de la escuela, a excepción de Dan, Sara siempre había apreciado tenerlo cerca.

Sin embargo, seguía sin poder evitar mirarlo y ver al chico desgarbado de diez años del que se habían mofado las chicas en el autobús por tener ladillas.

Cuando Sara entró en el aparcamiento estaba terminando

un funeral. La muerte era un negocio en auge, incluso en la actual situación económica. El viejo edificio victoriano era prueba de ello. Estaba recién pintado y le habían puesto un nuevo tejado de pizarra. Sara observó a los asistentes salir de la casa y emprender el breve recorrido hasta el cementerio.

Había una lápida de mármol en el cementerio con el nombre de Jeffrey. Sara llevó las cenizas hasta Atlanta, pero su madre recuperó de pronto su fervor religioso e insistió en un funeral como es debido. La iglesia estuvo tan llena durante el servicio que las puertas traseras se abrieron para que las personas pudiesen oír la voz del sacerdote. Las personas caminaron hasta el cementerio en lugar de ir en automóvil detrás del coche fúnebre.

Cada uno había puesto algo encima del ataúd a modo de recuerdo, sus amigos, su jefe, sus tutores. Hubo un programa de rugby en Auburn en el que aparecía Jeffrey en la portada, rodeado de sus amigos. Eddie puso el martillo con el que Jeffrey le ayudó a construir el cobertizo del jardín trasero. Su madre depositó su vieja sartén, porque con ella le había enseñado a preparar el pollo frito. Tessa dejó una postal que él le había mandado desde Florida. Siempre le había gustado bromear con ella. La postal decía: «¡Me alegro de que no estés aquí!».

Unas semanas antes de ser asesinado, Sara le había dado una primera edición firmada de *Andersonville,* de Mackinlay Kantor. A Sara le costó mucho trabajo desprenderse del libro, pero sabía que no le quedaba más remedio, ya que no podía dejar que enterrasen su ataúd de recuerdos sin hacer su propia contribución. Dan Brock se había sentado con ella en el salón de su casa hasta que se sintió dispuesta a desprenderse del libro. Había mirado cada página, había pasado los dedos por los mismos lugares donde se habían posado sus manos. Dan había esperado pacientemente, en silencio, pero cuando llegó el momento de marcharse lloraba de un modo tan desconsolado como ella.

Sara cogió un pañuelo de papel de la guantera y se secó las lágrimas. Pensó que terminaría enroscada como una niña si se dejaba llevar. Tenía la chaqueta en el asiento contiguo, pero no se molestó en ponérsela. Encontró una pinza en el bolsillo y se recogió el pelo. Se miró en el espejo. Debería haberse puesto algo de maquillaje esa mañana, ya que las pecas que tenía alrededor de la nariz resaltaban más de lo normal debido a la palidez de su piel. Puso el espejo en su sitio. Era demasiado tarde para hacer nada.

El último coche se unió a la procesión del funeral. Sara se bajó de su todoterreno, y casi pisa un charco. La lluvia caía sin parar y se tapó inútilmente la cabeza con las manos. Brock estaba de pie, en la entrada. Le saludó con la mano. Había perdido un poco de pelo en la parte de arriba, pero su porte desgarbado y su elegante traje le daban la misma apariencia que había tenido en la escuela secundaria.

—Hola, ¿cómo estás? —le dijo con una rápida sonrisa—. Eres la primera en llegar. Le dije a Frank que empezaríamos a las once y media.

—Pensé que podría ir preparándolo todo.

—Ya me he adelantado yo. Lo tienes todo listo —respondió con una sonrisa que parecía reservar a los dolientes—. ¿Cómo te encuentras?

Sara intentó devolverle la sonrisa, pero fue incapaz de responder a la pregunta. El día anterior había pasado de los cumplidos en la comisaría, cuando Brock se presentó para reclamar el cuerpo de Tommy Braham, y ahora se sentía un poco incómoda por su actitud. Brock, como de costumbre, suavizó la situación.

—Anda, ven —le dijo dándole un fuerte abrazo—. Tienes muy buen aspecto, realmente bueno. Y me alegro de que hayas venido para las vacaciones. Tu madre debe de estar muy contenta.

—Mi padre al menos sí.

Le pasó el brazo por la cintura y la condujo al interior de la casa.

—Vamos dentro. Hace un tiempo infernal.

—Guau —dijo Sara, deteniéndose en la puerta y mirando el amplio vestíbulo.

Por lo que se veía, sus padres no eran los únicos que habían estado haciendo reformas. La vieja decoración era ya historia. Las pesadas cortinas de terciopelo y la carpintería verde oscura habían dejado paso a unas cortinas plegables y una alfombra oriental que cubría el hermoso entarimado de madera. Habían reformado hasta las salas para los velatorios, que no se parecían en nada a aquellos salones victorianos tan formales.

—A mamá no le gusta nada —dijo Brock—, así que creo que no lo he hecho tan mal.

—Has hecho un trabajo fantástico —respondió Sara imaginando que ya habría recibido muchos elogios.

—El negocio ha ido bien —le dijo aún con el brazo en la espalda mientras la conducía hasta el salón—. Tengo que admitirlo. Lo de Tommy me ha dejado destrozado. Era un buen muchacho. Venía a cortarme el césped.

Brock dejó de caminar. Miró a Sara y su actitud cambió.

—Sé que la gente cree que soy un ingenuo, que le concedo a la gente el beneficio de la duda, pero no me imagino a Tommy haciendo nada de lo que dicen.

—¿Te refieres a matar a la chica o a suicidarse?

—A ambas cosas —respondió Brock mordiéndose el labio por un momento—. Tommy era un chico agradable y feliz. Tú le conocías. Jamás tenía una mala palabra con nadie.

Sara fue muy cauta al respecto.

—Las personas pueden sorprendernos.

—Es posible que, por ignorancia, crean que el chico era tan retrasado que su cerebro explotó y reaccionó violentamente.

—Tienes razón.

Tommy era un discapacitado mental, pero no un psicótico. Son dos cosas muy diferentes.

—Lo que más me sorprende es que no se ha empleado la fuerza. No ha sido un arrebato de furia.

—¿A qué te refieres?

Metió las manos entre los botones de su chaleco.

—Yo esperaba más.

—¿Más de qué?

Su conducta cambió de repente.

—Escucha. Tú eres la doctora. Ya lo verás con tus propios ojos y probablemente descubras más cosas que yo —le dijo poniéndole la mano en el hombro—. Estoy muy contento de que hayas vuelto, Sara. Y, además, quiero decirte que me alegro mucho por ti, y que no debes hacer caso de lo que nadie te diga.

No le gustó cómo sonaba aquello.

—¿De qué te alegras exactamente?

—De que tengas una nueva pareja.

—Una nueva…

—Toda la ciudad habla de ello. Mi madre estuvo al teléfono toda la noche.

Sara notó que se sonrojaba.

—Brock. Él no es mi…

—Chis —susurró Brock a modo de aviso.

Sara oyó a alguien en las escaleras.

Brock, levantando la voz, dijo:

—Mamá, voy al cementerio a ayudar a la gente del señor Billingham. Sara estará trabajando en la planta de abajo, así que por favor no bajes ni la molestes. ¿Me oyes?

La voz de Audra Brock sonó muy débil, aunque probablemente la anciana viviría más años que todos ellos.

—¿Qué dices?

Brock levantó la voz de nuevo.

—Digo que no molestes a Sara.

Se oyó una expresión de desagrado y luego el ruido de sus pasos al arrastrarse camino de su habitación.

Brock puso los ojos en blanco, pero sonrió sin malicia.

—En la planta de abajo todo está como siempre. Volveré dentro de una hora y te echaré una mano. ¿Quieres que ponga una nota en la puerta para tu amigo?

—Él no… —Sara no terminó la frase. Luego añadió—: Déjalo. Ya lo hago yo.

—Mi oficina sigue estando en la cocina. Ya me dirás qué te parece.

Se despidió con la mano antes de salir por la puerta principal.

Sara se dirigió a la parte trasera. Había dejado el bolso en el coche y no tenía ni papel ni lápiz para dejarle una nota a Will. La cocina victoriana siempre había servido de oficina, pero Brock había quitado el viejo fregadero y las tablas de lavar para adecuarla al negocio que dirigía. La exposición de ataúdes se había colocado dentro de lo que antes había sido el rincón para comer. Sobre una mesa de caoba había algunos catálogos de arreglos florales, colocados muy cuidadosamente. La mesa de Brock era de acero y cristal, de un diseño muy moderno, considerando que era la persona más chapada a la antigua que había conocido.

Cogió una nota adhesiva de su cartapacio y empezó a escribir a Will, pero luego se detuvo. Probablemente Frank aparecería por allí. ¿Qué podía escribirle a Will en ese pequeño trozo de papel que no levantase sospechas?

Sara se daba golpecitos en los dientes con el lápiz mientras se dirigía hacia la puerta principal. Finalmente escribió «planta baja», en líneas separadas. Para indicárselo más claramente, dibujó una flecha que señalaba hacia abajo, aunque puede que eso no sirviese de nada: cada disléxico era distinto, aunque la mayoría compartía algunas características. Una de ellas era la falta de sentido de la orientación. No era de extrañar que Will se perdiese al venir en coche desde Atlanta, pero llamarle por teléfono serviría de poco, puesto que decirle a un disléxico que torciese a la derecha era tan útil como decirle a un gato que bailase claqué.

Pegó la nota en el cristal de la puerta principal. Esa mañana le había dado muchas vueltas a su mensaje; lo escribió seis veces, unas firmándolo y otras no. El dibujo de la cara sonriendo había sido una decisión tomada en el último momento, una forma de decirle que entre ellos no había ningún problema, ya que hasta un tuerto se habría dado cuenta de lo afectado que estaba la noche anterior. Sara se sentía muy mal por haberle puesto en una situación tan incómoda. Nunca había sido una persona muy sonriente, pero dibujó dos ojos y una boca en la esquina de la nota antes de ponerla debajo del parabrisas con la esperanza de que se lo tomase de la mejor forma posible.

Le parecía muy inapropiado dibujar una cara sonriente en la puerta principal de una funeraria, pero esbozó una figura pequeña —dos ojos y una boca curvada—, pensando que ganaría algunos puntos.

El parqué de la planta de arriba crujió. Sara regresó a toda prisa a la cocina. Dejó la puerta del sótano abierta de par en par y bajó las escaleras de dos en dos para evitar a la madre de Brock. Había una puerta de hierro al final del descansillo. Los barrotes de hierro y la malla metálica impedían que cualquier persona entrase en la zona de embalsamamiento. A nadie le gustaría entrar allí, salvo que fuese necesario, pero, años antes, un par de muchachos de la universidad habían forzado la puerta antigua para entrar y robar formaldehído, una sustancia muy utilizada para cortar la cocaína. Sara pensó que la combinación del teclado numérico no habría cambiado, así que tecleó el 1-5-9 y el cerrojo de la puerta se abrió.

Brock se había encargado de que la zona inmediata a la puerta estuviese vacía, para que nadie mirase por casualidad a través de la malla metálica y viese algo que no debiera. La zona intermedia se prolongaba a todo lo largo del muy bien iluminado pasillo. Los estantes del almacén contenían diversos productos químicos y suministros con las etiquetas mirando hacia la pared para que nadie supiese qué contenían. Una estantería de metal que había al final estaba repleta de pequeñas cajas de zapatos; cenizas que nadie se había molestado en venir a recoger.

Al final del pasillo, Brock había colocado un letrero que Sara había visto en el depósito de cadáveres del hospital: *HIC LOCUS EST UBI MORS GAUDET SUCCURRERE VITAE*, que traducido vendría a significar algo así como «este es el lugar donde la muerte goza enseñando a la vida».

Las puertas batientes que conducían a la sala de embalsamamiento estaban abiertas y sujetas a los antiguos ladrillos de la casa. La luz artificial rebotaba contra los azulejos blancos. Mientras que la planta de arriba había sido reformada completamente, la de abajo permanecía tal y como la recordaba. Había dos camillas de acero inoxidable en medio de la sala con dos enormes lámparas industriales encima de ellas, montadas sobre resortes. Había una estación de trabajo al pie de cada camilla, con las tuberías conectadas en los extremos para ayudar a limpiar los cuerpos. Brock ya había dejado dispuestas las herramientas de la autopsia; es decir, las sierras, los escalpelos, los fórceps y las tijeras. Seguía utilizando las tijeras de podar para abrir la caja torácica; Sara las había comprado en la ferretería.

El fondo de la sala estaba totalmente reservado para los trámites del funeral. Al lado de la cabina frigorífica había una bandeja rodante que contenía el trocar de metal que se utilizaba para sacar y extraer los órganos durante el embalsamamiento. Ajustada en un rincón estaba la máquina de embalsamar, que parecía una cruz entre un termo de café y una batidora. El tubo arterial colgaba lánguidamente en el fregadero. Sobre la pila había unos gruesos guantes de goma, el delantal de carnicero, un par de gafas de trabajo, una mascarilla y una caja de tamaño industrial de algodón enrollado para detener las hemorragias.

Incongruentemente, había un secador y un kit de maquillaje abierto sobre la tapadera de la caja. También había algunos envases que contenían base de maquillaje, varios tonos de sombra de ojos y barras de labios. Se podía ver el logotipo de MAQUILLAJE FORENSE DE PEASON'S en la parte interna de la tapadera.

Sara cogió un par de guantes quirúrgicos desechables de una caja que estaba apoyada contra la pared. Abrió la puerta de la cámara frigorífica y recibió una bocanada de aire frío. Había tres cuerpos en el interior, todos dentro de sus correspondientes bolsas negras con cremallera. Buscó la etiqueta de Allison Spooner.

La cremallera de la bolsa emitió el ruido de costumbre, mostrando el grueso plástico negro. La piel de Allison había adquirido el tono iridiscente y descolorido de la muerte. Tenía los labios morados. Había trozos de hierba y palitos pegados a su piel y a su ropa. Se veían señales de pequeñas contusiones en la boca y las mejillas. Sara se puso los guantes de látex y dobló suavemente el labio inferior de la chica. Se podían observar las marcas de los dientes en la carne, justo donde su rostro había sido presionado contra el suelo. Había sangrado antes de morir. El asesino la había sujetado en esa postura para matarla.

Con sumo cuidado, giró la cabeza hacia un lado. El *rigor* había desaparecido. Pudo ver con claridad la herida del cuchillo en la nuca de la chica.

Brock tenía razón. No la habían asesinado con saña. No había lesiones causadas por la furia, tan solo una incisión precisa y letal.

Sara colocó los dedos en la parte superior e inferior de la herida y estiró la piel para reconstruir su posición en el momento de la herida. El cuchillo que se había empleado debió de ser muy fino, aproximadamente de un centímetro de ancho y unos ocho centímetros de largo. La hoja había penetrado en forma de ángulo. El fondo de la incisión estaba curvado, lo que significaba que una vez clavado lo habían girado para provocar el máximo daño.

Le quitó la chaqueta a la chica y comparó la raja en el material con la herida de la nuca. Lena al menos había acertado en eso. A la chica la habían apuñalado por detrás. Dedujo que el asesino debía ser diestro y que tenía cierta habilidad. El golpe había sido tan rápido como letal. El mango del cuchillo había causado un moratón en la piel alrededor de la herida. La persona que la había asesinado no había dudado en clavar la hoja y luego hacerla girar.

Eso no lo podía haber hecho Tommy Braham.

Volvió a correr la cremallera de la bolsa con la misma dificultad. Antes de salir de la cámara frigorífica, puso la mano en la pierna de Tommy. Obviamente, él ya no podía sentir el tacto —era muy tarde para que le prestase su apoyo—, pero se sintió mejor al saber que iba a ser ella quien practicase su autopsia.

Se quitó los guantes y los arrojó a la basura mientras se dirigía al fondo del sótano. Había una pequeña habitación sin ventanas que, en sus orígenes, se había utilizado para almacenar el vino. Las paredes, el techo y el suelo eran de ladrillo rojizo. Brock utilizaba ese espacio como oficina, a pesar de que hacía mucho más frío en ese sitio. Sara cogió la chaqueta que colgaba de la puerta, pero cambió de opinión cuando le llegó el olor de la loción para el afeitado de Brock.

La mesa estaba vacía, salvo por unos formularios de autopsia y una pluma estilográfica. Brock había dejado dos paquetes para los procedimientos. Tenían pegadas notas adhesivas con el nombre, la fecha de nacimiento y la última dirección de la víctima.

Las leyes de Georgia solo exigían que se llevase a cabo una autopsia médica bajo determinadas circunstancias. Las muertes violentas, las laborales, las sospechosas, las repentinas, las desatendidas y las quirúrgicas exigían una investigación más profunda. En la mayoría de las ocasiones, la información que se recopilaba era la misma: nombre legal, apodo, edad, altura, peso y causa de la muerte. Se le hacían radiografías, se examinaba el contenido del estómago, se pesaban los órganos, se anotaban las contusiones, los traumas, las señales de mordiscos, los arañazos, las laceraciones, las cicatrices, los tatuajes, las señales de nacimiento. Cada detalle, importante o no, que se encontrase en la superficie o en el interior del cuerpo tenía que anotarse en el correspondiente formulario.

Sara había sujetado sus gafas en la camisa antes de salir del coche. Se las puso y empezó con los formularios. La mayor parte del papeleo debía rellenarse justo después del procedimiento, pero cada etiqueta pegada a un espécimen o muestra debía tener su nombre, su localización, la fecha y la hora determinada. Además, cada formulario tenía que contener la misma información en la parte inferior, junto con la firma y el número de licencia. Estaba a mitad del segundo informe cuando oyó que alguien llamaba a la puerta de metal.

—¿Oiga?

La voz de Will retumbó en todo el sótano.

Sara se frotó los ojos, como si acabase de despertarse de una siesta.

—Ya voy.

Se levantó de la mesa y se dirigió hacia las escaleras. Will estaba al otro lado de la puerta de seguridad.

Corrió el cerrojo.

—Estaba trabajando con los formularios.

Will la miró con cautela, casi con aire de advertencia.

Sara le hizo señales para dirigirse a la sala de autopsias.

—Es bastante amplia —dijo él cuando entró en la sala.

Tenía las manos metidas en los bolsillos. Sara observó que sus pantalones estaban mojados y manchados de barro en la parte baja.

—¿Cómo ha ido la mañana? —preguntó.

—La buena noticia es que he encontrado el sitio justo donde Allison fue asesinada. —Le habló de la caminata que había dado por el bosque. Luego añadió—: Afortunadamente la lluvia no lo borró todo.

—La sangre es cinco veces más densa que el agua. La tierra tarda varias semanas en filtrarla, y seguro que el roble la retendrá durante años —explicó Sara—. El plasma se separa, pero las proteínas y la globulina permanecen en estado coloidal de forma indefinida.

—Eso creía.

Sara sonrió.

—¿Y cuál es la mala noticia?

Apoyó la mano en la camilla, pero luego la retiró.

—Pedí una orden de registro para la propiedad equivocada y contaminé algunas pruebas.

Sara no dijo nada, pero su expresión dejó claro que se sentía sorprendida.

—Tommy era quien vivía en el garaje, no Allison. La orden de registro que pidió Faith tenía la dirección del garaje. Todo lo que encontré está contaminado y no creo que ningún juez dé por válidas esas pruebas en un juicio.

Sara contuvo una carcajada compungida. Will ya se estaba dando cuenta personalmente de cómo Lena conseguía fastidiarlo todo y perjudicar a cualquiera que estuviera cerca de ella.

—¿Qué encontraste?

—No mucha sangre, si es lo que esperas. Frank Wallace se cortó cuando estaba de pie en la entrada del garaje. La mancha en el suelo que había al lado de la cama probablemente era del perro de Tommy, *Pippy*, que intentó vomitar un calcetín.

Sara dibujó una mueca.

—¿Aún crees que Tommy lo hizo? Su confesión no concuerda con los hechos.

—Lena tiene la teoría de que Tommy llevó a Allison al bosque en su moto y la asesinó allí. Supongo que estaba sentado en los bloques de hormigón de la misma manera que se pone a un niño encima de la guía de teléfonos en la mesa de la cocina.

—Eso parece de lo más creíble.

—¿A que sí? —respondió Will rascándose la mandíbula—. ¿Has examinado el cuerpo de Allison?

—Solo he hecho un examen preliminar de la herida. La atacaron por detrás. La mayoría de las heridas de cuchillo son por detrás, pero normalmente se infligen en la parte frontal de la garganta, lo que conlleva con frecuencia una decapitación parcial. Allison fue apuñalada por detrás, pero la cuchilla entró por la nuca en dirección a la garganta. Solo le dieron una puñalada, muy calculada, parecida casi a una ejecución, y luego giraron la hoja para rematarla.

—Así pues, ¿murió por la puñalada?

—No lo puedo asegurar hasta que no termine la autopsia.

—Pero crees que sí.

A Sara nunca le había gustado dar su opinión hasta que no tuviese pruebas científicas que corroborasen los hechos.

—No quiero prejuzgar nada.

—Te lo pregunto entre nosotros. Te prometo que no se lo diré a nadie.

No se dio cuenta de que estaba cediendo con más facilidad de lo que debía.

—Por el ángulo de la herida parece que su intención era provocar una muerte instantánea. Aún no la he abierto y no estoy segura, pero...

—Pero ¿qué?

—Parece que le cortaron la carótida, por lo que entonces estamos hablando de una interrupción instantánea de las arterias carótidas comunes y, con mucha probabilidad, de la yugular interna. Están unidas de esta forma. —Unió los dedos índices de ambas manos y prosiguió con sus explicaciones—: La función de la carótida es llevar la sangre oxigenada a mucha velocidad desde el corazón hasta la cabeza y el cuello. La yugular es una vena y funciona por gravitación. Recoge la sangre sin oxígeno de la cabeza y el cuello, y la envía de nuevo al corazón a través de la vena cava superior, donde vuelve a oxigenarse y comienza de nuevo todo el proceso. ¿Lo entiendes?

Will asintió.

—Las arterias son como el suministro de agua; las venas son por donde drena. Es un sistema cerrado.

—Así es —confirmó, satisfecha de que hubiese establecido esa analogía.

—Todas las arterias tienen un pequeño músculo que las rodea en forma de espiral que se contrae y se relaja para controlar el flujo sanguíneo. Si se corta una arteria por la mitad, el músculo se contrae y se riza de la misma forma que cuando se rompe una goma. Eso ayuda a contener el flujo sanguíneo. Sin embargo, si cortas la arteria sin cortarla por la mitad, la víctima muere desangrada, normalmente con mucha rapidez. Y me refiero a segundos, no a minutos. La sangre sale disparada, la víctima se asusta, su corazón bombea con más rapidez, la sangre mana a borbotones y la persona fallece.

—¿Dónde está la carótida?

Sara se llevó los dedos a la tráquea.

—Tenemos una carótida a cada lado. Tengo que extirpar la herida, pero parece que el cuchillo siguió esa ruta, entrando por la sexta vertebra cervical en dirección a la mandíbula.

Will miraba fijamente su cuello.

—¿Es difícil cortarla desde detrás?

—Allison tiene una constitución muy delgada. Su cuello tiene la anchura de la palma de mi mano. Hay muchos órganos en la nuca: músculos, vasos sanguíneos, vértebras. Hay que detenerse y apuntar para dar en el lugar exacto. No se puede acertar directamente desde detrás. Hay que ir desde detrás en dirección al lateral. Con el cuchillo y el ángulo adecuado, hay bastantes probabilidades de que cortes la carótida y la yugular.

—¿El cuchillo adecuado?

—Creo que debía tener una hoja de unos siete u ocho centímetros.

—Entonces, ¿estamos hablando de un cuchillo de cocina?

Obviamente a Will no se le daban bien las medidas. Sara se lo mostró utilizando su dedo y el pulgar.

—Siete centímetros. Piensa en el tamaño de su cuello. O del mío. —Mantuvo la medida entre sus dedos y se llevó la mano al cuello—. Si la hoja hubiese sido más larga, habría salido por la parte delantera del cuello.

Él cruzó los brazos. Sara no sabía si apreciaba los recursos visuales o si le molestaban.

—¿Qué anchura tendría la hoja?

Estrechó el espacio entre su dedo y el pulgar:

—Un centímetro, un centímetro y medio. La piel es elástica. La chica debió de forcejear. La incisión es más ancha en el fondo, probablemente porque el asesino se lo clavó hasta el mango y luego lo giró para asegurarse de causar el máximo daño. Estoy segura de que no tenía más de dos centímetros de ancho.

—Parece una navaja plegable.

Sara pensó que tenía razón, basándose en el moratón que había causado la empuñadura, pero respondió:

—Tengo que examinar la herida con más detenimiento y en un lugar más apropiado que la cámara frigorífica.

—¿Era un cuchillo de sierra?

—No creo, pero déjame examinar la herida y podré contestarte.

Will se mordió los labios mientras pensaba en lo que le había dicho.

—Se necesita menos de un kilo de presión para penetrar la piel.

—Siempre y cuando el cuchillo sea afilado y puntiagudo, y se clave bruscamente.

—Parece obra de un cazador.

—Un cazador, un médico, un embalsamador o un carnicero —dijo—. O alguien con un buen navegador. En Internet se pueden encontrar todo tipo de diagramas anatómicos. No sé si son rigurosos, pero la persona que asesinó a Allison sabía lo que hacía. Odio tener que insistir sobre el mismo asunto, pero Tommy tenía un coeficiente de ochenta. Tardó tres meses en aprender a atarse los zapatos. ¿De verdad crees que podría haber cometido un crimen así?

—No me gusta especular.

Sara le respondió con sus mismas palabras.

—Quedará entre nosotros. No se lo diré a nadie.

Will no cedió tan fácilmente como ella.

—¿A Tommy le gustaba la caza?

—Dudo que Gordon le hubiese dejado tener un arma.

Él guardó silencio antes de la siguiente pregunta.

—¿Por qué no la ahogó? Estaba en la orilla del lago.

—El agua estaría helada. La chica podría haber forcejeado y habría gritado. Mi casa está al otro lado del Encuentro de los Enamorados, pero, a veces, cuando el viento sopla en esa dirección, se oye la música y la risa de los muchachos. Muchas personas podrían haber oído a una chica pidiendo ayuda.

—¿No habría sido más fácil cortarle la garganta por delante que atravesársela por detrás?

Sara asintió.

—Si cortas la tráquea, la víctima no puede hablar y menos gritar pidiendo socorro.

Will se rascó la mandíbula.

—Las mujeres suelen usar cuchillos.

Sara no había pensado en esa posibilidad, pero se alegró de que él dejase de pensar en Tommy.

—Allison era pequeña. Una mujer podría haberla atacado y luego arrojarla al agua.

—¿El asesino era zurdo o diestro?

—Pues… —Sara pensó en preguntarle si de verdad eso le

importaba a una persona que no sabía cuál era la diferencia, pero respondió—: Creo que era diestro —dijo levantando la mano derecha—. El asesino estaba en una posición más elevada, de pie o echado sobre ella, cuando le clavó el cuchillo. —Se detuvo un instante. Luego añadió—: Esa es la razón por la que no quiero hacer suposiciones. Tengo que ver el estómago y los pulmones. Si encuentro agua del lago, significará que estaba bocabajo cuando la apuñaló.

—Saber si estaba en el agua o en el barro será decisivo para mi investigación.

Sara frunció el ceño.

—¿Se está usted pasando de listo, agente Trent?

—Por la forma en que me hace la pregunta, diría que no.

Sara se rio.

—Buena respuesta.

—Gracias, doctora Linton. —Will miró la sala de embalsamar y tiritó—. Aquí hace frío, ¿no?

Sara se dio cuenta de que llevaba la misma ropa del día anterior, salvo la camiseta negra, que había cambiado por una blanca.

—¿No has traído abrigo?

Negó con la cabeza.

—Tengo toda la ropa sucia. Necesito pedirle a tu madre la lavadora y la secadora esta noche. ¿Crees que le importará?

—Por supuesto que no.

—¿Ya has podido ver a Frank?

Sara negó con la cabeza.

—Me está empezando a molestar que no aparezca. ¿Suele dejar que Lena se encargue de todo el trabajo pesado?

—No sé cómo trabajan ahora. Ella solía estar al servicio de Frank o de mi marido, de quien la necesitase más en ese momento.

—Me pregunto si ella estará informando a Frank, o si cada uno va por su lado.

Will señaló las camillas.

—¿Puedo ayudarte en algo?

—¿Eres muy aprensivo?

—La verdad es que no me gustan las ratas ni los vómitos.

—Bueno, no hay nada de eso aquí.

Sara no quería estar allí hasta la medianoche.

—¿Me puedes ayudar a subir a Allison a la mesa?

De la camaradería se pasó casi de inmediato a una colaboración más seria. Trabajaron en silencio, metieron la camilla en la cámara y levantaron el cuerpo entre los dos. Había una balanza en el suelo. La pantalla digital tuvo en cuenta la camilla. Sara colocó la cama en la placa. Allison Spooner pesó cuarenta y seis kilos.

Cuando Sara se puso unos guantes de látex, Will hizo lo mismo. Dejó que la ayudase a abrir la bolsa y a mover el cuerpo a izquierda y derecha para quitarle el plástico negro que tenía debajo. Sostuvo un extremo de la cinta métrica para que pudiese medir la estatura de la chica.

—Uno sesenta —dijo Will.

—Tengo que anotarlo.

No iba a recordar todas esas cifras. Había una pizarra en la pared del fondo, colocada encima del mostrador. Utilizó el rotulador que colgaba de una cuerda para apuntar el peso y la altura de Allison. Para ser rigurosa, añadió la edad, el sexo, la raza y el color del pelo. Los ojos de la chica estaban abiertos, así que también anotó que los tenía marrones.

Cuando se dio la vuelta, observó que Will estaba mirando los números. Sara había utilizado abreviaturas que hasta una persona culta tendría problemas para descifrar. Señaló las letras.

—Fecha de nacimiento, altura, peso…

—Lo sé —respondió Will.

Su tono fue de lo más cortante.

Sara contuvo su deseo de hablar sobre lo que había pasado en la habitación, de decirle que era una estupidez que se sintiese avergonzado. Will se había pasado la vida ocultando su dislexia y no solucionaría nada hablando de ello en el sótano de una funeraria. Además, no era asunto suyo.

Se dirigió hasta la taquilla más alta, ya que pensó que Brock guardaría su instrumental en el mismo sitio.

—Mierda —murmuró.

La cámara y todas las piezas estaban colocadas sobre paños de terciopelo que ocupaban dos estantes. Cogió una lente.

—No estoy segura de saber montar este trasto.

—¿Te importa si lo intento?

Will no esperó a que respondiese. Cogió el objetivo y lo introdujo en la cámara, luego enroscó las luces, el flash y la guía metálica que registraba la profundidad de campo. Presionó varios botones hasta que la pantalla de cristal líquido parpadeó y luego recorrió todos los iconos hasta que encontró el que andaba buscando.

Sara tenía dos titulaciones y un certificado del colegio de médicos en su haber, pero habría necesitado toda una eternidad para descubrir cómo se montaba la cámara. La curiosidad fue más fuerte que su determinación.

—¿Alguna vez te han hecho un test?

—No.

Estaba de pie, detrás de Sara, sosteniendo la cámara delante para que ella pudiese verla.

—El zoom está aquí —dijo jugueteando con el conmutador.

—Puede que…

—Este es el macro.

—Will…

—El supermacro. —Siguió hablando hasta que ella se dio por vencida—. Aquí es donde se ajusta el color. Esta es la luz. El antivibrador. El ojo rojo.

Describía todos los artilugios como un maestro de fotografía.

—¿Por qué no señalo yo y tú haces las fotos? —propuso ella.

—De acuerdo.

Sara se dio cuenta de que estaba molesto.

—Lo siento.

—Por favor, no te disculpes.

Ella mantuvo su mirada durante unos instantes, deseando poder remediar la situación, pero no había nada que decir si no dejaba que se disculpara. Se dio por vencida y dijo:

—Empecemos.

Sara lo dirigió alrededor de la mesa mientras él fotografiaba a Allison Spooner de pies a cabeza: la sudadera; la herida del cuchillo que atravesaba la nuca; la chaqueta rajada, justo donde el cuchillo la había atravesado; las señales de los dientes en el interior del labio.

Dobló los vaqueros rasgados y expuso su rodilla. Tenía un desgarrón en forma de media luna, y la carne le colgaba como una solapa. Un cardenal rodeaba toda la zona del impacto.

—Este tipo de laceraciones suele provocarlas un trauma brusco. Probablemente cayó de rodillas por su propio peso, sobre algo duro, como una roca. El impacto le abrió la piel.

—¿Podemos mirar las muñecas?

La chaqueta estaba fruncida alrededor de sus manos, por lo que Sara tuvo que subirle las mangas.

Will hizo algunas fotografías.

—¿Marcas de ligaduras?

Sara se inclinó para observar más detalladamente. Miró la otra muñeca. Las venas presentaban un color azulado iridiscente y tenía líneas de puntos rojos en la piel donde los coágulos retuvieron la sangre que circulaba.

—El cuerpo empieza a flotar entre dos horas y dos días después de estar en el agua —explicó Sara—. La descomposición comienza muy rápidamente, en cuanto el corazón y los pulmones se paran. Las bacterias se filtran de los intestinos, los gases se acumulan y causan la flotabilidad. El agua fría puede que haya retrasado la descomposición. No sé cuál puede ser la temperatura del agua del lago, por eso no puedo establecer un cálculo. Puedo decir que estaba bocabajo, con las manos colgando por delante. El *livor mortis* entró por los dedos y se extendió por las muñecas. Las livideces se pueden confundir con marcas de ligaduras. Debía de estar muy oscuro esta mañana.

Sara no podía seguir inventando excusas para justificar a Frank.

—Sinceramente, creo que me engañó.

—¿Por qué iba a mentir sobre eso? —preguntó Will—. La herida del cuchillo ya es prueba suficiente de que algo serio había sucedido.

—Eso se lo tendrás que preguntar a Frank.

—Tengo que hacerle muchas preguntas, si es que aparece.

—Probablemente estará con Brad. Frank le conoce desde que era un crío. Todos le conocemos desde entonces.

Will se limitó a asentir.

Sara puso la regla al lado de la muñeca de Allison para que Will pudiese fotografiarla. Cuando terminó, giró la mano. Había una cicatriz apenas perceptible a lo largo del pliegue de la muñeca. Comprobó la otra mano.

—Por lo que se ve, ya había intentado suicidarse con una

cuchilla o un cuchillo muy afilado. Diría que es de los últimos diez años.

Will observó las líneas blancas.

—¿Cómo era Tommy?

Aquella pregunta la tomó por sorpresa. En ese momento solo pensaba en Allison. No había dormido mucho la noche anterior y había pasado demasiado tiempo pensando en Tommy.

—Un chico muy alegre. Siempre estaba sonriendo. Incluso cuando se sentía mal.

—¿Alguna vez lo viste enfadado?

—No.

—¿Tenía cardenales o algún hueso roto?

Negó con la cabeza al darse cuenta de dónde quería llegar.

—Gordon era muy cariñoso con él. La única vez que le vi enfadado es porque Tommy se había comido un bote entero de pegamento.

Will sonrió.

—Yo también me comía el pegamento —dijo sosteniendo la cámara a un lado—. Me pregunto si seguirá estando tan bueno como antes.

Sara se rio.

—No te recomiendo que lo pruebes. Tommy estuvo enfermo varios días.

—No me dijiste que habían violado a Lena.

El comentario volvió a tomarla por sorpresa; probablemente eso era lo que pretendía.

—Fue hace mucho tiempo.

—Faith lo encontró en Internet.

Se dirigió detrás del mostrador y buscó un rollo de papel marrón debajo de la vitrina para extender sobre él la ropa.

—¿Y eso importa?

—No lo sé, pero me molesta que no lo mencionases.

Sara extendió el papel.

—Muchas mujeres han sido violadas. —Al ver que no respondía, levantó la cabeza y dijo—: No sientas lástima, Will. A ella se le da muy bien eso de dar pena a los demás.

—Creo que está realmente dolida por lo que le ha sucedido a Tommy.

Sara negó con la cabeza.

—No esperes nada bueno de ella. No es una persona normal. No tiene ni la más mínima bondad.

—He conocido a mucha gente que de verdad carecía de bondad —respondió eligiendo cuidadosamente las palabras y recalcando su significado.

—Aun así…

—No creo que sea una persona insensible, pero está enfadada, es autodestructiva y se siente atrapada.

—Yo también tenía esa opinión y sentía pena por ella, pero eso fue antes de que asesinasen a mi marido por su culpa.

Después de eso, poco podía añadir. Continuó desabotonando la falda de Allison y desvistiéndola. Will cambió la tarjeta de la memoria y siguió haciendo fotografías cuando ella se lo decía. No le pidió ayuda cuando extendió una sábana limpia y blanca sobre su cuerpo. El cordial silencio había desaparecido. La tensión era tan patente que Sara empezó a sentir dolor de cabeza. Estaba enfadada consigo misma por haberse interesado por él. Will Trent no era su amigo. Su dislexia, su peculiar sentido del humor, su ropa sucia, todo eso no era asunto suyo. Lo único que quería era que hiciese su trabajo y que volviese con su esposa.

Oyeron cerrarse una puerta de metal en el pasillo. Unos instantes después, entró Frank Wallace con una caja de cartón. Iba vestido con una trinchera larga y un par de guantes de piel. Tenía el pelo mojado por la lluvia.

—Me alegra verle por fin, inspector Wallace —dijo Will—. Empezaba a pensar que me estaba esquivando.

—¿Me puede decir por qué tiene a la mitad de mis hombres haciendo el tonto bajo la lluvia?

—Imagino que sabrá que hemos descubierto el lugar donde apuñalaron a Allison Spooner.

—¿Ha hecho una prueba de sangre? Que yo sepa también puede ser de un animal.

—Hice la prueba en la escena del crimen; es sangre humana.

—De acuerdo, entonces la asesinó en el bosque.

—Eso parece.

—He suspendido la búsqueda. Si quiere buscar en todo ese barro, llame a su equipo.

—Me parece estupendo, inspector Wallace. Creo que llamaré a mi equipo.

Frank soltó la caja a los pies de Sara.

—Aquí tiene todas las pruebas que recogimos.

Ella retuvo la respiración hasta que se apartó. Olía a rancio, a una mezcla de elixir bucal, sudor y tabaco.

—Espero que no le importe, inspector —dijo Will—, pero le he pedido a la detective Adams que vuelva a preguntar a los vecinos y a los profesores de Allison.

—Haga lo que le dé la gana —respondió de mala forma el otro—. Yo ya no tengo nada que ver con ella.

—¿Hay algún problema?

—Si no lo hubiera, usted no estaría aquí.

Frank tosió en su mano enguantada. Sara se estremeció por el ruido.

—Lena ha metido la pata hasta el fondo en todo este asunto. Y no pienso cubrirle las espaldas. Es una mala policía. No se esmera lo más mínimo en su trabajo. Siempre consigue que alguien termine muerto. —Intercambió una mirada significativa con Sara y añadió—: Alguien que no sea ella.

Sara sintió frío y calor al mismo tiempo. Frank estaba diciendo justo lo que ella quería oír, pero sonaba sucio viniendo de su boca. Intentaba explotar la muerte de Jeffrey mientras que ella solo quería vengarse.

—Lena me dijo que estuvo hablando con Lionel Harris la noche pasada —dijo Will.

Frank parecía nervioso.

—Lionel no sabe nada.

—Aun así, podría tener alguna información personal sobre Allison.

—El padre de Lionel lo educó como debe ser. Él sabe que no le conviene andar tonteando con una chica blanca universitaria.

Sara se quedó boquiabierta.

Frank hizo caso omiso de su sorpresa.

—Tú ya sabes a qué me refiero, muñequita. Un anciano negro de sesenta y tres años tiene muy poco en común con una chica blanca de veintiuno. Si es que sabe lo que le conviene, claro. —Luego, mirando a Allison, preguntó—: ¿Qué has descubierto?

A Sara no le salió la voz, así que Will intervino:

—Herida de cuchillo en la nuca. Aún no hay una causa definitiva de la muerte.

Will miró a Sara, que agradeció su complicidad, aunque aún se sentía consternada por lo que Frank acababa de decir. Nunca había hablado de esa forma delante de sus padres. Eddie lo habría echado de casa si Cathy no se hubiese adelantado. Sara quiso pensar que todo se debía al cansancio, ya que indudablemente tenía mucho peor aspecto que el día anterior. Toda la ropa que llevaba, desde su traje barato hasta la trinchera, estaba arrugada, como si hubiese dormido con ella puesta. La piel de la cara estaba flácida y sus ojos brillaban bajo la luz. Y aún no se había quitado los guantes de piel.

Will rompió el silencio.

—Inspector Wallace, ¿ha terminado su informe sobre lo que pasó en el garaje?

Frank apretó la mandíbula.

—Estoy en ello.

—¿Puede hacerme un resumen? Solo lo más importante. Ya conoceré los detalles cuando me entregue el informe.

Frank respondió con una voz tosca que dejaba claro que no le gustaba que le cuestionasen.

—Tommy estaba en el garaje con un cuchillo en la mano. Le dijimos que lo soltase, pero no obedeció.

Sara esperó que dijese algo más, pero Will tuvo que insistirle:

—¿Y qué más?

Frank volvió a encogerse de hombros sin ganas.

—El chico se asustó y empujó a Lena. Yo acudí en su ayuda; él se acercó y me cortó en el brazo. Lo siguiente que vi fue a Tommy corriendo por el camino de entrada. Brad salió detrás de él. Le dije a Lena que le persiguiese. —Se detuvo por un instante y añadió—: Tardó demasiado.

—¿Dudó?

—Lena suele correr en dirección opuesta cuando hay fuego.

Frank miró a Sara, como si esperase que corroborase lo que decía, pero según su experiencia era justo lo contrario. Lena se acercaba todo lo posible al fuego, ya que era el mejor lugar desde donde podía ver cómo la gente se quemaba.

—Salió tras ellos. Brad fue el que resultó peor parado.

Will se apoyó sobre el mostrador y colocó una mano sobre el borde. Su forma de interrogar era muy peculiar. Si tuviese una cerveza en la mano, cualquiera diría que estaba hablando de rugby alrededor de una barbacoa.

—¿Disparó alguien su arma?

—No.

Will asintió lentamente, mientras elaboraba su siguiente pregunta:

—¿Tenía Tommy el cuchillo en la mano cuando abrió la puerta?

Frank se agachó y sacó una bolsa de pruebas de la caja.

—Sí. Este cuchillo.

Will no hizo caso de la bolsa. Sara la cogió. El cuchillo de caza tenía un lado serrado y el otro afilado. Tenía una empuñadura grande. La hoja mediría unos doce centímetros de largo y unos tres de ancho. Era un milagro que Brad aún estuviese vivo.

—Este no es el cuchillo que emplearon para matar a Allison —dijo Sara.

Will cogió el cuchillo que le tendió Sara. Él la miró como diciendo que estaba de acuerdo.

—Parece nuevo —dijo dirigiéndose a Frank.

El hombre miró el cuchillo superficialmente.

—¿Y qué?

—¿A Tommy le gustaban los cuchillos?

Frank dobló de nuevo los brazos. Tenía una gota de sudor en la frente. A pesar del frío que hacía en el sótano, parecía estar asándose con su abrigo y sus guantes.

—Al menos tenía dos. Como dice la doctora, este no es el mismo que utilizaron con la chica.

Sara deseaba que se la tragase la tierra.

—¿Qué le hace pensar que Tommy estaba involucrado en el asesinato de Allison? ¿Aparte del cuchillo en la mano? —preguntó Will.

—Estaba en su apartamento.

Will no le informó de lo contrario, pero Sara se dio cuenta de que había conseguido que respondiese a su pregunta. Si Lena había hablado con Frank, no le mencionó que era Tommy quien vivía en el apartamento, no Allison.

La paciencia de Frank se había agotado.

—Escucha, muchacho. He visto esto muchas veces. Hay dos razones por las cuales un hombre le hace eso a una mujer: sexo y sexo. Tommy confesó. ¿Cuál es el problema?

Will sonrió.

—Doctora Linton, sé que aún no ha terminado de examinar a Allison Spooner, pero ¿hay algún indicio de que fuera atacada sexualmente?

Sara se sorprendió de participar de nuevo en la conversación.

—Que yo sepa no.

—¿Tenía la ropa rasgada?

—Tenía un agujero en la rodilla de los vaqueros, que debió de hacerse al caer. Y en la chaqueta había un corte de navaja.

—¿Tiene alguna otra herida aparte de la del cuello?

—Que yo haya encontrado no.

—Por tanto, Tommy quería tener sexo con Allison. Ella le dijo que no. Él no le rasga la ropa ni trata de forzarla. La monta en su *scooter* y la lleva al lago. La apuñala en la nuca y luego la hunde en el lago atándole una cadena y unos bloques de hormigón. Después escribe la nota de suicidio y regresa para limpiar el apartamento. ¿Voy bien, inspector Wallace?

Frank levantó el mentón. Emanaba hostilidad, como una hoguera emana calor.

—La nota es lo que más me preocupa —dijo Will—. ¿Por qué no hundirla en el lago y ya está? Es poco probable que nadie la hubiese encontrado, ya que el lago es bastante profundo, ¿verdad?

Miró a Sara al ver que Frank no respondía.

—¿Verdad?

Sara asintió.

—Así es.

Will parecía esperar una respuesta de Frank que no llegó. Sara esperaba que le preguntase sobre la llamada al 911 y el novio de la chica, pero Will se limitó a permanecer apoyado contra el mostrador y esperar que Frank dijese algo. Este, por su parte, parecía estar devanándose los sesos en busca de una explicación.

—El muchacho era retrasado mental, ¿verdad, doctora? —dijo finalmente.

—Le agradecería que no utilizase esa palabra —respondió Sara—. Él…

—Era lo que era —interrumpió Frank—. Tommy era estúpido y no se puede razonar con personas así. ¿La apuñaló solo una vez? Bueno, ¿y qué? Era retrasado mental.

Will dejó que las palabras de Frank resonasen durante unos instantes.

—Usted conocía a Allison del restaurante, ¿no es cierto?

—Así es. La veía con frecuencia.

—¿Ha encontrado su coche?

—No.

Will sonrió.

—¿Ha registrado el coche de Tommy?

—Odio tener que ser yo quien se lo diga, Einstein, pero el retrasado confesó, así que fin de la historia. —Miró su reloj y añadió—: No puedo seguir meneándosela el resto del día. Solo quería que tuviese todas las pruebas. —Le hizo un gesto a Sara y le dijo—: Si me necesitas, llámame al móvil. Tengo que volver con Brad.

Will no protestó por que se despidiese de ese modo tan brusco, sino que se limitó a decir:

—Gracias, inspector. Le agradezco su cooperación.

Frank no supo si pretendía ser sarcástico o no. Pasó por alto el comentario, pero antes de salir de la sala le dijo a Sara:

—Te tendré al corriente sobre el estado de Brad.

Ella no supo qué responder. Will había dejado que las preguntas más importantes quedasen sin respuesta. Jeffrey tenía una forma de interrogar mucho más agresiva. Después de haber arrinconado a Frank contra las cuerdas no le habría dejado escapar. Se dio la vuelta para mirar a Will, que aún estaba apoyado contra el mostrador.

No pensaba ignorar la situación tan incómoda que acababan de vivir.

—¿Por qué no le preguntaste a Frank sobre el novio?

—No me interesa lo que me diga si lo que me va a responder es una mentira.

—Admito que se ha comportado como un estúpido, pero se ha mostrado muy comunicativo.

Sara se quitó los guantes y los arrojó a la papelera.

—¿Te has dado cuenta de que no sabe que Lena ha estado manipulando todas las pruebas?

Will se rascó la mandíbula.

—He aprendido que la gente suele ocultar las cosas por diferentes razones. Algunos no quieren que otra persona quede mal. Otros creen que hacen lo debido, aunque no sea así. En realidad, entorpecen una investigación.

Sara no sabía adónde quería llegar.

—Conozco a Frank desde hace mucho y, aparte de esa estupidez que ha dicho sobre Lionel, no es un mal hombre.

—Muñequita.

Sara puso los ojos en blanco.

—Ya sé que parece que tiene mucha confianza conmigo, pero...

—Veo que lleva guantes nuevos.

Sara se dio cuenta de que estaba conteniendo la respiración.

—Me he dado cuenta.

—Le dio una paliza a Tommy.

Suspiró. El instinto de Sara había sido proteger a Frank; no se esperaba que Will lo viese como lo que era: alguien que ocultaba pruebas.

—El corte en la mano de Frank era bastante serio. Le han debido poner puntos en el hospital —dijo Sara.

—No creo que le hayan hecho muchas preguntas.

—Probablemente no.

Hasta en Grady se pasaban muchas veces por alto las heridas sospechosas de los policías.

—¿La herida de una bala que te roza en la mano es peligrosa?

—¿A quién le dispararon?

Will no respondió.

—Imaginemos que te han herido en la mano y no has recibido atención médica. Te la limpias con el botiquín de primeros auxilios y luego te pones algunas tiritas. ¿Hay muchas probabilidades de que se te infecte?

—Sí, muchas.

—¿Y cuáles son los síntomas?

—Depende del tipo de infección, si entra en la sangre o no. Se puede tener desde fiebre y escalofríos hasta fallos en ciertos órganos, o sufrir daños cerebrales. Sara volvió a preguntarle—: ¿Quién resultó herida?

—Lena —respondió él levantando la mano y señalando la palma—. En el lado.

Sara notó que se le encogía el corazón, pero no por Lena, ya que la consideraba muy capaz de cuidarse a sí misma.

—¿Fue Frank quien disparó?

Will se encogió de hombros.

—Probablemente. ¿Viste el corte en su mano?

Movió de nuevo su cabeza.

—Creo que se lo hizo con una pieza de metal que sobresalía en la puerta del garaje.

Sara puso la mano en el mostrador; necesitaba sujetarse. Frank había estado delante de ella y le había dicho que Tommy le cortó con el cuchillo.

—¿Por qué mentiría sobre eso?

—Es alcohólico, ¿verdad?

Sara volvió a mover la cabeza, confundida.

—Antes no solía beber en el trabajo. Al menos, yo nunca le vi hacerlo.

—¿Y ahora?

—Ayer estuvo bebiendo. No sé cuánto, pero lo noté por el olor cuando estuve en la comisaría. Supuse que estaría afectado por lo de Brad. Esa generación… —Dejó la frase sin terminar. Luego prosiguió—: Imagino que lo pasé por alto porque Frank pertenece a una generación que no ve mal tomar un par de copas durante el día. Mi marido jamás lo habría permitido. No mientras estuviese de servicio.

—Las cosas han cambiado desde que él murió —dijo Will con voz afable—. Este ya no es el cuerpo de policía que trabajaba con Jeffrey. Él ya no está para mantenerlos a raya.

Sara notó que los ojos se le enturbiaban de lágrimas. Se los secó y, riéndose de sí misma, dijo:

—Maldita sea, Will. ¿Por qué siempre lloro delante de ti?

—Espero que no sea por mi loción de afeitar.

—¿Y ahora qué? —preguntó ella, después de reírse de su comentario.

Él se arrodilló y empezó a mirar la caja de las pruebas.

—Frank sabe que Allison tenía coche. Lena no. Ella sabe

que Allison no vivía en el garaje, pero Frank lo desconoce. —Encontró la cartera de una mujer y abrió el broche—. Es extraño que no trabajen juntos en este caso.

—Frank ha dicho que había terminado con ella. Dejando al margen mi *vendetta* personal, creo que tiene muchas razones para desentenderse de Lena.

—Imagino que habrán pasado muchas cosas juntos. ¿Por qué quiere desentenderse de ella ahora?

Sara no encontraba una respuesta. Will tenía razón. Lena había cometido muchas torpezas en su carrera, y Frank siempre le había cubierto las espaldas.

—Puede que sea la gota que haya colmado el vaso. Tommy está muerto y Brad resultó herido de gravedad.

—Hablé con Faith cuando venía hacia aquí. No hay ninguna Julie Smith. El número de teléfono que me diste era de un móvil desechable que habían comprado en un establecimiento de Radio Shack, en Cooperstown.

—Eso está a cuarenta y cinco minutos de aquí.

—Tommy y Allison también debían de tener teléfonos desechables, ya que ninguno tiene un registro de llamadas. Necesitamos sus números para saber dónde los compraron, aunque no creo que sirva de gran cosa. —Encontró el cuchillo que Frank le había dado y dijo—: No está manchado de sangre. ¿Lo habrán limpiado en el hospital?

—Puede que le hayan echado algo de yodo, pero no lo limpiarían de esa forma —respondió Sara estudiando el arma—. Probablemente tendría sangre alrededor del mango.

—Eso pienso yo. Voy a pedirle al agente de campo local que me haga un análisis de laboratorio. ¿Puedo dejar algunas muestras aquí, y así se lo llevan todo cuando hayas acabado?

—¿Te refieres a Nick Shelton?

—¿Le conoces?

—Trabajaba con mi marido —respondió Sara—. Lo llamaré cuando acabe.

Will cogió la nota de suicidio y miró atentamente las palabras.

—No lo comprendo.

—Dice: «Quiero acabar con esto».

Will la miró, molesto.

—Gracias, Sara. Sé leer. Lo que no entiendo es quién escribió esto.

—¿El asesino?

—Posiblemente.

Will se apoyó sobre los talones, mirando la línea de texto dibujada en la parte superior del papel.

—Creo que hay dos personas involucradas en este asunto: el asesino y la persona que llamó al 911. El asesino se encargó de Allison, mientras que la persona que hizo la llamada quería buscarle problemas de ese modo. Y luego Julie Smith intentaba que Tommy se librase de eso pidiéndote ayuda.

—Parece que lo has sacado de tu lista de sospechosos.

—Creía que habías dicho que no te gustaba hacer suposiciones.

—Pero me gusta que los demás las hagan.

Will sonrió. Miró de nuevo la nota.

—Si el asesino escribió la nota, ¿a quién le está diciendo que quería acabar con eso?

Ella miró la nota por encima del hombro.

—La letra no parece la de Tommy —dijo señalando la «Q»—. En la confesión de Tommy la escribió de…

Sara se dio cuenta de que su explicación era inútil. Uno de sus principales problemas era la dificultad para visualizar la forma de las letras.

—Es frustrante —dijo Will—. Ojalá hubiese escrito algo más sencillo. Como una cara sonriente.

El timbre del teléfono de Will evitó que Sara tuviese que responder.

—Dígame.

Escuchó durante un minuto largo antes de decir:

—No. Siga preguntando. Dígale que estaré allí dentro de unos minutos. —Colgó el teléfono y le dijo a Sara—: Vaya día. La cosa se está poniendo fea.

—¿Qué sucede?

—Era Lena. Han encontrado otro cadáver.

Capítulo doce

Will siguió a Sara en su coche mientras ella se dirigía al campus. Empezaba a reconocer las señales, las casas amuralladas y los espacios de juego que le resultaban lo bastante familiares para recordar los desvíos. El campus, sin embargo, era un territorio nuevo y, como la mayoría de las universidades, no había seguido un diseño en particular, sino que se le habían ido añadiendo edificios a medida que se disponía de fondos para construirlos. En consecuencia, se extendía sobre varias hectáreas, como una mano con demasiados dedos.

Había pasado toda una mañana con Lena Adams y pensó que ya podía reconocer su estado de ánimo. Su voz en el teléfono había sonado muy tensa. Se veía que estaba al límite de sus fuerzas. Will deseaba presionarla un poco más, pero no había forma de conseguir que se reuniese con él en la escena del crimen, ya que Sara había dejado bien claro que no estaba dispuesta a compartir la misma habitación con la mujer que creía que había matado a su marido. Y Will, en ese momento, necesitaba más del ojo forense de Sara que de la confesión de Lena.

Marcó el número de Faith mientras conducía el coche por la curva del lago. Vio el cobertizo que Lena le había señalado esa mañana. Había canoas y kayaks apilados contra el edificio.

—Puedes contar conmigo durante tres horas más —dijo Faith a modo de saludo.

—Tenemos una segunda víctima. Creen que se llama Jason Howell.

—Fantástico.

Faith no era una mujer optimista, pero tenía razón. Una

nueva víctima significaba una nueva escena criminal, una nueva serie de posibilidades. No tenían ninguna información útil sobre Allison Spooner. No localizaban a la tía, y Allison no había dejado ningún teléfono de contacto ni en casa ni en la escuela. La única persona que parecía lamentar su muerte era Lionel Harris, el dueño del restaurante, y él no era un amigo íntimo. Sin embargo, la muerte de Jason Howell abriría nuevas vías de investigación, ya que un segundo cuerpo implicaba un segundo curso de investigación. Si encontraban un detalle, una persona, amigo o enemigo, que vinculase a Allison Spooner y Jason Howell, probablemente los conduciría al asesino. Hasta los asesinos más cuidadosos cometían errores, y dos escenarios distintos significaban el doble de posibilidades de cometer un error.

—Te va a resultar muy difícil conseguir una orden de registro para todos los estudiantes de la residencia —dijo Faith.

—Espero que la universidad sea comprensiva.

—Ya. Y yo espero que este bebé venga con un pan debajo del brazo.

Tenía razón. Las universidades eran muy celosas de su privacidad.

—¿Has conseguido la orden de registro para la habitación de Allison?

—¿Te refieres a la de verdad? —Parecía estar disfrutando—. Te la he enviado por fax a la comisaría hace diez minutos. En la casa de Braham no tienen teléfono fijo, así que es un punto muerto. ¿Has sacado algo de la autopsia?

Le habló de la herida de Allison.

—Es muy raro que el asesino la apuñalase por detrás y no le cortase la garganta por delante.

—Miraré en la ViCAP ahora mismo.

Se refería al Programa de Aprehensión de Criminales Violentos del FBI, una base de datos diseñada para detectar las similitudes en la conducta criminal. Si el asesino de Allison había utilizado ese método anteriormente, la ViCAP tendría un registro del caso.

—¿Qué más?

—Necesito la cinta con la llamada al 911. Quiero que Sara escuche la voz y me diga si pertenece a Julie Smith.

—¿Puedes pronunciar una frase que no lleve el nombre de Sara?

Will se acarició la mandíbula y la cicatriz que recorría su cara. Sentía frío y calor al mismo tiempo; era más o menos como se había sentido cuando estaba hablando con Sara en el sótano de la funeraria.

—¿Sabes que Charlie se encuentra en la central esta semana? —dijo Faith.

—No. —Charlie Reed estaba en el equipo de Amanda. Lo consideraba el mejor forense con el que había trabajado—. La central está a una hora de distancia de aquí.

—¿Quieres que le llame y vea si puede pasar por allí?

Will pensó en el garaje y en la escena del crimen del bosque. Ahora llevaba dos casos: uno contra Lena Adams y Frank Wallace, y otro contra el asesino que había matado a Allison Spooner y, posiblemente, a su nueva víctima.

—Le dije al inspector jefe que traería mi propio equipo, así que no me vendría nada mal.

—Lo llamaré —dijo Faith—. En la ViCAP no aparece ningún asesino que utilice un cuchillo y que emplee el método de asesinar por detrás, ni a través de la carótida, la yugular, ni ambas.

—Bueno, eso son buenas noticias.

—O malas —replicó Faith—. Eso significa que es un asesino adiestrado, Will. Uno no asesina así la primera vez. En eso tengo que estar de acuerdo con Sara. No creo que ese muchacho retrasado fuese capaz de hacer algo así.

—Discapacitado mental.

Después de lo que le había dicho Sara, la palabra «retrasado» le empezaba a chirriar. Además, se suponía que él debía sentir cierta solidaridad con Tommy Braham, ya que ambos tenían una discapacidad.

—Llámame cuando hables con Charlie.

—De acuerdo.

Will colgó. El todoterreno de Sara giró en el camino circular que conducía hasta un edificio de ladrillos de tres plantas. Aparcó detrás de un coche de patrulla estacionado en la entrada principal. La lluvia seguía cayendo sin cesar. Se puso la capucha del chubasquero antes de subir los escalones de la entrada.

Salió del coche y corrió detrás de ella, haciendo que sus zapatos salpicasen lluvia. Los calcetines no se le habían secado desde que se metió en el lago por la mañana y le estaban produciendo una enorme rozadura en el talón.

Sara le esperó en el pequeño espacio que había entre dos puertas acristaladas. Las mangas de su chaqueta goteaban agua. Llamó a la puerta.

—No hay nadie en el coche patrulla.

Ahuecó las manos para mirar por el cristal.

—¿Crees que hay alguien aquí?

—Al guardia de seguridad se le ha ordenado que permaneciese en el edificio hasta que llegásemos.

Will presionó algunos botones del teclado de seguridad que había al lado de la puerta, pero la pantalla permaneció en blanco. Se dio la vuelta, intentando encontrar una cámara.

—La puerta trasera está abierta.

Will miró a través del cristal. El edificio era más ancho que largo. Había unas escaleras delante de la puerta principal y un largo pasillo se extendía hacia el lateral. En la parte trasera del edificio se veía una señal indicando la salida e iluminando débilmente la puerta de incendios que había al fondo.

—¿Dónde está la policía?

—Le dije a Lena que no llamase a nadie. —Sara se volvió para mirarle—. Me llamó desde el móvil. Al parecer, el policía del campus tenía su número entre los contactos de emergencia.

—¿Y no ha llamado a Frank?

—No. Curioso, ¿verdad?

—Bueno, yo no lo definiría así.

Will no respondió. Vio que a Sara le estaban afectando las emociones y que no consideraba aquel asunto como una investigación criminal. Cuando se tienen dos sospechosos, normalmente se les enfrenta. El instinto de supervivencia suele imponerse sobre el de lealtad. El garaje donde vivía Tommy ponía en evidencia a Frank y Lena, y ahora solo era cuestión de esperar a que uno de los dos hablara.

Sara volvió a mirar por el cristal.

—Ya viene.

Will vio a un hombre negro y bajito cruzando el vestíbulo. Era joven y muy delgado, y llevaba la camisa del uniforme suelta como la blusa de una mujer. Se llevó el teléfono móvil al pecho cuando se aproximó a él. Con la otra mano pasó la tarjeta por el lector que había al lado de la puerta y el pestillo se abrió.

Sara entró a toda prisa.

—¿Te encuentras bien, Marty?

Will vio por qué estaba preocupada. El hombre estaba lívido.

—Disculpe, doctora Linton —dijo—. Estaba fuera intentando recuperar el aliento.

—Ven, siéntate —respondió Sara, llevándolo hasta el banco que había al lado de la puerta. Le había puesto el brazo sobre los hombros—. ¿Dónde está tu inhalador?

—Acabo de usarlo —dijo tendiéndole la mano a Will—. Soy Marty Harris. Creo que esta mañana estuvo hablando con mi abuelo.

—Will Trent.

Will le estrechó la mano. Notó que se sentía muy débil.

Marty agitó el teléfono en el aire.

—Estaba hablando con Lena y contándole lo sucedido —dijo tosiendo. Lentamente estaba recuperando el color—. Lo siento, me he puesto muy nervioso.

Will apoyó la espalda contra la pared y se metió las manos en los bolsillos. Había aprendido hacía mucho tiempo que mostrar su irritación solía provocar el efecto contrario al deseado.

—¿Puede decirme qué le ha dicho a la detective Adams?

Marty siguió tosiendo. Sara le frotó la espalda.

—Ya estoy bien —le dijo—, aunque cuesta trabajo asimilarlo. Jamás había visto nada parecido.

Will trató de mantener la paciencia. Miraba el pasillo de punta a punta. Las luces aún estaban apagadas, pero sus ojos se estaban empezando a acostumbrar. No había ninguna cámara en la puerta principal y dedujo que el teclado de la entrada tenía la función de impedir que los estudiantes y los visitantes entrasen en el edificio. Había una cámara colocada encima de la puerta de emergencia situada al fondo, pero estaba enfocada hacia el techo.

—Estaba así cuando entré —le dijo Marty.

Guardó el teléfono en el bolsillo de la camisa y se colocó bien las gafas.

—¿Puede decirme qué ha sucedido?

Se llevó la mano al pecho.

—Estaba haciendo la ronda. La hago cada tres horas. Como los estudiantes están de vacaciones, no suelo inspeccionar la residencia. Pasamos con el coche para asegurarnos de que las puertas están cerradas, pero no entramos. —Tosió en la mano antes de proseguir—. Estaba en la biblioteca cuando observé que una de las ventanas de la segunda planta estaba abierta. La segunda planta de este edificio. —Tomó aire—. Imaginé que el viento la habría abierto, ya que esas ventanas viejas nunca se cierran bien. Con esta lluvia, si no la cerraba, entraría mucha agua y causaría daños.

Hizo una nueva pausa. Will vio que estaba sudando, a pesar del frío que hacía en el edificio.

—Subí y lo vi... Y luego llamé al número de emergencia.

—¿No al 911?

—Tenemos un número directo al que debemos llamar si algo sucede en el campus.

—Al decano no le gusta la mala publicidad —explicó Sara.

—No creo que haya nada peor que esto —respondió Marty soltando una carcajada discordante—. Dios santo, lo que le han hecho a ese muchacho. Lo peor de todo es el olor. No creo que pueda olvidarlo nunca.

—¿Entró usted por la puerta principal o por la de detrás? —preguntó Will.

—La principal —respondió señalando la salida de emergencia—. Sé que no debo salir por la de detrás, pero necesitaba aire.

—¿La puerta de atrás estaba cerrada?

Negó con la cabeza.

Will vio las señales rojas de advertencia pegadas alrededor de la puerta.

—¿Saltó la alarma cuando la abrió?

—Los estudiantes desconectan la alarma la primera semana que llegan. No podemos evitarlo. En cuanto la conectamos, ellos la vuelven a desconectar. Hay muchos ingenieros e informáticos en este lugar, y se lo toman como un juego.

—¿Desconectan la alarma para divertirse?

—Es más fácil acceder a la biblioteca por ahí. La puerta trasera de la cafetería también está más cerca. Se supone que no deben pasar por la zona de carga y descarga por cuestiones de seguridad, pero lo hacen de todas formas.

Will señaló la cámara que había encima de la puerta.

—¿Es la única cámara que hay en el edificio?

—No, señor. Y, como le dije, estaba enfocada hacia arriba cuando entré. Hay otra en la segunda planta, pero también estaba mirando al techo.

Así pues, era bastante fácil entrar en el edificio sin que te vieran. Si sabías dónde estaban las cámaras, bastaba con ponerse debajo y utilizar el palo de una escoba o algo parecido para moverlas y luego entrar a tu antojo. Aun así, preguntó:

—¿Tiene grabaciones de las cámaras?

—Sí, señor. Se envían al edificio central del campus. Yo no tengo la llave, pero mi jefe, Demetrius, ya viene de camino. Llegará aquí dentro de una o dos horas. —Luego, dirigiéndose a Sara, dijo—: Está en Griffin, con la familia de su padre.

—¿Funcionan las cámaras de fuera? —preguntó Will.

—El frío las ha estropeado. La mitad están congeladas, y la otra mitad han estallado. Una de ellas se cayó el otro día encima del coche de una estudiante y le rompió el parabrisas.

Will se rascó la mandíbula.

—¿Sabe alguien más que las cámaras no funcionan?

Marty se detuvo a pensar por un momento.

—Demetrius, el decano, y puede que alguien más si se ha fijado. Algunas se ve claramente que están dañadas.

—He visto el teclado de seguridad al lado de la puerta. ¿Es la única forma de acceder por delante?

—Sí, y he comprobado los registros. Puedo llevar a cabo un diagnóstico del sistema en el teclado. Nadie ha entrado ni salido por la puerta delantera desde el sábado por la tarde. La única tarjeta que no se escaneó fue la de Jason Howell. La habitación donde se encuentra también está registrada con ese nombre. —Dirigiéndose a Sara, añadió—: No sé qué hacía aquí. La calefacción está apagada. El campus está cerrado. La biblioteca cerró el domingo al mediodía. Pensaba que no había nadie en este lugar.

—No es culpa tuya —le dijo Sara, aunque Will ponía en tela de juicio que el hombre hubiese abierto la puerta. Sara intentó suavizar la situación preguntando—: ¿Crees que podrías obtener una lista de todos los estudiantes de la residencia? Sería de mucha ayuda para el agente Trent.

—No hay problema. Puedo imprimirla ahora mismo.

—¿Se acuerda de lo que ha tocado en la planta de arriba? —preguntó Will.

—Nada. La puerta estaba entreabierta. Tuve el presentimiento de que algo malo sucedía. Empujé la puerta con el pie, le vi y… —Miró al suelo—: Ojalá pudiera tomarme una pastilla para olvidarme de todo.

—Siento insistir, señor Harris, pero ¿estaban las luces de arriba encendidas o apagadas?

—El interruptor está en la planta baja —respondió señalando una serie de interruptores al lado de las escaleras.

Estaban colocados a bastante altura, probablemente para evitar que los estudiantes jugasen con ellos.

—Encendí las luces antes de subir, pero luego las volví a apagar.

—Gracias por su tiempo, señor Harris —respondió Will señalando las escaleras y dando a entender que estaba preparado para subir.

Sara se levantó, pero se quedó donde estaba.

—¿Conocías a Jason?

—No, señora. Yo había visto a esa chica, Allison, en el restaurante. Usted ya conoce a mi abuelo, la tenía ocupada en todo momento. Yo le sonreía, pero nunca hablamos. Cuando sucede algo así, te das cuenta de que debes prestar más atención a las personas que te rodean. Odio pensar que quizá pude hacer algo para evitar que esto sucediese.

Will se dio cuenta de que Marty estaba realmente afectado. Le puso la mano en el hombro y le dijo:

—Estoy seguro de que hizo lo que pudo.

Se dirigieron a las escaleras. Sara se metió la mano en el bolsillo de la chaqueta y sacó dos pares de botas de papel para cubrirse los pies. Will se las enfundó mientras miraba cómo Sara hacía lo mismo. Ella se puso un guante de látex y encendió las luces.

Will subió primero. El protocolo decía que debían mandar a un equipo para comprobar que el edificio estaba vacío, pero Will sabía que el asesino ya se había marchado hacía tiempo. Los cuerpos no huelen cuando acaban de morir.

El edificio era antiguo, pero sólido, y con un aire institucional que no resultaba muy acogedor. Las escaleras iban directamente a la tercera planta, creando una corriente de aire frío. Will miró las huellas de las pisadas de goma negra y pensó que tendrían que comprobar si había restos de sangre. Esperaba que Faith hubiese contactado con Charlie Reed, ya que el asesino era muy inteligente y sabía cómo ocultar sus huellas. Sin embargo, ahora no contaba con la ayuda de un lago para borrar su presencia. Si alguien podía encontrar algún rastro, ese era Charlie.

La vista del descansillo de la segunda planta les resultó muy familiar: un largo pasillo con puertas a ambos lados, todas cerradas, salvo una. Al final del pasillo había una abertura enmarcada, cuyo interior estaba oscurecido por las sombras.

—Los aseos —dedujo Sara.

Will se dio la vuelta y encontró la cámara de seguridad colocada en una de las esquinas de la escalera. La lente estaba enfocada hacia el techo. El asesino de Jason probablemente había subido pegado al pasamanos, se había apoyado en el primer escalón que conducía hasta la tercera planta y había utilizado algo para empujar la cámara.

—¿Lo hueles?

Will respiró superficialmente.

—Se ve que lleva muerto bastante.

Sara había venido preparada. Se metió la mano en el bolsillo y sacó una mascarilla de papel.

—Te ayudará.

Will dudó entre ser un caballero o vomitar.

—¿Solo tienes una?

—No te preocupes por mí.

Ella continuó recorriendo el pasillo. Will se puso la mascarilla. El aire se hizo ligeramente más respirable. La habitación de Jason Howell estaba más cerca de los aseos que de las escaleras. Cuanto más se acercaban, más intenso era el olor. Will observó que había tablones de anuncios en todas las puertas, y en todos había fotografías y mensajes pinchados. El tablón de Jason, sin embargo, estaba vacío.

Sara se puso el dorso de la mano en la nariz.

—Dios, cómo huele.

Respiró por la boca antes de entrar en la habitación. Will se quedó en la entrada y contuvo la respiración cuando el olor a muerto lo envolvió.

El muchacho yacía de espaldas, con los ojos inyectados de sangre mirando al techo. Tenía la cara hinchada, casi roja. La nariz estaba rota, y había sangre seca alrededor de la boca y las fosas nasales. Una mano caía descolgada sobre el suelo. Tenía un profundo corte en el pulgar y la punta del dedo colgaba apenas de un hilo.

—Parece que ha habido una batalla campal.

Sara encontró el carné de estudiante de Jason colgado de la puerta del armario. Le enseñó la fotografía a Will. A pesar de las lesiones, se veía claramente el parecido.

Jason llevaba varias capas de ropa: un pantalón de chándal encima de un pijama; varias camisas, un albornoz y una cazadora con cremallera. Tenía el cuerpo inflamado por los primeros síntomas de descomposición; el estómago, lleno de gases; y la piel de las manos, de color verde. Los zapatos los tenía abrochados, pero los pies estaban tan hinchados que el lazo de los cordones apretaba sus calcetines.

Le habían dado varias cuchilladas en el pecho. La sangre se había secado formando gruesos pegotes en la tela de su chaqueta. Había más sangre derramada por el suelo y manchas en la mesa que había delante de la cama. El ordenador, los cuadernos y los papeles estaban esparcidos por todos lados, cubiertos de sangre y de trozos de masa cerebral.

Sara puso la mano en la muñeca del muchacho. Comprobar su pulso era mera rutina, pero algo necesario.

—He contado ocho puñaladas en el pecho y tres más en el cuello. Las bacterias de los intestinos son las que causan el mal olor. El intestino grueso está destrozado y repleto de toxinas.

—¿Cuánto tiempo crees que lleva muerto? —preguntó Will.

—A juzgar por el *rigor mortis*, por lo menos doce horas.

—¿Crees que lo ha cometido el mismo asesino?

—Creo que quien lo mató le conocía. Se ha ensañado con él.

Presionó uno de sus dedos en una de las heridas que tenía en el cuello y estiró la piel para ponerla en su sitio.

—Mira. Después de apuñalarle han girado el cuchillo, igual que hicieron a Allison. —Miró las demás heridas y añadió—: En todas se observa lo mismo. El asesino hundió la hoja y luego la hizo girar para causar el mayor daño posible. También se puede ver el moratón que dejó la empuñadura. Creo que han utilizado el mismo cuchillo. Tengo que hacerles la autopsia a los dos, pero, en mi opinión, es obra del mismo asesino.

—Jason era mucho más corpulento que Allison. Seguramente no le resultó tan fácil atacarle.

Sara pasó la mano por debajo de la cabeza, con suavidad.

—Tiene el cráneo fracturado.

Cuando retiró la mano, la tenía pegajosa de sangre.

—La ventana está cerrada —señaló Will.

Había un charco de agua de un tamaño considerable debajo del alféizar. Así pues, Marty había entrado en la habitación. Sara también lo notó.

—Te ha hecho un favor. La lluvia podría haber inundado el suelo y habría borrado las pistas.

—A Charlie no le va a gustar. —Will se dio cuenta de que no le había dicho que iba a venir un equipo—. Es nuestro forense. Probablemente querrá que el cuerpo permanezca aquí hasta que registre la escena.

—Se lo diré a Brock. ¿Quieres que le haga la autopsia?

Will pensó que le estaba pidiendo más de la cuenta.

—Si no es mucho pedir.

—Haré lo que me digas.

Él no sabía qué responder. Normalmente, las mujeres de su vida le ponían impedimentos, no le ponían las cosas más fáciles.

—Te lo agradezco.

—¿Crees que Jason era el novio de Allison? —preguntó Sara.

—Tienen la misma edad e iban a la misma universidad. Ambos parece que han sido asesinados por la misma persona. Creo que es fácil deducirlo —respondió Will—. Aunque sé que odias hacer suposiciones, ¿qué crees que sucedió aquí?

Sara se puso unos guantes nuevos mientras le decía:

—Creo que Jason estaba en el ordenador cuando le golpearon con algo. Supongo que con un bate de béisbol. Pronto lo sabremos, porque suelen dejar algunas astillas en el cuero cabelludo.

Señaló unas salpicaduras que Will no había visto. A diferencia del roble que había en el lago, las paredes blancas de la habitación mostraban indicios claros de violencia.

—El golpe se dio a media velocidad. No creo que pretendiese matarle con el golpe. El asesino quería dejarle aturdido. —Luego indicó las vetas de sangre que había en el suelo y añadió—: Lo arrastraron hasta la cama. Allí le apuñalaron, aunque no tiene mucho sentido.

—¿Por qué?

Sara miró debajo de la cama.

—Debería haber mucha más sangre —repuso, señalando algo sanguinoliento encima de la mesa—. Obviamente, se arrancó la lengua.

A Will le dio una arcada.

—Perdona. Sigue.

—¿Estás seguro?

El tono de su voz sonó demasiado alto incluso para él.

—Sí, por favor.

Sara le miró con atención antes de continuar.

—Es muy frecuente que la víctima se muerda la lengua cuando la golpean en la cabeza, por detrás. Normalmente no se la cortan del todo, pero eso explica la cantidad de sangre que hay encima del teclado. Se le debió llenar la boca de sangre. —Señaló la pared por encima de la mesa—. La salpicadura que ves es la que suele producirse por el contacto de un bate de béisbol con la cabeza, pero la de la cama es muy diferente.

—¿Por qué?

—Por la posición de las heridas creo que le lesionaron las principales arterias del pecho y del cuello. Míralo de esta forma: Jason está en la cama; supongamos que estaba consciente por las heridas defensivas que tiene en la mano; casi pierde un dedo, por lo que debió coger el cuchillo por la hoja; su corazón debió latir con toda su fuerza. —Se dio un toque en el pecho, imitando el golpe—. La sangre salió salpicada en todas direcciones, manchando toda la pared.

Will miró la pared. Sara tenía razón. Salvo por las dos manchas irregulares que estaban al lado del cuerpo apenas había dejado señal alguna en la pintura blanca.

—Puede que el asesino llevase un traje esterilizado. O puede que haya puesto un plástico en el suelo. O que haya protegido las paredes. Se ve que lo había planeado.

—Creo que es un tanto complicado —respondió Will, que aún no se había topado con un asesino tan meticuloso—. Los asesinos son simples y oportunistas.

—Yo no diría que llevar un par de bloques de hormigón, una cadena y un candado hasta el bosque sea obra de un oportunista.

—Creo que lo estás complicando. ¿No es posible que cubriese el cuerpo de Jason con algo y luego lo apuñalase?

Ella miró el cuerpo.

—Las cuchilladas son muy parecidas. No lo sé. ¿A qué te refieres? ¿A un plástico? —Asintió con la cabeza—. El asesino podría haberlo cubierto con un plástico. Mira el suelo. Hay un rastro de sangre ahí.

Will observó la línea. Era irregular y seguía la forma de la cama.

—El plástico no absorbe. El rastro no sería tan fino como este. Puede que haya sido una sábana.

—¿Una sábana?

Sara se inclinó y comprobó si la cama tenía las sábanas puestas.

—Tiene las sábanas de abajo y de arriba.

—¿Una manta? —preguntó Will—. El muchacho debía de haber pasado mucho frío y no creo que se hubiese metido en la cama sin mantas.

Sara abrió la puerta del armario.

—Aquí no hay ninguna. —Miró en la cómoda—. Creo que tienes razón. Debe de haber utilizado algo más absorbente que…

Will recorrió el pasillo y se dirigió a los aseos. Las luces estaban apagadas, pero el interruptor estaba al lado de la puerta. Los fluorescentes parpadearon. Una luz verde reverberó en los azulejos azules. Nunca había vivido en una residencia, pero había compartido los aseos con otros muchachos hasta que tuvo dieciocho años. Todos eran iguales: los lavabos al frente, las duchas en la parte de atrás y los aseos en ambos lados.

Encontró una manta colgada en el primer aseo. La sangre empapaba el algodón azul; estaba tan tiesa como el cartón.

Sara entró detrás de él.

—Aquí está —le dijo.

Will buscó la casa con columpio que le señalaba el desvío en Taylor Drive. El camino le resultaba familiar, pero detestaba tener que cogerlo. Registrar la habitación de Allison Spooner era necesario, pero su instinto le decía que el cuarto de Jason Howell en la residencia contenía pruebas mucho más prometedoras. Por desgracia, no era un investigador de escenas criminales, ni tenía las credenciales ni el equipo necesario para procesar la habitación. No le quedaba más remedio que esperar a Charlie Reed y a su equipo para que viniesen del laboratorio de la central del GBI. Dos estudiantes habían muerto, y Will no tenía ni idea de cuál era el móvil del asesino. El tiempo, definitivamente, no estaba de su parte.

Aun así, debía seguir los procedimientos. Había pasado por la comisaría a recoger la orden de registro de la casa de Braham. Aprovechó para enviarle a Faith la lista de estudiantes que le había dado impresa Marty Harris. Ella no tenía tiempo de hacer todas las comprobaciones, pero iba a empezar con ello, y luego enviaría el resto a la secretaria de Amanda, antes de irse al hospital.

Primero pasó por la comisaría, donde el ambiente estaba tranquilo. Imaginó que todos los agentes estarían en la calle o en el hospital con Brad Stephens, que aún continuaba en un coma inducido. No obstante, algo había cambiado. Los agentes de patrulla que estaban sentados a sus mesas no le miraron con el odio de costumbre, y Marla Simms le envió el fax sin necesidad de tener que pedírselo. Incluso Larry Knox había caminado cabizbajo cuando se dirigió a la cafetera para llenarse de nuevo la taza.

Había dos automóviles aparcados delante de la casa de Braham. Uno era un coche patrulla; el otro, un Ford *pick-up* de cuatro puertas. Will aparcó detrás de la furgoneta. El humo salía del tubo de escape. Vio dos figuras en la cabina. Lena Adams estaba sentada en el asiento del pasajero y había un hombre al volante. Tenía la ventanilla bajada, a pesar de que la lluvia no había amainado. Sostenía un cigarrillo en la mano.

Will se acercó al lado del conductor. Tenía el pelo apelmazado, estaba helado de frío y tenía los calcetines empapados.

Lena hizo las presentaciones.

—Gordon, este es el agente de Atlanta del que te he hablado: Will Trent.

Will le lanzó una mirada fulminante que esperó que reflejase lo irritado que se sentía. Lena estaba siendo investigada por su participación en la muerte de Tommy; no debería estar hablando con su padre.

—Señor Braham, lamento conocerle en estas circunstancias.

Gordon tenía el cigarrillo en la boca. Las lágrimas corrían por sus mejillas.

—Entre.

Will subió al asiento de atrás. Había un par de bolsas de comida rápida en el suelo. En un maletín abierto en el asiento contiguo vio las órdenes de trabajo con el logotipo de la compañía de electricidad de Georgia. Incluso con la ventanilla abierta, el humo envolvía el aire como una mortaja.

Gordon miraba en dirección a la carretera. La lluvia golpeaba sobre el capó del coche.

—No creo que mi hijo hiciese algo así. Él nunca le ha hecho daño a nadie.

Will sabía que no valía la pena perder el tiempo con gentilezas.

—¿Me puede decir qué sabe de Allison?

Gordon le dio otra calada al cigarrillo.

—Pagaba el alquiler puntualmente y limpiaba la casa. Yo le hacía un descuento por encargarse de lavar la ropa y cuidar de Tommy.

—¿Necesitaba que cuidasen de él?

Gordon miró a Lena.

—Él sabía cuidar de sí mismo, ¿verdad?

—Sé que era un poco retrasado, señor Braham —dijo Will—. También sé que tenía varios trabajos y que era una persona muy querida en toda la ciudad.

El hombre se miró las manos. Le temblaban los hombros.

—Sí, señor. Trabajaba realmente duro.

—Hábleme de Allison.

Poco a poco, Gordon recuperó la compostura, pero seguía con los hombros encorvados. Cuando se llevó el cigarrillo a la boca, parecía como si le pesasen las manos.

—¿La violaron?

—No, señor. No hay señales de nada de eso.

Soltó un suspiró de alivio y de rabia.

—Tommy estaba enamorado de ella.

—¿Y ella de él?

El hombre negó con la cabeza.

—No. Y él lo sabía. Siempre le dije que tuviese cuidado con las chicas. Mira pero no toques. Nunca tuvo problemas. Las chicas lo veían como a un cachorro. Creían que no era un hombre, pero sí lo era —recalcó.

Will le concedió algo de tiempo antes de preguntarle:

—¿Vivía Allison en la casa?

Encendió otro cigarrillo con la colilla del anterior. Will notó que el humo penetraba en su pelo y en su ropa húmeda. Hizo un esfuerzo por no toser.

—Alquiló primero el garaje —dijo Gordon—, aunque yo no estuve muy de acuerdo. No es lugar para una chica. Empezó a hablarme de discriminación, me dijo que había vivido en lugares peores y terminé aceptando. Pensé que se mudaría en cuestión de un mes.

—¿Cuánto tiempo ha estado viviendo en su casa?

—Casi un año. No quería vivir en la residencia. Decía que las demás chicas estaban siempre flirteando y se acostaban muy tarde. Aunque ella también sabía flirtear para conseguir lo que quería. Tenía a Tommy en el bote.

Will no respondió al tono de culpabilidad que se percibía en la voz del padre.

—Pero ella no era la que vivía en el garaje.

—Eso fue cosa de Tommy. Dijo que no estaba bien que estuviese allí con el frío que hace, ni que tuviese que entrar y salir para ir al cuarto de baño. Le cambió la habitación, aunque yo me enteré mucho después. —Soltó una bocanada de humo oscuro que le envolvió la cabeza—. Ya le he dicho que lo tenía camelado. Debería haberme mostrado más firme y prestar más atención a lo que estaba sucediendo. —Inhaló profundamente, tratando de contener sus emociones—. Sabía que estaba colado por ella, pero ya se había enamorado otras veces. Le gustaban los detalles que tenía con él, ya que no tenía muchos amigos.

Will sabía que no podía hablarle de ciertos detalles porque el caso estaba aún abierto, especialmente de uno que podría terminar con un pleito desagradable. Sin embargo, sintió pena por el padre y deseó decir algo en favor de su hijo. No obstante, le preguntó:

—¿Pasaba usted mucho tiempo en casa?

—No mucho. Normalmente estoy en casa de mi novia. Tommy no lo sabía, pero pensábamos casarnos en primavera y quería pedirle que fuese mi padrino cuando regresase de Florida.

Espiró profundamente. Will le dio unos instantes para recuperarse.

—¿Conocía usted al novio de Allison?

—Jay. James

—¿Jason?

—Eso —respondió secándose la nariz con el dorso de la mano—. No la visitaba mucho. Yo no permitía que nadie se quedase a dormir. No me parecía bien que una chica de su edad anduviese tonteando por ahí.

—¿Tommy conocía a Jason?

Sacudió la cabeza, pero dijo:

—Imagino. La verdad es que no lo sé. No me ocupaba tanto de su vida como cuando era niño. Ahora era un adulto y tenía que aprender a cuidar de sí mismo. —Se atragantó cuando trató de inhalar el humo del cigarrillo—. Conozco a mi hijo. Jamás le haría daño a nadie. Sé lo que le hizo a Brad, pero ese no es mi hijo. No lo eduqué de esa forma.

Lena se aclaró la garganta.

—Yo vi lo que sucedió, Gordon. Tommy iba corriendo y se dio la vuelta. Brad no tuvo tiempo de pararse y el cuchillo se le clavó. No creo que Tommy lo hiciese intencionadamente. Fue un accidente.

Will se mordió el interior de los carrillos, preguntándose si estaba mintiendo para que Gordon se sintiese mejor o si estaba diciendo la verdad.

El otro hombre parecía hacerse la misma pregunta. Se frotó los ojos de nuevo.

—Gracias por decir eso.

—¿Había notado algún cambio en su comportamiento últimamente?

Gordon tragó saliva.

—Frank me llamó la semana pasada para decirme que había tenido una discusión. Una de las vecinas se había enfadado con él. Él jamás se había peleado con nadie. Nos sentamos y estuvimos hablando. Me dijo que se estaban quejando porque *Pippy* ladraba mucho. Quería mucho a ese estúpido perro. —Soltó una bocanada de humo.

—¿Bebía?

—Jamás. Odiaba el sabor de la cerveza. Intenté que se acostumbrase, así podríamos pasar juntos los sábados por la tarde, tomarnos unas cervezas y ver los partidos, pero nunca le gustó. Se aburría. Su deporte favorito era el baloncesto. No entendía las reglas del rugby.

—¿Tenía amigos? ¿Alguien le molestaba últimamente?

—Nunca trataba con extraños —respondió Gordon—, pero tampoco creo que tuviese ningún amigo en especial. Como le he dicho, estaba colado por Allison. Era muy cariñosa con él, pero como si fuese su hermano pequeño.

—¿Pasaban mucho tiempo juntos?

—No puedo decírselo; no vengo mucho por aquí. Él sí hablaba mucho de ella, no voy a negarlo.

—¿Cuándo fue la última vez que habló con su hijo?

—Creo que la noche que... —No terminó la frase y le dio una calada al cigarrillo—. Me llamó para pedirme permiso para utilizar la tarjeta de crédito. Pensó que *Pippy* se había tragado uno de sus calcetines y le dije que lo llevase al veterinario.

—No hemos encontrado su móvil.

—Hice que se comprase uno de prepago. Tenía un buen trabajo. Era una persona muy trabajadora y no le importaba pagar de su bolsillo. —Gordon arrojó el cigarrillo a la calle—. No puedo estar aquí. No puedo entrar en la casa ni ver sus cosas —le dijo a Lena—. Puedes entrar y coger lo que quieras. Quema la casa si te da la gana. No me importa.

Will abrió la puerta, pero no salió del coche.

—¿Sabe si Tommy coleccionaba cuchillos?

—Nunca dejé que tuviese uno. No sé de dónde lo sacó. ¿Usted lo sabe?

—No, señor —respondió Will.

Gordon sacó otro cigarrillo del paquete.

—Le gustaba desmontar las cosas —dijo—. A veces iba al trabajo e intentaba escribir las órdenes de servicio, pero el bolígrafo no funcionaba. Tommy le sacaba los muelles. Encontré un montón de ellos en sus bolsillos cuando hice la colada. En cierta ocasión incluso le quitó el motor a la secadora. Pensé que estaba relacionado con su problema, pero Sara me dijo que solo intentaba tomarme el pelo, que le gustaba bromear y hacer reír a la gente. —Gordon no estaba decepcionado con el muchacho. Miró por el espejo retrovisor y le dijo a Will—: Desde el principio supe que era diferente y que no podría jugar con él como suelen hacer los demás padres con sus hijos, pero le quería y le eduqué bien. Mi hijo no es un asesino.

Lena le puso la mano en el brazo.

—Era un buen chico —le dijo—. Un chico realmente bueno.

Gordon metió una marcha, intentando dejar claro que la conversación se había acabado. Will y Lena se bajaron del coche y vieron cómo el Ford se alejaba por la calle.

La lluvia había amainado, pero, aun así, Lena se echó por encima la capucha de la chaqueta para protegerse. Respiró profundamente y exhaló poco a poco.

—Tommy no mató a Allison.

Will hacía ya rato que lo había descubierto, pero le sorprendió que lo admitiese.

—¿Por qué ha cambiado de opinión?

—He pasado casi todo el día hablando con personas que le conocieron. Habría hecho lo mismo si estuviese vivo —dijo cruzando los brazos—. Era un buen muchacho. Y le pasó lo mismo que a muchos: que terminó metiéndose en problemas por estar en el lugar equivocado en el momento equivocado. Y por tener un cuchillo en las manos.

—Querrá decir por estar en el lugar adecuado en el momento equivocado. Le recuerdo que Tommy estaba en su apartamento, en su garaje.

Lena no le contradijo.

—Apuñaló a un oficial de policía.

—Accidentalmente, según tengo entendido.

—Sí, accidentalmente —afirmó ella—. Además, no teníamos ningún derecho legal a entrar en ese garaje. Brad consiguió la dirección, pero fui yo quien los llevó hasta allí y la que dije que el garaje era el apartamento de Allison. Por eso Brad miró por la ventana. Y así empezó todo.

Respiró débilmente. Will se dio cuenta de que estaba asustada, pero decidida.

—¿Cómo funciona el asunto? ¿Debo prestar declaración o debo escribir una confesión?

Will intentó averiguar qué tramaba. Las cosas no eran tan sencillas.

—Espere un momento. ¿Qué está confesando?

—El falso registro del apartamento. Creo que a eso se le llama allanamiento de morada. Mi negligencia provocó que un agente de policía resultase herido. Mejor dicho, dos. Provoqué una confesión falsa. Yo fui quien volvió a meter a Tommy en la celda. Y no le cacheé. El cartucho de pluma era mío, pero lo cambié. Tommy me lo quitó. Y, como bien sabemos los dos, he tratado de joderle todo lo posible. —Soltó una carcajada forzada y terminó diciendo—: Eso es obstrucción a la justicia, ¿verdad?

—Así es —respondió Will—. ¿Está dispuesta a afirmarlo por escrito?

—Y si quiere, puede grabarlo. —Se quitó la capucha y levantó la cabeza para mirar a Will—. ¿A qué me enfrento? ¿A pasar un tiempo entre rejas?

—No lo sé —admitió él, pero la verdad es que sí, se arriesgaba a tal cosa.

No obstante, su negligencia no fue deliberada, obtuvo la confesión falsa de buena fe, y ahora estaba cooperando, aunque antes se había mostrado reticente. Además, no eludía la culpa.

—Creo que lo primero que harán es suspenderla, a la espera de las conclusiones de mi investigación. Tendrá que presentarse al consejo. Puede que la condenen o puede que no. Tal vez le quitarán la pensión. Si no lo hacen, puede sufrir otras consecuencias y tener que trabajar durante un tiempo sin recibir salario alguno. Si no le quitan la placa, eso constará en su expediente hasta que se muera. Encontrar alguien que quiera contratarla será muy difícil, y Gordon Braham puede demandarla.

Nada de eso pareció sorprenderla. Se metió la mano en el bolsillo.

—¿Quiere que le dé mi placa ya?

—No —respondió Will—. Yo no soy el responsable de eso. Solo presentaré el informe. Eso le corresponde al consejo municipal y a otros consejos civiles. Y en lo referente a si está suspendida de sus servicios, creo que depende del inspector jefe Wallace.

Soltó una carcajada compungida.

—Entonces creo que ya está.

Will se sintió extrañamente confuso. Sabía que Lena había metido la pata, pero no estaba sola en ese embrollo. Las pruebas en el garaje demostraban que había sucedido algo que podía utilizar para salir de ese aprieto, o al menos para que las consecuencias no fuesen tan graves. Se sintió obligado a preguntarle:

—¿Está segura de lo que hace?

—Tommy era mi detenido y estaba bajo mi responsabilidad.

Will asintió.

—¿Por qué llamó a Marty Harris después de hablar conmigo?

Lena dudó. Will intuyó otra vez que le ocultaba algo.

—Quería conocer los detalles.

—¿Cuáles?

Le dio una explicación desganada de la misma historia que había escuchado de Marty Harris una hora antes.

—Conseguí la información de contacto de Jason y llamé a su madre, que vive en West Virginia. No pareció muy preocupada por que la policía la llamase para hablar sobre su hijo.

—¿Cómo podía estar segura de la identidad de la víctima? —preguntó Will, que supo la respuesta antes incluso de terminar la frase—. Usted fue a la universidad.

Dedujo que le había llamado desde el mismo edificio, un detalle que Lena había omitido.

—Responda —dijo Will.

—Yo estaba allí, comprobando los informes de Allison cuando Marty me llamó. Necesitaba comprobar si era el mismo asesino.

—¿Y?

—No lo sé, aunque me parece que sí. Jason era el novio de Allison. Ambos aparecen asesinados con un día de diferencia. Tommy ya no encaja dentro de este rompecabezas.

Eso explicaba al menos por qué había cambiado de opinión. Tommy había muerto antes de que Jason fuese asesinado. Lena pensaba que era inocente del primer crimen porque no pudo haber cometido el segundo.

—¿Fue usted quien cerró la ventana del dormitorio de Jason?

—Sí, pero utilicé guantes. No quería que la lluvia borrase ninguna huella. También me protegí el pelo y los zapatos. Tuve mucho cuidado, pero puede disponer de mis muestras de ADN en la comisaría. Deben de estar en mi expediente del GBI.

Will se abstuvo de maldecir.

—¿Qué descubrió en la universidad? Ha dicho que estuvo mirando los informes de Allison.

Sacó un cuaderno de espiral y buscó la hoja correspondiente.

—Allison había escogido cuatro asignaturas este semestre. No le aburriré con los detalles, pero todas estaban relacionadas con la química. Conseguí hablar con tres de sus profesores, con uno por teléfono y con otros dos en persona. Todos me confirmaron que era una buena estudiante, muy trabajadora. Nunca la vieron relacionarse con un grupo determinado. Era un poco solitaria. Jamás faltaba a clase. Sus calificaciones eran de sobresaliente o notable alto. La seguridad del campus no tenía constancia de su nombre, y jamás tuvieron que llamarle la atención ni fue objeto de informe alguno.

—¿Y el cuarto profesor?

—Alexandra Coulter. Está pasando las vacaciones fuera de la ciudad. Le he dejado un mensaje en el móvil y en su casa.

—¿Algún otro conocido?

—Ninguno conocía a Jason, pero es comprensible. Era dos años mayor que ella y estaba en la clase de graduación. Se verían fuera de clase. Ella no tenía amigos. Pregunté si conocían a una tal Julie Smith, pero no es una estudiante.

—¿Pidió una orden judicial para eso?

—Nadie me pidió ninguna, así que no fue necesario —respondió—. Hablé con el jefe de Tommy en la bolera y le enseñé la fotografía de Allison. Me dijo que la había visto con otro chico de pelo moreno y regordete, obviamente Jason Howell. Tommy les dejaba jugar gratis, pero en cuanto se enteró le puso fin a eso.

—Al menos sabemos que se conocían —dijo Will—. ¿Algo más?

—No hay ninguna Julie Smith en la ciudad. Lo comprobé en la guía de teléfonos. Hay cuatro Smith en la ciudad, tres en Heartsdale y una en Avondale. Llamé a los cuatro números, pero ninguno tiene un familiar que se llame Julie. ¿Piensa decirme quién es?

—No —respondió Will, pero solo porque no sabía la respuesta—. ¿Ha sabido algo de la tía de Allison?

—Nada. He llamado hace unos minutos al detective de Elba, pero parecía molesto porque le llamase de nuevo y me respondió que se pondría en contacto conmigo en cuanto supiese algo.

—¿Molesto porque pensó que le estaba presionando?

—Me parece que es el tipo de persona a la que no le gusta que una mujer le diga lo que tiene que hacer.

Quizá debería intentarlo él, pensó.

—¿Qué más?

—He hablado con los vecinos, con todo el mundo, salvo con la señora Barnes, que vive allí.

Señaló una casa amarilla, al otro lado de la calle. Había un viejo Honda Accord aparcado en la calle.

—No hay correo en el buzón, han recogido los periódicos y su coche no está en el garaje, por lo que deduzco que estará fuera, haciendo sus recados.

—¿Y ese Accord?

—He mirado por la ventanilla. Está inmaculado. Puedo mirar la matrícula en el ordenador.

—Hágalo —le dijo—. ¿Qué dijeron los demás vecinos?

—Lo mismo que les dijeron a nuestros agentes cuando les preguntaron ayer: que Tommy era un chico estupendo y que Allison era muy callada y tranquila. Ninguno de los dos se relacionaba mucho. Es una calle muy antigua y no viven muchos chicos en ella.

—¿Vive algún delincuente en la vecindad?

—No gran cosa. Hay dos personas con antecedentes. El chico que vive al final de la manzana fue arrestado por conducir sin permiso el Cadillac de su madre hace dos semanas. Y dos casas más allá, hay un exadicto al crac que vive con sus padres. Por lo que sabemos, ahora está limpio. En la acera de enfrente, en la tercera casa, hay un mirón que va en silla de ruedas. Ya no sale tanto como antes porque su padre quitó la rampa que había en el porche de delante.

—Parece un barrio muy tranquilo.

—Solo dos personas estaban en casa cuando apuñalaron a Brad —dijo señalando una casa dos puertas más abajo de la residencia de los Barnes—. Vanessa Livingston. Salió tarde a trabajar porque se le inundó el sótano. Estaba esperando al contratista y mirando por la ventana.

—¿Y qué vio?

—Lo mismo que yo. Brad estaba persiguiendo a Tommy y este se dio la vuelta. Tommy sostenía el cuchillo así —se puso la mano a la altura de la cintura— y se le clavó.

—¿Y el segundo vecino?

—Scott Shepherd. Jugador profesional. Se pasa el día delante del ordenador. No vio nada hasta que pasó todo. Solo a Brad en el suelo y a mí a su lado.

—¿Y a Frank cuando detenía a Tommy?

Lena apretó los labios.

—¿Quiere hablar con Shepherd?

—¿Me va a decir que Frank le estaba pegando a Tommy, o me va decir que no se acuerda?

—Según me dijo, no vio a Frank. Entró en la casa y llamó a la comisaría.

—Pero ¿no al 911?

—Scott es bombero voluntario y sabe el número directo de la comisaría.

—Qué suerte.

—Sí, tengo mucha suerte últimamente. —Lena cerró el cuadernillo y concluyó—. Eso es todo lo que tengo. Gordon dice que hay una llave debajo del felpudo. Ahora creo que debo marcharme a casa y buscar un abogado.

—¿Y por qué no me ayuda?

Lena se lo quedó mirando.

—Acaba de decirme que perdería mi placa.

—Aún la tiene en el bolsillo, ¿verdad?

—No diga sandeces. Solo he tenido dos días peores que este en mi vida: el día que murió mi hermana y el día que perdí a Jeffrey.

—Usted es una buena detective cuando quiere.

—No creo que eso importe.

—Entonces, ¿qué puede perder?

Will subió el camino de entrada escuchando los pasos de Lena a sus espaldas. Realmente no necesitaba su ayuda, pero odiaba que le engañasen. Frank Wallace estaba tan metido en esa mierda como ella, pero al parecer no le importaba que uno de sus agentes cargase con todas las culpas. Will no sentía ninguna lealtad por Lena, pero no estaba dispuesto a dejar que un policía borracho y corrupto siguiese dirigiendo el cuerpo de policía de esa ciudad.

Encontró la llave debajo del felpudo. Estaba abriendo la puerta cuando Lena se puso a su lado.

—¿Sabe algo del detective Stephens? —preguntó.

—Está en el mismo estado, lo cual, según parece, es bueno.

—¿Por qué no llamó al inspector Wallace cuando se encontró el cadáver en la residencia?

Lena se encogió de hombros.

—Porque, como usted dice, soy una buena policía cuando quiero.

Will abrió la puerta principal. Lena entró primero. Se puso la mano cerca de la pistolera, un gesto inconsciente. Will se lo había visto hacer a Faith en muchas ocasiones. Había sido policía durante diez años, y hay algunas costumbres que no se pierden.

El salón estaba justo al lado del vestíbulo. El mobiliario era anticuado y bastante cutre, y los cojines tenían cinta adhesiva para que no se les saliese el relleno. La moqueta era una alfombra de pelo largo que recorría todo el pasillo. Will notó que se le pegaba a los zapatos cuando entró en la cocina, donde la moqueta se terminaba y empezaba un linóleo de color amarillo. Gordon no se había molestado en restaurar nada, salvo el microondas de acero inoxidable que reposaba sobre la vieja mesa de formica.

—Platos —dijo Lena.

Había dos platos, dos tenedores y dos vasos en el escurridor del fregadero. Allison había comido con alguien antes de morir.

Lena cogió una toalla de papel y se cubrió la mano para poder abrir el frigorífico. Había una tira de cinta de pintor justo en el centro. Vio algunas bebidas gaseosas de marcas blancas a cada lado, pero no había nada de comida, salvo una naranja ya seca y una taza de gelatina. Abrió el congelador. Una tira de la misma cinta dividía el compartimento, pero el moho había despegado el adhesivo. Uno de los lados estaba repleto de comida congelada, y en el otro había una caja de polos y algunos sándwiches de helado.

Will utilizó el lateral del dedo para levantar la tapadera del cubo de basura. Vio dos cajas de pizza Stouffer.

—Le preguntaré a Sara sobre el contenido de sus estómagos.

—Tommy tuvo más tiempo para digerirlos.

—Cierto.

Utilizó el costado del zapato para abrir un par de puertas de rejilla esperando encontrar una despensa, pero vio un aseo, una ducha pequeña y un lavabo aún más pequeño. El cuarto de baño estaba al lado de la puerta trasera. Pensó que sería el que utilizaban los inquilinos que alquilaban el garaje y, ciertamente, parecía como si algún chico joven lo hubiese utilizado. El lavabo estaba muy sucio, había muchos pelos obstruyendo el desagüe de la ducha, las toallas estaban tiradas por el suelo y había un par de calzoncillos sucios en una esquina. Había un calcetín tirado en el suelo, uno de esos que llegan hasta la altura del tobillo. Will imaginó que el otro estaría en el tubo digestivo de *Pippy*.

Se dio cuenta de que Lena ya no estaba detrás de él. Entró en el comedor, que tenía una mesa de cristal y dos sillas, y la encontró en un pequeño estudio al lado de la habitación de matrimonio. El cuarto tenía un aspecto de total abandono. Había montones de papeles apilados en el suelo, revistas, facturas antiguas y periódicos. Gordon debía utilizar esa habitación como oficina para guardar todo el papeleo. Lena miró los cajones. Will vio que contenían facturas y recibos. El único estante que había en la habitación estaba vacío y polvoriento, salvo por un plato que contenía un trozo de comida irreconocible y mohoso. Había un vaso a su lado, con un líquido oscuro y mugriento.

En la moqueta se veían huellas de haber pasado la aspiradora, pero seguía teniendo el aspecto sórdido del resto de la casa. Había un monitor muy antiguo encima de la mesa. Lena le dio al botón, pero no se encendió. Will se agachó y vio que no estaba enchufado ni a la corriente ni a ningún ordenador.

—Probablemente se llevó el ordenador a casa de Jill June, su novia —dijo Lena.

—¿Algún ordenador en el garaje?

Lena negó con la cabeza.

—¿Cree que Tommy sabía utilizarlo?

—Puede. Manejaba las máquinas de la bolera, y todas se controlan por ordenador —respondió Will, aunque se encogió de hombros porque no estaba seguro—. Gordon quitó el teléfono fijo y dudo que tuviera acceso a Internet.

—Probablemente. —Lena abrió el último de los cajones. Cogió un papel que parecía una factura—. Cincuenta y dos dólares. Este lugar debe de estar mejor aislado de lo que parece.

Will dedujo que había encontrado la factura de electricidad o del gas.

—O Allison no conectaba la calefacción. Apenas tenía dinero y estaba dispuesta a vivir en el garaje. Probablemente andaría muy corta.

—Gordon también parece vivir con lo mínimo. Este lugar es un basurero —apuntó Lena soltando la factura encima de la mesa—. Hay comida podrida en la estantería, ropa sucia por el suelo, y yo no me atrevería a caminar descalza por esta moqueta.

Will asintió en silencio.

—Supongo que los dormitorios estarán en la planta de arriba.

La casa estaba diseñada en dos niveles, con las escaleras al final del salón de estar. El pasamanos estaba empezando a soltarse de la pared; la moqueta se veía gastadísima. Más allá de las escaleras vio un pasillo estrecho, con dos puertas abiertas en un lado, una cerrada en el otro y el cuarto de baño de azulejos rojos en la entrada del pasillo.

Will miró en la primera habitación, pero estaba casi vacía, salvo por algunos periódicos y otros objetos inservibles tirados sobre la moqueta color naranja. La otra habitación estaba escasamente amueblada y era algo más grande. Había un canasto de ropa doblada sobre un colchón sin sábanas. Lena señaló el armario vacío y los cajones abiertos de la cómoda.

—Alguien se ha trasladado.

—Gordon Braham —respondió Will.

Miró el canasto con la ropa bien doblada y, por alguna razón, le dio pena saber que Allison había hecho la colada antes de morir.

Lena se puso unos guantes de látex antes de abrir la última habitación. Una vez más hizo ademán de llevarse la mano a la pistola antes de empujar la puerta. No había nadie.

—Debe de ser la de Allison.

Aquel cuarto estaba algo más limpio que el resto de la casa, lo cual no era gran cosa. Allison Spooner tampoco era muy ordenada, pero al menos no había esparcido la ropa por el suelo, y eso que tenía una cantidad enorme. Había camisas, blusas, pantalones y trajes, todos tan apiñados dentro del armario que la barra estaba combada en el centro. Había perchas colgadas de la barra de la cortina y en el borde de la puerta del armario. Y más ropa doblada sobre una mecedora.

—Por lo que se ve, le gustaba la ropa —dijo Will.

Lena cogió unos vaqueros de un montón de ropa que había al lado de la puerta.

—Marca Seven. No son baratos. Me pregunto de dónde sacaba el dinero.

Will se arriesgó a deducirlo. La ropa que había usado de niño procedía normalmente de alguna donación comunitaria. Casi nunca encontraba nada de su talla y menos de su gusto.

—Probablemente tuvo que usar ropa heredada toda su vida, y ahora que estaba fuera de casa y ganaba su propio dinero le gustaría tener alguna prenda bonita.

—O puede que la robase.

Lena soltó los pantalones encima del montón y continuó buscando, levantando el colchón, pasando la mano entre los trajes, cogiendo los zapatos y volviéndolos a colocar en su sitio. Will permanecía en la puerta, observando cómo se movía por la habitación. Parecía más segura de sí misma. Algo había cambiado. Las confesiones le quitaban a uno un peso de encima, pero su nueva actitud no se debía solo a eso. La Lena que había dejado esa mañana estaba a punto de echarse a llorar en cualquier momento, y de lo único que parecía estar segura era de la culpabilidad de Tommy. Sin duda, había algo que la había estado abrumando y que ahora había desaparecido. Por eso, aquella seguridad resultaba sospechosa.

—¿Ha mirado ahí? —preguntó Will señalando la mesilla de noche.

El cajón estaba a medio abrir. Lena utilizó la mano enguantada para abrirlo del todo. Había un cuaderno, un lápiz y una linterna en su interior.

—¿Ha leído alguna vez a Nancy Drew? —preguntó Will.

Lena ya se le había adelantado y utilizó el lápiz para sombrear el papel del cuaderno. Se lo enseñó y dijo:

—No hay ninguna nota secreta.

—Bueno. Valía la pena intentarlo.

—Podemos poner patas arriba este sitio, pero tengo la sensación de que no vamos a encontrar nada.

—No hay ninguna mochila roja.

Lena le miró.

—¿Alguien le dijo que tenía una mochila roja?

—Y también un coche.

—¿Un Dodge Daytona color rojo?

Imaginó que lo sabría por la orden de búsqueda que Faith había puesto esa mañana.

—Vamos al cuarto de baño —sugirió Will.

Le siguió por el pasillo. Una vez más dejó que fuese ella la que realizase el registro. Lena abrió el botiquín. Dentro encontró las típicas cosas que suelen tener las mujeres: objetos de maquillaje, un bote de perfume, algo de Tylenol, otras pastillas para aliviar el dolor y un cepillo. Abrió la caja de anticonceptivos. Quedaba menos de la tercera parte de las pastillas.

—Estaba al día.

Will miró la etiqueta de la prescripción, pero no reconoció el logotipo.

—¿Es de alguna farmacia de la ciudad?

—No, del dispensario de la universidad.

—¿Conoce al médico que ha hecho la prescripción?

Lena miró el nombre, pero negó con la cabeza.

—Ni idea —dijo—. Probablemente algún médico de su ciudad.

Lena abrió el armario que había debajo del lavabo.

—Papel higiénico, tampones, compresas. —Miró dentro de las cajas y concluyó—: Nada fuera de lo normal.

Will miró el armario abierto que contenía las medicinas. Faltaba algo. Había dos estantes y un espacio en la parte de abajo que hacía las veces de tercer estante. El del centro parecía estar dedicado a las medicinas. La caja de anticonceptivos estaba metida entre el Motrin y el bote de Advil, colocados en el extremo opuesto del estante más cercano a la bisagra. El Tylenol estaba en el lado opuesto, arrinconado también. Estudió el espacio que quedaba, preguntándose si faltaba algún bote.

—¿Qué sucede? —preguntó ella.

—Debería ir al médico para que le viesen la mano.

Lena flexionó los dedos. Las tiritas empezaban a tener un aspecto un tanto sucio.

—Parece infectada. Supongo que no querrá coger una infección en la sangre.

Se apartó del armario.

—El único médico de la ciudad atiende en la clínica infantil. Hare Earnshaw.

—El primo de Sara.

—Seguro que no le gustaría mucho tenerme como paciente.

—¿A quién ve normalmente?

—Eso no es asunto suyo.

Subió la persiana barata que había en la ventana.

—Hay un coche aparcado en la casa de la señora Barnes.

—De acuerdo. Espéreme fuera.

—¿Por qué me...? —No terminó la frase—. De acuerdo.

Will salió con ella hasta el pasillo. Cuando se detuvo fuera de la habitación de Allison, Lena se dio la vuelta. No dijo nada y continuó bajando las escaleras. Will no creía que hubiese nada de importancia en la habitación de la chica, ya que Lena había mirado a fondo. Sin embargo, lo que le sorprendía es lo que faltaba: no había portátil, ni libros de texto, ni cuadernos, ni mochila roja. No había nada que indicase que una universitaria estuviese viviendo allí, salvo una enorme cantidad de ropa. ¿Había cogido alguien las pertenencias de Allison? Probablemente estarían en su Dodge Daytona, que aún no se sabía dónde se encontraba.

Will oyó la puerta principal abrirse y cerrarse. Se asomó a la ventana y vio a Lena salir de la entrada y dirigirse al coche patrulla. Hablaba por el móvil. No estaba llamando a Frank; quizás estuviese buscando un abogado.

Sin embargo, él tenía cosas más urgentes en las que pensar en ese momento. Se dirigió al cuarto de baño y utilizó la cámara de su móvil para fotografiar el armario de las medicinas. Luego bajó las escaleras y fue hasta el cuarto de baño de Tommy Braham. Pisó las toallas y la ropa interior para llegar al botiquín. Abrió la puerta de espejo. Lo único que había en su interior era un bote de pastillas de plástico color naranja. Se acercó. Las palabras escritas en la etiqueta eran muy pequeñas; la luz, escasa; y él, disléxico.

Utilizó el móvil para hacer otra foto. En esta ocasión, envió la imagen a Faith con tres signos de interrogación en el mensaje.

Sara se había quedado otra vez con su pañuelo. Will buscó algo para no dejar huellas en el bote, pero desechó la ropa interior y los calcetines sucios de Tommy. Cogió algo de papel higiénico del rollo que había detrás de la taza y lo utilizó para coger el bote. El tapón no estaba enroscado del todo. Lo abrió y vio un puñado de cápsulas color claro con un polvo blanco en su interior. Puso una en la palma de su mano. No tenía nada grabado, ni se veía ningún logotipo farmacéutico ni nombre de ninguna marca.

En las películas, los policías siempre probaban el polvo que encontraban. Will se preguntaba por qué los traficantes no dejaban montones de veneno de rata para tales ocasiones. Colocó el bote en el borde del lavabo para poder fotografiar la cápsula que tenía en la mano. Luego tomó un primer plano de la etiqueta de la prescripción y se lo envió a Faith.

Will, por norma, se mantenía alejado de los médicos. No podía leerles la información de su seguro cuando pedía una cita, ni tampoco rellenar los formularios cuando estaba sentado en la sala de espera. En cierta ocasión, Angie había tenido la gentileza de pegarle la sífilis y tuvo que tomar cuatro pastillas al día durante dos semanas. Por eso sabía el aspecto que tenía una etiqueta de una prescripción. Siempre llevaba un logotipo oficial de la farmacia en la parte superior. Aparecía el nombre del médico, la fecha, el número de registro, el nombre del paciente, la información relativa a la dosis y las pegatinas de advertencia.

Esa etiqueta no llevaba nada de eso, ni siquiera tenía el tamaño adecuado; calculó que sería la mitad de ancha y de larga. Había muchos números mecanografiados en la parte superior, pero el resto de la información estaba escrita a mano. Habían empleado letra cursiva; aquello podía ser heroína o acetaminofén.

Sonó su teléfono.

—¿Qué coño es esto? —le preguntó Faith.

—Lo he encontrado en el armario de las medicinas de Tommy.

—Siete-nueve-nueve-tres-dos-seis-cinco-tres —leyó Faith—. Luego hay escrito «Tommy, no tomes ninguna de estas», con un signo de exclamación al final. La palabra «no» está subrayada.

Dio las gracias por no haber probado ese polvo blanco.

—¿Es la letra de una mujer?

—Eso parece. Es bastante grande y ribeteada. Está inclinada hacia la derecha, así que debe de ser de una persona diestra.

—¿Por qué tendría Tommy un bote de pastillas que decía que no las tomase?

—¿Qué significan las tres letras en la parte de abajo? Parecen una C, una I y una H, o una C, una O y otra H.

Will miró la letra pequeña impresa en la esquina de la etiqueta. Las palabras estaban tan borrosas que la cabeza le empezó a doler.

—No tengo ni idea. La última foto la he hecho lo más cerca posible. Voy a dárselo a Nick para que lo lleve al laboratorio junto con otras cosas. ¿Sabes algo de Jason Howell?

—Menos que de Allison, si es que eso es posible. No tiene teléfono ni dirección, solo un apartado postal en la universidad. Tiene cuatro mil dólares en una cuenta de ahorros en un banco de West Virginia.

—Eso es interesante.

—No creas. La cantidad se ha ido reduciendo en los últimos cuatro años. Imagino que es de algún fondo universitario. También tiene un coche registrado a su nombre. Un Saturn SW del 99. Ya he emitido una orden de búsqueda.

Algo era algo.

—Miraré en la universidad para ver si está allí. ¿Cómo va el examen de los antecedentes de los estudiantes que vivían con Jason?

—Lento y aburrido. Ninguno tiene ni una multa de aparcamiento. A su edad, mi madre me tuvo que sacar de un embrollo por conducir bajo la influencia del alcohol y por robar en algunas tiendas —dijo riéndose—. Prométeme que no me lo recordarás cuando mis hijos se metan en problemas.

Will estaba demasiado sorprendido para prometer nada.

—¿Has conseguido la cinta con la llamada al 911?

—Me han dicho que me la enviarán por correo electrónico, pero aún no ha llegado. —Respiraba entrecortadamente: estaría andando por su casa—. Deja que busque en el ordenador las iniciales de esas pastillas.

—Le preguntaré a Gordon si su hijo tomaba alguna medicación.

—¿Te parece oportuno?

—¿A qué te refieres?

—Imagina que vendiera drogas.

—Hmmm. —Le costaba imaginar a Tommy Braham trabajando de camello. Aun así, dijo—: Conocía a todo el mundo en la ciudad, y siempre iba de un lado para otro. Podía ser un camello perfecto.

—¿A qué se dedica su padre?

—Es encargado de mantenimiento de la compañía eléctrica de Georgia.

—¿Cómo viven?

Will miró la birriosa cocina.

—No muy bien. Su camioneta tendrá unos diez años.

Tommy vivía en un garaje sin aseo y alquilaban una habitación para llegar a fin de mes. La casa debió de ser bastante agradable hace treinta años, pero no han hecho nada por conservarla.

—Cuando estuve buscando información sobre Tommy vi que tenía una cuenta en un banco local. Disponía de treinta y un dólares con sesenta y ocho centavos. ¿Dijiste que su padre estaba en Florida?

Se dio cuenta de lo que insinuaba. Florida era el punto de partida de una importante vía de tráfico de drogas que iba desde los Cayos hasta Georgia, y desde allí hasta Nueva Inglaterra y Canadá.

—No creo que este asunto esté relacionado con drogas.

—La herida en el cuello parece obra de algún mafioso.

Will no pudo negar que tenía razón.

—¿Qué más has averiguado? —preguntó Faith.

—La detective Adams ha decidido aceptar su culpabilidad por el suicidio de Tommy Braham.

Faith, por una vez en la vida, no respondió con uno de sus comentarios.

—Dice que Tommy no mató a Allison, que fue culpa suya que se suicidase estando bajo su custodia y que asumirá la culpa.

Faith hizo un extraño sonido.

—¿Qué andará ocultando?

—¿Qué no andará ocultando? —replicó Will—. Ha mentido y ha ocultado tantas cosas que es como tirar de un ovillo. —Entró en la cocina, esperando encontrar una bolsa de plástico—. Allison tenía mucha ropa buena —dijo.

—¿Qué estudiaba? —preguntó Faith.

—Química.

—A veces me pregunto cómo consigues vestirte por las mañanas —contestó ella, frustrada—. ¿Química? Es decir, ¿sintetizar productos químicos para conseguir otros más complejos, como transformar la seudoefedrina en metanfetamina?

Will encontró una caja de bolsas de plástico en el último cajón.

—Si Allison se dedicaba a fabricar metanfetamina o a tomarla, entonces debía ser sumamente cuidadosa, porque no tenía ninguna marca de agujas. Tampoco he encontrado pipa alguna en la casa ni en el garaje. Sara hará un examen toxicológico como parte de la autopsia.

—¿Y Tommy?

—Llamaré a Sara.

Esperó a que hiciese algún comentario irónico por haber repetido el nombre de Sara, pero, por muy extraño que le pareciera, Faith no aprovechó la oportunidad.

—No hay C-I-H ni C-O-H en Grant. Probaré con el número que aparece en la parte de arriba de la etiqueta. Ocho dígitos. Demasiado largo para ser un código postal y demasiado corto para ser un código postal de más de scuatro dígitos. Tampoco puede ser un número de móvil, porque tiene una cifra de más, y una menos que el número de la seguridad social. Deja que lo escriba y veré si obtengo algo.

Will guardó el bote de pastillas en la bolsa de plástico mientras esperaba los resultados.

Faith emitió un gruñido:

—Joder, ¿tienen que aparecer páginas porno en cualquier búsqueda?

—Bueno, a lo mejor es que Dios quiso regalarnos la vista con eso.

—Yo preferiría encontrar una niñera —respondió—. No hay manera de dar con una buena. Puedo hacer algunas llamadas. Ya sabes lo mucho que algunos catetos tardan en introducir los expedientes en la Red. Estoy esperando que mi madre venga a por mí y me lleve al hospital.

—Te agradeceré lo que hagas.

—Si veo otro de esos programas sobre mejoras en casas, voy a ir allí donde estás, y espero que alguien me clave un cuchillo en la nuca. Estoy llena de gases y me siento como...

—Bueno, ahora tengo que dejarte. Gracias de nuevo por tu ayuda.

Will colgó el teléfono. Cerró la casa y dejó el bote de pastillas en su Porsche. Lena seguía hablando por teléfono, pero colgó cuando vio que él se acercaba.

—El Honda pertenece a Darla Jackson. Está en libertad condicional por transferir cheques sin fondos hace dos años. Ya casi los ha saldado. El cargo vencerá en enero.

—¿Ha hablado con ella?

Lena le miró por encima del hombro.

—Pensaba que lo haríamos juntos.

Will se dio la vuelta. Una anciana bajaba por el camino de entrada al otro lado de la calle. Se apoyaba pesadamente en un andador con una cesta de aluminio en la parte delantera. Tenía unas pelotas de tenis color amarillo brillante en las patas traseras. La puerta principal de la casa se abrió, y una mujer vestida con un uniforme rosa de enfermera gritó:

—¡Señora Barnes! ¡Se ha olvidado del abrigo!

La anciana no parecía preocupada, aunque solo llevaba un vestido de casa bastante fino y unas zapatillas. El viento soplaba con tanta fuerza que el dobladillo se le levantaba mientras recorría la entrada, que era empinada. Por fortuna, las suelas de goma de sus zapatillas de paño impedían que resbalase en el asfalto.

—¡Señora Barnes! —volvió a gritar la enfermera mientras bajaba por el camino de entrada con el abrigo.

Era una mujer grande, de hombros anchos y grandes senos. Resollaba cuando logró alcanzar a la anciana. Le puso el abrigo por encima de los hombros diciendo:

—Se va a morir de frío aquí fuera.

Lena se acercó a las dos mujeres.

—Señora Barnes, le presento al agente Trent, de la oficina estatal de investigación de Georgia.

La señora Barnes no hizo ni el más mínimo gesto, salvo arrugar la nariz.

—¿Qué desea?

Will se sintió como si estuviese en la escuela primaria y le estuvieran riñendo por haberse portado mal.

—Me gustaría hablar con usted sobre Allison y Tommy, si dispone de un momento.

—Me parece que usted ya ha tomado una decisión a ese respecto.

Él miró el buzón, recordando haber visto el número de la casa en uno de los informes de incidentes.

—Alguien de su casa llamó a la policía para quejarse de los ladridos del perro de Tommy. Su nombre no está en el informe.

—Fui yo —dijo la enfermera—. Me encargo de cuidar por la noche de la señora Barnes. No suelo venir hasta las siete, pero hoy necesitaba ayuda con algunas cosas y no tenía nada más que hacer.

Will no se había dado cuenta de lo tarde que era. Miró su móvil y vio que estaban a punto de dar las tres. A Faith solo le quedaba una hora para marcharse al hospital.

—¿Viene usted todas las noches? —le preguntó a la enfermera.

—Todas menos los jueves. Y también libro el último domingo de cada mes.

Will tuvo que repetir las palabras mentalmente para entender lo que quería decir, ya que tenía el acento más nasal que había visto en el condado de Grant.

Lena sacó su cuaderno y su pluma.

—¿Puede decirme su nombre?

—Darla Jackson.

Se metió la mano en el bolsillo y sacó una tarjeta. Tenía las uñas pintadas de un color rojo brillante que hacía juego con su maquillaje.

—Trabajo para la residencia, en la autopista 5.

Lena señaló el viejo Honda que había aparcado delante de la casa. Sabía la respuesta, pero preguntó:

—¿Es suyo ese coche?

—Sí, señora. No es gran cosa, pero me lleva. Pago todas mis facturas puntualmente.

Les lanzó una mirada significativa a los dos. Will dedujo que la señora Barnes no sabía nada de los cheques sin fondos.

Lena le pasó la tarjeta y él la miró durante unos segundos antes de preguntarle a Darla:

—¿Por qué llamó a la policía para quejarse de Tommy?

Abrió la boca para decir algo, pero la señora Barnes la interrumpió y, dirigiéndose a Will, dijo:

—Ese muchacho jamás le hizo el más mínimo daño a nadie. Era un chico de lo más encantador y siempre estaba dispuesto a ayudar a todo el mundo.

Will se metió las manos en los bolsillos, ya que hacía tanto frío que pensó que se le iban a romper los dedos por la mitad. Necesitaba averiguar más sobre su repentino cambio de humor en caso de que Faith estuviese en lo cierto sobre las drogas que había encontrado en el armario del muchacho.

—El informe dice que Tommy le estaba gritando a alguien. Deduzco que fue a usted, señorita Jackson.

La enfermera asintió. Se preguntó por qué el nombre de Darla no aparecía en el informe. Era un poco extraño que el agente de policía no lo anotase junto con los demás detalles.

—¿Me puede decir qué ocurrió?

—Bueno, lo primero es que no sabía que era retrasado —dijo disculpándose—. Como enfermera profesional que soy, intento ser lo más compasiva posible con las personas con necesidades especiales, pero su perro no paraba de ladrar, y la señora Barnes no podía dormir.

—Tengo un insomnio terrible —la interrumpió la anciana.

—Creo que me dejé llevar un poco por mi mal humor. Fui a su casa para decirle que intentase hacer callar a su perro, pero me dijo que no podía. Le respondí que, si no hacía algo, llamaría a la perrera. Ellos sí sabrían qué hacer para que se callase. —Parecía avergonzada, pero prosiguió—: Poco después oí un fuerte ruido. Miré la ventana de delante y estaba resquebrajada. Como verá, he puesto alguna cinta.

Will miró hacia la casa. El cristal de la ventana tenía un trozo plateado de cinta hasta la parte inferior.

—Eso no consta en el informe.

—Afortunadamente, enviaron a Carl Phillips —intervino la señora Barnes—. Yo fui su profesora en quinto grado —dijo llevándose la mano al pecho—. Todos estuvimos de acuerdo en que sería mejor hablar con Gordon cuando regresase de Florida.

—Usted ha dicho que viene todas las noches. ¿Incluye eso el domingo por la noche y la noche anterior? —le preguntó Will a la enfermera.

—Sí, he estado con la señora Barnes los tres últimos días. La nueva medicación ha afectado mucho a su insomnio.

—Es cierto —dijo la anciana—. No he podido pegar ojo.

—¿Vio usted algo en casa de Tommy? ¿Coches yendo o viniendo? ¿Utilizó Tommy su *scooter* para algo?

—El dormitorio está en la parte de atrás —explicó Darla—. Estuvimos allí toda la noche, porque el aseo se encuentra más cerca.

—Darla, por favor —le regañó la señora Barnes—. No creo que haya necesidad de mencionar esos detalles.

—¿Conocen a Allison Spooner? —preguntó Lena—. Vive en la casa de Tommy.

Ambas la miraron, circunspectas.

—La he visto en alguna ocasión —contestó Darla.

—¿Y ha visto a su novio?

—Algunas veces.

—¿Sabe cómo se llama?

Darla negó con la cabeza.

—Salía y entraba con frecuencia. Alguna vez los oí discutir y pelearse. Me parecía un chico con mal carácter.

Will sabía por experiencia que la gente solía emitir juicios precipitados sobre ciertas personas.

—¿Qué piensa usted, señora Barnes? —preguntó.

—Lo vi una o dos veces —respondió.

—¿Le oyó pelearse con Allison?

—Yo no oigo muy bien —contestó, llevándose los dedos a una de las orejas.

Pero bien que había oído al perro ladrar. Aquella mujer, probablemente, estaba siendo demasiado educada: a ciertas personas no les gusta hablar mal de los muertos. Imaginó que una semana antes habría tenido mucho que decir sobre Allison Spooner.

—¿Ha visto recientemente su coche en la entrada?

—Gordon le pidió que lo aparcase en la calle porque perdía aceite —dijo la señora Barnes—. No lo he visto desde hace unos días. Al menos no este fin de semana.

—Ni yo tampoco —confirmó Darla.

—¿Y el coche de su novio? ¿Sabe qué coche conducía?

Las dos mujeres negaron con la cabeza.

—Yo no entiendo mucho de coches, pero era una camioneta —intervino Darla—. Verde o azul. Supongo que eso no será de mucha ayuda.

—¿Recibía Allison la visita de amigos? ¿Hombres o mujeres?

—Solo de su novio —dijo Darla—. Tenía los ojos redondos y brillantes.

Will notó que una gota de lluvia le golpeaba en la cabeza.

—¿Habló alguna vez con él?

—No, pero distingo a un perdedor nada más verlo —respondió con una carcajada sorprendentemente tosca—. He conocido a muchos como él en mi vida.

—La cuestión es —interfirió la señora Barnes— que Tommy no le hizo ningún daño a esa chica. Y usted lo sabe muy bien —añadió mirando a Lena.

—Sí, lo sé —respondió ella, que pareció quedarse sin palabras. Miró a la enfermera y dijo—: Creo que debo marcharme.

Will quiso preguntarle algo más.

—Señora Barnes...

—Mi hijo es abogado —le contestó ella en tono cortante—. Para cualquier pregunta que quiera hacerme deberá dirigirse a él. Vamos, Darla. Es hora de mi programa.

Giró el andador y empezó su lento ascenso por la entrada. Darla hizo un gesto, como intentando disculparse.

—Es la primera vez que una anciana con un andador ha amenazado con denunciarme —dijo Will.

Se oía un zumbido en el aire, como si una bandada de cigarras hubiesen decidido empezar a cantar todas al mismo tiempo. La lluvia había amainado y se había convertido en una ligera bruma. Will parpadeó, notando las gotas de agua que se formaban en sus pestañas.

—¿Y ahora qué?

—Usted sabrá —respondió Will mirando la hora en el móvil y pensando que Charlie no tardaría en llegar—. Puede regresar a la universidad conmigo o puede empezar a buscarse un abogado.

Lena no tuvo que pensar mucho la respuesta.

—¿En su coche o en el mío?

Capítulo trece

Apenas habían salido de Taylor Drive cuando el cielo se abrió. Apenas podían ver nada. Una densa niebla lo cubría todo. Lena no pasaba de cincuenta kilómetros por hora mientras recorría las calles inundadas. El frío hacía que le doliese la mano. Flexionó los dedos para que circulase la sangre. No había duda de que estaba cogiendo una infección, ya que sentía frío y calor al mismo tiempo, además de que le estaba empezando a doler la nuca.

Aun así, no se sentía tan bien consigo misma desde hacía mucho tiempo. No porque hubiese asumido la responsabilidad de lo que había pasado, sino porque había encontrado una forma de librarse una vez más. Y sería la última. A partir de ese momento pensaba hacer las cosas como era debido. No pensaba coger ningún atajo ni asumir riesgos.

Frank no podía culparla por haber aceptado la derrota y, si lo hacía, se podía ir a la mierda. Trent había descubierto lo que había pasado en el garaje, pero no podía demostrar nada sin la ayuda de Lena, y ella no estaba dispuesta a hablar. Esa era su mejor baza contra Frank, su billete hacia la libertad. Si él quería beber hasta caerse muerto, si quería seguir arriesgando la vida en las calles, era cosa suya. Ella pensaba lavarse las manos.

Lo que le pesaba era la muerte de Tommy Braham. Necesitaba hablar con un abogado para saber cómo debía afrontar todo aquello, pero no pensaba enfrentarse a ellos. Merecía un castigo. Tommy era su detenido y le había proporcionado todos los medios para quitarse la vida. Enfrentarse al sistema, o tratar de buscar una escapatoria, no era una opción posible. Puede que Gordon Braham la denunciase, o puede que no. Lo único que sabía era que sus días en esa ciudad estaban contados. Por mucho que le gustase ser policía, por mucho que echase de menos la adrenalina, tenía que dejar un trabajo que casi nadie en el mundo quería ni podía hacer.

Will se agitó en el asiento de al lado. Había pasado toda la mañana bajo la lluvia, y tenía el jersey y los pantalones mojados. Se podía decir cualquier cosa de él, pero había que reconocer que era un hombre obstinado.

—¿Cuándo vamos a hacerlo? Me refiero a mi confesión.

—¿Por qué tanta prisa?

Lena se encogió de hombros. Tenía treinta y cinco años y sabía que debería empezar desde el principio en la peor situación económica que se había vivido después de la Gran Depresión. Quería acabar con ese asunto, pues lo peor de todo era la incertidumbre. Pensaba dejarlo, pero ¿cuánta sangre iba a tener que derramar?

—Aún puede seguir trabajando un tiempo —dijo Will.

—Para hacer un trato hay que tener algo que merezca la pena.

—Creo que lo tiene.

Ambos sabían que si delataba a Frank todo sería más fácil. Lo que Will no sabía es que Frank contaba con algunas bazas, y ella tenía que mantener la boca cerrada. Ya era muy tarde para echarse atrás.

—Hábleme del tráfico de drogas en la ciudad —dijo Will.

La pregunta la cogió por sorpresa.

—No hay mucho que decir. La seguridad del campus se encarga de las pequeñas infracciones en la universidad: algo de hierba, un poco de coca y algunas metanfetaminas.

—¿Y en la ciudad?

—En Heartsdale el consumo es a escala superior; las personas con dinero ocultan mejor sus adicciones. —Redujo la velocidad al encontrarse un semáforo en rojo en Main Street, pero prosiguió hablando—: En Avondale es lo normal. Consume la gente de clase media, las madres que trabajan después de acostar a los niños. Madison es la peor. Es la zona más pobre, hay un gran número de desempleados y el cien por cien de los niños recibe asistencia federal. Hay un par de pandillas que se dedican a vender metanfetaminas, pero suelen matarse entre ellos. No se meten con los demás. La policía no tiene mucho presupuesto para organizar operaciones encubiertas. Los apresamos cuando podemos, pero son como las cucarachas: matas a una y salen diez más.

—¿Cree que Tommy traficaba con drogas?

Lena se rio de buena gana.

—¿Me está tomando el pelo?

—No.

—Por supuesto que no. —Negó con la cabeza rotundamente y añadió—: Si lo hubiera hecho, la señora Barnes habría hecho que Darla, la enfermera, llamase de inmediato a la policía. Muchas personas le observaban de cerca.

—¿Y qué me dice de Allison? ¿Cree que consumía drogas?

Lena se lo pensó unos instantes.

—No hemos descubierto nada que la relacione con las drogas. Apenas tenía dinero para vivir. Sus notas eran buenas y no faltaba ni un solo día a clase. Si vendía drogas, no sacaba mucho dinero; y si las tomaba, lo llevaba muy bien.

—Tiene razón —respondió Will. Cambió de tema y dijo—: Ha sido muy oportuno que Jason Howell muriese antes de que pudiésemos hablar con él.

Lena levantó la cabeza para mirar el semáforo, preguntándose si debía saltárselo.

—Imagino que el asesino temía que pudiese hablar.

—Es posible.

—¿Sara ha encontrado algo?

—Nada importante. —Lena le miró. Will tenía cierta habilidad para eludir respuestas concretas—. Veremos qué encuentra en las autopsias —dijo encogiéndose de hombros.

El semáforo finalmente se puso de color verde. Giró el volante hacia un lado y las ruedas traseras patinaron cuando Lena pisó el acelerador.

—Sé que se acuesta con ella.

Will soltó una carcajada de sorpresa.

—Si usted lo dice.

—No es nada malo —dijo, aunque le doliese admitirlo—. Yo conocía a Jeffrey. Trabajé con él muchos años. No era el tipo de persona que hablaba de sus sentimientos, pero todos sabíamos cuál era su historia con Sara. Seguro que le habría gustado que encontrase a alguien. Ella no es el tipo de persona que puede estar sola.

Will guardó silencio durante unos segundos.

—Supongo que eso resulta un halago, viniendo de su parte.

—Bueno, no espero que diga nada bueno sobre mí, y estoy segura de que le habrá contado muchas historias.

Lena le dio al limpiaparabrisas al máximo, ya que había empezado a llover con más fuerza.

—¿Y qué me iba a contar?

—Nada bueno.

—¿Y tiene razón?

Ahora fue Lena la que se echó a reír.

—Usted se pasa la vida haciendo preguntas de las que ya sabe las respuestas.

Su teléfono empezó a sonar, emitiendo las primeras estrofas de *Barracuda*, de Hearts. Miró la pantalla. Era Frank. Desvió la llamada al buzón de voz.

—¿Por qué la universidad llama a su número si hay un problema? —preguntó Will.

—Porque conozco a muchos de los de seguridad.

—¿De su anterior trabajo?

Lena estuvo a punto de preguntarle cómo lo había averiguado, pero no esperaba que le diese una respuesta.

—No, los conozco de trabajar como enlace. Casi todas las personas que estaban en la universidad cuando yo trabajaba allí ya se han marchado.

—Frank deja todo el trabajo en sus manos.

—Me las apaño —respondió Lena, aunque luego se dio cuenta de que eso ya no importaba. La única llamada que recibiría de madrugada a partir de ese momento sería la de alguien que se había confundido de número.

—¿Cómo es el sistema de seguridad en el campus? ¿Igual que cuando usted trabajaba allí?

—No. Ha cambiado mucho después de lo sucedido en Virginia Tech.

Will conocía la masacre que había tenido lugar en la universidad, la peor de la historia de Estados Unidos.

—Usted ya sabe cómo funcionan las instituciones. Son

reactivas, no preventivas. La matanza de Virginia Tech tuvo lugar en la Facultad de Ingeniería, por eso las demás facultades redujeron la seguridad en sus aulas y laboratorios.

—Las primeras víctimas fueron asesinadas en sus dormitorios.

—Es difícil saberlo. Los estudiantes tienen que disponer de tarjetas de acceso para entrar y salir, pero no es un sistema infalible. Mire lo que hicieron en el dormitorio de Jason. ¿No es una estupidez cortar la alarma de incendios?

Su teléfono volvió a sonar de nuevo. Otra vez Frank. Desvió la llamada al buzón de voz.

—Alguien intenta hablar con usted.

—Ya lo veo.

Lena se dio cuenta de que empezaba a hablar como Will Trent, lo que no era mala idea teniendo en cuenta que estaba estrechando su círculo alrededor de ella. Redujo la velocidad a veinticinco kilómetros por hora al ver que la lluvia hacía balancear el coche. La carretera estaba completamente inundada y el agua formaba olas en el asfalto. El limpiaparabrisas no daba más de sí. Lena detuvo el automóvil y dijo:

—No veo nada de nada. ¿Quiere conducir usted?

—No creo que pueda hacerlo mejor. Esperemos y hablemos de nuestro asesino.

Lena aparcó el coche y se quedó mirando hacia delante.

—¿Cree que se trata de un asesino en serie?

—Debe de haber tres víctimas asesinadas en tres ocasiones diferentes para que podamos hablar de «asesino en serie».

Lena se giró en el asiento para mirarle.

—O sea, ¿que tenemos que esperar a un tercer cadáver?

—Esperemos que no.

—¿Y qué pasa con su perfil?

—¿Qué sucede con él?

Lena intentó recordar las preguntas que Will le había hecho antes.

—¿Qué ocurrió? Dos chicos han muerto, los dos apuñalados, y ambos mientras estaban solos. ¿Por qué sucedió? El asesino lo planeó. Llevó el cuchillo, conocía a las víctimas, probablemente a Jason mejor que a Allison, ya que ha demostrado que estaba muy furioso cuando lo asesinó.

—Tiene coche —continuó Will—. Conoce la ciudad, la topografía del lago y el lugar donde estaban colocadas las cámaras de la residencia. Por tanto, es alguien que ha ido a la universidad, o que va actualmente.

Lena movió la cabeza y se rio de sí misma.

—Ese es el problema con los perfiles. Hasta yo encajo perfectamente en ese perfil.

—Es posible que una mujer cometiese esos asesinatos.

Lena sonrió.

—Yo estaba con mi novio Jared la última noche. Y hoy estoy con usted.

—Gracias por la coartada —respondió Will—, pero hablo en serio. Allison no era muy alta. Una mujer hubiera sido capaz de atacarla, arrojarla al lago y atarle el hormigón a la cintura.

—Tiene razón —admitió Sara—. Las mujeres suelen usar cuchillos. Son más personales.

Ella misma había llevado un cuchillo años antes.

—¿Qué mujeres hay involucradas en este caso? —preguntó Will.

Lena empezó a enumerarlas.

—Julie Smith, sea quien sea. Vanessa Livingston, la mujer a la que se le inundó el sótano. Alexandra Coulter, una de las profesoras de Allison. Sheila, la tía de Allison, que aún no me ha devuelto las llamadas. La señora Barnes y Darla, la enfermera con las uñas pintadas.

—La señora Barnes le ha proporcionado una buena coartada. Dijo que Darla estuvo con ella las dos noches.

—Bueno, es posible. Mi tío Hank dice que nunca duerme, pero siempre que me quedo a cuidarle le oigo roncar como un oso. —Lena sacó el cuaderno. El calor le recorría el cuerpo, pero no a causa de la infección. Ocultó la libreta para que Will no la viese cuando consultó la hoja donde estaba escrita la transcripción de la llamada al 911. Luego fue directamente a donde tenía anotado lo que le había dicho Darla—. El código de la persona que llamó al 911 es el 912, y el de Darla es el 706.

—¿Su acento le pareció inusual?

—Un poco basto, pero se le entiende.

—¿No le pareció como el de los Apalaches?

Lena le miró fijamente.

—Me parece como el de cualquier persona con la que me he criado en el sur de Georgia. ¿Por qué piensa que se parece al de los Apalaches?

—¿Conoce a alguna mujer de la ciudad que se haya trasladado desde las montañas en los últimos años?

Posiblemente aquel era otro detalle que se reservaba. Así pues, le pagó con la misma moneda.

—Ahora que lo dice, vinieron algunos palurdos hace un tiempo, pero cargaron su furgoneta y se dirigieron a Los Ángeles.

—¿A Beverly Hills? —Se rio antes de volver a cambiar de conversación—. Debería ir a que le vean la mano.

Lena se miró la mano herida. La piel le sudaba tanto que se le habían despegado las tiritas.

—No se preocupe.

—Estuve hablando con la doctora Linton sobre las heridas de pistola —dijo.

—Veo que saben cómo divertirse.

—Me dijo que había muchas probabilidades de coger una infección.

«Al carajo con ella», quiso soltar, pero en su lugar dijo:

—Sigamos con el perfil.

Will dudó, haciéndole entender que no le gustaba que los demás cambiasen de tema.

—¿Cuál es la secuencia de los acontecimientos?

Lena trató de comprender la pregunta.

—Ya examinamos lo sucedido con Allison. En el caso de Jason, creo que el asesino entró en la residencia, movió las cámaras, lo apuñaló y luego se marchó.

—Y cubrió el cuerpo con una manta. Sabía que habría mucha sangre.

—¿Dónde estaba la manta?

—La encontré en los aseos, al final del pasillo.

—Habría que revisar los desagües, los… —Se detuvo. Will sabía de sobra lo que tenía que hacer; no necesitaba su ayuda—. Si no recuerdo mal, para completar el perfil hay que responder a cuatro preguntas.

—La última es averiguar quién haría una cosa así y por qué razón.

—A Allison la mataron antes que a Jason. Quizá fuera un aviso al que Jason no le prestó atención.

—Jason estaba en su dormitorio. No sabemos si se había enterado de que habían matado a su novia.

—Entonces es que el asesino se sentía angustiado y preocupado por que el mensaje no le hubiese llegado. —A Lena se le vino una idea a la cabeza y añadió—: La nota de suicidio. El asesino la dejó como advertencia: «Quiero acabar con esto».

—Exactamente —admitió Will.

Lena pensó que había llegado a esa conclusión mucho antes, pero que no se lo había dicho.

—También es posible que el asesino se molestase porque Jason no se tomó la muerte de Allison como un aviso. Le apuñalaron ocho o nueve veces. Eso denota mucha rabia.

Will miró al cielo.

—Ha parado de llover.

Lena se irguió en el asiento y metió una marcha. Condujo lentamente, pues la carretera seguía inundada y corría un fuerte caudal de agua en dirección a Main Street.

—Tanto Allison como Jason eran estudiantes. Podían estar involucrados en algo relacionado con la universidad.

—¿Como qué? —preguntó Will.

—No sé. Una beca. El Gobierno concede mucho dinero. Gastos de Defensa. La Facultad de Ingeniería trabaja en instrumentos médicos, nanotecnología. Los laboratorios de polímeros prueban toda clase de adhesivos. Hablamos de cientos de millones de dólares.

—¿Un estudiante tendría acceso a ese dinero?

—No —respondió Lena tras pensar en ello unos instantes—. Los estudiantes de doctorado es posible, pero los estudiantes que aún están haciendo la carrera se encargan del trabajo sucio en los laboratorios; y los demás no pueden ni entrar sin un permiso. Yo salí con un chico que estaba en uno de esos programas de doctorado. La verdad es que no hacen nada interesante.

Llegaron a la residencia de Jason Howell. Había dos furgonetas aparcadas fuera, cada una con el logotipo del GBI en las puertas y las palabras UNIDAD DE ESCENA CRIMINAL estampadas en los laterales. Lena se sintió excitada, como un sabueso cuando coge el rastro de algo. La sensación se desvaneció rápidamente. Había pasado innumerables horas en esa escuela para obtener una licenciatura que probablemente no utilizaría jamás. Como mucho, su educación le permitiría convertirse en una de esas personas quisquillosas que señalan todo lo que se ha hecho mal en el curso de una investigación criminal.

Will miró su móvil.

—Si no le importa, tengo que llamar un momento a mi compañera.

—Por supuesto.

Lena aparcó el coche. La lluvia seguía cayendo sin parar. Subió los escalones agarrando la capucha de su chaqueta con ambas manos.

Marty estaba sentado dentro, leyendo una revista. Lena llamó a la puerta y él levantó la cabeza, con las gafas inclinadas sobre la nariz. La dejó pasar utilizando su tarjeta.

—Tienes mal aspecto —le dijo.

Lena se quedó perpleja por el comentario. Se pasó los dedos por el pelo, notando una humedad que no procedía de la lluvia.

—Ha sido un día muy largo.

—Sí, para ti y para mí —respondió Marty volviéndose a sentar en el banco—. Estoy deseando que se acabe.

—¿Qué ha sucedido?

—Hay tres hombres en la planta de arriba, y dos más en el aparcamiento. El tipo que está al cargo tiene un bigote de esos que llevan la gente del circo. Encontró las llaves de un coche en la habitación y han estado conduciendo por todos lados hasta que saltó la alarma.

Lena asintió, pensando que el hombre del bigote era demasiado listo para haber salido de un circo.

—Yo no comprobé los aparcamientos —admitió Marty—. El coche estaba aparcado en la tercera planta.

Lena le hizo una señal como diciendo que no tenía importancia.

—Yo tampoco comprobaba las áreas de estacionamiento cuando los chicos se iban.

—Vaya, aquí viene.

Marty se levantó y metió su tarjeta de acceso en el dispositivo.

Will empujó la puerta y se sacudió los zapatos en el suelo.

—Disculpe. Señor Harris, le agradezco su ayuda y lamento que no pueda estar con su familia.

—Demetrius me dijo que me quedase todo el tiempo que necesitasen.

—¿Puede decirme quién estuvo de guardia anoche?

—Demetrius, mi jefe. Nos vamos turnando, así podemos tener algunos días de vacaciones —dijo soltando la revista en la mesa—. No recuerda nada, pero me ha dicho que no tendrá ningún inconveniente en hablar con usted cuando lo desee.

A Lena le pareció que, en ese momento, Will tenía cosas más importantes en las que pensar.

—Marty me ha dicho que uno de sus hombres ha encontrado el coche de Jason en la zona de estacionamiento. Lo están registrando.

Will sonrió y Lena observó el alivio que sentía.

—Fantástico. Gracias, señor Harris.

—Demetrius está en la oficina sacando todas las cintas para dárselas. Puedo llevárselas, si así lo desea.

Will miró a Lena. Revisar todas aquellas cintas durante horas para encontrar una pista de dos segundos era el tipo de trabajo tedioso que hacía que uno tuviese ganas de pegarse un tiro en la cabeza. Lena deseaba estar al lado del coche buscando fibras, restos de sangre o huellas dactilares, pero no podía ser.

—Yo me encargaré.

—No va a ser nada entretenido.

—Creo que ya he tenido bastante entretenimiento por hoy.

Lena se sentó en la sala de interrogatorios donde había estado hablando con Tommy Braham dos días antes. Había llevado hasta allí el carrito de televisión con la vieja audiograbadora y el nuevo equipo digital que utilizaban a veces para grabar los interrogatorios. Las cintas de las cámaras de seguridad del campus eran una combinación de ambas; es decir, digitales para las cámaras exteriores y cintas de vídeo normales para la interiores. Demetrius, el jefe de seguridad, le había dado todas las que tenía.

Por lo que veía, era la única persona en la comisaría en ese momento, más allá, claro está, de Marla Simms, que jamás dejaba su despacho, y de Carl Phillips, que estaba de nuevo en las celdas como oficial de reserva en el turno de noche. Carl era un hombre grande que no se cortaba un pelo con nadie, razón por la cual Frank le había asignado ese trabajo. También era un tipo honesto, por eso su jefe había hecho todo lo posible para mantenerlo alejado de Will Trent.

Lena se había enterado de todo por Larry Knox, que chismorreaba más que las mujeres. Sabía que Carl se había quejado porque habían dejado en libertad a los detenidos más charlatanes que estaban encerrados en las celdas después de encontrar el cuerpo de Tommy, pero Frank le respondió que, si no estaba de acuerdo, se marchase, y él aceptó la propuesta. A los únicos que no había dejado irse era a los estúpidos o los comatosos. Entre ellos, el que más destacaba era Ronald Porter, un gilipollas que le había pegado tanto a su mujer que le había hundido la cara. Frank había encontrado la forma de presionarle para que guardase silencio. También había amenazado a Carl, había mentido a Will Trent, había ocultado pruebas y, probablemente, había retrasado la entrega de la cinta donde estaba grabada la llamada al 911. Y, además, pensaba que estaba chantajeando a Lena.

El muy cabrón tenía muchos y serios problemas.

Lena se frotó los ojos, tratando de aclararse la visión. La habitación estaba muy cargada, pero no era eso. Seguro que tenía fiebre; la mano le sudaba a través de las nuevas tiritas que se había puesto. La tenía en carne viva y le ardía. Se había enterado por Delia Stephens de que iban a despertar a Brad por la mañana, así que pensó que, cuando fuera a verle, buscaría una enfermera para que le echase un vistazo a su herida. Probablemente necesitaría que le inyectasen algo y tendría que responder a muchas preguntas.

No le preocupaba. Esa noche tendría que contestar cosas peores. Pensaba decirle a Jared lo que estaba pasando, o al menos parte de lo que sucedía; no quería abrumarle contándole toda la verdad. Además, tampoco estaba dispuesta a arriesgarlo todo por nada. Perder a Jared, además de entregar su placa, era un sacrificio que no estaba dispuesta a hacer.

Reanudó su trabajo. Las cintas de vídeo que había visto en las dos últimas horas eran tediosas y aburridas. Debería haberse marchado a casa, pero tenía un extraño sentido del deber hacia Will Trent, ya que la había convertido en una especie de extraña Cenicienta. Calculó que tendría que estar hasta la medianoche viendo esas cintas, más o menos hasta la misma hora en que su placa se convertiría en una calabaza.

Había encontrado el material que le interesaba un poco antes. De acuerdo con el código de tiempo, la noche anterior, a las once horas, dieciséis minutos y veintidós segundos, se abrió la puerta de emergencia en la parte trasera del edificio de Jason. Lena conocía de sobra el inmueble, ya que había trabajado en la seguridad del campus. La residencia, la cafetería y la parte trasera de la biblioteca formaban una U; la zona de carga quedaba en medio. La facultad no permitía que los estudiantes utilizasen esa zona como atajo, pues años antes un chico se había caído y se había fracturado la pierna en tres partes. El pleito supuso un duro golpe para la facultad; tuvieron que gastar mucho dinero en instalar luces de xenón que iluminaban el lugar más que un escenario de Broadway.

La cámara que estaba sobre la puerta de salida grababa en color. La luz que entraba por la puerta cuando se abrió era de color azul. Luego la cámara se desvió y se vio el techo; una cuña de luz azulada atravesaba la oscuridad. La puerta se cerró y el techo se oscureció.

A las once horas, dieciséis minutos y veintiocho segundos, una figura entró en el pasillo de la segunda planta. La cámara no disponía de visión nocturna, pero pudo ver la forma gracias a la luz que procedía de la habitación abierta. La ropa de Jason Howell era la misma que cuando Lena vio su cadáver tendido sobre la cama. El chico miró a su alrededor, inquieto. Por lo que pudo deducir de sus gestos, parecía aterrorizado. Había escuchado algún ruido, pero, al parecer, se olvidó de él rápidamente. A las once horas, diecisiete minutos y treinta y siete segundos regresó a su habitación. Por la delgada línea de luz que se veía en el pasillo dedujo que había dejado la puerta entreabierta.

El asesino tardó en subir las escaleras. Es probable que quisiera cerciorarse de coger a Jason desprevenido del todo. Hasta las once horas y dieciocho minutos en punto no desplazaron la cámara de la segunda planta. El asesino no fue tan diestro en esta ocasión. Probablemente había resbalado en las escaleras y la cámara se inclinó un poco. Cuando pulsó el botón de detener observó que se podía ver la punta de un bate de béisbol. Se podía distinguir el extremo redondeado y el logotipo de Rawlings. Reconoció la forma de las letras de cuando ella jugaba al *softball.*

A las once horas, veintiséis minutos y dos segundos, la luz de xenón volvió a parpadear contra el techo de la primera planta, al abrirse la puerta de salida. El asesino había tardado unos ocho minutos en matar a Jason.

Marla llamó a la puerta. Lena detuvo la cinta digital que estaba viendo en ese momento, que correspondía al aparcamiento vacío que había enfrente de la biblioteca.

—¿Qué sucede?

—Tienes una visita —respondió Marla, que se dio la vuelta y se marchó.

Lena soltó el mando a distancia. Cuando se fuera de allí, no echaría de menos a Marla Simms. De hecho, ahora que lo pensaba, no podía nombrar a ninguna persona de la cual no pudiese prescindir. Resultaba extraño sentirse tan alejada de un grupo de gente con la que había compartido su vida en los últimos años, ya que siempre había considerado Grant como su ciudad natal, y al cuerpo de policía como su familia. Ahora lo único que pensaba era en lo agradable que sería poder librarse de todos ellos.

Abrió la puerta de emergencia de metal y entró en la sala de oficiales. Lena se detuvo cuando vio a la mujer que estaba esperando en el vestíbulo: era Sheila McGhee; la reconoció por la foto que Frank había cogido de la cartera de Allison. En ella se veía a todos sentados en un banco delante del centro estudiantil. El chico que rodeaba con el brazo a Allison era Jason. Sheila estaba sentada al lado de su sobrina, cerca, pero no pegada. El cielo tenía un profundo color azul y las hojas de los árboles habían empezado a caerse.

En persona, Sheila McGhee era más delgada y tenía un aspecto más duro que en la fotografía. En la foto parecía una prostituta de la ciudad, pero ahora se dio cuenta de que era justo eso, pero en versión de Elba, Alabama. Tenía esa delgadez propia de la gente que come poco y fuma mucho. La piel le colgaba flácidamente de los huesos de la cara y tenía los ojos hundidos. La mujer de la foto aparecía sonriendo, pero Sheila McGhee tenía el aspecto de una mujer que jamás volvería a sonreír.

Nerviosa, aferró su bolso contra el estómago cuando vio que Lena se acercaba.

—¿Es cierto?

Marla estaba en su mesa. Lena cruzó la sala y presionó el botón para abrir la cancela.

—¿Por qué no pasa?

—Solo dígamelo.

Cogió el brazo de Lena. Era una mujer fuerte y las venas que le recorrían el dorso de la mano parecían trozos de cáñamo trenzado.

—Sí —confirmó Lena—. Allison ha muerto.

La mujer no quería creerlo.

—Era una chica como cualquier otra.

Lena puso la mano encima de la de Sheila.

—Trabajaba en el restaurante que hay en esta misma calle, señora Spooner. Casi todos los policías la conocían y todos piensan que era una chica encantadora.

Sheila parpadeó varias veces, pero tenía los ojos secos.

—Acompáñeme —dijo Lena.

En lugar de llevarla a la sala de interrogatorios, entró en la oficina de Jeffrey. Por extraño que parezca, sintió una repentina sensación de pérdida. Se dio cuenta de que en alguna ocasión había pensado que al cabo de diez años, tal vez quizá quince, ella misma ocuparía por derecho esa oficina. No se había dado cuenta de que aquel sueño había durado hasta que lo perdió.

Sin embargo, no era el momento de pensar en eso. Señaló las dos sillas que había al otro lado de la mesa.

—Lamento su pérdida.

Sheila se sentó en el borde de la silla, con el bolso sobre las rodillas.

—¿La violaron? Dígame la verdad. La violaron, ¿verdad?

—No —respondió Lena—. No la violaron.

La mujer parecía confusa.

—¿La mató ese novio que tenía?

—No, señora.

—¿Está segura?

—Sí, señora.

Lena se sentó a su lado. Puso la mano sobre su rodilla. La

piel le ardía y sentía una punzada de dolor cada vez que le latía el corazón.

—Se llama Jason Howell —dijo Sheila—. Llevaban saliendo un par de años, aunque últimamente lo habían dejado. No sé por qué. Allison estaba muy afectada, pero le dije que se olvidase de él. Ningún hombre se merece tanto.

Lena flexionó la mano.

—Acabo de regresar de la facultad, señora Spooner. Jason Howell también ha muerto. Fue asesinado anoche.

—¿Asesinado? ¿Cómo? —preguntó, consternada.

—Creemos que lo mató el mismo hombre que asesinó a su sobrina.

—¿Quién querría asesinar a dos estudiantes? —Movió la cabeza, confusa—. No tenían ni un centavo entre los dos.

—Eso es lo que intentamos averiguar. —Le dio tiempo para que se recuperara y le preguntó—: Si conoce a alguien a quien ella mencionase o algo en lo que estuviese involucrada que no...

—Eso no tiene ningún sentido. ¿Qué podría hacerle Allison a nadie? Ella jamás le ha hecho daño a nadie.

—¿Le habló alguna vez de sus amigos? ¿De alguien en particular?

—Me habló de un tal Tommy. Creo que estaba colado por ella. ¿Ha hablado con él?

—Sí, señora. Está descartado.

Seguía aferrándose a su bolso.

—¿Y el propietario de la casa? Al parecer su novia estaba un poco celosa.

—Ambos estaban en Florida cuando se cometió el crimen.

Algunas lágrimas asomaron a sus ojos, pero no le cayeron. Se veía claramente que estaba pensando en alguna otra persona que pudiese haber hecho algo semejante. Al final, se dio por vencida, respirando profundamente y soltando el aire entre sus labios. Se encogió de hombros.

—No le veo ningún sentido.

Lena se reservó su opinión. Había sido policía durante quince años y no había visto ningún caso de asesinato que tuviese sentido. La gente siempre asesinaba por las razones más estúpidas, y resultaba deprimente pensar que la vida tuviese tan poco valor.

Sheila abrió el bolso.

—¿Se puede fumar?

—No, señora. ¿Quiere que salgamos?

—Hace demasiado frío.

Se mordió la uña del pulgar mientras miraba la pared. Tenía las uñas comidas hasta la raíz. Allison también las tenía extremadamente cortas. ¿Habría heredado esa costumbre de su tía?

—Allison tenía un profesor que la desesperaba. Siempre le ponía unas notas muy bajas —dijo Sheila.

—¿Recuerda su nombre?

—Williams. Ella jamás había sacado un suficiente en un examen, y estaba muy dolida.

—Lo investigaremos —respondió Lena, aunque ya habían hablado con Rex Williams. Había estado con su familia en Nueva York desde el sábado por la tarde. Una llamada a Delta confirmó su coartada—. ¿Allison tenía coche?

—Era de su madre —dijo mirando al suelo—. Lo seguía teniendo a su nombre, porque el seguro le salía más barato.

—¿Sabe la marca y el modelo?

—No sé. Estaba muy viejo y se caía a pedazos. Puedo mirarlo cuando llegue a casa. —Cogió su bolso, como si estuviese dispuesta a marcharse—. ¿Quiere que lo haga ahora?

—No —respondió Lena, que estaba bastante segura de que Allison conducía un Dodge Daytona—. ¿Hablaba a menudo con su sobrina?

—Una vez al mes. Estábamos más unidas desde que murió su madre. —Una sonrisa se dibujó en su rostro—. Solo me tenía a mí —dijo. Hizo un esfuerzo por continuar—. Tengo un hijo en Holman que trabaja fabricando matrículas de coches. Es lo único bueno que ha hecho en la vida.

Se refería a la prisión estatal de Holman, Alabama.

—¿Por qué está allí?

—Por ser un estúpido. —Su rabia era tan patente que Lena tuvo que contenerse para no caerse de la silla—. Trató de atracar una licorería con una pistola de agua. Ha estado más tiempo en prisión que fuera.

—¿Pertenece a alguna banda?

—Cualquiera sabe. No he hablado con él desde que lo encerraron. No quiero saber nada de él.

—¿Estaba unido a Allison?

—La última vez que estuvieron juntos ella tenía trece o catorce años. Fueron a nadar y él le hizo una ahogadilla. Vomitó. Es un capullo, como su padre.

Empezó a rebuscar en el bolso, pero recordó que no se podía fumar. Sacó un paquete de chicles y se metió un par en la boca.

—¿Y el padre de Allison?

—Vive en algún sitio de California. No la reconocería ni aunque pasase por su lado.

—¿Veía a algún orientador en la universidad?

Sheila le lanzó una mirada mordaz.

—¿Cómo lo sabe? ¿Fue el orientador quien la asesinó?

—No sabemos quién lo hizo —le recordó Lena—. Estamos examinando todas las posibilidades. ¿Sabe el nombre de su orientador?

—Una judía. Una mujer.

—¿Jill Rosenburg?

Lena conocía a esa psiquiatra por otro caso.

—Me parece que sí. ¿Cree que puede haberlo hecho ella?

—Es poco probable, pero hablaremos con ella. ¿Por qué estaba viendo Allison a la doctora Rosenburg?

—Me dijo que la facultad la obligaba.

A los estudiantes se los obligaba a que visitasen a un orientador una vez al semestre, pero seguir era algo voluntario. La mayoría de los estudiantes encontraban otra forma de pasar el tiempo.

—¿Allison estaba deprimida? ¿Sabe si alguna vez intentó suicidarse?

Sheila se miró las uñas mordidas. Se sentía avergonzada.

—Señora McGhee, no me queda más remedio que hablar de esto. Todos queremos saber quién le hizo daño a Allison. Cualquier información puede resultar de mucha ayuda.

Respiró profundamente antes de confirmarlo.

—Cuando murió su madre, se cortó las venas.

—¿Tuvieron que hospitalizarla?

—Sí, estuvo varios días ingresada, y luego le recomendaron que siguiese alguna terapia. Se suponía que debíamos haberlo hecho, pero no teníamos dinero para pagar a los médicos. Apenas teníamos para comer.

—¿Mejoró?

—Iba y venía. Como yo, y probablemente como usted. Hay días buenos y días malos; mientras no haya muchos de estos últimos, pues se va tirando.

Era una forma muy deprimente de ver la vida.

—¿Tomaba alguna medicación?

—Me dijo que la doctora le había dado algo nuevo, pero, por lo que se ve, no le servía de mucho.

—¿Se quejaba de la facultad o del trabajo?

—Nunca. Como le he dicho, estaba intentando abrirse camino. La vida es dura, pero no puedes dejar que cualquier cosa te hunda.

—Vi una foto suya en la cartera de Allison. Estaba con usted y con Jason. Creo que estaban sentados delante del centro estudiantil.

—¿La llevaba en la cartera?

Por primera vez sus rasgos se relajaron y dibujó algo parecido a una sonrisa. Buscó de nuevo en su bolso y encontró una fotografía idéntica a la que tenía su sobrina en la cartera. Miró la foto unos segundos antes de dársela a Lena.

—No sabía que tuviese una copia.

—¿Cuándo se la hicieron?

—Hace dos meses.

—¿En septiembre?

Asintió, haciendo pompas con el chicle.

—El veintitrés. Tuve un par de días libres y se me ocurrió darle una sorpresa.

—¿Cómo era Jason?

—Callado, arrogante y muy atento. Siempre la tenía cogida de la mano, o le acariciaba el pelo. Yo me subiría por las paredes con alguien tan pegajoso, pero a Allison no le molestaba. Estaba «enamorada». —Pronunció esta última palabra con tal sarcasmo que sonó obscena.

—¿Cuánto tiempo pasó usted con Jason?

—Diez o quince minutos. Dijo que tenía clases, pero creo que se sentía incómodo conmigo.

Lena pudo comprenderlo. Sheila no tenía muy buena opinión de los hombres.

—¿Por qué piensa que era arrogante?

—Se le veía en la cara. Se creía más que nadie. Usted ya me entiende.

Le costaba trabajo imaginar a aquel tipo regordete que había visto en la foto de su carné como el estudiante arrogante que describía Sheila.

—¿Dijo algo en particular?

—Le acababa de comprar un anillo a Allison. Era una baratija, y además no le sentaba bien, pero estaba tan orgulloso como un pavo real. Le dijo que servía como promesa de que le compraría uno mejor el día de Acción de Gracias.

—¿No para Navidad?

Sheila negó con la cabeza.

Lena se echó sobre el respaldo de la silla, pensando en lo que había dicho. No se regalaba nada el día de Acción de Gracias.

—¿Mencionaron algo respecto a un dinero que esperasen recibir?

—No esperaban recibir ningún dinero. Los dos eran más pobres que una rata. —Sheila chasqueó los dedos y preguntó—: ¿Han investigado a ese negro del restaurante?

Solo Frank Wallace seguía hablando así.

—Ya hemos hablado con el señor Harris y no está involucrado en este asunto.

—Era muy estricto con ella, pero yo le dije que estaba bien que aprendiese a trabajar con los negros. Las grandes empresas de hoy en día están repletas de ellos.

—Sí, es cierto —respondió Lena, que se preguntó si esa mujer era de ese tipo de personas que creían que la piel oscura era el resultado de un experimento fallido—. ¿Le habló Allison de algún otro amigo?

—No, solo de Jason. Todo su mundo giraba en torno a él, a pesar de que le aconsejé que no pusiese todos los huevos en la misma cesta.

—¿Salió con algún otro chico en la escuela secundaria?

—No. Solo le interesaban sus estudios. Lo único que quería era entrar en la universidad. Pensó que la salvaría de… —Movió la cabeza.

—¿Que la salvaría de qué?

Finalmente derramó una lágrima.

—De terminar como ha terminado —dijo. Los labios le

temblaban—. Sabía que no debía esperar gran cosa de ella. Sabía que algo malo iba a ocurrir.

Lena se acercó y cogió una de sus huesudas manos.

—Lo siento mucho.

Sheila se irguió, como si quisiera demostrar que no necesitaba el consuelo de nadie.

—¿Puedo verla?

—Sería mejor que esperase hasta mañana. Las personas que están con ella la están cuidando por usted.

Asintió, hundiendo y levantando el mentón. Sus ojos se centraron en algún lugar de la pared. Levantó y encogió el pecho, respirando con dificultad, como suele ocurrirle a la gente que lleva muchos años fumando.

Lena miró alrededor, dándole tiempo para recuperar la compostura. Hasta el día anterior llevaba cuatro años sin entrar en la oficina de Jeffrey. Todas sus cosas las enviaron a casa de los Linton, pero Lena aún recordaba el aspecto que tenía la habitación: sus trofeos de tiro, las fotografías de las paredes, los montones de papeles siempre en perfecto orden. Al lado del teléfono, siempre tenía una fotografía enmarcada de Sara. No era la foto glamurosa que suele tener un marido de su esposa. Ella estaba sentada en las tribunas del instituto y tenía las manos metidas dentro de una gruesa sudadera. Tenía el pelo agitado por el viento. Suponía que la escena tendría un significado más íntimo, como la foto que ella tenía de Jared en el estadio de rugby. Jeffrey solía mirar mucho la fotografía cuando estaba inmerso en algún caso, y se podía palpar su deseo de regresar a casa.

En ese momento, entró Frank. Estaba visiblemente enfadado, tenía los puños apretados y la mandíbula tan desencajada por la rabia que parecía que se le iban a romper los dientes.

—Tengo que hablar contigo.

Lena sintió un escalofrío, como si, de repente, la temperatura de la habitación hubiese bajado veinte grados.

—Espera un momento.

—Ahora.

Sheila se levantó, cogiendo el bolso.

—Debo marcharme —dijo.

—No hay ninguna prisa.

—No —respondió Sheila.

Miró inquieta a Frank. Se le notaba por el tono de voz que tenía miedo. Sin duda había sufrido muchas veces la cólera de los hombres.

—No quiero robarle su tiempo. Imagino que tiene muchas cosas que hacer. —Sacó un trozo de papel y se lo dio a Lena mientras se apresuraba hacia la puerta—. Ahí tiene mi número de teléfono. Estoy en el hotel de Cooperstown.

Se alejó de Frank y salió de la habitación.

—¿A qué viene eso? —preguntó Lena—. La has asustado.

—Siéntate.

—No me da...

—¡He dicho que te sientes! —respondió Frank empujándola contra la silla.

Lena casi se cae de espaldas.

—¿Qué coño te pasa?

Frank cerró la puerta de un portazo.

—¿Y tú qué coño haces?

Ella miró por la ventana la sala vacía de oficiales. El corazón le había dado un vuelco y apenas podía hablar.

—No sé a qué te refieres.

—Le has dicho a Gordon Braham que Tommy no tuvo intención de apuñalar a Brad.

Lena se frotó el codo. Estaba sangrando.

—¿Y qué?

—¡Maldita sea! —exclamó Frank dando un puñetazo en la mesa—. Habíamos hecho un trato.

—Está muerto, Frank. Intenté consolar a su padre.

—¿Y qué pasa conmigo? —preguntó levantando el puño—. ¡Habíamos hecho un maldito trato!

Lena levantó las manos, temiendo que pudiese golpearla de nuevo. Sabía que se enfadaría, pero jamás lo había visto tan furioso.

—Estúpida —dijo poniéndose delante de ella con los puños aún apretados—. Eres una jodida estúpida.

—Tranquilo. Me he echado la culpa de todo. Le dije a Will Trent que había sido mi responsabilidad.

Frank la miró fijamente, con la mandíbula tensa.

—¿De qué hablas?

—Ya está hecho. Todo se ha acabado. Trent está investigando los homicidios. Eso es lo que tú quieres. Ambos sabemos que Tommy no mató a la chica.

—No —respondió él negando con la cabeza—. Eso no es cierto.

—¿Has estado en la universidad? Anoche asesinaron a Jason Howell. No hay forma de que…

Se metió el puño en la mano, como si tuviera que contenerse para no pegarle.

—Dijiste que la confesión de Tommy era sólida.

—Escucha un momento —le dijo, casi como un ruego.

Frank apenas podía respirar.

—Asumiré las consecuencias de todo. Incumplimiento del deber, negligencia, obstrucción. Sea lo que sea, asumiré las culpas. Ya le he dicho a Trent que tú no tienes nada que ver en este asunto. —Él empezó a negar con la cabeza, pero Lena prosiguió—: Quedará entre tú y yo, Frank. Somos los únicos testigos. Nuestras versiones serán idénticas. Diré lo que quieras que diga. Brad no vio lo que sucedió en el garaje y, para bien o para mal, Tommy no va a salir de la tumba para contarle a nadie nada distinto. Lo único que sabrán es lo que nosotros digamos.

—Tommy —dijo, llevándose la mano al pecho—. Tommy mató a…

—A Allison la mató otra persona.

Lena no podía comprender por qué no podía aceptarlo.

—A Trent ya no le interesa Tommy. Él cree que es obra de un asesino en serie.

Frank dejó caer la mano. Estaba pálido.

—Él cree que…

—Veo que no te enteras. Escucha lo que digo. Este caso ha pasado a un nivel más alto. Trent ha llamado a los chicos del laboratorio y están registrando la habitación de Jason Howell de cabo a rabo. Luego los llevará a la habitación de Allison, al garaje y al lago. ¿Crees que se va a preocupar de una policía estúpida que dejó que un chico se suicidase estando bajo su custodia?

Frank se dejó caer en la silla de Jeffrey. Los muelles chirriaron. ¿Cuántas veces se había sentado Lena en esa oficina con Jeffrey y había oído chirriar aquella misma silla? Frank no merecía ocupar ese sitio. Ella tampoco.

—Todo se ha acabado, Frank —repitió Lena—. Se ha acabado.

—Eso no es así, Lee. No lo entiendes.

—Trent sabe que se cambió la transcripción de la llamada al 911 —le dijo, agachada ante él—. Sabe que Tommy tenía un teléfono que ha desaparecido. Probablemente también sepa que cogiste la fotografía de la cartera de Allison. Sabe con certeza que Tommy me quitó la pluma y la usó para cortarse las venas. —Le puso la mano en la rodilla y añadió—: Le he dicho que puede grabar mi confesión. Tú estabas en el hospital y nadie puede culparte.

Frank movía los ojos como si tratase de leer sus pensamientos.

—No me estoy inventando nada raro. Es la verdad.

—La verdad no importa.

Lena se levantó, frustrada. Se lo estaba poniendo todo en bandeja, y él era incapaz de aceptarlo.

—Dime por qué no. Dime por qué tiene que afectar eso a alguien que no sea yo.

—¿Por qué no has seguido mis órdenes por una vez en tu puñetera vida?

—¡Voy a asumir la culpa! —gritó—. ¿Por qué no puedes meterte eso en la cabeza? He sido yo. Soy la responsable. No impedí que Tommy saliese corriendo ni que apuñalase a Brad. La jodí durante el interrogatorio y le obligué a escribir una confesión falsa. Le metí de nuevo en la celda, sabiendo que se sentía fatal. No lo cacheé ni le dije a nadie que lo vigilase. Puedes despedirme o puedo dimitir, haré lo que quieras. Ponme delante del consejo y juraré ante la Biblia que todo fue culpa mía.

Frank la miró como si fuese la persona más estúpida del mundo.

—Qué fácil, ¿verdad? Haces todo eso y te quedas tan tranquila.

—Dime en qué me equivoco.

—¡Te dije que te ciñeras a la historia! —gritó, dando un palmetazo tan fuerte en la pared que el cristal de la ventana retumbó—. Maldita sea, Lena. ¿Dónde está ese novio tuyo? ¿Crees que te vas a librar tan fácilmente? ¿Dónde está Jared?

—No hables con él —respondió Lena señalándole el pecho

con el dedo—. Ni se te ocurra hablar con él. ¿Me oyes? Ese es el trato. Eso es lo único que te pido si quieres que tenga la boca cerrada.

Le retiró la mano de un golpe.

—Yo diré lo que me dé la gana.

Empezó a marcharse. Lena lo cogió por el brazo, sin acordarse de la herida que se había hecho en el garaje.

—¡Mierda! —gritó Frank mientras se le doblaban las rodillas.

Giró el puño y lo estrelló contra su oído. El cerebro de Lena resonó como una campana. Vio las estrellas y el estómago se le encogió, pero le apretó aún más el brazo.

Frank estaba a cuatro patas, jadeando. Sus dedos se hundieron en la mano de Lena, que lo agarró con tal fuerza que los músculos de su brazo crujieron. Se inclinó para mirar su viejo y nudoso rostro.

—¿Sabes lo que he pensado esta mañana?

Frank jadeaba demasiado para poder responder.

—Puede que tengas algo con lo que puedas jugármela, pero yo también te la puedo jugar a ti.

Frank tenía la boca abierta y salpicaba saliva contra el suelo.

—¿Sabes cómo puedo jugártela?

Frank seguía sin poder responder. Tenía la cara tan roja que Lena sentía el calor.

—Tengo la prueba de lo que pasó en el garaje.

Frank volvió la cabeza.

—Tengo la bala que me disparaste, Frank. La encontré en el barro detrás del garaje. Es la bala de tu pistola.

Él volvió a maldecir. El sudor corría por su cara.

—¿Te acuerdas de las clases a las que asistía y que tanta gracia te hacían? Hay suficiente sangre en la escena como para que puedan hacer una prueba de alcohol. ¿Qué crees que encontrarán? ¿Cuántos tragos le diste a la petaca ayer?

—Eso no significa nada.

—Eso significa tu pensión, tu seguro médico, tu puñetera reputación. Todos estos años de más no supondrán nada cuando descubran que bebías en el trabajo. No te contratatarán ni para que vigiles la universidad.

Él negó con la cabeza.

—No te servirá de nada.

—Greta Barnes te vio darle una paliza a Tommy —mintió Lena—. Y su enfermera puede ratificarlo.

Frank soltó una carcajada.

—Llámalas, venga.

—Yo en tu lugar tendría cuidado.

—No te enteras de nada.

Lena se levantó y se sacudió el polvo de los pantalones.

—De lo único que me doy cuenta es de que eres un viejo borracho y acabado.

Frank trató de sentarse. Respiraba con dificultad.

—Siempre has estado tan segura de ti misma que no ves la verdad ni cuando la tienes delante de tus narices.

Lena sacó la placa de su cinturón y la tiró al suelo. La Glock que llevaba era de su propiedad, pero las balas pertenecían al condado. Sacó el cargador y fue tirando las doce balas; cada una emitía un sonido metálico de satisfacción cuando caía al suelo.

—Esto no se ha acabado —dijo Frank.

Lena echó hacia atrás la corredera de la pistola y sacó la última bala que estaba en la recámara.

—Esta es para mí.

La puerta estaba atascada y tuvo que tirar de ella para abrirla. Carl Phillips estaba de pie, en la parte trasera de la sala de oficiales. Saludó a Lena dándose un golpecito en el sombrero cuando la vio marcharse.

Marla se giró en la silla con los brazos cruzados sobre sus enormes pechos mientras seguía a Lena con la mirada. Se inclinó y apretó el dispositivo de apertura.

—Hasta nunca —dijo.

Debería haber sentido algo, alguna especie de lealtad que le hiciese mirar hacia atrás, pero se dirigió hacia el aparcamiento aspirando el aire húmedo de noviembre y sintiéndose como si hubiera escapado de la peor prisión.

Respiró profundamente, tanto que sus pulmones temblaron. El cielo se había despejado un poco, pero una fuerte ráfaga de viento frío le secó el sudor de la cara. Veía con nitidez, pero le zumbaban los oídos y, aunque el corazón le latía con fuerza, continuó andando.

Su Honda Celica estaba aparcado al final de la zona de estacionamiento. Miró en dirección a Main Street. El menguante sol apareció por un momento, tiñéndolo todo de un azul surrealista. Se preguntó cuántos días de su vida había empleado haciendo ese mismo y triste recorrido. La universidad, la ferretería, la lavandería, la tienda de ropa…, todo parecía tan pequeño e insignificante. Aquella ciudad le había arrebatado demasiadas cosas: su hermana, su mentor y, ahora, su placa. Ya no le podía dar nada más. No podía hacer otra cosa, salvo empezar de nuevo.

Al otro lado de la calle vio la clínica infantil de Heartsdale. El Beemer supercaro de Hareton Earnshaw estaba en el aparcamiento, ocupando dos espacios.

Pasó al lado de su Celica y continuó cruzando la calle. El anciano Burgess la saludó con la mano desde la ventana delantera de su lavandería. Lena le devolvió el saludo mientras subía la colina en dirección a la clínica. La mano la estaba matando. No podía esperar hasta la mañana siguiente para ir al hospital.

Bajo el mando de Sara, la clínica siempre había gozado de buen aspecto, pero ahora el lugar empezaba a deteriorarse. No habían hecho una limpieza a fondo de la entrada desde hacía varios años, y la pintura de la tapia que la bordeaba estaba desconchada y descolorida. Las hojas y los escombros atascaban los desagües hasta tal punto que el agua inundaba el costado del edificio.

Lena siguió las señas que llevaban hacia la entrada trasera. Habían echado grava barata sobre la hierba seca, y donde en su momento hubo flores silvestres ahora solo había un sendero embarrado que conducía hasta el arroyo que corría por detrás de la propiedad. Las lluvias torrenciales lo habían convertido en un río caudaloso que parecía dispuesto a inundar la clínica. La erosión lo había arrastrado todo, y el caudal se había ensanchado, llegando a medir ahora unos cinco metros de ancho y el doble de profundo.

Llamó al timbre que había en la puerta trasera y esperó. Hare había alquilado la clínica desde que Sara se había marchado de la ciudad. Sara jamás habría permitido que su primo trabajase con ella. Mantenían una estrecha relación, pero todo el mundo sabía que Hare era un médico muy diferente. Para él aquello era un trabajo, mientras que para ella era una vocación. Lena esperaba que siguiese siendo así y que considerase su visita como algo rentable, en lugar de verla como una enemiga mortal.

Volvió a tocar el timbre. Lo oyó sonar en el interior, junto con el silencioso murmullo de una radio. Intentó flexionar la mano, pero apenas podía moverla, pues tenía los dedos inflamados. Se subió la manga y maldijo al ver unas vetas de color rojo que le llegaban hasta el antebrazo.

—Mierda —exclamó.

Se llevó la mano a las mejillas y notó que estaba ardiendo. Tenía acidez de estómago. No se había sentido bien en las dos últimas horas, pero ahora parecía que todos los síntomas la estaban atacando al mismo tiempo.

Su teléfono empezó a sonar. Lena vio que era el número de Jared. Pulsó el timbre de la puerta una vez más antes de responder.

—Hola.

—¿Te pillo en mal momento?

Anduvo de un lado a otro de la entrada.

—Acabo de dejar el trabajo.

Jared se rio como si le hubiese contado algo increíble.

—¿De verdad?

—No te mentiría en un asunto así —contestó, apoyada en la pared.

—¿Eso quiere decir que me mientes en otros asuntos?

Estaba de broma, pero a Lena se le encogió el corazón cuando pensó cómo podía acabar con todo aquello.

—Quiero marcharme de la ciudad lo antes posible.

—De acuerdo. Haremos las maletas esta noche. Puedes venir a casa conmigo y luego pensaremos en qué puedes hacer.

Se quedó mirando el río. Podía oír el agua correr. Parecía como si estuviese hirviendo. A pesar de que la lluvia había amainado, el nivel del río seguía ascendiendo. Se le vino a la mente la imagen de una enorme ola bajando por la colina, inundando la calle y llevándose por delante la comisaría.

—¿Lee? —dijo Jared.

—Estoy bien —respondió ella con voz entrecortada. No podía echarse a llorar ahora, porque, si no, no pararía—. Estaré en casa dentro de una o dos horas. Te quiero.

Colgó antes de que él pudiese responder. Miró la hora. Podía ir a la farmacia de Cooperstown. Puede que allí encontrase algún enfermero que necesitase algo de dinero y no hiciese muchas preguntas. Se apartó de la pared justo en el momento en que la puerta se abrió.

—Por fin —dijo Lena.

—No he visto tu coche aparcado delante.

—Lo tengo al otro lado de la calle —respondió Lena levantando la mano y mostrando las tiritas que le colgaban—. Tengo un problema, pero no puedo ir al hospital.

No vio ni el más mínimo signo del rechazo que había esperado.

—Pasa.

Al entrar en el edificio, notó un intenso olor a lejía. Al parecer, el servicio de limpieza se había empleado a fondo, aunque el olor le revolvió el estómago.

—Entra en la sala de examen. Dame un momento y estoy contigo.

—De acuerdo —respondió Lena.

Estar en la clínica pareció concederle a su cuerpo el permiso para quejarse. La mano le daba punzadas cada vez que le latía el corazón. Apenas podía apretarla y sentía un fuerte zumbido en los oídos. Luego oyó otro más. Se dio cuenta de que lo que estaba oyendo eran sirenas.

Lena pasó de largo la sala de examen y se dirigió a la parte delantera del edificio para ver qué sucedía. Le costó un poco de esfuerzo abrir la puerta corredera que daba a la oficina de delante. Las persianas estaban echadas; la habitación, a oscuras. Encendió las luces y vio de dónde procedía el olor.

Había dos garrafas de cinco litros de lejía sobre la mesa. En un recipiente de acero inoxidable vio unos guantes de piel... Trozos de algodón y toallas de papel esparcidas por el suelo... Sobre un trozo de papel de embalar, vio un bate de béisbol, con el logotipo de Rawlings manchado de sangre.

Lena llevó la mano a su pistola, pero ya era demasiado tarde. Una gota de sangre corrió por su cuello, justo antes de notar el dolor que le producía la hoja fría de un cuchillo clavado en la piel.

Capítulo catorce

Charlie Reed bajó las escaleras de la residencia con una sonrisa debajo del bigote. Iba vestido completamente de blanco, cubierto de pies a cabeza con un traje esterilizado.

—Me alegro de que hayas llegado. Estábamos a punto de empezar el juego.

Will intentó devolverle la sonrisa, pero fracasó en su intento. Charlie era un experto forense y tenía el don de estudiar los casos a través de las lentes de un microscopio. Veía huesos y sangre que debían fotografiarse, analizarse e inspeccionarse donde él solo veía un ser humano cuya vida había acabado a manos de un asesino hábil y despiadado.

A pesar de sus esperanzas, ninguna de las pruebas que habían encontrado por el momento resultaba de mucha utilidad. La furgoneta Saturn de Jason Howell estaba sumamente limpia y ordenada. Salvo algunos caramelos de menta y un par de CD, no habían hallado ningún objeto personal en el coche. La manta que Will había encontrado en el cuarto de baño prometía más, pero debían analizarla en el laboratorio, y el proceso tardaría una o dos semanas. Tal vez el asesino había resultado herido o se había tumbado sobre la manta, con lo que habría dejado algún rastro que lo vinculara con el crimen. Si Charlie encontraba algún rastro de ADN que no pertenecía a Jason, lo introduciría en la base de datos; quizás el asesino estuviese en el sistema. Con frecuencia, el ADN era una herramienta que se utilizaba para descartar a los sospechosos, no para localizarlos.

—El siguiente paso no tardará tanto. —Charlie se inclinó y rebuscó en una de las bolsas de marinero abiertas que había en la parte baja de las escaleras. Encontró lo que estaba buscando y le dijo a Will—: Póntelo. Estaremos preparados dentro de cinco minutos.

Se dirigió de nuevo a las escaleras y las subió de dos en dos.

Will cogió uno de los trajes esterilizados del montón que había en la parte baja de las escaleras, doblados. Rompió con los dientes la bolsa que lo envolvía. El traje servía para impedir que cayese piel o pelo a la escena del crimen. Además, tenía la peculiaridad de darle a Will la apariencia de un malvavisco gigante y alargado. Se sentía cansado y hambriento, y estaba convencido de que olía a sudor. Aunque los calcetines se le habían secado, los tenía tan tiesos que parecía que un papel de lija le frotaba las rozaduras de los talones.

Sin embargo, nada de eso tenía la más mínima importancia en ese momento, ya que cada instante que pasaba le daba al asesino de Jason y Allison la posibilidad de moverse libremente, escapar o, lo que era peor, planear su próximo asesinato.

Will miró a Marty Harrys. Seguía vigilando la puerta principal tan meticulosamente como era de esperar. Tenía la cabeza apoyada contra la pared, y las gafas, ladeadas. Sus suaves ronquidos acompañaron a Will mientras subía las escaleras.

Charlie estaba arrodillado en medio del pasillo, ajustando un artilugio en la parte superior de un trípode. Había tres trípodes más, separados uniformemente por todo el pasillo hasta llegar a los aseos. Otros hombres, vestidos también con trajes esterilizados del mismo color, ajustaban algunos indicadores mientras Charlie les daba instrucciones para que los subiesen o los bajasen. Llevaban varias horas allí, fotografiando la escena, tomando medidas del pasillo, de la habitación, de la mesa y de la cama. Habían documentado cada objeto de la habitación de Jason Howell, desde el interior hacia fuera. Al final, le dieron permiso a Dan Brock para llevarse el cuerpo. Cuando este retiró el cadáver, hicieron más fotografías, dibujaron más gráficos y empezaron a guardar todas las pruebas que consideraron relevantes.

El ordenador de Jason estaba ardiendo y empapado. Había una cámara digital Sony con algunas fotos provocativas de Allison Spooner en ropa interior. También, como era de esperar, encontraron libros y cuadernos. Su bolsa de aseo contenía los objetos de costumbre, pero no había ningún bote sin prescripción. La droga más fuerte que había en la habitación era un bote caducado de Excedrin.

El móvil de Jason era más interesante, aunque no de gran ayuda. En la lista de contactos encontraron tres números. Uno pertenecía a la madre de Jason, que no se mostró muy contenta por tener que hablar con la policía, por segunda vez, acerca de un hijo por el cual no parecía mostrar demasiado interés. El segundo número era el del edificio de ingeniería física, que estaba cerrado durante las vacaciones. El tercero pertenecía a un móvil que, tras sonar una vez, anunció que el buzón de voz estaba completo. La compañía telefónica no sabía a quién pertenecía —era un teléfono de tarjeta—, algo que ya se esperaban, teniendo en cuenta que ninguno de esos jóvenes parecía tener el suficiente crédito como para tener un teléfono a su nombre.

Will dedujo que el móvil con el buzón de voz completo pertenecería a Allison Spooner, pues ella le había telefoneado cincuenta y tres veces durante el fin de semana. No había ninguna llamada del domingo por la tarde, y la única comunicación saliente que había hecho Jason fue a su madre, tres días antes de morir. De todos los detalles que había descubierto Will sobre las víctimas de ese caso, el más deprimente era el que describía la vida triste y solitaria que había llevado Jason Howell.

—Estamos preparados —anunció, entusiasmado.

Will recorrió con la mirada el pasillo, deseando no volver a ver nunca más aquel lugar: el lúgubre color oscuro del linóleo del suelo, las desconchadas y sucias paredes blancas y, lo peor de todo, el olor persistente del cuerpo de Jason, a pesar de que se habían llevado el cadáver horas antes. Tal vez todo estuviese en su mente, ya que había visto algunas escenas de crímenes años antes, escenas que se le habían quedado impregnadas en las fosas nasales. Pensar en ellas le evocaba un olor desagradable, le traía un sabor amargo a la garganta. Jason Howell sería uno más de los que terminarían enterrados en el panteón de sus malos recuerdos.

—Doug, muévelo un poco a la izquierda —dijo Charlie.

Había dividido la escena del crimen en tres áreas: el pasillo, la habitación de Jason y los aseos. Todos habían estado de acuerdo en que probablemente encontrarían más pistas en el pasillo. Ninguno había dicho nada sobre lo difícil que sería buscar restos de ADN en unos aseos que compartían varios estudiantes, pero, por lo que observó Will, la decisión se debía más a que ninguno parecía demasiado entusiasmado con la idea de tener que arrastrarse por ese suelo en particular.

Charlie ajustó la lámpara que había colocado encima del trípode.

—Esta es la ME-RED de la que te hablé.

—Fantástico.

Will había soportado todo un discurso sobre las fascinantes cualidades de la radiación electromagnética móvil emisora de diodos, lo cual, en su opinión, era un tecnicismo un tanto exagerado para una lámpara negra que tenía un mayor enfoque que las lámparas de Wood que solían llevarse en la mano. Las luces captarían cualquier rastro visible de sangre, orina, semen o cualquier otra cosa que contuviese moléculas fluorescentes.

Para las partes menos visibles, Charlie y su equipo habían utilizado luminol, un agente químico que reaccionaba ante la presencia de hierro en la sangre. Las películas de crímenes habían hecho que el público en general conociese el tono azulado que emitía el luminol cuando las luces se apagaban. Lo que nunca decían es que el brillo normalmente duraba unos treinta segundos, y que había que utilizar las cámaras de larga exposición para grabar todo el proceso. Charlie las había colocado sobre trípodes en las cuatro esquinas del pasillo, y había algunas más en la entrada del dormitorio de Jason. Por si fuera poco, había enfocado la cámara de seguridad para filmarlo todo en tiempo real.

Will se quedó en la entrada de las escaleras, preguntándose si el asesino se habría detenido allí antes de cometer el asesinato. Todo parecía tan premeditado, tan bien pensado... Había entrado por la puerta de atrás, había levantado las cámaras y había subido las escaleras con el arma en la mano y los guantes puestos. Lo tenía todo pensado: primero debía incapacitar a Jason golpeándolo con el bate, luego arrastrarle hasta la cama y, una vez allí, cubrirle con una manta y apuñalarle varias veces. Después debía llevarse la manta, por si dejaba alguna prueba, volver a bajar las escaleras y salir de nuevo por la puerta de atrás.

¿Lo había calculado con tanto esmero como parecía? ¿Qué podía pasar por la cabeza de una persona antes de entrar en la habitación de alguien y fracturarle el cráneo con un bate de béisbol? ¿Se le aceleraría el pulso? ¿Se le contraería el estómago, como a Will? Había derramado mucha sangre, había tantos trozos de cerebro y piel que Charlie y su equipo tuvieron dificultades para moverse por la habitación y documentar la carnicería.

¿Qué clase de persona podía ir hasta allí y apuñalar metódicamente a otro ser humano?

¿Y qué se podía decir de Jason Howell? Era probable que Lena estuviera en lo cierto cuando dijo que el asesino debía conocer a su víctima muy bien para odiarle tanto. ¿En qué problemas se había metido ese muchacho para ser objeto de tanta cólera?

—Creo que ya está —anunció Charlie cogiendo una cámara de vídeo y tirando de Will en dirección a la habitación de Jason.

—Ve donde están las luces —le dijo a Doug.

Doug bajó las escaleras y Charlie le explicó el plan a Will:

—Primero veremos lo que nos dice el luminol y luego utilizaremos la lámpara negra.

—¿Preparados? —gritó Doug

—Preparados —confirmó Charlie.

El pasillo se oscureció. El luminol respondió casi de inmediato. Había docenas de círculos pequeños y alargados de color azul justo en la entrada de la habitación de Jason. Estaban embadurnados porque el asesino había tratado de limpiarlos, pero el rastro era muy fácil de seguir. Las gotas mostraban los movimientos que había seguido. Después de apuñalar a Jason, había salido de la habitación y se había dirigido hacia las escaleras, pero luego cambió de opinión y volvió a los aseos.

—Al parecer, primero tenía pensado llevarse la manta —dijo Charlie.

Sostuvo la cámara de vídeo, enfocándola al suelo y documentando las gotas. Will oía el constante y lento sonido de las cámaras de larga exposición filmando las pruebas.

—¿Qué es eso? —preguntó.

Había una mancha mayor, casi un charco, en el suelo, justo

al lado de la entrada de los aseos. A un metro de altura había una señal muy clara sobre la pared.

Charlie levantó la pantalla LCD de la cámara. Will vio doble esas imágenes mientras grababa las manchas luminiscentes.

—Salió de la habitación, se dirigió a las escaleras, se dio cuenta de que la manta goteaba y regresó al cuarto de baño, pero primero… —Charlie enfocaba la cámara en dirección a una mancha brillante que había en el suelo—. Apoyó algo aquí. Imagino que un bate o una porra. Se ve la marca en la pared. —Charlie tomó un primer plano de la pared, donde habían apoyado la parte superior del arma—. Vaya, una huella. —Se apoyó sobre las rodillas y enfocó la cámara en dirección a lo que era un círculo casi perfecto—. Parece que es de un guante. —Enfocó desde más cerca, pero el punto brillante empezó a desvanecerse—. Lo estamos perdiendo.

El tiempo de reacción del luminol variaba en función de la cantidad de hierro en la sangre. El punto desapareció, y luego también el charco que había en el suelo. Cuando volvió a reinar la oscuridad en el pasillo, Charlie soltó una maldición. Rebobinó la cámara para ver de nuevo la huella.

—Definitivamente, llevaba guantes.

—¿De látex?

—Creo que de piel. Se ve un grano. —Le mostró a Will la pantalla, pero la luz era tan intensa que apenas pudo ver una mancha—. Veamos si aún se ve bajo los diodos. ¡Luz negra, por favor! —gritó.

Se oyeron un par de chasquidos y luego un zumbido uniforme. El pasillo se encendió como un árbol de Navidad, e iluminó cada fluido con proteínas.

—Impresionante, ¿verdad? —Los labios de Charlie brillaban con un tono azul, probablemente por la vaselina de su bálsamo de labios. Se arrodilló en el suelo. El rastro de sangre que minutos antes había brillado con tanta intensidad ahora apenas se percibía—. Nuestro asesino se ha esmerado limpiando. —Hizo algunas fotografías más y añadió—: Lo bueno es que no ha utilizado lejía, porque entonces no veríamos nada.

—No creo que pensase dejar rastro —respondió Will—. Es alguien meticuloso, pero probablemente lo único que trajo consigo fueron sus armas: el bate y el cuchillo. Utilizó la manta para evitar las salpicaduras. Intentó llevársela, pero, como tú dices, cambió de opinión porque goteaba sangre. —Will dibujó una sonrisa al recordar algo—. Hay un armario de la limpieza al lado del compartimento donde encontré la manta.

—Eres un genio, amigo mío.

Ambos entraron en los aseos. Charlie encendió las luces y Will se llevó las manos a la cara al sentir el destello en los ojos.

—Perdona —dijo Charlie—. Debería haberte advertido de que cerrases los ojos y los abrieses lentamente.

—Gracias.

La luz le cegaba tanto que tuvo que apoyarse en la pared para no dar un traspié.

Charlie estaba delante del armario de la limpieza.

—Podemos mirar las fotografías, pero estoy seguro de que esta puerta estaba cerrada cuando vinimos.

Aún llevaba guantes. Giró cuidadosamente el pestillo.

El armario era pequeño, con unas estanterías de metal que ocupaban la mayor parte del espacio. No había nada inusual en los estantes: botes de limpieza, una caja de trapos, esponjas, dos rollos de papel higiénico y una fregona en un cubo amarillo. Había dos botes de espray colgando de un cordón en la parte trasera de la puerta: un líquido amarillo para quitar las manchas y otro azulado para limpiar las ventanas y los espejos.

Charlie grabó el contenido de los estantes con la cámara.

—Estos limpiadores son de tipo industrial. Probablemente contengan un treinta por ciento de lejía.

Will reconoció la etiqueta de Windex en uno de los botes de espray. Él utilizaba el mismo limpiador en su casa; contenía vinagre para desengrasar.

—No se puede mezclar vinagre con lejía, ¿verdad?

—No, porque se forma un gas de cloro.

Charlie siguió la mirada de Will hacia el bote de espray y se rio al establecer la conexión.

—Vuelvo dentro de un segundo —dijo.

Will soltó un suspiro que sintió que llevaba reteniendo dos días. La lejía brillaba tan intensamente como la sangre al contacto con el luminol, difuminando cualquier prueba. Sin embargo, el vinagre formaba un vínculo natural con el hierro, lo cual lo hacía más visible cuando se rociaba con luminol. Eso explicaba por qué las manchas del pasillo brillaban con tanta intensidad. El asesino había utilizado el Windex para limpiar el suelo, lo que era como si hubiese dibujado una flecha indicando las manchas de sangre.

Charlie regresó con Doug y otro ayudante. Trabajaron en grupo, haciendo fotografías y pasándole a Charlie el cepillo y los polvos para que buscase huellas dactilares en el bote de Windex. Charlie actuó metódicamente, empezando por arriba hasta abajo, y de un lado al otro del bote. Will había esperado que encontrase huellas de inmediato, ya que el bote estaba medio lleno y probablemente habría utilizado el equipo de limpieza. El armario, además, no estaba cerrado con llave, y los estudiantes podrían haber tenido acceso.

—Lo limpiaron —dijo Will.

El pulsador y la zona por donde normalmente se sujeta el bote estaban limpios.

—No he terminado —murmuró Charlie, pasando el cepillo de un lado a otro de la etiqueta.

Todos se arrodillaron cuando espolvoreó la parte de abajo.

—Bingo —susurró Will al ver una huella parcial en la parte inferior. El negro casi brillaba al contrastar con el líquido azul oscuro.

—¿Qué has visto? —preguntó Charlie.

Sacó una linterna del bolsillo e iluminó el plástico.

—Dios santo. Tienes la vista de un águila.

Cambió la linterna por un trozo de cinta adhesiva para recoger huellas.

—Es una huella parcial. Probablemente del dedo meñique. —Se apoyó sobre los talones para llevar la cinta a una tarjeta blanca—. Sus guantes estarían ensangrentados —dijo Will—. Tuvo que quitárselos para hacer la limpieza.

Charlie se levantó con la ayuda de Doug.

—La llevaremos al laboratorio de inmediato. Puedo despertar a algunas personas. Llevará un tiempo, pero es una buena huella. Y una pista sólida. —Luego se dirigió a su ayudante y añadió—: La otra prueba está en la furgoneta. Hay un bote de pastillas en mi caja de pesca. Cógelo también.

Will se había olvidado del bote que encontró en el armario del cuarto de baño de Tommy Braham.

—¿Le has hecho una prueba a las cápsulas?

—Sí. —Charlie empezó a andar en dirección a las escaleras. Las luces negras reverberaban en sus trajes blancos—. No es cocaína, ni metanfetaminas, ni *speed,* ni nada de eso. ¿Practicaba algún deporte?

—Creo que no.

—Pueden ser esteroides, o un estimulante del rendimiento muscular. Muchos jóvenes los usan para aumentar la masa muscular. Envié algunas fotos a la central para ver si reconocen la etiqueta o las cápsulas. Muchos de los vendedores las comercializan. Siempre emplean la misma etiqueta para que se reconozcan sus productos.

Will no creía que Tommy fuese la clase de persona que estuviese interesada en levantar pesas, pero era un chico muy delgaducho y puede que no se sintiese muy contento con su físico.

—¿Encontraste alguna huella en el bote?

Charlie sacó el bote de pastillas de su caja de pesca; lo había guardado en una bolsa de pruebas.

—Encontré dos huellas. Una era de adulto, probablemente de hombre. La segunda era una huella parcial de dos dedos. —Señaló la piel entre el pulgar y el dedo índice—. No sé si es de mujer o de hombre, pero creo que es de la persona que escribió la etiqueta. Por la letra, creo que es de mujer.

—¿Puedo quedarme con el bote? Quiero enseñárselo a algunas personas y ver si lo reconocen.

—Tengo algunas cápsulas en la furgoneta —respondió Charlie dándole la bolsa mientras bajaban las escaleras—. ¿Quieres que te lleven a casa de Braham? Puedo enviar a uno de mis muchachos para que examine el garaje.

—Sería fantástico.

Will se había olvidado de que su Porsche seguía estando en Taylor Drive. Miró la hora en su móvil. Saber que acababan de dar las diez en punto le hizo sentirse aún más cansado. Pensó en la invitación a cenar de Cathy Linton y le sonaron las tripas.

En la planta de abajo, Marty se había despertado al oír la puerta. Estaba hablando con un hombre grande que en nada se parecía a él, salvo por el color de piel.

—¿Usted es el agente Trent? —dijo el tipo dirigiéndose hacia él. Se movía lentamente, debido a su tamaño. Tenía la constitución de un defensa de rugby que se hubiese descuidado—. Demetrius Alder.

Will estaba demasiado ocupado desabrochándose el traje de plástico como para darle la mano.

—Gracias por su cooperación, señor Alder. Lamento retenerlos hasta tan tarde.

—Le entregué a Lena todas las cintas. Espero que encuentre algo.

Will pensó que habría sabido de ella si hubiese encontrado algo en las cintas de seguridad, pero, aun así, respondió:

—Seguro que nos son de mucha utilidad.

—El decano me dijo que le diese su número —añadió entregándole una tarjeta a Will—. Me pidió que inspeccionase todos los edificios, pero no hemos encontrado nada. Todos los dormitorios están vacíos. Alguien vendrá a arreglar las cámaras en cuanto terminen las vacaciones.

Will se sentó para poder quitarse el resto del traje. Recordó algo que Marty le había dicho antes.

—¿Qué sabe del coche sobre el que cayó la cámara de seguridad?

—Estaba aparcado en la zona de carga. No había nada dentro. La cámara le rompió la ventanilla trasera.

—¿La trasera? —preguntó, dejándose de preocupar por un momento del traje—. ¿Qué clase de coche era?

—Creo que era un viejo Dodge Daytona.

La lluvia se había convertido en una ligera llovizna cuando la furgoneta llegó al depósito de coches. Una ráfaga de viento sacudió el vehículo; el agua inundaba el aparcamiento. No había forma de llegar hasta la puerta delantera sin tener que cruzar el charco. Will pensó que los calcetines se le empaparían de nuevo. Las rozaduras le hacían tanto daño que empezaba a cojear.

—Earnshaw's —dijo Charly.

Will supuso que se refería al letrero que brillaba encima de la puerta. Había un anciano sumamente delgado, de pie, en la entrada, vestido con un pantalón de peto y una gorra de béisbol. Les abrió la puerta cuando los vio correr en dirección al edificio.

—Al Earnshaw —dijo el hombre tendiéndoles la mano a los dos—. ¿Usted es el amigo de Sara? Mi hermana me ha hablado mucho de usted.

Will pensó que eso explicaba el asombroso parecido con Cathy Linton.

—Su hermana ha sido muy amable conmigo.

—Seguro que sí —respondió Al. Soltó una carcajada sincera, pero le dio un golpe tan fuerte en el brazo a Will que casi le hizo perder el equilibrio—. El coche está en la parte trasera —añadió llevándolos hacia la puerta que había detrás del mostrador.

El taller era grande, con los típicos calendarios con fotos de chicas atractivas lavando coches en biquini. Había seis grúas en total. Las cajas de herramientas estaban perfectamente alineadas, con las tapas cerradas herméticamente. El viento hacía traquetear las puertas enrollables de la parte de atrás. El Dodge Daytona de Allison estaba al lado de la última grúa. La ventanilla trasera estaba rota justo en el centro, tal como le había dicho Demetrius.

—¿Telefoneó a Allison para decirle que se había llevado su coche? —preguntó Will.

—No. Nunca llamamos a las personas cuando nos llevamos su coche. Hay carteles por toda la escuela con nuestro número. Pensé que el dueño se habría ido a su casa durante las vacaciones y nos llamaría cuando regresase y viese que el coche no estaba. El Malibú de Tommy también está aquí, si quiere verlo.

Will se había olvidado del coche del muchacho.

—¿Ha visto qué le pasaba?

—El motor de arranque se le había quedado bloqueado de nuevo. Se ve que se metió debajo y lo estuvo aporreando con el martillo para desbloquearlo. Ya lo he arreglado. La furgoneta de Gordon también está muy vieja y necesitará algún coche para moverse.

Sacó un trapo del bolsillo y se limpió las manos. Era como una costumbre, ya que tenía las manos tan limpias como las de Will.

—¿Conocía usted a Tommy?

—Sí —respondió el hombre metiéndose el trapo en el bolsillo—. Los dejaré para que hagan su trabajo. Llámenme si me necesitan.

—Gracias. —Charlie se dirigió hacia el coche. Puso su caja de herramientas en el suelo y abrió la tapa—. ¿Sara? —preguntó.

—Es una doctora de la ciudad. Mejor dicho, de Atlanta. Trabaja en el hospital Grady, pero se crio aquí.

Charlie le dio un par de guantes de látex.

—¿La conoces desde hace mucho?

—No.

Will tardó en ponerse los guantes más de lo debido.

Charlie captó el mensaje. Abrió la puerta del coche. Las bisagras crujieron. Lionel Harris tenía razón sobre el estado del coche. Había más óxido que pintura. Los neumáticos estaban lisos. El motor no se había arrancado desde hacía varios días, pero aún se percibía el olor a humo y a aceite quemado.

—Creo que le ha entrado agua —dijo Charlie.

El salpicadero estaba fabricado con plástico sólido y moldeado, pero la tapicería de los asientos estaba húmeda y mohosa. Una enorme cantidad de agua había entrado a través de la ventanilla rota, ya había empapado las alfombrillas y había inundado los reposapiés. Charlie levantó el asiento de delante y el agua le salpicó los pantalones. Había papeles de la escuela flotando en el agua sucia. La tinta se había borrado.

—Esto no va a ser fácil —musitó Charlie. Probablemente deseaba regresar al campus y trabajar con sus sofisticadas luces—. Debemos seguir las normas —dijo, sacando la cámara de vídeo de su caja de pesca.

Will inspeccionó el coche mientras él lo preparaba todo.

El maletero estaba sujeto con un pulpo raído y desgastado. El cristal tenía una lámina transparente de seguridad que aguantaba los cristales rotos. Will echó una mirada dentro del maletero, que presentaba un aspecto desordenado. Jason era ordenado; Allison, el polo opuesto. Había papeles desperdigados por todos lados, con la tinta corrida por la lluvia. Will vio un destello color rosado.

—Aquí está su mochila —dijo inclinándose para aflojar el pulpo.

—Espera un momento —advirtió Charlie haciéndole retroceder.

Miró la junta de goma que había alrededor de la ventana para comprobar que seguía cumpliendo su función.

—Parece que resiste —advirtió Charlie—. No obstante, ten cuidado, no vaya a ser que te caiga en la cabeza un trozo de cristal.

Will pensó que había cosas peores que esa. Esperó pacientemente mientras Charlie lo enfocaba con la cámara y, con un tono de voz profesional, dijo:

—Este es el agente Will Trent de la Oficina de Investigación del Estado de Georgia, y yo soy Charles Reed, del mismo organismo. Nos encontramos en el garaje de Earnshaw, en la autopista 9 de la ciudad de Heartsdale, en el condado de Grant, Georgia. Es martes, 26 de noviembre, y son aproximadamente las diez horas y treinta y dos minutos de la noche. Nos disponemos a abrir el maletero de un Dodge Daytona que supuestamente pertenece a la víctima de asesinato Allison Spooner. —Asintió, indicándole a Will que ya podía proceder.

El pulpo, raído, estaba estirado al máximo. Will tuvo que esforzarse para desengancharlo del parachoques. La puerta trasera era bastante pesada; recordó que Lionel le había dicho que los pistones estaban rotos. Allison había utilizado el palo de un cepillo roto para abrirlo, y Will hizo otro tanto. Al abrir la puerta cayeron diminutos trozos de cristal por todos lados.

—Sostenla así un momento —le dijo Charlie enfocando la mochila, los cuadernos y los restos de comida. Luego le dio permiso para sacar la mochila.

Will la cogió por la correa. La bolsa parecía contener algunas cosas. El tejido era resistente al agua, a pesar del color rosa. Bajo la atenta supervisión de la cámara descorrió la cremallera. Había dos voluminosos libros en la parte superior, ambos completamente secos. Por las moléculas dibujadas en la portada, Will pensó que eran los textos de química de Allison. Había cuatro cuadernos de espiral, cada uno con la tapa de diferente color. Will los pasó por delante de la cámara, aunque las páginas se vieron algo borrosas. Dedujo que eran los apuntes de la chica.

—¿Qué es eso? —preguntó Charlie señalando un trozo de papel que sobresalía del cuaderno azul.

Will desplegó el papel. Era la mitad de una hoja apaisada. El borde del lateral mostraba por dónde la habían arrancado de la espiral. Había dos líneas escritas en la hoja. Todas las palabras aparecían en mayúsculas y con rotulador. Will se fijó en la primera, tratando de descifrar la forma de las letras. Cuando estaba cansado, tenía aún más dificultades para leer; era como si sus ojos se resistieran. Lo sostuvo delante de la cámara y dijo:

—¿Quieres hacer los honores?

Afortunadamente, la petición no le resultó extraña a Charlie. Dirigiéndose al micrófono de la cámara dijo:

—Esta es una nota que hemos encontrado en la mochila rosa que pertenecía a la víctima. Dice así: «Quiero hablar contigo. Nos vemos en el sitio de costumbre».

Will volvió a mirar las letras. Ahora que sabía lo que decían, podía distinguirlas fácilmente.:

—La «Q» me resulta familiar —dijo—. Es muy parecida a la que se utilizó en la nota de suicidio. —Señaló el borde inferior de la página para que lo captase la cámara—. La nota del lago estaba escrita en la parte inferior de una hoja que habían arrancado. —Will repitió—: «Quiero hablar contigo. Nos vemos en el sitio de costumbre». Y luego añades lo que decía la nota de suicidio: «Quiero acabar con esto».

—Tiene sentido —dijo Charlie cambiando de nuevo el tono de voz al anunciar que iba a parar la cinta.

No era bueno grabar sus especulaciones, por si a un futuro abogado defensor se le ocurría utilizarlas en el tribunal.

Will examinó las letras.

—¿Crees que la escribió un hombre o una mujer?

—No tengo ni idea, pero no se parece en nada a la letra de Allison —dijo, mientras examinaba los apuntes de clase de la chica para comparar—. Vi algunos apuntes de Jason en su habitación. Escribía todo en mayúsculas, como esta nota.

—¿Por qué Jason le enviaría una nota así a Allison?

—Puede que fuese cómplice del asesino.

—Puede.

—Y que luego el asesino decidiera que era mejor no dejar testigos.

A Will la cabeza le empezaba a dar vueltas. Aquello no encajaba.

—No soy un profesional —añadió Charlie—, pero creo que la letra del diario de Allison es la misma que la del bote de pastillas.

—¿Es su diario?

—Sí, el cuaderno azul es una especie de diario.

Will pasó las páginas. Solo había algunas páginas escritas, menos de la mitad. Las demás estaban en blanco. Miró la cubierta de plástico y observó que el número 250 estaba impreso en negrita con un círculo alrededor. Dedujo que era el número de páginas.

—¿No te parece un cuaderno un poco extraño para escribir un diario?

—Tenía veintiún años. ¿Qué esperabas? ¿Una de esas agendas de piel con un broche para cerrarlo con llave?

—Supongo que no. —Will pasó las páginas. La letra de Allison era terrible, pero sus números eran legibles. La fecha aparecía al principio de cada página. En algunas de ellas había escrito un par de párrafos, pero en otras apenas una frase o dos. Buscó la última página—. 13 de noviembre. Eso fue hace dos semanas. —Comprobó las otras fechas y añadió—: Fue bastante constante hasta ese día. —Luego miró la primera página—. La primera entrada es del 1 de agosto. Un diario bastante breve.

—Puede que empezase uno nuevo el día de su cumpleaños.

Will recordó las anotaciones de Sara en la pizarra de la funeraria. El cumpleaños de Allison Spooner era dos días antes que el de Angie.

—Nació en abril.

—Bueno, era una teoría. —Charlie cogió la cámara—. Creo que voy a grabar. ¿Estás bien?

Will miraba fijamente el diario abierto. La letra de Allison no era más que un montón de garabatos. Se tocó los bolsillos.

—Creo que me he dejado las gafas en la guantera.

—Vaya, lástima —respondió Charlie, que apagó la cámara—. Te llevo a tu coche, para que puedas ponerte a trabajar. Con esto y con lo que hemos encontrado en casa de Braham tengo bastante para estar entretenido toda la noche.

Capítulo quince

Lena sintió que otra oleada de temblores le recorría el cuerpo. Era como un terremoto, como si escuchase un suave estruendo y luego el mundo diese un vuelco. Sus dientes rechinaban a pesar de la mordaza que tenía en la boca. Los músculos le temblaban hasta el punto de sentir espasmos. Los pies le daban sacudidas. Vio destellos de luz, pero no tenían ningún sentido forcejear. Lo único que podía hacer era quedarse allí, tendida, y esperar que esa sensación se le pasase.

Los espasmos fueron disminuyendo con una lentitud agonizante. Su cuerpo empezó a relajarse, la mandíbula dejó de estar tan contraída, su corazón dejó de latirle con tanta fuerza y se limitó a aletear como un pez apresado en una red.

¿Cómo se había metido en ese lío? ¿Cómo se había dejado engañar tan fácilmente?

Estaba atada de manos y pies, una cuerda rodeaba todo su cuerpo, aunque pensó que, incluso sin esas ataduras, poco podría hacer, más que quedarse allí tendida y sudar. Su ropa estaba empapada. El suelo había dispersado la humedad y estaba rodeaba por un charco de sudor y orina.

De un sudor frío, tan frío que le hacía castañetear los dientes. Apenas podía sentir los pies ni las manos. Se sintió aterrorizada cuando se percató de que iba a sufrir otro ataque, pues no se creía capaz de resistir por mucho tiempo.

¿Era por la infección de la mano? ¿Por eso no podía dejar de temblar? Las punzadas se habían convertido en un dolor agudo que iba y venía a su antojo. No es que la vida le estuviese pasando por delante, pero no podía dejar de pensar por qué se encontraba en esa situación. Si lograba salir de aquel lugar, si conseguía librarse de alguna forma, haría lo posible por cambiar las cosas. El miedo que recorría todo su cuerpo le había proporcionado una claridad de ideas que le resultaba desconocida. Durante mucho tiempo, se había engañado a sí misma pensando que no había revelado la verdad para proteger a su familia y a sus amigos, pero ahora se daba cuenta de que, en realidad, solo lo había hecho para protegerse a sí misma.

Si Brad lograba recuperarse, le pediría perdón todos los días de su vida. También le diría a Frank que se había equivocado con él, que era un buen hombre, que sabía que la había apoyado cuando cualquier persona con una pizca de inteligencia le habría dado la espalda. Su tío había vivido un infierno a su lado, y ella lo había rechazado tantas veces que no comprendía que siguiese apoyándola.

También tenía que encontrar la forma de hablar a solas con Sara. Se sinceraría con ella, le confesaría su complicidad en la muerte de Jeffrey. No lo había matado con sus propias manos, pero había provocado que sucediese. Lena había sido la compañera de Jeffrey; se suponía que debía respaldarle, pero se quedó con los brazos cruzados cuando lo vio adentrarse en el peligro. Casi se podía decir que lo había empujado en esa dirección porque fue demasiado cobarde para afrontarlo sola.

Puede que eso fuese lo que le estaba provocando los ataques. La verdad era como una sombra que se apoderaba poco a poco de su alma.

Giró su mano buena para mirar el reloj. La cuerda se clavó en su muñeca, pero apenas sintió el dolor cuando presionó el botón para darle a la luz.

Eran las 23.54.

Casi medianoche.

Lena sabía que había salido de comisaría sobre las seis de la tarde. Jared se preguntaría dónde estaba, aunque puede que Frank hubiese hablado con él y quizás en ese momento estuviese de camino a su casa, en Macon.

Jared. Si se enteraba de la verdad, lo perdería para siempre. Un merecido castigo teniendo en cuenta lo que había hecho.

Apretó la mandíbula. Cerró los ojos al sentir que se acercaba otro ataque. El temblor empezó por los hombros y corrió por sus brazos hasta llegarle a las manos. Sus pies dieron una sacudida. Los ojos se le pusieron en blanco. Oyó ruidos, gruñidos, gritos.

Lentamente abrió los ojos, pero solo vio oscuridad. Recuperó la conciencia. Estaba atada y amordazada, y el sudor le cubría todo el cuerpo. El olor a sudor y a orina impregnaba el ambiente. Presionó el botón de su reloj. Bajo la tenue luz vio la piel de su muñeca. Unas vetas rojas subían hasta sus hombros, hasta el corazón. Miró la pantalla.

Eran las 23.58.

Casi medianoche.

MIÉRCOLES

Capítulo dieciséis

Sara escuchaba el tictac del reloj de la cocina mientras las manecillas señalaban la medianoche. Llevaba un buen rato sentada a la mesa, mirando la pila de platos sucios acumulados dentro y fuera del fregadero. La pereza no era la única cosa que la mantenía pegada a la silla. Entre las reformas que su madre había llevado a cabo en la cocina se incluían dos lavaplatos tan modernos que resultaba imposible saber si estaban funcionando, aunque ella seguía optando por lavar a mano la vajilla, las sartenes y la cubertería. La otra opción era que fuese Sara quien los lavase, lo que hacía que sus manías anacrónicas resultasen aún más estrafalarias.

Esa tarea insulsa y mecánica debería ser gratificante después de un día tan duro. En su vida cotidiana, trabajar en el hospital Grady era como tratar de mantenerse de pie y sin tambalearse en un tiovivo. El flujo de pacientes jamás disminuía. Normalmente se las apañaba para llevar veinte casos al mismo tiempo. Entre las consultas y la carga de trabajo rutinario veía una media de entre cincuenta y sesenta pacientes durante una jornada de doce horas. Reducir ese esfuerzo y centrarse en un solo paciente probablemente habría resultado más fácil, pero Sara descubrió que su cerebro trabajaba de diferente forma en aquel momento.

Se dio cuenta de que la constante presión de la sala de emergencias era, de alguna forma, una bendición. Cuando vivía en Grant, el ritmo de vida que llevaba era mucho más tranquilo. Solía desayunar con Jeffrey por las mañanas, y dos o tres veces a la semana cenaban con su familia. Sara trabajaba como médica del equipo local de rugby y como entrenadora del equipo de voleibol en verano. Tenía mucho tiempo libre si sabía organizarse. Ir al supermercado podía suponer varias horas si se encontraba con alguna amiga. Recortaba artículos de las revistas para leerlos con su hermana, y llegó incluso a formar parte del club de lectura de su madre hasta que empezaron a leer libros demasiado serios y aquello dejó de ser una diversión.

Ahora, por el contrario, el ritmo frenético de su trabajo en Atlanta le impedía pensar demasiado en su vida. Normalmente, cuando terminaba de dictar las cartas, lo único que era capaz de hacer era arrastrarse hasta llegar a casa, tomar un baño y caer rendida en el sofá. Empleaba los días que tenía libres en lo que ahora consideraba una tarea tediosa y trataba de realizar las tareas domésticas lo antes posible, ya que quedaba para comer o cenar, con el único propósito de no estar mucho tiempo sola, sin nada más que sus pensamientos.

Todo aquello, sin embargo, había desaparecido en el sótano de la funeraria de Brock. Una autopsia exigía una enorme dosis de atención, pero una vez que se resolvían ciertos preliminares, los detalles restantes eran bastante rutinarios, como tomar las medidas, pesar, hacer las biopsias y anotarlo todo para que quedase registrado. En las autopsias de Allison Spooner y Jason Howell no encontró ninguna pista sobre quién era el asesino. Lo único que vinculaba ambos crímenes era el cuchillo que habían empleado para asesinarlos. Las heridas eran casi idénticas, hechas por una hoja pequeña y afilada que habían retorcido antes de sacarla, para causar el mayor daño posible.

En lo que respecta a Tommy Braham, Sara solo había encontrado un objeto que llamara la atención: el muchacho guardaba en el bolsillo delantero un pequeño muelle, de esos que se encuentran normalmente en el interior de un bolígrafo.

La luz del salón se encendió.

—¿A qué estás esperando para lavar los platos? —la amonestó Cathy.

—Ahora voy, mamá.

Sara miró el fregadero. Hare se había presentado para cenar, aunque dedujo que el plato que Cathy había puesto de más era para Will. A su madre le encantaba cocinar para alguien que supiese degustar su comida, y él encajaba perfectamente en ese papel. Había colocado su mejor vajilla, sirvió el café en tazas, algo que Sara consideró todo un detalle hasta que su madre le dijo que le tocaba lavar los platos. Hare rebuznó como un burro cuando vio la expresión de su rostro.

—Intenta hacer como la de *Embrujada* y mueve la nariz mientras los miras —dijo Tessa mientras entraba en la cocina. Llevaba una bata amarilla ancha que colgaba por encima de su barriga.

—Podrías ayudarme —respondió Sara.

—He leído en la revista *People* que lavar los platos es muy malo para los bebés. —Abrió la nevera y vio la enorme cantidad de comida que había dentro—. Deberías haber visto la película. Ha sido muy entretenida.

Sara se reclinó sobre el respaldo. No estaba de humor para ver una comedia romántica.

—¿Quién ha llamado?

Tessa rebuscó entre los recipientes que había en los estantes.

—La ex de Frank. ¿Te acuerdas de Maxine?

Sara asintió.

—Dice que sigue negándose a ir al hospital.

Frank había sufrido un leve afección cardiaca en la comisaría, esa misma tarde. Afortunadamente, Hare estaba en el restaurante de al lado; si no la cosa habría sido mucho peor. Cinco años antes, Sara habría salido corriendo para estar a su lado, pero ahora, cuando se enteró de la noticia mientras estaba en la funeraria, lo único que sintió fue tristeza.

—¿Qué quería Maxine?

—Lo mismo de siempre. Quejarse de Frank. Es muy cabezota. —Tessa puso un tarro de nata batida encima de la mesa y volvió al refrigerador—. ¿Te encuentras bien? —preguntó.

—Sí, pero estoy cansada.

—Yo también. Estar embarazada es muy duro.

Tessa se sentó enfrente de su hermana con un muslo de pollo frito en la mano. Luego lo metió dentro de la nata batida.

—No me digas que te vas a comer eso.

Tessa se lo ofreció.

Aunque se lo pensó dos veces, probó esa infame combinación.

—Guau. Está salado y dulce al mismo tiempo —dijo devolviéndole el muslo a su hermana.

—Está bueno, ¿verdad? —Volvió a meter el muslo en el tarro de nata y le dio un mordisco. Mientras masticaba concienzudamente dijo—: ¿Sabes que rezo por ti todas las noches?

Sara no pudo evitar echarse a reír, pero se disculpó de inmediato.

—Lo siento. Es que no sabía que...

—¿No sabías el qué?

Pensó que era un momento tan apropiado como otro para decir lo que opinaba:

—No sabía que fueses creyente.

—Soy una misionera, chavala. ¿Qué crees que he estado haciendo estos tres últimos años?

—Pensaba que querías marcharte a África para ayudar a los niños —dijo Sara, intentando salir del aprieto.

No sabía qué decir. Su hermana siempre había disfrutado de la vida. A veces incluso llegó a pensar que la disfrutaba por las dos, ya que ella solo había pensado en sus estudios y su trabajo. Tessa, por el contrario, había salido con muchos chicos, se había acostado con todo el que se le antojaba y jamás se había sentido mal por ello.

—Tendrás que reconocer que no eres la típica misionera.

—Puede que no —respondió—, pero hay que creer en algo.

—Cuesta trabajo creer en un dios que permite que tu marido se muera en tus brazos.

—No puedes cerrar todas las puertas. Si aparece alguien, debes aprovecharlo.

Era lo mismo que le decía su madre.

—Me alegro de que hayas encontrado a alguien que te proporciona consuelo —dijo Sara.

—Yo creo que tú también has encontrado a alguien. —Tessa había terminado de comerse el muslo, pero empleó el hueso como cuchara para seguir comiendo nata—. Has cambiado.

—No sé a qué te refieres.

—¿Qué me dices de Will?

—Por favor, no empieces de nuevo —protestó Sara.

—La próxima vez que le veas quítate esa cinta del pelo. Estás más guapa.

—Déjalo, por favor.

Tessa alargó el brazo y le cogió la mano.

—¿Puedo decirte algo?

—Siempre que no sea que persiga a un hombre casado.

Le apretó la mano.

—Estoy realmente enamorada de mi marido.

—Me parece muy bien —respondió Sara, cautelosa.

—Ya sé que lo consideras aburrido, serio y demasiado pretencioso, y puede que tengas razón, pero, créeme, siempre que escucho una canción, pienso en algo gracioso, o cuando papá me cuenta uno de sus estúpidos chistes, lo primero que pienso es «se lo voy a contar a Lem». Y sé que a él le sucede lo mismo. Y eso es amor: querer que todo lo que hay en ti lo conozca una sola persona.

Sara recordó lo que era eso. Era como sentirse arropada por un cálido manto.

Tessa se echó a reír.

—Dios santo, me voy a echar a llorar. Cuando Lem venga, pensará que soy un caso perdido.

Sara puso la mano encima de la de Tessa.

—Me alegro de que hayas encontrado a esa persona.

Hablaba sinceramente, porque se daba cuenta de que su hermana era feliz.

—Mereces que te quieran —añadió.

Tessa sonrió intencionadamente.

—Y tú también.

Sara rio entre dientes.

—Yo ya lo tuve.

—Bueno, me voy a la cama —dijo Tessa haciendo un esfuerzo por levantarse—. Y lávate las manos. Te huelen a pollo y nata.

Sara se olió las manos. Su hermana tenía razón. Miró de nuevo el fregadero, pensando que debería lavar los platos e irse a la cama. También tuvo que hacer un esfuerzo por levantarse. Después de haber pasado todo el día inclinada, le empezaba a doler la espalada. Tenía la vista cansada. Buscó el jabón para lavar los platos en el armario, con la esperanza de no encontrarlo y de que su madre se hubiese acostado; así tendría una excusa legítima para dejar los platos hasta la mañana siguiente.

—Mierda —murmuró al encontrar el jabón detrás de una caja de botes que su madre jamás había abierto. Oyó pasos en el vestíbulo—. ¿Has vuelto para llevarte la nata?

Tessa no respondió, pero Sara estaba segura de que estaba allí.

—No me digas que has venido para ayudarme.

Entró en el vestíbulo, pero en lugar de ver a Tessa, se encontró con Will Trent.

—Hola.

Estaba en el centro del vestíbulo, con su maletín de piel. Había algo distinto en él, pero Sara no supo bien qué era. Tenía el mismo aspecto y llevaba la misma ropa que le había visto los dos días anteriores. Sin embargo, había cierto aire de tristeza en su expresión.

Sara le hizo un gesto para que entrase en la cocina.

—Entra —dijo poniendo el bote de jabón sobre la encimera.

Will se quedó en la entrada de la cocina.

—Siento las molestias —dijo—. Tu hermana me ha dejado entrar. Estaba mirando por la ventana para saber si estabais despiertas. Sé que es muy tarde. —Se detuvo para tragar y añadió—: Realmente tarde.

—¿Va todo bien?

Se le veía nervioso. Se pasó el maletín de una mano a la otra, y luego una vez más.

—Por favor, pídele disculpas a tu madre por no haber venido a cenar. Teníamos muchas cosas que hacer y yo…

—No pasa nada. Lo entiende.

—¿Revelaron algo las autopsias? —Se frotó la frente con la manga. Tenía el pelo mojado por la lluvia—. Mientras venía de camino, estuve pensando que tal vez el asesino de Jason se inspirara en el de Allison.

—No —respondió Sara—. Las heridas eran idénticas. —Sara se detuvo. Obviamente, algo horrible había sucedido—. Vamos, siéntate.

—No, déjalo. Yo…

Ella se volvió a sentar a la mesa.

—Venga. Dime qué pasa.

Will volvió a mirar la puerta principal. Sara se dio cuenta de que no le apetecía estar allí, pero parecía incapaz de marcharse. Le cogió de la mano y lo condujo hasta la silla. Finalmente se sentó, con el maletín en las rodillas.

—Lo siento —dijo Will.

Sara se inclinó, conteniendo las ganas de cogerle de nuevo de la mano.

—¿Qué es lo que sientes?

Él volvió a tragar saliva mientras le daba tiempo para hablar. Su tono de voz sonó muy débil, y más en una habitación tan grande.

—Faith ha tenido un bebé.

Sara se llevó la mano a la boca.

—¿Se encuentra bien?

—Sí, perfectamente. Los dos están bien. —Sacó el móvil de su bolsillo y le enseñó el rostro de un recién nacido sonrosado que llevaba un sombrerito de color rosa—. Es una niña.

Faith le había mandado en un mensaje el nombre del bebé y el peso.

—Emily Rebecca —dijo Sara.

—Sí. Cuatro kilos y medio.

—Will...

—Encontré esto. —Puso el maletín encima de la mesa y abrió los pestillos. Sara vio un montón de papeles y una bolsa de pruebas con un cierre rojo. Will sacó un cuaderno con la portada de plástico azul de uno de los compartimentos. Tenía polvos de huellas dactilares esparcidos por la portada—. He intentado limpiarlo —dijo frotando la cubierta con la parte delantera de su jersey—. Lo siento. Estaba en el coche de Allison y yo... —Pasó las páginas, enseñándole su letra, que más parecían garabatos—. No la entiendo —confesó—. No puedo entender su letra.

Sara se dio cuenta de que no la había mirado desde que entró en la habitación. Se le veía totalmente hundido, como si cada palabra le causase un dolor inmenso. Su bolso estaba encima de la encimera. Se levantó y fue en busca de sus gafas.

—Mamá te ha preparado algo de comer —dijo—. ¿Por qué no comes algo mientras te leo esto?

Will miró el cuaderno que tenía delante.

—La verdad es que no tengo hambre.

—No has cenado. Si no te comes eso, mi madre no te lo perdonará nunca.

—Sí, pero es que…

Sara abrió el microondas para calentar los platos. Su madre había dejado cena para un regimiento: *roast beef* con patatas, berzas, judías verdes y guisantes. El pan de maíz estaba envuelto en papel de aluminio. Le puso el plato delante y luego cogió los cubiertos y una servilleta. Le sirvió un vaso de té helado y encontró algo de limón en la nevera. Encendió el horno para poder calentar la tarta de cerezas que había encima de la encimera. Se sentó frente a Will y abrió el cuaderno. Le miró por encima de las gafas y dijo:

—Come.

—De verdad, no…

—Hacemos un trato: tú comes y yo leo.

Le miró de frente, dejándole claro que no estaba dispuesta a ceder.

Will cogió el tenedor a regañadientes. Sara esperó hasta verle comer para abrir el cuaderno de espiral.

—Su nombre está en la parte de dentro de la portada, con la fecha: 1 de agosto.

Sara empezó por la primera página.

—Uno de agosto. Día uno. —Empezó a pasar las páginas—. Todas las entradas tienen el mismo formato. Día dos, día tres… —Hojeó las páginas hasta el final—. Hasta que llega al día ciento cuatro.

Will no hizo ningún comentario. Estaba comiendo, pero Sara se dio cuenta de que le costaba tragar. Ella no se podía imaginar lo frustrante que le resultaba que tuviese que leerle el diario. Lo tomaba como un fracaso personal. Deseó decirle que no era culpa suya, pero sabía que pedirle su ayuda ya le había supuesto demasiado como para arriesgarse a presionarle aún más.

Volvió a la primera página.

—«Día uno. El profesor C fue muy sarcástico hoy. Lloré después durante unos veinte minutos sin poder parar. Estuve muy molesta en la clase del doctor K porque D, que estaba detrás de mí, no dejaba de pasarle notas a V, y no pude concentrarme porque no paraban de reírse». —Pasó la página—. «Día dos. Me he cortado afeitándome la pierna. Me ha dolido todo el día. Llegué dos minutos tarde al trabajo, pero L no dijo nada. Estuve paranoica todo el día pensando que me iba a gritar. No se ha enfadado conmigo.»

Sara siguió leyendo, página tras página, los pensamientos de Allison sobre L del restaurante y acerca de J, que se había olvidado de que comerían juntos. Todas las anotaciones describían sus sentimientos, pero nunca con demasiado detalle. Siempre estaba feliz, triste o deprimida. Lloraba con frecuencia y, normalmente, por un periodo que parecía bastante largo, teniendo en cuenta las circunstancias. A pesar de tanta emoción, su escritura tenía un toque clínico, como si la chica observase cómo transcurría su vida.

Tardó algo más de una hora en leer todo el diario. Will terminó la cena y luego se comió casi toda la tarta. Dobló los brazos sobre la mesa y se quedó mirando a la pared. Luego empezó a andar de un lado para otro hasta que se dio cuenta de que distraía a Sara. Cuando el tono de su voz empezó a debilitarse, le ofreció un vaso de agua fría. Luego vio los platos en el fregadero y ella prosiguió leyendo a pesar de sentirse avergonzada, pues él abrió el grifo y se puso a lavarlos. Empezó a sentir las piernas adormecidas de tanto estar sentada. Se levantó y se acercó hasta el fregadero, así al menos aparentaba que le estaba ayudando. Will había fregado todos los platos y las sartenes, y empezó con la cubertería china cuando llegó a la última página.

—«Día ciento cuatro. Todo bien en el trabajo. No me pude concentrar. Dormí nueve horas la noche pasada y me quedé dos horas dormida durante la comida. Debería haber estudiado. Me he sentido culpable y deprimida todo el día. No he sabido nada de J. Creo que me odia, pero no puedo culparle.» —Levantó la mirada—. Eso es todo —concluyó.

Will levantó la mirada. Tenía la bandeja del pan en las manos.

—Conté todas las páginas. Hay doscientas cincuenta.

Sara lo comprobó en la portada. La chica no había arrancado ninguna.

—Dejó de escribir hace dos semanas.

—Debió de pasar algo hace dos semanas, algo que no quiso anotar.

Ella dejó el cuaderno en la mesa y cogió un trapo. Will limpiaba los platos con mucho más esmero del que ella había empleado nunca. Cambiaba el agua con cierta frecuencia y los iba secando a medida que los limpiaba. No quedaba mucho espacio en la encimera, así que empezó a guardar las cosas. Sara tendría que regresar a la cocina después para ponerlo todo en su lugar, pero no quería hacerlo delante de él.

Will vio el trapo que tenía en las manos.

—Ya acabo —dijo cogiéndolo.

—Deja que te ayude.

—Ya me has ayudado bastante. —Pensó que lo iba a dejar tal cual, pero continuó—: Hoy ha sido peor de lo que esperaba.

—El estrés no ayuda, sobre todo si se está cansado o se ponen en juego ciertos sentimientos.

Frotaba con fuerza el plato que tenía entre las manos. Sara se fijó en que no se había molestado en remangarse y los puños del jersey estaban completamente empapados.

—Intenté cavar una nueva zanja para el desagüe de mi casa. Por eso tengo toda la ropa sucia.

Sara había esperado una de sus incongruencias, pero pensó que tardaría un poco más en soltarla.

—Mi padre construyó esta casa con el dinero de muchas personas que intentaron instalar ellas solas la fontanería.

—Quizá pueda darme algunos consejos, aunque estoy seguro de que la zanja que hice se habrá vuelto a cubrir de nuevo.

—¿No le pusiste una caja de entibación? —preguntó dejando de secar el plato—. Es peligroso cavar más de un metro de hondo sin reforzar las paredes.

Will la miró de reojo.

—Soy la hija de mi padre. Llámame cuando regreses a Atlanta. Sé cómo manejar una excavadora.

—Creo que ya me has hecho bastantes favores —contestó él tras coger la bandeja.

Se veíasu reflejo en la ventana que había encima del fregadero. Tenía la cabeza gacha, como si estuviese concentrado en su tarea. Ella se echó hacia atrás y se soltó la coleta. El pelo le cayó encima de los hombros.

—Siéntate. Ya termino yo.

Will levantó la mirada, dos veces. Sara pensó que iba a decirle algo, pero cogió otro plato y lo introdujo en el agua jabonosa. Ella abrió el cajón para guardar la cubertería. El pelo le cayó en la cara y se alegró de que se la ocultase.

—Odio que los platos se queden sin lavar —dijo él.

Sara intentó decir algo frívolo.

—Si mi madre te oye, no te va a dejar escapar.

—En cierta ocasión tuve una madre de acogida que se llamaba Lou —contó Will esperando que mirase por la ventana—. Trabajaba todo el día en el supermercado, pero siempre venía al mediodía para darme de comer, pasase lo que pasase. —Secó el plato y se lo pasó—. Siempre llegaba a casa después de haberme acostado, pero una noche la oí entrar. Fui a la cocina y la vi con su uniforme, un uniforme marrón y demasiado estrecho para ella, delante del fregadero. Estaba lleno de platos y restos de comida del almuerzo. Yo no había hecho nada desde que se fue, salvo ver la televisión. —Levantó la cara para ver el reflejo de Sara—. Lou estaba de pie, mirando todo ese desorden, y la vi llorando a lágrima viva. —Cogió otro plato del montón—. Entré en la cocina y limpié hasta el último plato. Durante todo el tiempo que estuve en su casa jamás dejé que volviese a lavar los platos.

—¿Intentó adoptarte?

—¿Estás de broma? —dijo él con una sonrisa—. Me dejaba solo en casa todo el día, salvo a la hora de comer. Yo tenía ocho años. Me expulsaron cuando el orientador de la escuela se enteró de que no había ido a clase durante ocho meses. Era una buena mujer, y creo que le dejaron quedarse con un chico mayor.

Puso el escurreplatos encima.

—¿Por qué no te adoptaron nunca? Eras un niño cuando entraste en el sistema —le preguntó Sara, sin poder contenerse.

Will puso la mano debajo del chorro mientras ajustaba la temperatura. Sara pensó que iba a ignorar la pregunta, pero finalmente respondió:

—Al principio, mi padre tenía la custodia, pero se la quitaron después de unos meses. Tenían razones sobradas para eso.

—Puso el tapón para llenar el fregadero—. Estuve en el sistema durante un tiempo. Luego apareció un tío mío e intentó quedarse conmigo. Tenía buenas intenciones, pero no estaba preparado para cuidar de un niño en ese momento. Fui a su casa varias veces (y salí de ella otras tantas). Estuve con varias familias de acogida y en el orfanato. Finalmente se dio por vencido. Entonces tenía seis años y ya fue demasiado tarde.

Sara levantó la vista. Will miró su reflejo una vez más.

—Imagino que habrás oído hablar de la regla de los seis años, ¿verdad? Sé que tu marido y tú tratasteis de adoptar un niño.

—Sí —respondió ella con un nudo en la garganta.

No podía mirarle. Secó la salsera de nuevo, aunque no le quedaba ni una gota de agua en la superficie. La regla de los seis años. Había oído hablar de ello en las prácticas de pediatría, mucho antes de que Jeffrey propusiese adoptar un niño. A un niño que hubiese estado en el sistema más de seis años se le consideraba contaminado, porque para entonces le habían sucedido demasiadas cosas horribles, y se pensaba que sus recuerdos y su conducta estaban demasiado arraigados.

Años antes, alguien en Atlanta también había oído esa advertencia. Probablemente de un amigo, o quizá de un médico de cabecera de confianza. Habían ido al orfanato, vieron al niño de seis años que era entonces Will Trent y decidieron que ya estaba demasiado resabiado.

—¿Te parece el diario de una chica de veintiún años? —preguntó Will.

Sara se aclaró la garganta para poder hablar.

—No puedo decírtelo. No conocía a Allison —respondió. Tuvo que esforzarse para dar una respuesta mejor—: Parece un poco extraño.

—No se parece al típico diario —dijo él empezando con la última pila de platos—. Más bien parece una larga lista de quejas sobre las personas, los profesores, el trabajo, la falta de dinero y su novio.

—Sí, es un tanto quejica.

—Las personas se quejan para que otras las escuchen y sientan pena por ellas. ¿Crees que estaba deprimida?

—Sin duda. En el diario se ve claramente que estaba pasando una mala época. Intentó suicidarse antes, lo que demuestra que ya había pasado por otros episodios depresivos.

—A lo mejor había pactado suicidarse con Jason y con una tercera persona.

—Entonces eligieron una manera horrible de hacerlo. Hay formas más sencillas de suicidarse: con pastillas, ahorcándose o tirándose desde algún edificio. Además, si hubiesen hecho un pacto, se hubieran matado juntos.

—¿Encontraste rastros de drogas en Tommy, Allison o Jason?

—Ni el más mínimo. Todos estaban sanos y tenían un peso medio o por encima de la media. Las muestras de sangre y de tejido se han enviado a la central. Tendremos la respuesta dentro de una semana o diez días.

—Charlie y yo hemos pensado que Jason podría estar involucrado en el asesinato de Allison. Estamos casi seguros de que el asesino lo utilizó para hacer que Allison fuese hasta el lago. O al menos hizo que escribiese la nota. —Will cerró el grifo y se secó las manos en los pantalones mientras se dirigía al maletín—. Estaba dentro del diario.

Sara cogió la bolsa de pruebas. Había una nota en su interior.

—El papel me resulta familiar. —Luego leyó—: «Tengo que hablar contigo. Nos veremos en el lugar de costumbre».

Will añadió la frase de la nota de suicidio:

—«Quiero acabar con esto.»

—Jason escribió la nota falsa de suicidio de Allison —dijo Sara, que se sentó a la mesa.

—O le escribió la nota a otra persona, y ella cortó la última parte y la dejó en el zapato de Allison como advertencia para él. —Se dio cuenta de que algo no encajaba en su teoría y añadió—: Pero, entonces, ¿por qué la tenía ella en su cuaderno?

—Creo que estás muy cansado —dijo Sara, a la que le empezaba a doler la cabeza.

Will sacó otra bolsa de pruebas del maletín.

—Encontré esto en el armario del cuarto de baño de Tommy. Charlie le hizo una prueba, pero no está muy seguro de lo que contiene.

Sara le dio la vuelta al bote y leyó la etiqueta.

—Es extraño.

—Esperaba que supieras lo que es.

—«Tommy, no tomes esto» —leyó—. No soy una experta en escritura, pero parece la letra de Allison. ¿Por qué le diría a Tommy que no tomase eso? ¿Por qué no las tiró a la basura?

Will no respondió de inmediato. Se reclinó sobre el respaldo y la miró.

—Puede ser veneno. Pero si tienes veneno, ¿por qué apuñalas a alguien en la nuca?

—¿Qué son esas letras en la parte inferior de la etiqueta? —preguntó Sara, que se soltó las gafas de la camisa y se las puso—. C-I-H. ¿Qué significan?

—Faith lo ha intentado buscar en el ordenador, pero no sé si ha encontrado algo. La foto que le hice no fue muy buena. —Se señaló la cabeza, como si le pasase algo—. Bueno, ya sabes que no me sirve de mucho.

—¿Te has revisado la vista?

Will la miró sorprendido.

—No creo que necesite gafas. He tenido ese problema toda mi vida.

—¿Te duele la cabeza cuando lees? ¿O sientes náuseas?

Se encogió de hombros, pero luego asintió. No quería hablar del asunto.

—Deberías ver a un oftalmólogo.

—Es muy diferente. Puedo leer las tablas.

—Cariño, puedo ponerte una luz en el ojo y decirte si el cristalino está enfocado.

Aquella muestra de afecto provocó cierta incomodidad entre los dos. Will empezó a mover nerviosamente su anillo de casado.

Sara trató de ocultar su sonrojo, cogió el bote de pastillas y lo sostuvo delante de él.

—Mira la letra pequeña.

Él levantó la vista unos segundos antes de mirar el bote que Sara tenía en la mano.

—Ahora, quédate quieto. —Con suavidad le puso sus gafas y luego volvió a colocar el bote delante de él—. ¿Ves mejor?

Will se resistía, pero terminó cediendo. Volvió a mirar a Sara, sorprendido, antes de observar de nuevo el bote.

—Algo mejor sí. No del todo, pero sí mejor.

—Creo que necesitas otras gafas —dijo Sara poniendo el bote de nuevo en la mesa—. Ven a urgencias cuando regreses a Atlanta. O podemos ir a mi clínica mañana. Probablemente habrás visto la clínica infantil que hay enfrente de la comisaría. Yo solía tener tablas especiales para… —Sara se quedó en silencio, con la boca abierta.

—¿Qué pasa? —preguntó Will.

Ella se volvió a poner las gafas y leyó la letra pequeña de la etiqueta. C-I-H: Clínica Infantil de Heartsdale. Había estado pensando qué había de ilegal detrás del bote de pastillas, pero no lo que había de legal.

—Esto es parte de un ensayo clínico. Debe de ser cosa de Elliot, en la clínica.

—¿Un ensayo de qué?

—Los laboratorios farmacéuticos tienen que hacer ensayos clínicos con las medicinas que quieren sacar al mercado. Pagan a los voluntarios que quieran participar. Puede que Tommy se ofreciese como voluntario, pero no creo que cumpliese con el protocolo. Si hay una norma en esos estudios es que los participantes tienen que dar su consentimiento por escrito. Tommy no podía someterse a ese ensayo.

Will parecía un tanto escéptico.

—¿Estás segura de que es eso?

—El número en la parte superior de la etiqueta —dijo Sara señalando el bote—. Es un estudio «doble ciego». A cada persona que participa se le asigna un número aleatorio por ordenador que dice si estás tomando el medicamento real o el placebo.

—¿Has hecho algún ensayo antes?

—He participado en varios, en Grady, pero estaban relacionados con la cirugía o los traumas. Utilizamos productos intravenosos e inyecciones, no placebos ni pastillas.

—¿Funcionaban igual que un ensayo clínico normal?

—Supongo que los procedimientos y la presentación de los informes son los mismos, pero trabajábamos en situaciones de trauma. El protocolo de admisión era diferente.

—¿Y cómo se desarrollan fuera de un hospital?

Sara volvió a dejar el bote en la mesa.

—Los laboratorios farmacéuticos pagan a los médicos para dirigir los estudios con el fin de comercializar otro medicamento para reducir el colesterol que funcione tan bien como otros muchos que ya hay en el mercado. —Se dio cuenta de que hablaba en voz alta y estaba muy exaltada—. Perdona, pero es que esto..., estoy muy cabreada. Elliot sabía que Tommy no era la persona adecuada para eso. Él sabía que era un discapacitado.

—¿Quién es Elliot?

—El hombre al que le vendí mi consulta —dijo Sara sacudiendo la cabeza, incapaz de creerlo. —Lo había hecho para que los niños de la ciudad contasen con alguna asistencia, no para que experimentase con ellos como si fuesen cobayas—. No tiene sentido. La mayoría de los estudios no se hacen con niños, pues es muy peligroso. Sus hormonas aún no están desarrolladas por completo, y procesan los medicamentos de diferente forma que los adultos. Además, es casi imposible que los padres den su consentimiento, a no ser que padezcan una enfermedad terminal y sea la última opción para salvarlos.

—¿Y qué me dices de tu primo? —preguntó Will.

—¿Hare? ¿Qué tiene que ver con este asunto?

—Es médico y.... Quiero decir que trata con adultos.

—Sí, pero...

—Lena me dijo que había alquilado un espacio en la clínica.

Sara sintió que la habían golpeado a traición. Su primer instinto fue defender a Hare, pero luego recordó ese estúpido coche que insistió en enseñarle, a pesar de la lluvia. Ella misma había visto un BMW 750 en un concesionario de Atlanta: costaba más de cien mil dólares.

—¿Sara?

Apretó los labios para no decir lo que pensaba: Hare, en la clínica, dándoles pastillas a sus niños. Se sintió traicionada.

—¿Cuánto dinero recibe un médico por llevar a cabo un ensayo clínico? —preguntó Will.

—Cientos de miles de dólares —respondió ella, con cierta dificultad para articular las palabras—. Puede que incluso millones, si te dedicas a dar conferencias.

—¿Qué obtienen los pacientes a cambio?

—No lo sé. Depende de la fase en que esté el ensayo y del tiempo que dure su participación.

—¿Hay distintas fases?

—Sí, en función de los riesgos. En las primeras fases, el riesgo es mucho mayor. La primera fase suele limitarse a unas diez o quince personas, y los participantes pueden ganar de diez a quince mil dólares, depende de la prueba y de si es un paciente interno o no. La segunda fase abarca de doscientas a trescientas personas, que pueden ganar cuatro o cinco mil dólares. Y en la tercera fase, al ser la menos peligrosa, se cobra menos. La cantidad de dinero que obtienen oscila según lo que dure el ensayo, si te necesitan por unos días o por varios meses.

—¿Cuánto dura un ensayo de los largos?

Sara puso la mano en el cuaderno de Allison. No había duda de que la chica estaba obsesionada con registrar su estado de ánimo.

—De tres a seis meses. Y tienes que llevar un diario, para ver cómo evolucionas. Sirve para controlar posibles efectos secundarios. Quieren conocer tu estado de ánimo, tu nivel de estrés, si duermes bien y la cantidad de horas. ¿Has visto todas las advertencias que hacen al final de los anuncios? Las sacan de los diarios. Si una persona padece dolores de cabeza o irritabilidad, tiene que mencionarse.

—Entonces, si Allison y Tommy estaban participando en un ensayo clínico, ¿sus informes estarán en la clínica?

Sara asintió.

Will se quedó en silencio, pensando. Cogió el bote de pastillas de nuevo.

—No creo que tengamos pruebas suficientes para pedir una orden de registro.

—No la necesitas —respondió Sara.

Capítulo diecisiete

Lena oyó el ruido uniforme que hace el agua al gotear. Abrió la boca, que tenía amordazada, como si pudiese apresar alguna gota. Sentía la lengua tan inflamada que temió atragantarse con ella. Había dejado de sudar por la deshidratación. La única manera de poder combatir el frío era temblando, pero sus músculos estaban tan débiles que no respondían. Cuando presionó el botón para encender la luz de su reloj, el destello azulado iluminó las marcas enrojecidas de sus muñecas como las señales de un hierro candente en su carne.

Se movió, tratando de que no cayese todo su peso sobre el hombro. Levantarse era algo imposible. La habitación no dejaba de dar vueltas. Además, le dolían los brazos y las piernas cada vez que lo intentaba. Al tener los pies y las manos atados, cualquier movimiento exigía una coordinación que en ese momento no poseía. Abrió los ojos en plena oscuridad, pensando en la última vez que había salido a correr. Hacía un día inusualmente caluroso. Se veía el sol por encima del horizonte y, cuando corrió por la pista de la universidad, sintió el calor dándole en la cara y luego en la espalda. El sudor le caía por el cuerpo; tenía la piel caliente, los músculos preparados. Si pensaba en ello detenidamente, podía incluso oír sus zapatos deslizarse por la pista.

Ahora, sin embargo, lo que oía no eran los zapatos sobre la pista, sino a alguien que bajaba los escalones de madera.

Lena aguzó el oído para percibir cómo los pasos descendían por las escaleras que conducían hasta el sótano. Vio un haz de luz por debajo de la puerta. Oyó que alguien arrastraba algo, como si rozase metal contra cemento. Probablemente sería una estantería. El haz de luz se intensificó. Lena cerró los ojos al oír que introducían la llave en la cerradura. La puerta se abrió y ella parpadeó para acostumbrarse al brillo de los tubos fluorescentes.

Al principio vio una especie de halo detrás de la cabeza de la mujer, pero luego pudo distinguir los rasgos de Darla Jackson. Aunque resultase extraño, lo primero que se preguntó es cómo esa mujer se las había apañado para matar de forma tan cruel a dos personas sin romperse ni una uña, pues las tenía tan cuidadas que parecía hacerse la manicura todas las noches.

Darla puso los pies sobre los bloques de hormigón que hacían las veces de escalera para descender a la parte más baja del sótano. Se arrodilló delante de Lena y comprobó que aún estaba firmemente atada. Por absurdo que parezca, le puso la mano en la frente y le preguntó:

—¿Aún estás viva?

Lena solo podía mirar. Aunque no estuviese amordazada, dudaba que pudiese haberle respondido. Tenía la boca seca y apenas podía concentrarse en nada. No podía hilvanar los pensamientos. ¿Qué la habría impulsado a hacer tal cosa? ¿Por qué había matado a Jason y Allison? No tenía ningún sentido.

—Estás en el sótano de la clínica —anunció Darla poniendo los dedos sobre las muñeca de Lena y comportándose como una atenta enfermera en lugar de como una despiadada asesina.

Horas antes, la había sorprendido limpiando la sangre del bate con el que había golpeado a Jason Howell en la cabeza. Había metido los guantes en lejía para hacer desaparecer cualquier prueba. Ahora, sin embargo, estaba comprobando su pulso para ver si tenía fiebre.

—Esto es una especie de búnker a prueba de bombas y tornados —le dijo. Miró su reloj durante unos segundos—. Dudo de que Sara se acuerde de que estaba aquí. Lo encontré hace tiempo, cuando buscaba algunos suministros.

Lena miró a su alrededor. Con la luz encendida, pudo ver las paredes de cemento y la puerta metálica. Darla tenía razón. Estaban en un búnker.

—Nunca me gustó Tolliver —dijo—. Sé que mucha gente te culpó por lo que le pasó, pero era un gilipollas, te lo aseguro.

—Lena continuó mirando, preguntándose por qué se sinceraba—. Y de Sara mejor no hablar. Se cree más que nadie porque es doctora. Yo solía cuidarla cuando era niña; siempre se las dio de sabionda.

Lena no se molestó en mostrar su desacuerdo.

—Nunca quise asesinarte —dijo Darla soltando una carcajada que parecía más un gruñido—. Solo quiero marcharme de la ciudad, pero sé que no me dejarás si te suelto.

Tenía toda la razón.

—Mi padre ha sufrido un ataque al corazón —dijo apoyándose sobre los talones—. Supongo que sabrás que Frank es mi padre, ¿verdad?

Lena levantó la mirada. Un brote de adrenalina le permitió pensar por primera vez en muchas horas. Frank había mencionado a su hija cuando se marcharon de la escena del crimen de Allison. ¿Sabía que Darla era la asesina? Estaba segura de que la estaba encubriendo. Se acordó de todas las cosas que había tratado de ocultarle a Will: la fotografía, el teléfono de Tommy, la llamada al 911. ¿Se refería a eso cuando le dijo que no se daba cuenta ni de lo que tenía delante de sus narices? Dios santo, tenía razón. No vio la verdad ni teniéndola delante. ¿Qué otras pistas había pasado por alto? ¿Cuántas personas terminarían muertas porque estuvo completamente ciega?

—¿Llevas bolso? —La pregunta era tan extraña que pensó que estaba alucinando—. ¿Un monedero? ¿Dónde guardas las llaves?

Lena no respondió.

—No puedo marcharme de la ciudad en esa mierda de Accord. Las luces de contacto han estado encendidas durante varias semanas. Pensaba comprarme uno nuevo cuando se conformasen los cheques.

Le registró los bolsillos y encontró un llavero. Las llaves de su casa, las del coche patrulla de Frank y las de su Celica estaban allí.

—¿Llevas algo de dinero encima?

Lena asintió; no valía la pena mentir.

Darla metió la mano en el bolsillo trasero y sacó dos billetes de veinte dólares.

—Bueno, me servirá para pagar la gasolina —dijo metiéndose el dinero en el bolsillo delantero del uniforme—. Tendré que pedirle dinero a mi padre, algo que detesto. —Se alisó el uniforme, de color rosa—. Creo que debería sentirme arrepentida por lo que he hecho, pero la verdad es que no quiero que me cojan. No puedo ir a prisión. No lo soportaría.

Lena siguió mirándola fijamente.

—Si me hubiesen dejado en paz y hubiesen cerrado la boca, no habría ocurrido nada de esto.

Lena intentó tragar saliva. Podía oír su corazón latir de forma extraña, como si aletease en su pecho. Debía estar más deshidratada de lo que creía. Tenía los pies y las manos entumecidos, y sentía un hormigueo en las piernas. Su cuerpo estaba dejando de enviar sangre a sus extremidades para que el resto siguiese funcionando.

—Papá y yo no nos llevamos demasiado bien —dijo Darla metiéndose la mano en el bolsillo delantero del uniforme—. Muchas veces he pensado que hubiese preferido tener una hija como tú, pero no elegimos a la familia. ¿Verdad que no? —Sacó una jeringa y prosiguió—: Esto es Versed. Es un ansiolítico; te hará dormir. Siento no tener suficiente para que duermas para siempre, pero te ayudará. No creo que vivas por mucho tiempo, puede que cinco o seis horas. La infección que tienes en la mano se está extendiendo muy rápidamente. Probablemente ya estarás notando que el corazón te late con más lentitud.

Lena intentó tragar.

—Lo primero que sentirás es que tu cuerpo empieza a desconectarse. Luego comenzarás a delirar. Normalmente se siente un terrible dolor. A veces te despiertas, pero otras no. ¿Quieres que te ponga la inyección?

Lena miró la jeringuilla. ¿Acaso podía elegir?

—Nadie va a venir a rescatarte. La clínica no abrirá hasta el próximo lunes, y entonces solo sabrán que estás aquí por el olor. —Miró por encima del hombro y añadió—: Creo que dejaré la puerta abierta, así no tendrán que buscar mucho. Algunas de las personas que trabajan aquí no han sido tan malas.

Lena intentó hablar, pronunciar lo único que tenía sentido en todo eso: «¿por qué?».

—¿Qué dices?

Lena musitó la pregunta de nuevo. No pudo juntar los labios a causa de la mordaza, pero la pregunta sonaba clara en sus oídos.

—¿Por qué?

Darla sonrió. Comprendió lo que le preguntaba, pero no tenía intención de responderle. En su lugar, repitió su oferta.

—¿Quieres o no?

Lena negó con la cabeza con vehemencia. No quería perder el conocimiento; su conciencia era lo único que podía controlar.

Darla quitó el tapón a la jeringa y le clavó la aguja en el brazo.

Capítulo dieciocho

Sara esperaba en el coche a que Will bajase del apartamento que había encima del garaje. Le había pedido que esperase unos minutos para ponerse otra ropa que no estuviese tan sucia como la que había llevado durante todo el día, y a Sara no le importó lo más mínimo porque ese tiempo le sirvió para sosegarse. Su rabia se había apaciguado un poco, pero, de no ser por Will, habría cogido el coche y habría ido a casa de Hare a toda velocidad. ¿Por qué le sorprendía que su primo estuviese mezclado en algo tan sórdido? Hare jamás había ocultado que le gustaba el dinero. Claro, a ella también, pero no estaba dispuesta a vender su alma para conseguirlo.

Will se puso al volante. Llevaba una camisa blanca de botones y unos vaqueros recién lavados. La miró de forma extraña.

—¿Me has lavado la ropa?

—No —respondió con una sonrisa.

—Alguien me ha lavado y planchado toda la ropa —dijo enseñándole la raya del pantalón—. Incluso la ha almidonado.

Sara solo conocía a una persona capaz de almidonar unos vaqueros.

—Lo siento. A mi madre le gusta hacer la colada, aunque jamás he entendido por qué.

—No pasa nada —respondió, pero se veía que estaba un poco molesto.

—¿Te ha estropeado algo más?

—No —dijo, ajustando el asiento de tal forma que la cabeza no rozara el techo—. Lo que pasa es que nunca me han lavado la ropa.

La palanca de cambio estaba un poco dura, pero se hizo con ella rápidamente y puso el coche en marcha. Al salir a la calle, giró a la izquierda. Sara no le dijo que estaba cogiendo el camino más largo.

Will apagó el limpiaparabrisas. La lluvia había cesado y ella pudo ver que la luna se asomaba por entre las nubes.

—Estaba pensando en la nota de suicidio —dijo.

—¿Qué?

—¿Qué pasa si Jason la escribió y se la dio a Allison para que la echase en un buzón?

—¿Crees que estaban chantajeando a alguien?

—Es posible —dijo Will—. Puede que Allison hubiese cambiado de opinión sobre el chantaje y no se lo dijera a Jason.

—¿Y rompió la parte inferior de la nota, la parte que dice «quiero acabar con esto», y la echó en el buzón para el asesino?

—Sí, pero el asesino ya había decidido matarla. La siguió hasta el bosque. Está claro que es un oportunista, utilizó la manta para asesinar a Jason. Quizá consideró que la nota era otra oportunidad. La nota de suicido escrita con la letra de Jason estaba en la escena del crimen de Allison. Salvo Tommy, la primera persona a la que habrían interrogado es a su novio.

Sara terminó por comprender lo que quería decir.

—El asesino quería incriminar a Jason por el asesinato de Allison. Si estaban intentando chantajearle, de esa forma se libraría de él.

—Háblame un poco más de esos ensayos clínicos. ¿Cómo funcionan?

—Son complicados, y no todos son tan malos —respondió ella, como para justificarlos—. Los ensayos clínicos son necesarios. Se necesitan nuevos medicamentos y nuevos avances, pero los laboratorios farmacéuticos son corporaciones con accionistas y directivos que quieren cobrar su sueldo. Se invierte más dinero en buscar una nueva Viagra que en curar el cáncer. Y es mucho más rentable tratar enfermedades como el cáncer de mama que prevenirlas.

Will redujo la velocidad del coche. Aunque no llovía, la calle seguía inundada.

—¿No se necesita la Viagra para conseguir fondos para curar el cáncer?

—El año pasado, los diez principales laboratorios farmacéuticos gastaron setenta y tres mil millones de dólares en publicidad, y menos de veintinueve mil en investigación. Eso da una idea de qué les interesa más.

—Veo que sabes mucho del asunto.

—Es una de mis manías —admitió—. Nunca me ha gustado que me regalen bolígrafos ni cuadernos con el logotipo estampado, solo quiero medicamentos que sirvan de verdad y que tengan un precio asequible para mis pacientes.

—Creo que he me equivocado de camino —confesó Will, que detuvo el coche.

—Es una circunvalación.

Metió marcha atrás y luego dio un giro completo. Sara sabía exactamente dónde estaban. Si hubiesen recorrido unos cuantos metros más, habrían pasado por donde ella vivía antes.

—Entonces, ¿cómo funciona? ¿Qué hace el laboratorio cuando dispone de un nuevo medicamento que quiere probar?

Ella no sabía cómo agradecerle el detalle de no haber pasado por su antigua casa, así que en su lugar respondió a su pregunta.

—Hay dos tipos de medicamentos: los de afluencia o estilo de vida, y los de necesidad. —Al notar la mirada extrañada de Will, prosiguió—: No me lo estoy inventando. Es el nombre que les dan los grandes laboratorios. Los necesarios son los que probamos en Grady, y son para las enfermedades graves o crónicas. Normalmente las universidades y los centros de investigación son los que fabrican ese tipo de medicamentos.

Will redujo de nuevo la velocidad del coche para pasar un enorme charco.

—¿Y los de afluencia?

—Suele gestionarlos un doctor normal o un laboratorio. Se anuncian en las revistas médicas. Solicitan una petición para llevar a cabo un estudio. Si se lo conceden, el laboratorio farmacéutico se encarga de todo y corre con los gastos. Incluso pagan los anuncios en televisión, en radio o en prensa. Te proporcionan empleados y material de oficina. Hasta papel y bolígrafos. Y cuando terminan de hacer el ensayo clínico, le pagan al médico todos los gastos para que vaya a todos los países del mundo y hable sobre lo fabuloso que es el nuevo medicamento, al mismo tiempo que afirma que es incorruptible y que no tiene ninguna participación en la empresa.

Sara pensó en Elliot y en sus vacaciones de Acción de Gracias.

—Así se consigue el dinero. No de las acciones, sino de la experiencia. Si participas en la fase inicial de un estudio, puedes ganar cientos de miles de dólares solo por abrir la boca.

—Entonces, ¿por qué un doctor no iba a querer hacer algo así, si le dan tanto dinero?

—Porque si lo haces como es debido no hay tanto dinero en ello. Bueno, sí, pero entonces te dedicas al papeleo y no a la medicina. Todos sabemos que es un mal necesario, pero puede tener consecuencias nefastas. Algunos doctores organizan varias investigaciones a la vez. Los representantes médicos los llaman «jugadores empedernidos», como en Las Vegas. Las clínicas pueden realizar cincuenta estudios al mismo tiempo. Hay unas cuantas en el centro de Atlanta, situadas muy convenientemente al lado de los albergues para indigentes.

—Estoy seguro de que hay muchos universitarios interesados en ganar un dinero extra.

—Algunos de mis pacientes indigentes participan en un estudio tras otro. Solo de esa forma consiguen no morirse de hambre. Es un buen negocio si sabes hacerlo. Hay sitios web para las cobayas profesionales. Van de un lado a otro del país, ganando sesenta u ochenta mil al año.

—¿Y los médicos no hacen un seguimiento de los pacientes para asegurarse de que no engañan al sistema?

—No, lo único que necesitas es enseñar tu carné, a veces incluso ni eso. Ponen tu nombre en un archivo y, a partir de entonces, te conviertes en un número. Todos los datos que recopilan son los que tú les proporciones. Puedes decir que eres un agente de bolsa que padece insomnio o acidez de estómago, cuando en realidad eres un indigente que quieres ganar algo de dinero. No investigan sobre los antecedentes ni hay una base de datos central con los nombres.

—O sea, que Tommy responde a un anuncio de esos y se apunta para participar en uno de esos ensayos. ¿Y luego qué?

—Le hacen un chequeo médico y psicológico. Hay diferentes criterios, en función del estudio, y cada participante tiene que cumplir con el protocolo. Si eres inteligente, puedes amañarlo y conseguir que te incluyan en el estudio.

—Tommy no era muy inteligente.

—No, y probablemente no habría pasado la evaluación psicológica si hubieran hecho bien las cosas.

—¿Se podría haber encargado el médico de eso?

—Puede que sí y puede que no. Hay buenos médicos que hacen lo que deben, pero los médicos malos jamás ven a los participantes de un ensayo. Se dedican a firmar y al papeleo. Suelen hacerlo un domingo y «revisan» trescientos casos antes de que los agentes de la ley se presenten el lunes por la mañana.

—¿Quién se encarga de todo eso? ¿Las enfermeras?

—A veces, pero también puede ser alguien sin ninguna formación médica. Hay organizaciones de investigación clínica que ofrecen empleados temporales para los médicos que dirigen esos estudios. Ellos al menos tienen alguna formación. Sin embargo, recuerdo el caso de un médico de Texas cuya esposa se encargaba de todo; cierto día, la mujer, accidentalmente, cambió el medicamento de prueba por las medicinas que le daba a su perro. Otro doctor tenía al cargo a su querida, que le dijo a los participantes que duplicasen la dosis, al ver que algunos no se las habían tomado. Algunos terminaron con daños hepáticos.

—De acuerdo. Imaginemos que Tommy pasó la evaluación psicológica. ¿Qué más tendría que hacer?

—Se sometería al examen médico. Como estaba sano, posiblemente lo pasaría. Luego empezaría a tomar las pastillas. Tendría que llevar un diario. De vez en cuando le harían una prueba de orina y de sangre, probablemente una vez a la semana. El empleado que hablase con él se quedaría con su diario y su expediente, lo que se llama el documento fuente, y luego lo incluiría en el informe del caso. El médico solo ve ese informe.

—¿Dónde falla el sistema?

—Donde tú dijiste. Obviamente, Tommy tuvo una reacción a los medicamentos. Empezó a mantener discusiones con la gente, algo que sabemos por los informes de incidentes. Sus cambios de humor habrían constado en su diario. Cualquiera que le hubiese entrevistado se daría cuenta de que pasaba algo.

—¿Y si esa persona quisiera ocultar que Tommy estaba teniendo problemas?

—Podría mentir en el formulario del informe del caso. Falsearía los datos en el ordenador y los enviaría directamente al laboratorio. Nadie sabría que algo había ido mal, a no ser que lo comparasen con el informe fuente, el cual se guarda y se almacena en cuanto finaliza el estudio.

—¿Arruinaría eso el estudio?

—No necesariamente. El médico lo podría considerar una violación del protocolo. Eso significa que no cumple con las pautas para participar en el estudio, lo cual, con su incapacidad, ya era un hecho.

—¿Y qué pasa con Allison?

—Su intento de suicidio ya la habría eximido, pero si no lo mencionó, no lo sabrían.

—¿Quién podría tener problemas porque Tommy participase en el estudio?

—En realidad, nadie. Siempre puedes alegar ignorancia ante el comité ético. Por ley, todos los estudios tienen que contar con una junta de revisión interna que se encarga de que se cumplan las normas éticas. Están formadas por personas de la comunidad: doctores, abogados, empresarios, y siempre un párroco o un sacerdote.

—¿El comité ético también recibe dinero del laboratorio?

—Todo el mundo recibe dinero del laboratorio farmacéutico.

—¿Y Tommy? ¿Cuándo obtendría su dinero?

—Al final del estudio. Si les pagasen por adelantado, la mayoría no volvería.

—Por tanto, si el ensayo había terminado, Tommy estaría a punto de cobrar lo suyo. Y también Allison, y puede que Jason Howell.

Sara no quería pensar en a quién le cegaría más el dinero en aquel asunto.

—Por un ensayo de unos tres meses, puedes estar seguro de que cada uno cobraría de dos a cinco mil dólares.

Will entró en el aparcamiento de la clínica y estacionó el coche.

—Entonces, ¿dónde está el problema? Los doctores ganan un montón de dinero. Los participantes también cogen lo suyo. Tommy no debería haber participado en el estudio, pero eso no echaría por tierra el ensayo. ¿Por qué iba a matar alguien a dos personas por ese asunto?

—Lo importante es averiguar cuántos participantes más estaban experimentando cambios de humor como Tommy. Allison estaba deprimida, algo que se nota en su diario. Tommy estaba muy alterado y había tenido varias discusiones, cosa que jamás le había sucedido. Se suicidó en la celda. No quiero decir que Lena no fuese responsable, pero también es posible que la medicación influyese. El caso es que si algo va mal, un estudio puede llegar a cancelarse.

—Por tanto, el más interesado en que no se supiera que algo iba mal era el médico. Más aún si esperaba ganar mucho dinero con el ensayo.

Sara apretó los labios pensando en Hare.

—Así es.

Will miró la ventana de la clínica. La puerta principal estaba iluminada por los faroles. Sara vio el vestíbulo, que le resultaba tan familiar.

—Quizá no debería entrar contigo —dijo él tras salir del coche y abrirle la puerta—. Sé que eres la propietaria y que tengo tu permiso, pero no sé si por ley puedo mirar esos informes médicos. Tendrás que hacerlo tú y decirme qué has descubierto.

—De acuerdo —concedió Sara, sabiendo que de todas formas él no sería de gran ayuda a la hora de leer esos informes.

Salió del coche y fue hacia la entrada con las llaves en la mano. No recordaba la última vez que había estado en el edificio, pero no tuvo tiempo para hacerlo. Al introducir la llave en la cerradura, miró en dirección a la comisaría. Fue un gesto completamente instintivo, algo que había hecho todas las mañanas, pues Jeffrey solía esperar al otro lado de la calle para asegurarse de que había entrado sin que le sucediese nada.

Las luces de la calle estaban encendidas, soplaba un frío aire nocturno y, por fin, había dejado de llover. Vio una sombra al lado de la ventana que daba a la oficina de Jeffrey. El hombre se dio la vuelta y ella lanzó un suspiro. Las piernas se le doblaron.

Will salió del coche.

—¿Qué sucede?

Sara echó a correr, empujó a Will al pasar y subió la colina en dirección a la comisaría.

—¡Jeffrey! —gritó al reconocer sus hombros anchos, su pelo moreno, sus andares de león presto para abalanzarse—. ¡Jeffrey!

Tropezó al llegar al aparcamiento y se cayó, rompiéndose el vaquero y arañándose la palma de las manos.

—¿Tía Sara?

Jared corrió hacia ella con la misma facilidad que su padre. Se arrodilló a su lado y la cogió por los hombros.

—¿Estás bien?

—Pensé que eras... —dijo poniéndole la mano en la cara—. Te pareces tanto a...

Le pasó los brazos por los hombros y se acercó a él todo lo que pudo. Sara no pudo contenerse y empezó a llorar como una niña. Todos los recuerdos que había tratado de evitar acudieron a su memoria de repente. No pudo soportarlo.

Jared le frotó la espalda tratando de sosegarla.

—Vamos, venga. Ya pasó todo.

Tenía la misma voz que su padre. Sara deseó cerrar los ojos y dejarse llevar por la ilusión. ¿Cuántas veces había estado en ese aparcamiento con Jeffrey? ¿Cuántas veces habían ido juntos al trabajo y se habían despedido con un beso en ese mismo sitio? Y luego él se quedaba de pie, en la puerta de la comisaría, observando cómo ella se dirigía a la clínica, hasta que la veía entrar. En alguna ocasión incluso notaba sus ojos posados en ella, y tenía que hacer un enorme esfuerzo para no salir corriendo y echarse en sus brazos para que la besase de nuevo.

—¿Te encuentras bien? —preguntó Jared. La voz le temblaba. Sara le estaba asustando—. ¿Tía Sara?

—Lo siento —dijo ella dejando caer las manos. No sabía por qué estaba pidiendo disculpas, pero continuó haciéndolo—. Lo siento mucho.

—No pasa nada.

—Pensé que eras... —dijo Sara sin poder terminar la frase. No podía pronunciar el nombre de su padre.

Jared la ayudó a ponerse en pie.

—Mi madre dice que me parezco mucho a él.

Sara no pudo contener las lágrimas.

—¿Cuándo lo supiste?

—Cuesta trabajo no darse cuenta.

Sara se rio; una risa que sonó desesperada.

—¿Qué haces aquí?

Jared miró a Will. Sara no se había dado cuenta de que se había acercado.

—Buscaba a una persona.

Will se quedó a cierta distancia, tratando de no inmiscuirse.

—Te presento a... Will —le presentó ella, que tuvo que esforzarse para pronunciar su nombre—. Y él es Jared, el hijo de Jeffrey.

Will tenía las manos metidas en los bolsillos y saludó al muchacho con un gesto.

—¿Qué haces aquí? —preguntó Sara—. ¿Es por Frank?

Jared se rascó la ceja con el pulgar y el dedo índice. Sara había visto hacer ese mismo gesto a Jeffrey innumerables veces. Siempre lo hacía cuando estaba molesto por algo y no sabía qué decir. El chico volvió a mirar a Will. Estaba sucediendo algo entre ellos que Sara no podía captar. Volvió a repetir la pregunta:

—¿Qué haces aquí?

—Su coche está aquí, pero no sé dónde está —dijo Jared, con voz temblorosa.

—¿Quién? —preguntó Sara, aunque ya sabía la respuesta. El Celica de Lena aún estaba en el aparcamiento.

—Se suponía que debería haber llegado a casa hace seis horas —contestó él mesándose el cabello—. He estado en el hospital, he intentado ponerme en contacto con Frank, pero nadie sabe dónde está.

—No puedo creerlo —dijo Sara.

—Tía Sara.

Jared trató de acercarse, pero ella le puso la mano en el pecho para mantenerlo a distancia.

—No puedo creer que estés saliendo con ella.

—No es lo que crees.

—No, entonces, ¿qué es?

Intentó acercarse de nuevo.

—Tía Sara.

Ella retrocedió y tropezó con Will.

—Jamás podría haberlo imaginado.

—No es lo que crees.

—¿Y qué es lo que creo? —respondió levantando la voz—.

¿Qué es lo que creo, Jared? ¿Qué te estás tirando a la mujer que mató a tu padre?

Will la cogió por la cintura.

—¡Ella le mató! —gritó apartando a Will—. ¡Ella mató a tu padre!

—Él se mató solo.

Sara levantó la mano para abofetearle. Jared permaneció completamente quieto, mirándola, esperando el golpe. Sara se quedó helada. No podía pegarle, pero tampoco bajar la mano. La mantuvo levantada como un cuchillo presto a clavarse.

—Él era policía —dijo Jared—. Sabía que corría peligro.

Sara bajó la mano; en ese momento sí deseaba hacerle daño de verdad.

—¿Eso es lo que te contó?

—Eso es lo que sé. A mi padre le encantaba ser policía. Estaba haciendo su trabajo cuando lo mataron.

—No te das cuenta de quién es en realidad. Eres demasiado joven para saber de lo que es capaz.

—Pero no lo bastante joven para saber que la quiero.

Sus palabras fueron como un puñetazo en el pecho.

—Ella le mató —susurró Sara—. Tú no sabes lo que me arrebató, lo que nos arrebató.

—Sé más de lo que crees.

—No lo parece.

—Él estaba haciendo su trabajo y cabreó a la gente equivocada —dijo el chico con tono cortante—. Nadie podía habérselo impedido. Ni tú, ni Lena, ni yo, ni nadie. Tomó sus propias decisiones. Era muy terco. Una vez que tomaba una decisión, no había forma de impedir que hiciese lo que se le antojaba.

Sara no se dio cuenta de que estaba retrocediendo hasta que volvió a notar a Will a sus espaldas. Le cogió del brazo para no caerse.

—Veo que ha tergiversado la historia para que sientas lástima de ella.

—Eso no es cierto.

—Es una artista manipulando a las personas. No te das cuenta, pero esa es la verdad.

—Como tú digas —respondió Jared tratando de cogerle la mano—. Pero yo la quiero. Y Jeffrey también la quería.

Sara no podía seguir hablando ni permanecer allí escuchando aquello. Se giró y buscó apoyó en Will.

—Por favor, sácame de aquí. Llévame a casa.

—No puedes irte —dijo Jared—. Necesito tu ayuda.

Will la rodeó con el brazo mientras la ayudaba a cruzar la calle.

Jared echó a correr para alcanzarlos.

—Tienes que ayudarme a encontrarla. No sé dónde está.

—Márchate, muchacho —respondió Will.

—Alguien le ha pinchado las ruedas y no coge el móvil.

Will seguía rodeando a Sara con el brazo, ayudándola a subir la colina. Ella andaba cabizbaja, mirando el césped de la parte delantera. La lluvia había levantado las raíces y el barro se le pegaba a los zapatos.

—Me llamó por el móvil a las seis en punto y me dijo que estaría en casa al cabo de una hora —insistió el chico, tratando de bloquearle el paso, pero Will lo apartó con una mano—. ¡Acababa de dejar el trabajo! ¡Me dijo que lo había dejado!

Habían llegado al aparcamiento de la clínica. Will abrió la puerta del coche y ayudó a Sara para que entrase.

Jared dio un golpe en el capó.

—¡Por favor! ¡Ha desaparecido! ¡Algo le ha pasado!

Rodeó el coche y se puso de rodillas delante de la puerta.

—Por favor, tía Sara. Tienes que ayudarme a encontrarla. Algo le ha pasado. Sé que algo le ha pasado.

Había tanta angustia en su rostro que Sara titubeó. Miró a Will, que también parecía preocupado.

—No se ha puesto en contacto conmigo —dijo Will en voz baja pero firme.

—Por favor, mira en la clínica —replicó Jared entre sollozos—. Sé que la mano le estaba doliendo esta mañana. Quizá fue en busca de ayuda y se desmayó o se ha caído.

Ella cerró los ojos por un instante, intentando separar sus emociones. Deseaba ardientemente marcharse, no volver a oír el nombre de Lena Adams.

—Por favor, Sara —dijo Will.

—Ve —le contestó.

No tenía ningún sentido discutir.

Will le levantó la cara con la mano para que le mirase.

—Vuelvo dentro de un momento, ¿de acuerdo? Iré a ver si encuentro algo en la clínica.

Sara no respondió. Cerró la puerta del coche y se derrumbó en el asiento. Las luces del coche estaban apagadas, pero la luna brillaba con tanta intensidad que no las necesitó para ver a los dos hombres en la puerta principal de la clínica. Lena era de esas mujeres que no precisaba estar presente para controlar a los hombres de su vida. Era como un súcubo, que con su canto de sirena los dejaba hechizados.

Will miró a Sara mientras giraba la llave de la cerradura. Ella observaba a Jared con cierta indiferencia. Era más delgado que su padre y no tenía los hombros tan anchos como él. Llevaba el pelo más largo, más o menos como lo había llevado Jeffrey en el instituto. De pronto le vino una imagen a la cabeza: la mano de Lena cogiendo el pelo de Jared. Se había apoderado de todo. Su ansia de destrucción había acabado con todo el legado de Jeffrey.

Sara volvió la cabeza mientras los dos hombres entraban en la clínica. Ya no podía seguir mirando a Jared. Le producía un dolor inmenso, tanto que incluso le resultaba imposible estar allí. Se pasó al asiento del conductor y apretó el botón para arrancar el motor, pero no hubo respuesta, pues Will se había llevado las llaves.

Sara salió del coche, dejando la puerta abierta. Miró la luna llena. Su luz era tan intensa que todo quedaba ilumindao. Recordó una carta de la guerra civil que Jeffrey le había leído hacía mucho tiempo, escrita por una mujer que se había quedado sola porque su marido se había marchado a la guerra. Se preguntaba si la misma luna iluminaba a su amado.

Se dirigió a la parte trasera de la clínica. Había un letrero con el nombre de Hare, pero su rabia contra él ya se había evaporado. Ni siquiera podía sentir cierta empatía por Allison Spooner, Jason Howell o el pobre Tommy Braham, que se habían visto involucrados en aquel asunto. Solo era capaz de sentir un dolor sordo. Hasta su odio por Lena había desaparecido. Intentar detenerla era como luchar contra un enemigo imaginario. No podía hacer nada para ponerle freno. Si el mundo se hundía, ella seguiría manteniéndose en pie.

El césped que había detrás de la clínica era un auténtico

lago de barro. Elliot no se había preocupado por arreglar nada. Habían quitado las mesas para comer, así como los columpios. Las flores que Sara había plantado con su madre se habían marchitado hacía mucho. Se detuvo en la orilla del arroyo. Ahora era un río cuyo caudal crecía tan intenso que el ruido del agua amortiguaba todos los sonidos. El enorme arce que durante años había proporcionado tanta sombra se había caído, y su copa apenas tocaba la orilla contraria. Mientras permanecía allí, observando, vio unos enormes trozos de tierra que caían al agua y eran arrastrados por la corriente. Su padre la había llevado de pesca a ese lugar. Había un grupo de enormes rocas a medio kilómetro de distancia donde los siluros nadaban dentro y fuera de los remolinos. A Tessa le encantaba subirse encima de las piedras y tenderse al sol. Algunas tenían hasta tres metros de altura, pero Sara pensó que ahora estarían sumergidas bajo el agua. Todo lo que había en esa ciudad, por muy fuerte y sólido que fuese, terminaba desapareciendo.

Oyó una rama romperse a sus espaldas. Se dio la vuelta y vio a una mujer vestida con su uniforme rosado de enfermera a unos metros de distancia. Jadeaba. Se le había corrido el maquillaje y tenía unos profundos círculos negros bajo los ojos. Tenía partidas las uñas, rojas y postizas.

—Darla —dijo Sara, dándose cuenta de que no había visto a la hija mayor de Frank desde hacía años—. ¿Cuándo has vuelto a la ciudad?

Darla parecía reticente. Miró por encima del hombro.

—Imagino que sabrás lo que le ha pasado a mi padre.

—¿Sigue negándose a ir al hospital?

—A lo mejor puedes ayudarme para convencerle de que se haga algunas pruebas —respondió la mujer tras asentir y mirar hacia detrás.

—No creo que yo sea la persona más indicada en este momento.

—¿Estás enfadada con él?

—No, solo que… —Empezó a percatarse de algo extraño. Eran casi las tres de la mañana; no había ninguna razón para que Darla estuviese allí—. ¿Qué sucede?

—Se me ha estropeado el coche —respondió ella mirando

por tercera vez por encima del hombro. No miraba la clínica, sino la comisaría—. ¿Podrías llevarme a casa de mi padre?

Sara sintió que su cuerpo reaccionaba ante un peligro que no sabía describir. El corazón le latía con fuerza y tenía la boca seca. Algo sucedía. Algo extraño estaba pasando.

Darla le hizo señas para que se dirigiese al aparcamiento.

—Vamos.

Ella se puso la mano en la nuca, pensando en cómo habían asesinado a Allison Spooner en el lago, la forma en que le habían inclinado la cabeza para clavarle el cuchillo.

—¿Qué has hecho?

—Solo necesito salir de aquí, ¿de acuerdo?

—¿Por qué?

Darla habló con tono tajante.

—Dame las llaves del coche, Sara. No puedo perder el tiempo.

—¿Qué les hiciste a esos chicos?

—Lo mismo que te voy a hacer a ti si no me das la puñetera llave.

Entonces vio un objeto brillante a la altura de su cintura y luego un cuchillo en su mano. Tenía la punta muy afilada.

—No quiero hacerte daño, así que dame las llaves.

Sara retrocedió otro paso. El pie se le hundió en la fangosa orilla. El pánico le apretaba la garganta como una mano. Había visto lo que Darla era capaz de hacer con un cuchillo. No tenía el más mínimo reparo en acabar con la vida de otro ser humano.

—Dame las llaves.

Oyó el torrente del río a sus espaldas. Miró a ambos lados, intentando decidir hacia dónde correr.

—No lo intentes —dijo Darla leyéndole el pensamiento—. No voy a hacerte daño. Solo quiero las llaves.

Sara apenas podía hablar.

—No las tengo.

—No me mientas.

Darla no había mirado ni una sola vez a la clínica. O bien se había librado de Will y Jared, o bien no sabía que estaban dentro.

—No seas estúpida. Ya has visto de lo que soy capaz.

—¿Qué harás si te las doy? —preguntó temblorosa Sara.

Darla dio un paso hacia delante, estrechando el espacio que había entre ellas. Seguía teniendo el cuchillo en la mano. Estaba a menos de un metro de distancia.

—Puedes irte a casa caminando. Yo me marcharé.

Sara sintió una oleada momentánea de alivio antes de darse cuenta de que mentía. No haría tal cosa. Ambas sabían que no la dejaría irse, pues enseguida ella cruzaría la calle y se dirigiría a la comisaría para informar de lo ocurrido. No tendría tiempo de salir de la ciudad.

—Dame las llaves —repitió Darla.

Sara trató de no mirar la puerta principal de la clínica, pero mentalmente le estaba pidiendo a Will que saliese.

La otra blandió en el aire el cuchillo, que emitió un silbido al pasar por delante de la cara de Sara.

—Dámelas ya, maldita sea.

—Vale, de acuerdo —dijo, antes de meter la mano, temblorosa, en el bolsillo, pero con la mirada fija en el cuchillo—. Te daré las llaves si me dices por qué los mataste.

—Me estaban chantajeando —le dijo Darla, que la miró fríamente.

—¿El ensayo? —preguntó Sara, que dio un paso atrás.

Darla relajó el brazo, pero seguía manteniéndolo a un paso de distancia.

—Los estudiantes empezaron a borrarse y no se presentaban cuando debían. Le dije a Jason que duplicase sus análisis de sangre y que llevase un diario aparte. Luego metió a Allison y después a Tommy. Pensábamos repartirnos el dinero a medias. Luego se volvieron ambiciosos y lo querían todo para ellos.

Sara no podía apartar la mirada del cuchillo.

—Intentaste involucrar a Jason en el asesinato de Allison.

—Tú siempre tan lista.

—¿Lo sabía Hare?

—¿Por qué crees que tengo que salir de la ciudad? Encontró los escritos de Tommy. Dijo que pensaba informar al comité ético. —Entonces, por primera vez mostró algo de remordimiento—. No quise hacerle daño a Tommy. Él no sabía nada del asunto, pero no podía permitir que viesen sus informes del caso.

—Tommy duplicó la dosis —dijo Sara—. Se apuntó dos veces, por eso su estado de ánimo cambió tanto. Por eso se suicidó, ¿verdad?

—Ya he perdido mucho tiempo contigo —respondió apuntándole con el arma. El cuchillo estaba a escasos centímetros de su garganta—. Dame las llaves.

Sara miró en dirección a la clínica. La puerta seguía cerrada.

—No las tengo.

—No me engañes, so puta. He visto tu coche.

—No las…

Darla se abalanzó contra ella. Sara retrocedió, agarrándole el brazo para defenderse. Notó que le cortaba la piel, pero no percibió dolor alguno. Lo único que sintió es miedo, al ver que la tierra se hundía bajo sus pies. Las dos acabaron rodando.

Sara cayó de espaldas. Darla estaba encima de ella, con el cuchillo levantado por encima de su cabeza. Sara trató de levantarse, colocándose instintivamente sobre el estómago antes de darse cuenta de que en esa posición había apuñalado a Allison Spooner en la nuca. Trató de ponerse de espaldas de nuevo, pero Darla pesaba demasiado y, además, la tenía cogida por la garganta. Sara empujó con las manos, forcejeó con los pies, hizo cuanto pudo para librarse de ella.

En lugar de sentir la hoja hundirse en su piel, notó que la tierra se movía, que cedía ante su peso. Ambas cayeron. El rugido del río se hizo más intenso cuando cayó de cara en las aguas heladas. Se le cortó la respiración al notar que la envolvía el frío. El agua le entró por la boca y le inundó los pulmones. No sabía en qué dirección estaba la superficie. Agitó las piernas y los brazos, intentando respirar, pero algo la empujaba hacia abajo.

Era Darla. Sintió sus manos aferradas a su cintura, sus dedos hundiéndose en la piel. Sara se defendió, golpeándole la espalda. Sus pulmones ardían reclamando aire. La golpeó con la rodilla con todas sus fuerzas y Darla se soltó. Sara nadó hasta la superficie y dio una bocanada de aire.

—¡Socorro! —gritó—. ¡Socorro!

Gritó tan fuerte que le dolió la garganta.

Darla salió a la superficie, a su lado, con la boca abierta y los ojos abiertos de miedo. Su mano se aferró al brazo de Sara. La orilla se tornó borrosa cuando la corriente las empujó río abajo. Sara clavó las uñas en la mano de Darla. Algunos objetos le golpearon la cabeza. Hojas, ramas. Darla seguía aferrada a ella. Nunca había sido una buena nadadora, pero ahora no trataba de ahogar a Sara, sino de luchar por mantenerse a flote.

El agua dejó de sonar como un rugido sordo y se convirtió en un grito ensordecedor. Vio el grupo de rocas, las salientes rocas de granito a las que Tessa y ella se subían cuando eran niñas. Las vio delante, alineadas como dientes dispuestos a partirla por la mitad. El caudal del agua se dividía al chocar contra los afilados bordes. La corriente se hacía más violenta a medida que se acercaba a ellas. Diez metros. Siete. Sara cogió a Darla por debajo del brazo y la empujó tan fuerte como pudo contra las rocas. El sonido del cráneo al partirse contra el granito reverberó como una campana. Sara chocó contra ella. Su hombro crujió y la cabeza le explotó.

Luchó para no perder la conciencia. Ya no iba corriente abajo. Su espalda se había quedado enganchada en una enorme grieta. La espuma chocaba contra su pecho, impidiéndole moverse. La mano de Darla había quedado atrapada entre la espalda de Sara y la piedra de granito. Su cuerpo sin vida ondulaba como una bandera hecha jirones. Tenía el cráneo partido y el agua entraba en la herida. Sara notó que la mano de Darla empezaba a escurrirse. Hubo un giro violento y la corriente la arrastró río abajo.

Sara tosió. El agua le entraba por la boca y le salía por la nariz. Logró mantenerse en la superficie y notó una piedra plana. Tenía que darse la vuelta, encontrar la forma de subirse a la roca. Puso las plantas de los pies en el granito y trató de impulsarse, pero no consiguió nada. Gritó y lo intentó una y otra vez, pero siempre con el mismo resultado. El agua la estaba separando de la roca, se estaba escurriendo, ya no podía seguir aferrándose a ella. Su cabeza se hundió bajo la superficie. Trató de mantenerse a flote. Su cuerpo se estremeció por el esfuerzo. Era demasiado. El hombro le dolía horrores. Le temblaban los muslos. Los dedos se le escurrían. Ya no podía seguir luchando. La fuerza del agua era demasiada. Su cuerpo continuaba resbalándose. Sara respiró profundamente y dio una bocanada de aire antes de hundirse bajo la superficie. El sonido constante del agua se transformó en un completo y total silencio.

Apretó los labios. Su pelo flotaba delante de ella. Podía ver la luna encima de su cabeza, desmenuzando con su luz el borde del agua. Sus rayos eran como dedos que trataban de alcanzarla. Oyó algo. Era la voz del río, una voz sosegada y ahogada que parecía prometerle que las cosas serían mucho mejor al otro lado. La corriente le estaba hablando, le estaba diciendo que debería dejarse llevar. Se dio cuenta de que eso era justo lo que deseaba. Quería darse por vencida, marcharse a ese lugar donde Jeffrey la estaría esperando. No era el Cielo ni nada parecido, sino un sitio tranquilo y placentero donde su recuerdo no se abriría como una llaga cada vez que respirara, cada vez que fuera a algún sitio, cada vez que pensara en sus hermosos ojos, en su boca, en sus manos.

Se dejó llevar por el agua, tocando los brillantes rayos de luna. El frío se había convertido en una mortaja de calor. Abrió la boca. Se formaron algunas burbujas de aire delante de su cara. El corazón le latía lentamente, como adormeciéndose. Se dejó llevar por las emociones. Se permitió el lujo de darse por vencida un segundo más antes de volver a la superficie, girando su cuerpo para poder agarrarse a la roca.

—¡No! —le gritó al río.

Sus brazos temblaron cuando se aferró con todas sus fuerzas a la roca y empezó a escalarla. El agua la retenía, era como si miles de manos intentasen arrastrarla de nuevo hacia la corriente, pero Sara luchó con cada ápice de su cuerpo para subir a la roca.

Una vez arriba se echó de espaldas, mirando al cielo. La luna seguía brillando intensamente, reflejando su luz en los árboles, las rocas y el río. Sara se rio porque estaba harta de buscar alternativas. Se rio con tanta fuerza que empezó a toser. Se empujó para sentarse y tosió hasta que lo vomitó todo.

Respiró profundamente para devolverle la vida a su cuerpo. El corazón le latía con fuerza. Empezó a sentir el dolor de los cortes y los cardenales, un dolor que le despertó los nervios y le dijo que aún estaba viva. Volvió a respirar profundamente. El aire estaba tan frío que pudo sentir cómo le llegaba a cada rincón de sus pulmones. Se llevó la mano al cuello. Había perdido el collar. Sus dedos tampoco encontraron el anillo de Jeffrey.

—Gracias, Jeffrey —susurró.

«Gracias por dejarme marchar.»

Pero ¿dónde? Sara miró alrededor. La luna brillaba con tanta intensidad que parecía de día. Estaba en medio del río, a unos tres metros de cada orilla. El agua espumeaba alrededor de las rocas más pequeñas que la rodeaban. Sabía que algunas de ellas se hundían dos metros por debajo del agua. Se tocó el hombro y el tendón emitió un chasquido, pero aún podía moverlo.

Se levantó. Había un sauce llorón en la orilla, sus ramas ondulantes le hicieron señas en dirección al claro que había bajo sus ramas. Si pudiese alcanzar una de las rocas pequeñas sin que la corriente la arrastrase podría subirse a ella y saltar hasta la orilla.

Oyó una rama romperse y el crujir de las hojas. Entonces Will apareció en el claro. Jadeaba de tanto correr. Tenía una cuerda enrollada en la mano. Vio en su rostro cada uno de sus sentimientos: miedo, confusión, alivio.

Sara levantó la voz para que le oyese.

—¿Por qué has tardado tanto?

Will abrió la boca, sorprendido.

—Tenía que hacer un recado —respondió jadeante—. Había mucha gente en la cola del banco.

Sara se rio tan fuerte que empezó a toser de nuevo.

—¿Estás bien?

Ella asintió, conteniéndose para no tener otro ataque de tos.

—¿Qué le ha pasado a Lena?

—Estaba en el sótano. Jared ha llamado a una ambulancia, pero... —Bajó el tono de voz—. No está nada bien.

Sara apoyó las manos en las rodillas. Lena, una vez más, necesitaba ayuda. Y una vez más había dejado que ella recogiese los pedazos. Sin embargo, por muy extraño que pareciera, no sintió el rechazo de costumbre, ni la rabia que la había acompañado desde el día que su marido falleció en sus brazos. Se sintió en paz por primera vez en cuatro años. Tessa tenía razón: no había que hundirse. Había que levantarse, sacudirse el polvo y seguir viviendo.

—¿Sara?

Ella tendió la mano en su dirección.

—Tírame la cuerda.

Capítulo diecinueve

Will redujo la velocidad del Porsche para girar en Caplan Road, intentando seguir las indicaciones que Sara le había dado. Le había dibujado algunas flechas para señalarle el nombre de las calles; mientras sostuviese el papel adecuadamente, llegaría a casa de Frank Wallace sin perderse. También le había dejado sus gafas, que le quedaban tan pequeñas que parecía el primo idiota de Poindexter, el personaje de Félix el Gato. No obstante, tenía razón. Con las gafas veía mucho mejor. Las palabras escritas en la hoja aún aparecían algo borrosas, pero no tanto.

Sonó su móvil y metió la mano en el bolsillo para cogerlo. Vio el número de Faith en la pantalla digital.

—¿Dónde te has metido? —le preguntó ella—. Te he dejado dos mensajes e incluso he llamado a Amanda.

—¿No deberías estar de permiso por maternidad?

—Emily está dormida. Estoy harta de este puñetero hospital.

Empezó a soltar una perorata de quejas que comenzó por lo mala que estaba la gelatina y acabó por lo mucho que le dolía el pecho.

—Ya he cogido al asesino —la interrumpió Will.

—No me lo creo —respondió Faith elevando el tono de voz por la sorpresa.

Estaba claro que no esperaba que resolviese el caso tan rápidamente.

—Gracias por el voto de confianza.

—No digas eso. Ya sabes que lo único que me molesta es que lo hayas conseguido sin mi ayuda.

No era habitual que Faith tuviese esos arrebatos repentinos de honestidad. Will prefirió no seguir con el tema y le habló del ensayo clínico y de todo lo que Darla había hecho para librarse de sus chantajistas y de Lena Adams.

—¿De cuánto dinero estamos hablando?

—No sabemos cuántos informes estaban falsificando, pero puede que hablemos de bastantes miles de dólares.

—Joder. ¿Y dónde hay que firmar?

—Eso digo yo —respondió él; el dinero le vendría de perlas, pues para nada tenía ganas de regresar a Atlanta y seguir cavando—. Lena aún sigue en el hospital. Creo que tendrá que pasar un tiempo allí.

—Me sorprende que Sara la ayude.

A Will también le había sorprendido, pero supuso que si una es médica, no puede elegir a los pacientes. Aun así, no es que se mostrase muy afable mientras le ponía el suero y le pedía a Jared que le diese agua, le pusiese más mantas o le diera más agua. Will no estaba seguro de si lo hacía por ayudar a Lena o por evitar que a Jared le diese un ataque de nervios, pero, en cualquier caso, sirvió para que la situación se sosegase bastante.

Jared había perdido los estribos cuando entró en la clínica infantil para buscar a Lena. Su imprevisible comportamiento les había hecho perder unos minutos muy valiosos. Había derribado a patadas algunas puertas que no estaban cerradas, se había puesto a rebuscar en los cajones de las mesas y había puesto patas arriba algunos ficheros. Cuando Will encontró la puerta cerrada del sótano estaba tan agotado que apenas pudo ayudarle a derribarla.

Luego, llevado por un segundo arrebato, bajó las escaleras a toda prisa, sin tener en cuenta que alguien podía estar escondido. Encontraron otra puerta cerrada en la parte trasera del sótano. Unas profundas señales en el cemento les indicaron que habían arrastrado la estantería de metal para ocultar el búnker. Un viejo pero sólido cerrojo impedía el acceso. Jared tomó carrerilla y se lanzó contra la puerta de acero; casi se disloca el hombro antes de que Will regresase con una palanca que había encontrado en una caja de herramientas.

Tuvo que reconocer que no había pensado en Sara hasta que abrió la puerta. Lena apenas estaba consciente y temblaba por la fiebre. Estaba empapada de sudor. Jared se puso a llorar mientras le desataba los pies y las manos, rogándole a Will que fuese a buscar ayuda. Entonces subió las escaleras y recordó a Sara. Mientras miraba el BMW vacío oyó los gritos de auxilio procedentes del río. Fue un golpe de suerte que pudiese pedir ayuda antes de que Darla la arrojase al agua, y también que la cuerda que había utilizado para atar a Lena fuese lo bastante larga como para poder rescatarla.

Aunque, tal vez, no necesitase tal ayuda. Estaba convencido de que sabía cuidar de sí misma y no le habría sorprendido verla caminar por encima del agua después del infierno que había pasado.

Will oyó a través del teléfono el gorjeo de un bebé y la voz de otra mujer.

Faith hablaba en voz baja con la enfermera.

—Tengo que dejarte —anunció—. Me han traído al bebé para que le dé de comer.

Will esperó unos segundos, oyéndola mientras hablaba con el bebé. Luego, empleando un tono normal, dijo:

—Bueno, me alegro de que estés bien. Estaba preocupada por ti, sabiendo que estás allí solo.

Hablaba con voz tensa, como si estuviese a punto de llorar. Durante los últimos meses, Faith se había mostrado muy sensible. Will esperaba que después de nacer el bebé todo volviese a su cauce, pero probablemente sus hormonas tardarían un tiempo en volver a la normalidad.

—Tengo que dejarte —dijo Will—. Estoy llegando a casa de Frank.

—Ya me contarás —dijo Faith, tras resoplar.

—De acuerdo.

Oyó el teléfono repiquetear en la cuna y dedujo que era su forma de terminar una llamada. Will se guardó el móvil en el bolsillo. Vio la señal de una calle en dirección contraria y tomó el desvío. Una flecha señalaba el lado contrario del papel. Esbozó una sonrisa. Sara había dibujado una cara sonriente.

Volvió a reducir la velocidad del coche para poder ver los números de las casas. Iba mirando los buzones. A mitad de la calle encontró la que estaba buscando. Frank vivía en una casa de campo de una sola planta, aunque no tenía nada de pintoresca ni de campestre. Estaba envuelta en un aire de tristeza. Los canalones se habían combado, las ventanas estaban sucias, el enanito del jardín resultaba chocante, pero no así las botellas vacías de whisky al lado del cubo de basura.

La puerta se abrió cuando Will salía del coche. Lionel Harris se rio al ver la cara de sorpresa que ponía.

—Buenos días —dijo—. Me he enterado de que anoche fueron a bañarse.

Will sonrió, aunque notó que volvía a recorrerle un sudor frío. No podía quitarse de la cabeza la imagen de Sara encima de la roca.

—Me sorprende verle aquí, señor Harris.

—Solo he pasado para ver cómo estaba.

Su confusión debía resultar evidente, pues el hombre le dio una palmada en la espalda y le dijo:

—No infravalore nunca la fuerza de una historia compartida.

Will asintió, aunque seguía sin comprender.

—Le dejo para que haga su trabajo.

Lionel se apoyó en su bastón y empezó a bajar los escalones del porche. Will lo observó hasta que llegó a la calle. Un vecino le saludó y empezaron a charlar.

—Frank le está esperando.

Will se dio la vuelta y vio a una mujer en la puerta. Era mayor, con los hombros encorvados y el pelo teñido de rojo. Su rostro estaba maquillado de la misma forma que el de su hija. Will observó que tenía un moratón debajo del ojo y la nariz hinchada. Alguien la había golpeado recientemente, y con saña.

—Soy Maxine —se presentó, al tiempo que empujaba la puerta para que pasase—. Le está esperando.

Si el exterior de la casa de Frank resultaba deprimente, el interior lo era aún más. Las paredes y el techo estaban amarillentos por el tabaco. La moqueta estaba limpia, pero gastada, y el mobiliario parecía de los años cincuenta.

—Por aquí —indicó Maxine, que le hizo una señal para que le siguiese por el pasillo.

Enfrente de la cocina había un pequeño dormitorio que habían transformado en oficina, pero estaba muy desordenado. En la parte trasera de la casa encontró un cuarto de baño lúgubre, con los azulejos color verde aguacate. Frank estaba en una cama de hospital en la última habitación. Las formas estaban dibujadas, pero se veía el reflejo del sol detrás. La habitación era húmeda y olía a sudor. Frank tenía los tubos de oxígeno enchufados, pero su respiración continuaba siendo bastante trabajosa. Tenía la piel amarillenta y los ojos nublados.

Había una silla al lado de la cama. Will dedujo que la habían colocado para él. Se sentó sin esperar a que le diesen permiso.

—Estoy en la cocina —dijo Maxine—. Llámeme si me necesita.

Will se dio la vuelta, sorprendido, pero ella ya se había marchado de la habitación, así que de nuevo concentró su atención en Frank.

—¿Ella es Julie Smith?

La profunda voz de barítono del anciano había quedado reducida a un ligero temblor.

—Le pedí que llamase a Sara.

Will ya lo presentía. Le había pedido a su ex que intentase ponerse en contacto con Sara para que fuese a la comisaría, pero cuando no lo consiguió lo hizo él mismo.

—Usted ya sabía que Tommy se había suicidado antes de que Sara llegase.

—Sí, pero pensé que… —Cerró los ojos. Su pecho se levantaba y caía lentamente—. Pensé que sería más fácil si Sara lo encontraba. Harían menos preguntas.

Probablemente tenía razón. Sara conocía a Nick Shelton y habría suavizado las cosas, aunque fuera inconscientemente.

—¿Por qué le pidió a Maxine que dijese que Allison tenía novio?

Frank levantó un hombro.

—Siempre es el novio.

Will pensó que decía la verdad, pero Frank había mentido tanto en los últimos años que se preguntaba si era capaz de ser sincero. Lionel Harris tenía razón cuando habló de cambiar. No había mucha gente que lo consiguiera. A una persona le tenía que suceder algo sumamente bueno o sumamente malo para que diese un giro a su vida. Estaba claro que Frank había llegado a un punto en que ya era demasiado tarde para cambiar nada. Incluso sin el tanque de oxígeno, olía a enfermo, como si su cuerpo se estuviese pudriendo por dentro. Will sabía que en la vida de cualquier persona llegaba un momento en que ya era demasiado tarde para cambiar nada; lo único que se podía hacer era esperar la muerte para convertirte en algo intrascendente.

Frank se estremeció cuando trató de acomodarse en la cama.

—¿Quiere que le traiga algo?

Negó con la cabeza, aunque resultaba obvio que le dolía.

—¿Cómo está Lena?

—La infección se ha extendido, pero creen que se recuperará.

—Dígale que lo siento. Que siento todo lo que he hecho.

—Se lo diré —prometió Will, aunque, si conseguía lo que quería, probablemente no volvería a hablar más con ella. No creía que fuese una mala persona, pero sí lo bastante dañina como para dejarle un mal sabor de boca—. ¿Por qué no me cuenta qué sucedió?

Frank le miró fijamente. Tenía los ojos llorosos.

—¿Tiene usted hijos?

Will negó con la cabeza.

—Darla siempre fue muy rebelde y exigente conmigo y con Maxine. —Se detuvo para recuperar el aliento—. Se fue de casa cuando tenía diecisiete años. No sabía que había vuelto a la ciudad hasta que la vi en la clínica. —Tosió, salpicando las sábanas de pequeñas gotas de sangre—. Estaba fumando un cigarrillo.

—¿Por qué llamó a la policía quejándose de Tommy?

Había sido algo arriesgado, teniendo en cuenta sus antecedentes penales.

—No sé si trataba de asustar a Tommy o de castigarme a mí.

Se levantó para coger el vaso de agua que había en la mesilla de noche. Will le ayudó, sosteniendo la pajita para que pudiese beber. Tragó, emitiendo un ruido que retumbó en la habitación. Se echó hacia atrás con un gruñido.

—¿Qué hizo cuando leyó el informe sobre el perro de Tommy?

—Fui a la clínica y le pregunté qué coño estaba haciendo.

—El nombre de Darla no aparecía en el informe.

Frank no respondió.

Will estaba harto de que le pusiesen las cosas tan difíciles.

—Usted ha hecho cientos de interrogatorios, inspector Wallace. Sabe de sobra las preguntas que le voy a hacer. Probablemente ya tenga una lista de ellas. —Hizo una pausa, esperando que le facilitase las cosas. Esperó, pero se dio cuenta de que no sería sencillo—. ¿Qué dijo Darla cuando la vio?

—Me contó que la estaban chantajeando.

—¿Por el ensayo clínico?

—No estaba engañando solo a esos dos chicos, sino a muchos más. Les había dicho que duplicasen sus identidades, así parecería que habría más gente en el estudio; les prometió que luego dividiría las ganancias con ellos.

—¿Había más gente chantajeándola?

—No, solo Jason y Allison.

—¿Le dijo sus nombres?

—No.

Will le miró atentamente, tratando de descubrir si le mentía, pero era inútil.

—¿Qué le dijo sobre los chantajistas?

—Pensó que podría darles lo suyo y quitárselos de encima. Uno de ellos estaba a punto de graduarse y creyó que, si le daba el dinero, la dejaría en paz.

—¿Cuánto le pidió?

—Diez mil dólares…, pero no los tenía. Y si los hubiese tenido, tampoco se los habría dado. Ya he gastado bastante pagándole fianzas. No podía pagar nada más. —No había pensado en una segunda opción: arrestar a su hija y enviarla a prisión por los crímenes que había cometido—. Estudió mucho para obtener su título de enfermera. Nunca pensé que… —Su voz se fue apagando—. No lo sabía —terminó diciendo.

—Ya se había metido en algún lío antes.

Frank se limitó a afirmar con la cabeza.

—Cheques en blanco —añadio Will.

Las huellas de Darla estaban en los archivos, y coincidían con las del bote de Windex que Charlie y Will habían encontrado en el armario de la limpieza de la residencia.

—Se había metido en problemas anteriormente.

—Me llamaron de vez en cuando —repuso Frank, tras asentir con la cabeza—. Por cortesía profesional, de un policía a otro.

De Austin, Little Rock, West Memphis. Se dedicaba a cuidar a personas mayores, pero les quitaba el dinero. Se le daba muy bien. Aunque sabían que había sido ella, jamás la cogieron.

Había una línea muy delgada entre saber que alguien era culpable y demostrarlo. Ser la hija de un policía probablemente le habría otorgado ciertas ventajas.

Frank se puso la mano en el pecho.

—Estaba seguro de que Tommy había matado a esa chica. No quería que nadie le echase la culpa a Darla.

—Usted hizo todo lo posible para que el caso de Lena pareciese suficientemente sólido.

Frank le miró con ojos acuosos, tratando de averiguar qué es lo que sabía.

Y Will, en realidad, no sabía nada. Dedujo que Frank había ocultado las pruebas, que había hecho que el centro de llamadas de Eaton demorase el envío de la cinta con la voz de Maxine al 911. Pensó que había impedido una investigación, que había actuado de un modo temerario y que, aunque no lo hubiese hecho intencionadamente, había contribuido a la muerte de tres personas.

Como dijo Frank, una cosa era saber y otra probarlo.

—Nunca quise que Lena se viese involucrada en este asunto —dijo Frank—. Ella no sabía nada. Todo ha sido culpa mía.

Will pensó que Lena diría lo mismo de él. Por mucho que viviese, jamás descubriría el vínculo que unía a esas dos personas.

—¿Cuándo descubrió que Darla estaba metida en esto?

—Cuando Lena... —Empezó a toser de nuevo. Esta vez expulsó tanta sangre que tuvo que escupir en un pañuelo de papel—. Dios santo —protestó Frank limpiándose la boca—. Lo siento.

Will tuvo que hacer un esfuerzo para que no se le revolviese el estómago.

—¿Cuándo lo supo?

—Cuando Lena me dijo que había aparecido otro chico asesinado de la misma forma. No podía imaginar que Darla fuese capaz de una cosa así. Si alguna vez tiene hijos, lo comprenderá. Ella era mi hija. Yo solía jugar con ella por la noche. La vi dejar de ser una niña y convertirse en... —Frank no terminó la frase, aunque resultaba obvio en lo que se había convertido.

—¿Cuándo fue la última vez que la vio?

—Anoche —admitió. Antes de dejar que Will le hiciese la siguiente pregunta, añadió—: Discutimos. Dijo que tenía que marcharse de la ciudad. Quería más dinero.

—¿Se lo dio?

Negó con la cabeza.

—Maxine tenía doscientos dólares en el bolso. Tuvieron una fuerte pelea. —Señaló el tanque de oxígeno y la barandilla de la cama—. Cuando conseguí levantarme, la había tirado al suelo y le estaba pegando. —Frank presionó los labios—. Jamás pensé que viviría para ver algo así. Una hija pegándole a su propia madre. Mi hija. Yo no la eduqué para que se comportase de esa forma. Ella no era así.

—¿Qué ocurrió?

—Le robó el dinero. También cogió algo de mi cartera. Unos cincuenta dólares.

—Vimos que llevaba casi trescientos dólares en el bolsillo.

Frank asintió, como si fuese eso lo que esperase.

—Brock me llamó esta mañana. Me dijo que el río la arrastró hasta las rocas.

Miró a Will como si aún no creyese lo que le habían dicho.

—Así es. Estaba cerca de la universidad.

—Me dijo que no debía verla. Que le dejase tiempo para limpiarla. ¿Cuántas veces les hemos dicho eso mismo a unos padres que quieren ver a su hijo y solo nosotros sabemos que lo han golpeado, apuñalado o violado?

—Muchas veces —admitió Will—. Pero Brock tiene razón. No debe recordarla de esa forma.

Frank miró al techo.

—Ni tan siquiera sé si quiero acordarme de ella.

Dejaron que el silencio reinase entre ellos durante unos segundos.

—¿Hay algo más que quiera decirme?

Frank negó con la cabeza. Una vez más, Will no estaba seguro de si debía confiar en él. Aquel hombre había sido detective más de treinta años. Estaba seguro de que, en algún momento, había sospechado que su hija estaba involucrada en aquellos crímenes. Aunque no quisiera reconocerlo, sabía que su forma de actuar había costado al menos dos vidas.

O puede que no lo supiese. Tal vez estuviese tan habituado a engañarse a sí mismo que creía que había actuado correctamente.

—Le dejaré que descanse.

Frank tenía los ojos cerrados, pero no dormía.

—Solía ir con ella de caza —dijo con voz áspera—. Era el único momento en que nos llevábamos bien. —Abrió los ojos y miró al techo. El único sonido que se escuchaba en la habitación era el silencioso siseo del tanque de oxígeno al lado de la cama—. Le enseñé que nunca debía apuntar al corazón, ya que hay costillas y huesos que desvían la bala, y luego uno tiene que perseguir la pieza varios kilómetros hasta que esta muere. —Se llevó la mano al cuello—. Hay que apuntar aquí, pues así se corta el flujo sanguíneo que suministra al corazón. —Se frotó la nuez y concluyó—: Es la muerte más limpia. La más humana.

Will había visto los cadáveres de Allison y Jason; aquello no tenía nada de humano. Los dos chicos habían muerto aterrorizados, desangrados.

—Voy a morir —anunció Frank.

A Will aquellas palabras no le cogieron por sorpresa.

—Me diagnosticaron un cáncer hace unos meses —dijo humedeciendo sus resecos labios—. Maxine dijo que cuidaría de mí, siempre y cuando le dejase la pensión. —Soltó una carcajada y añadió—: Siempre supe que moriría solo.

Will sintió una enorme tristeza al oír esas palabras. Frank Wallace iba a morir solo. Puede que hubiese algunas personas alrededor de su lecho de muerte —su amargada exmujer, algún compañero leal—, pero la gente como Frank estaba destinada a morir de la misma forma en que habían vivido: lejos de todos.

Él mismo había visto su vida y su muerte desde la misma perspectiva. No tenía ningún amigo de la infancia con el que hubiese mantenido el contacto, ni tampoco parientes. Faith ahora tenía un bebé, y luego seguro que encontraría a algún hombre cuya compañía pudiese soportar. Probablemente tendrían otro hijo y encontraría un trabajo de oficina que no le produjese tanto estrés. Will se iría alejando de su vida, como una ola se aleja de la orilla.

Tenía a Angie, pero no esperaba que le proporcionase la tranquilidad que deseaba en su vejez. Era una mujer que vivía rápida e intensamente, y mostraba esa misma indiferencia por la vida que había hecho que su madre acabase en la sala de comatosos del hospital estatal durante los últimos veintitrés años. El matrimonio solo había servido para distanciarlos aún más. Will siempre pensó que viviría más que ella, y que algún día se vería solo al pie de su tumba. Esa imagen le había provocado una inmensa tristeza teñida con algo de alivio. Una parte de él la amaba intensamente, pero otra parte la veía como una caja de Pandora que guardaba siniestros secretos. Si moría, seguro que se llevaría esos secretos a la tumba.

Pero también se llevaría parte de su vida.

—¿Quiere que le traiga algo? —le preguntó Will.

Frank tosió de nuevo, con un sonido seco.

—No —respondió Frank—. Solo quiero estar a solas.

—Cuídese —dijo Will, que alargó el brazo y le tocó el hombro antes de salir de la habitación.

Sara estaba con sus galgos en el jardín delantero cuando Will llegó al camino de entrada de los Linton. Tenía un moratón en un lado de la cara y le habían puesto algunos puntos en el brazo. Llevaba el pelo suelto, por encima de los hombros.

Estaba realmente guapa.

Los perros corrieron a saludarle cuando salió del coche. Les había puesto un traje de lana para que no tuviesen tanto frío. Él los acarició para que no lo tirasen de espaldas.

Sara chasqueó la lengua y ellos dejaron de acosarle.

—¿Qué pasa? —le preguntó.

Will sacudió la cabeza, sintiendo un nudo en la garganta. Se le daba bien ocultar los sentimientos, pero ella había logrado abrir esa caja fuerte.

—No creo que a Frank le quede mucho.

—Ya me he enterado —dijo. Sentía la muerte inminente de aquel amigo de su familia—. Lamento que esté tan enfermo —dijo—, pero no sé qué pensar después de lo que ha pasado.

—Probablemente podría haberlo impedido, al menos la muerte de Jason, pero la gente no ve lo que no quiere ver.

—Negarse a ver lo que pasa no es una buena excusa. Darla podría haberme matado. De hecho, me habría matado si la tierra no hubiese cedido.

Will no levantó la mirada, pues no quería que viese lo que pensaba. Se agachó para acariciar la oreja de *Bob*.

—Su exmujer está con él. Al menos no morirá solo.

—Bueno, si eso le reconforta...

—Claro que sí —replicó—. Algunas personas no tienen ni eso. Algunas personas... —Guardó silencio. No quería parecer un niño lloriqueando—. En cualquier caso, no creo que jamás sepa lo que ha pasado realmente.

—¿Acaso importa?

—Creo que no. Nada va a hacer que Tommy vuelva, pero al menos su inocencia está fuera de toda duda. Darla no hará más daño. Y Frank, por su parte, ya tiene bastante castigo.

—Y Lena se libra de todo una vez más. —No lo dijo con tanta amargura como hacía unos días.

—Ya veremos.

—¿Te apuestas algo?

Will intentó buscar una excusa inteligente para poderla invitar a cenar cuando regresasen a Atlanta, pero tardó demasiado.

—Brock llamó esta mañana —dijo ella—. Encontró las llaves del Toyota de Lena en el bolsillo delantero de Darla. Creo que planeaba coger su coche y marcharse de la ciudad.

Will recordó los neumáticos pinchados del Celica. Alguien de la comisaría le había hecho un regalo de despedida a Lena.

—Darla debió de verte salir del coche y cambió de opinión.

Los asesinos eran buenos improvisando.

—¿Te ha dicho Hare por qué buscó el nombre de Tommy en los archivos?

—Vio a Tommy en la clínica un par de veces. No es extraño que ciertos chicos a esa edad vayan todavía al pediatra, pero Tommy lo hacía con demasiada frecuencia, al menos una vez por semana. Hare sintió curiosidad después de su suicidio y miró su expediente. —Sara tiró de la correa al ver que *Bill* hacía ademán de orinar en el lateral del coche de Will—. Confirmó lo que dijo Darla. Pensaba informar al comité ético sobre la violación del protocolo.

—Bueno, eso está bien. Por lo que se ve, estaba haciendo lo correcto.

—Supongo, pero no piensa dejar de participar en ensayos clínicos. —Soltó una carcajada compungida y añadió—: Mejor dicho: va a dejar de hacer ensayos fuera de mi clínica, pero continuará con ellos.

—¿Has averiguado lo que estaba probando?

—Un antidepresivo. Lo van a probar de nuevo la próxima primavera, pero con una dosis diferente.

—¿Bromeas?

—Es un negocio de millones de dólares. Uno de cada diez estadounidenses toma antidepresivos, aunque los estudios con placebo demuestran que la mayoría de ellos no tienen ningún efecto. —Señaló la casa y añadió—: Hare está dentro, por eso llevé a los perros a dar un paseo de dos horas, a pesar del frío que hace.

—¿Tu familia no está enfadada con él?

—Mi madre le perdonaría cualquier cosa —respondió tras soltar un profundo suspiro.

—Bueno, eso es lo que hacen las familias.

—Sí, supongo que sí —contestó tras pensar un momento.

—He hablado con Faith esta mañana. Me ha enviado tantas fotos del bebé que tengo la memoria del móvil casi llena. Jamás la he visto tan feliz. Resulta extraño.

—Tener un bebé lo cambia todo —le dijo Sara—. No es algo que sepa por propia experiencia, pero lo veo en mi hermana.

Bob se apoyó sobre su pierna. Will se agachó para acariciarle.

—Creo que…

—Me violaron.

Will se quedó callado. No sabía qué decir.

—En la universidad —dijo Sara—. Por eso no puedo tener hijos.

Jamás había reparado en lo verdes que eran sus ojos, tanto casi como las esmeraldas.

—Tardé dos años en decírselo a mi marido. Me sentía avergonzada. Pensaba que lo había olvidado, que era lo bastante fuerte como para superarlo.

—No creo que nadie piense lo contrario.

—Bueno, a veces tengo días malos.

Soltó la correa de *Billy* mientras este husmeaba el buzón. Los dos se quedaron mirando al perro, como si fuese algo fascinante.

Will se aclaró la garganta. La situación era muy incómoda. Hacía frío. Seguro que Sara no querría pasarse el día delante de la casa de sus padres viendo cómo trataba de decir algo significativo.

—Bueno, ya va siendo hora de que haga las maletas.

—¿Por qué?

—Pues... —Se quedó sin palabras, no sabía qué decir—. Estáis de vacaciones. Estoy seguro de que querrás estar con tu familia.

—Mi madre ha cocinado para un ejército. Se enfadaría mucho si no te quedaras a comer.

Will no sabía si la invitación era auténtica o si solo trataba de ser educada.

—El jardín de mi casa estará hecho un desastre.

—Ya te ayudaré cuando regresemos a Atlanta —dijo sonriendo pícaramente—. Incluso te enseñaré a usar una excavadora.

—No estás obligada a nada.

—No es ninguna obligación.

Sara le cogió la mano. Will agachó la cabeza y acarició sus dedos con el pulgar. Tenía la piel suave y notó el olor de su jabón. Le bastaba estar cerca de ella para sentir su calor, para pensar que ese vacío que dominaba su alma podía llenarse. Abrió la boca para decirle que, en realidad, quería quedarse; que, en realidad, deseaba que su madre le hiciese infinidad de preguntas y que su hermana dibujase esa sonrisa pícara mientras los miraba.

De repente, sonó su teléfono.

Sara arrugó la nariz.

—¿Quién será?

—Probablemente otra foto del bebé de Faith.

Ella le sonrió.

—Déjame verla.

Will era incapaz de negarle nada. Utilizó la mano que tenía

libre para coger el teléfono. Había visto a Emily Rebecca Mitchell desde todos los ángulos posibles y estaba seguro de que era una niña encantadora, pero de momento solo parecía una pasa roja y huraña con un sombrerito rosa.

Sara abrió el teléfono. Su sonrisa desapareció.

—Es un mensaje de texto. —Le enseñó el teléfono y luego le leyó el mensaje en voz alta—: «Diedre acaba de morir. Ven a casa».

Will sintió que le invadía una enorme pena.

—Es la madre de Angie.

Miró la mano de Sara, cogida aún a la suya.

—Lo siento.

Will no había llorado desde que tenía dieciséis años, pero notó que las lágrimas le brotaban. Hizo un enorme esfuerzo por hablar.

—Ha estado en estado vegetativo desde que yo era un niño. Creo que por fin…

Tenía tal nudo en la garganta que apenas podía hablar. Angie afirmaba que odiaba a su madre, pero la había visitado por lo menos una vez al mes durante los últimos veinte años. Él la había acompañado en muchas ocasiones; la experiencia había sido horrible y desoladora. Tenía que consolarla mientras lloraba. Era el único momento en que bajaba la guardia, la única ocasión en que se entregaba a él.

Will comprendió lo que le había dicho Lionel Harris sobre la fuerza de una historia compartida.

—Sara…

Ella le apretó la mano.

—Debes regresar a casa.

Él trató de buscar las palabras apropiadas. Se debatía entre su deseo de estar con Sara y la necesidad de acompañar a Angie.

Sara se acercó y le besó en la mejilla. El viento agitó su pelo. Acercó la boca a su oído y le dijo:

—Ve a casa con tu esposa.

Y eso hizo.

TRES SEMANAS DESPUÉS

Epílogo

Lena estaba en el cementerio mirando la lápida de Jeffrey Tolliver. Le parecía estúpido poner flores en una tumba vacía, pero las cosas que había en el interior de aquel ataúd le parecían más tangibles que una simple urna con cenizas. Brad había colocado la diana que utilizó en su primera ronda de clasificación en la academia de policía; Frank, su cuaderno de citaciones, porque Jeffrey siempre le estaba regañando por presentar tarde los informes. Lena había donado su insignia de oro, la misma que había llevado hasta tres semanas antes, cuando recibió un duplicado. Dan Brock la puso con los demás objetos, pues ambos sabían que ella no podía acudir al funeral.

Aquel día, todas las tiendas y los negocios de Main Street habían cerrado. Jared tampoco había asistido. Su parecido con Jeffrey Tolliver ya resultaba patente desde años antes y no quería distraer la atención de los presentes, ni quería causarle más daño a Sara.

No obstante, quiso quedarse en la ciudad, estar cerca de su padre, ver el lugar donde había vivido y que tanto había querido. Había conocido a Lena fuera del restaurante. Estaba sentada en el bordillo, pensando en todo lo que había perdido. Al principio creyó que Jared era Jeffrey. Por supuesto que lo creyó, pues era la viva imagen de su padre.

Puede que una parte de ella se sintiese atraída por aquel chico por el parecido. Había idolatrado demasiado a Jeffrey para considerarlo algo romántico. Él fue su mentor, su héroe, y ella quería ser tan buena policía como él, el mismo tipo de persona. Hasta que falleció no se dio cuenta de que era un hombre.

—¿Por qué no has ido al funeral? —le había preguntado Jared.

—Porque yo fui quien mató a tu padre.

Jared pasó dos horas escuchando a Lena, cómo se sinceraba, y luego otras dos más tratando de convencerla de que no era culpa suya. Su juventud le hacía apasionarse, defender a rajatabla sus opiniones. Acababa de ingresar en la academia de policía y aún no había visto los horrores de ese mundo, ni sabía que existían personas que no se podían redimir.

¿Ella no podía redimirse? Lena no quería pensar eso. Tenía ante sí un nuevo comienzo, una nueva pizarra en la que escribir el resto de su vida. El Consejo Policial de Revisión la consideró no culpable del suicidio de Tommy Braham. El informe de Will Trent estaba repleto de suposiciones, pero no aportaba pruebas, especialmente porque Lena no había escrito esa confesión. Gordon Braham pensaba trasladarse a Florida para vivir más cerca de la familia de su esposa. Había archivado un pleito colectivo junto con la madre de Jason Howell contra Hareton Earnshaw y el laboratorio farmacéutico que había patrocinado el ensayo. Había firmado un papel en el que eximía de culpa al cuerpo de policía del condado de Grant, a cambio de una cantidad de dinero desconocida.

A Lena la habían operado dos veces y había pasado una semana en el hospital, pero la herida de la mano era bastante insignificante teniendo en cuenta el infierno que había vivido tras sufrir una horrible infección de estafilococos. La terapia le estaba devolviendo el movimiento a los dedos, y además era diestra. La mano izquierda solo la utilizaba para enseñar la placa cuando hacía algún arresto, y pronto estaría haciendo montones de ellos. Gavin Wayne la había llamado dos días antes para decirle que el puesto de policía de Macon aún seguía vacante, y ella, sin dudarlo, le respondió que aceptaba.

Lena era policía. Lo llevaba en la sangre. Habían puesto en entredicho su valor, y había salido mermada de todo aquel asunto; sin embargo, sabía que lo único que quería en esta vida era ser policía.

Se agachó y puso algunas flores en la tumba de Jeffrey. Él también era policía. No el mismo tipo de policía que ella, pero a veces dos caminos diferentes llevaban al mismo destino. Jeffrey lo comprendería, ya que siempre le había otorgado el beneficio de la duda.

Lena miró la hilera de lápidas que había en el cementerio. También había puesto algunas flores en la tumba de su hermana. La de Frank Wallace aún no tenía inscripción, pero le había llevado algunas margaritas, pues sabía que le gustaban. Él le había dejado algún dinero en su testamento. No gran cosa, pero suficiente para vender su casa por un precio bastante reducido y, aun así, poder pagar la hipoteca. Lena donó el resto a la fundación legal y sin ánimo de lucro que tenía como objetivo ayudar a los policías que se habían corrompido, algo que estaba segura que hubiese aprobado.

No es que necesitase de la aprobación de nadie, ya que estaba harta de preocuparse por lo que pensaban los demás de ella. De hecho, mirar de frente su nueva vida exigía no volver a mirar atrás. Lo único que se llevaba de Grant era su ropa y su novio, las únicas dos cosas de las cuales no podía prescindir.

—¿Nos vamos?

Jared estaba sentado en su camioneta. Se inclinó y le abrió la puerta.

Lena subió al asiento y se acercó lo bastante para que le pudiese pasar el brazo por encima del hombro.

—¿Se han arreglado las cosas entre Sara y tú?

Jared había tomado café con ella. Lena dedujo que no.

—No te preocupes por eso —dijo él, apretando la mandíbula mientras ponía el coche en movimiento y se dirigía hacia la carretera. No le gustaba dar malas noticias—. La tía Sara lo aceptará.

—Lo dudo, pero no me importa lo más mínimo.

Jared la besó en la cabeza.

—No te conoce.

—No.

Jared se agachó y encendió la radio. Lena vio su reflejo en el espejo retrovisor. Poco a poco la carretera desapareció a sus espaldas; el condado de Grant se hizo cada vez más pequeño. Quería sentir algo por aquel lugar, un sentimiento de pérdida o de nostalgia, pero lo único que sintió fue un enorme alivio al saber que se alejaba de allí.

¿Conocía Sara Linton a Lena? Probablemente mejor que nadie, pero Jared no tenía por qué saberlo. Él no necesitaba conocer todos los errores que había cometido ni las vidas que había arruinado. Las cosas iban a ser muy diferentes en Macon. Allí empezaría a escribir una nueva historia, comenzaría una nueva vida.

Además, ella jamás le había dicho la verdad a ningún hombre y no estaba dispuesta a empezar ahora.

Agradecimientos

Quiero expresar mi agradecimiento a los sospechosos de siempre: Victoria Sanders, Kate Elton y Kate Miciak. Me gustaría añadir a: Gail Rebuck, Margie Seale, Robbert Ammerlaan, Pieter Swinkels, Silvie Kuttny-Walster, Berit Boehm, Pers Nasholm, Alysha Farry, Chandler Crawford y Markus Dohle. Y también a Angela Cheng-Caplan, si es que puede soportar el aprecio.

A Isabel Glusman me gustaría agradecerle sus cartas, y a Emily Bestler darle las gracias por haber educado tan bien a su hijo. El doctor David Harper me ayudó a imaginar cómo se puede matar, y el doctor David Worth cómo se pelea cara a cara. Cualquier error al respecto es responsabilidad mía. Trish Hawkins fue esencial a la hora de explicarme todas las complejidades de la dislexia. Debbie Teague me ayudó enormemente compartiendo sus experiencias; siempre que escribo sobre Will, me acuerdo de su increíble fuerza de espíritu. A Mo Hayder le debo todas las investigaciones que he hecho sobre submarinismo. A Andrew Johnston le pido disculpas, él ya sabe por qué, aunque no hay forma de poder compensarle. Y lo mismo digo de Miss Kitty.

También quiero expresar mi agradecimiento a Beth Tindall, de Cincinnati Media, por todo el material de la Red. Jamey Locastro puede arrestarme cuando lo desee. Fiona Farrelly y Ollie Malcolm fueron muy amables ayudándome a desarrollar la trama de esta historia, de la cual no hablaré por si acaso los lectores leen esto antes que el libro (algo que no deberían hacer). Mi agradecimiento a otras muchas personas que me ayudaron hablando del tema, pero que no desean que las mencione. Al portavoz David Ralston tengo que agradecerle el hecho de que me haya presentado a gente tan importante. Al director del GBI, Vernon Keenan, y a John Bankhead quisiera agradecerles el tiempo que me dedicaron. Jamás volveré a disparar una pistola sin acordarme de un día maravilloso a las afueras de la prisión de mujeres. Espero haber estado a la altura y haber honrado la labor que hacen todos los agentes y la plantilla de apoyo del GBI por el gran estado de Georgia.

A mi padre, por prepararme la sopa y el pan de maíz en los momentos más críticos. D. A. siempre mostró una sorprendente perseverancia durante todo el proceso. Como siempre, ha sido un gran apoyo.

Y a mis lectores. Para profundizar más en el tema, pueden consultar la antología *GPZ*, el tema 15.05 de la revista *Wired*, y, si quieren acabar deprimidos, investigoogle Jessie Gelsinger. Para los más atrevidos, GPGP.net es un sitio muy interesante. Ya sabéis que podéis contactar conmigo en Facebook o en mi página web: karinslaughter.com. Me encanta recibir cartas, pero recuerden que esto es una novela, solo ficción.

Este libro utiliza el tipo Aldus, que toma su nombre
del vanguardista impresor del Renacimiento
italiano, Aldus Manutius. Hermann Zapf
diseñó el tipo Aldus para la imprenta
Stempel en 1954, como una réplica
más ligera y elegante del
popular tipo
Palatino

Palabras rotas se acabó de imprimir
en un día de primavera de 2013,
en los talleres gráficos de Rodesa
Villatuerta
(Navarra)